劍南詩藁

四部備要

集部

中華書局據汲古閣本校刊

桐鄉 陸費逵 總勘

杭縣 高時顯 吳汝霖 輯校

杭縣 丁輔之 監造

劍南詩稿目錄

卷第三十九

劍南詩稿卷第三十九

宋　陸游　務觀

戲贈園中花

橫風疾雨爲花厄霽日暄風又不禁我欲小施調燮手酌中寒暖半晴陰

春思

兀兀治聾酒未醒霏霏潑火雨初晴愁看入戸桃花片閑聽爭巢燕子聲百疾侵陵成老大一春轉盼又清明蘭亭禹廟渾如昨回首兒時似隔生

贈燕

燕來我何喜感此中春時燕去亦何有無奈凋年悲四序如循環萬物更盛衰我亦寓斯世如客會當歸驪車已在門戀戀終何爲達人付無心欣厭兩俱非豈有天壤間會合無別離對花不爛醉燕子笑汝癡

雨悶示兒子

東吳春雨多略無三日晴濛濛平野暗淅淅空階聲
百花雨中盡三月未聞鶯重裘坐奧室時序真強名
亦欲借驢出泥淖沾衣纓撫事每累欷濁醪聊獨傾
景運今方開闢輔一日平我家本好疇灞滻可躬耕
買酒新豐市看花下杜城會當與汝輩藉艸作清明

讀晉書

諸公日飫萬錢廚人乳蒸豚玉食無誰信秋風維城
裏有人歸棹爲蓴鱸

春晚苦雨

垂老臥村墅餘寒欺病身雞猶未忘日雨欲不容春
忽忽花時過茫茫艸色勻蓴絲已上市一飯未傷貧

燕

春晝花明映柳纖燕歸勝事始能兼爭梁誶語驚幽
夢掠地斜飛避畫簾雛食得蟲應自喜巢泥經雨更
頻添去來要是知時節常怪人嘲作附炎

夜雨

空階雨聲夜轉急壁疎窗破淒風入一燈娟娟吹欲滅老生獨傍書架立取書欲讀輒復休却行出門搔白頭市樓賣酒日千斛衆人皆樂君胡憂

寒食日九里平水道中

曉雨絲絲熟食時泥深轍斷客行遲亂雲重疊藏山寺野水縱横入稻陂馬鬣松陰封舊隴龜趺道左立新碑扶衰此出知能幾清淚臨風不自持

春晴自雲門歸三山

乍行春野眼增明漸減春衣體倍輕人賣山茶先穀雨鴉隨墦祭過清明柳塘水滿雙鳧戲稻隴泥深一犢行晚到三橋泛舟去掩關不復畏重城

予數年不至城府丁巳火後今始見之

陳迹關心已自悲劫灰滿眼更增欷山川壯麗昔無敵城郭蕭條今已非宰堵招提俱昨夢祝融回祿尚餘威故交滅盡新知少縱保桑榆誰與歸

晚自北港泛舟還家

舒嘯篷籠底經行略彴西水深鵝唼艸雨細犢掀泥醉倚乾坤大閑知物我齊衡門觸冠過聊得賦幽棲

書懷

羸馬常愁趁早朝斥歸幸復侶漁樵青黃未勝溝中斷宮徵何殊爨下焦心樂簞瓢同鼎食身安山澤謝弓招數間茅屋誰知處煙雨濛濛隔斷橋

初夏

淡靄輕颸入夏初一窗新綠鳥相呼出門易倦常歸臥著句難工但自娛花徑蝶閑無墮蘂酒樓人散有空壚閩川茶籠猶罷及肺渴朝來頓欲蘇 閩中貢餘茶初至

小築

放翁小築寄江郊屋破隨時旋補茅莫看白煙橫水際曉聽清露滴林梢生來不啜猩猩酒老去那營燕燕巢目斷鹿門三太息龐公千載可論交

喜雨

幽人睡覺夜未央四簷懸溜聲湏湏樂哉甘澍及時至九衢一洗塵沙黃明朝鄰曲各驩喜賽廟沽酒封猪羊不勞轆轤蹋龍骨轉盼白水盈陂塘呼兒掃地設菅席與汝一醉歌時康豈惟磨鎌待收麥小甑已覺吳粳香

晨起

天公擇地養衰殘著向桑村麥野間曉色入簾初愰漾幽禽窺戶已閒關酒徒散去稀中聖詩思衰來媿小山一炷沈煙北窗底曲肱臥看不勝閑

五月初病體益輕偶書

世事紛紛了不知又逢燕乳麥秋時經年謝客常因醉三日無詩自怪衰乘雨旋移西崦藥留燈重覆北窗棋但將生死俱拈起造物從來是小兒

己未重五 時已請老

門楣束艾作神人團糉盤中節物新安用丹書禳赤

口風波雖惡不關身

五月七日拜致仕敕口號

剡曲東歸日醉眠冰銜屢忝武夷仙恩如長假容居里官似分司不限年一扎疏榮馳廐置兩兒扶拜望雲天坐糜半俸猶多媿月費公朝二萬錢

又

黃紙東來墨未乾孤臣恩許挂朝冠小兒扶出迎門拜隣舍相呼擁路觀白首奉身歸畎畝清霄無夢接鵷鸞從今剩把花前酒憂患都空量自寬

致仕後即事

休官拜命不勝榮墨溼黃新照眼明絡繹交親來作賀羊腔酒擔擁柴荊

又

敕過鑾臺鳳閣來清晨初拆驛書開繡箱香案迎門拜身著朝衫止此回

又

山村處處晴收麥鄰曲家家午曬絲正用此時身得謝十分壽酒不須辭

又

白髮三朝執戟郎賜骸偶值歲豐穰村東已種千畦麥舍北新添百本桑

又

老民一日脫朝衣回首平生萬事非赤腳婢沽村釀去平頭奴馭艸驢歸

又

一生病鶴寄樊籠此去鴻冥萬里空未論蓴羹與羊酪新秔要勝太倉紅

又

沉緜分已餞餘生造物苟留未遣行今日下牀還健在一編來就小窗明

又

清靜全勝欲界天逍遙不減地行仙衆中莫怪人嫌

老十五年前本命年

又

一盂麥飯掩柴關坐久不堪腰脚頑拖得瘦藤閑信
步小橋東北望螺山

又

問門前客元無迹謏墓中人本不工猶有鄰僧能送
米未妨竊比玉川公

又

歸耕所願雜民編乍脫朝衫喜欲顛但得吾兒能力
穡不請半俸更超然

又

湘湖蓴菜勝羊酪項里楊梅敵荔枝八帙開來今過
半一杯引滿若爲辭

又

不嫌雞瘦濁醪酸艸艸杯盤具亦難食指忽搖方竊
喜小兒來請賽鄰官

又

甑中白飯出新春瓮裏黃齏細芼葱一飽坐兼南北
美始知造物念衰翁

又

多事車前要八騶老人惟與一藤遊未教變化爲龍
去更踏人間萬里秋

讀後漢書

賃舂老子吾所慕垂世文章寧在多詩不刪來二千
載世間惟有五噫歌

又

季英行年九十八猶灌園蔬授六經我欲圖之置齋
壁世無顧陸善丹青

新裁道帽示帽工

故帽提攜二十霜別裁要作退居裝山人手段雖難
及老子頭圍未易量花插露霑那暇惜塵侵鼠齧却
須防裹時嬾復呼兒問一匣菱花每在傍

新製道衣示衣工

良工刀尺製黃絁天遣家居樂聖時著上朱門應不稱裁成烏帽恰相宜客撐小艇招垂釣僧掃虛窗約對棋寶帶貂冠雖看好定知不入野人詩

兩翁歌

君不見塞上失馬翁馬去安知不為福又不見新豐折臂翁臂廢身全老鄉國陸翁多難類兩翁箸書滿屋身愈窮十年力耕遇水旱老不能耕年始豐人言翁窮可閔笑霍食鷊衣天所料翁方自謂實幸民對人抱膝惟清嘯卽今羣公佐明主長劍拄頤來接武向非老病又不才縱欲歸休寧見許

五月中連夕風雨氣候如高秋枕上有賦

擁被微吟短鬢秋孤燈殘漏共悠悠雨聲不貸三更夢酒力寧禁萬里愁身寄湖山鄰剡曲心遊河獄過關頭世間可恨知多少虛弊當年季子裘

前詩感慨頗深猶吾前日之言也明日讀而悔

之乃復作此然亦未能超然物外也

身世今如一老僧病餘殘髮雪鬅鬙湖桑埭下漁舟雨道樹山前野店燈澗水潺湲供洗鉢松風蕭颯入行縢世人欲覓何由得覿面相逢喚不應

雨後過近村

賦罷淵明歸去來紵衣桐帽一時裁歲華新筍初成竹天氣停雲未斷梅江路醉歸常嵬峩僧窗閑過卽徘徊老人剩有凋年感寄語城笳莫苦催

銘座

天下本無事庸人實擾之吾身本無患衞養在得宜一毫不加謹百疾所由滋人生快意事噬臍莫能追汝顧不少忍殺身常在斯深居勿妄動一動當百思每食視本艸此意未可嗤賦詩置座右終身作元龜

致仕後述懷

彈冠紹興未解組慶元中灩澦危塗過邯鄲幻境空閑傳相牛法醉挾鬭雞翁銜雨歸來晚山花滿笠紅

又

壯歲江湖去還朝六十餘輩流俱已盡勳業固知疎遽走寧黔突長閑祗荷鋤如今更何憾終作愛吾廬

又

生理雖貧甚胸中頗浩然常辭問字酒屢却作碑錢寧有駱堪鬻尚無車可懸小須梅雨霽散髮醉江天

又

昔自臺郎斥頻年困負薪四叨優老祿十送故鄉春衰瘁寧知活蕭條敢厭貧惟思逢樂歲擊壤學堯民

又

韋布還初服蓬蒿臥故廬所慚猶火食更恨未巢居叱叱驅黃犢行行跨白驢交親各強健不必問何如

又

店店容賒酒家家可乞漿白陂時雨足綠樹午陰涼病爲休官減門緣謝客荒今朝遇隣叟滿意說豐穰

蝶

庭下幽花取次香飛飛小蝶占年光幽人為爾憑窗久可愛深黃愛淺黃

戲贈酒榼

老去臥湖海白髮朝朝新賴有小道士時來中聖人

題菴壁

形模雖簡古風味絕清真何當秋雨夕傾倒見情親

破屋颼颼雀鼠穿邇來四壁愈蕭然錢多孰謂可使鬼人衆何嘗能勝天秃尾驢遊雲外寺長鬚奴引竹間泉更餘一事猶當勉讀易從今十絕編

又

孤村寂寂潮生浦小院昏昏雨送梅蔬食一簞宜面槁畏塗九折自心灰古人骨朽有書在今雨泥多無客來散髮陽狂非寄傲世間萬事本悠哉

泛舟澤中夜歸

無窮煙海接空濛秦望稽山醉眼中虹斷已收千嶂雨鶴歸正駕九天風漁舟容與橫沙際水鳥號鳴傍

葦叢與盡還家忽三鼓半輪殘月斗杓東

書嬾

此身不覺老侵尋殘髮蕭蕭雪滿簪那有新詩書觸目亦無閑話問安心寒垣西戍茫如夢省戶東歸病至今一嬾便知生世了午窗酣枕敵千金

晨起

清晨推枕起盥面吾事足豈無掃灑役出市待歸僕小殓亦已省尚進藥盈掬整衣登北堂危坐巾一幅徐行梧楸陰愛此雨餘綠幽鳥東山來鏘鳴若琴筑靜聽與未闌穉子報飯熟欣然往從之寧計食不肉

夜坐

仲夏苦鬱蒸既夕熱未解浴罷坐柴門汲井痛掃灑覆野天穹穹垂地星磊磊明河落無聲北斗低飲海三更缺月升艸木盡光彩漁舟在何許斷續聞欸乃百憂集老境坐歎雙鬢改誰能擁雕戈遺虜何足醢

白樂天詩云倦倚繡牀愁不動緩垂綠帶髻鬟

低邅陽春盡無消息夜合花前日又西好事者畫之爲倦繡圖此花以五六月開山中多于茨棘人殊不貴之爲賦小詩以寄感歎

王室東遷歲月賒兩京漠漠暗胡沙繡牀倦倚人何在風雨漫山夜合花

蜉蝣行

蜉蝣至細能知時春風碰雨占無遺蜻蜓滿空乃不知庭除一出無歸期樂哉蜻蜓高下飛蜉蝣未盡何憂飢簷間蜘蛛亦伺汝吐絲織網腹如鼓

望霽

夜雨勿厭空堦聲天公欲作明朝晴明朝甲子最畏雨榜舟入市聞古語今年雨暘俱及時麥已入倉雲四垂雨來不駛亦不遲大點如菽細如絲徐徐雲開見杲日晚禾吹花早禾實但令有米送官倉豆飯藜羹甘似蜜

久雨路斷朋舊有相過者皆不能進

今年風雨多平陸成沮洳吾廬地尤下積水環百步客從城市來孰視却復去僮奴笑欲倒緉屐知無路討其各還家對竈燎衣袴嗟予久退藏蓬藋生庭戶誰如數子賢裹飯肯來顧清言雖不接亦足慰遲莫

散步至三家村　湖桑埭西村名

人情簡朴古風存莫過三家水際村見說終年常閉戶仍聞累世自通婚暫船歸處魚殘美社瓮香時黍酒渾記取放翁扶杖處渚蒲煙艸溼黃昏

村東晚眺

興來信步過東陂最愛村東物象奇藤杖穿雲秋望處葛衣霑露夜歸時殘聲淒斷蟬移樹孤影荒寒鵲遶枝自揣今年還得飽一川新稻已離離

又

飽食無營過莫年節枝到處一蕭然清秋欲近露霑艸新月未高星滿天遠火微茫沽酒市叢蒲蕭窣釣魚船哦詩每恨工夫少又廢西牕半夜眠

露坐

星稀避月明河白映天青入夜蟬逾急先秋葉自零花枝栖露蝶簾鏬度風螢欲喚隣翁坐漁舟醉不醒

又

落月無留照殘河亦已傾墜枝雙鵲梟黏艸一螢明暑令忘三伏涼颸逼五更爲憐荷瀉露故起繞池行

致仕後歲事有望欣然賦詩

聖時恩厚賜餘生日與鄉閭樂太平已棄胡牀無長物尚攜拄杖有同行新裁烏帽人爭看小摘青蔬手自烹買得水車無用處絶知造物相歸耕

夜聞姑惡

湖橋東西斜月明高城漏鼓傳三更釣船夜過掠沙際蒲葦蕭蕭姑惡聲湖橋南北煙雨昏兩岸人家早閉門不知姑惡何所恨時時一聲能斷魂天地大矣汝至微滄波本自無危機秋菰有米亦可飽哀哀如此將安歸

村舍雜書

我本杞菊家桑苧亦吾宗種藝日成列喜過萬戶封

又

今年夏雨足不復憂螟蟲歸耕殆有相所願天輒從

又

中春農在野蠶事亦隨作手種臨安青桑名可飼蠶

百箔累累繭滿簇繹繹絲上籰老子雖安眠衣帛可

無怍

又

舍北作蔬圃敢辭灌溉勞輪囷瓜瓠熟珍愛敵豚羔

晨飧戒廚人全項淨去毛雖云發客笑亦足慰老饕

又

舍南種胡麻三日幸不雨晨起親按行已見青覆土

窮人如意少喜色漏眉宇兒童勿惰偷造物不負汝

又

五月新麪成六月甘瓜熟作麴及良時火見金始伏

懸知桑落後醅面醲如粥再拜謝天公無功叨美祿

予家釀用宛丘瓜麴法

又

折蓮釀作醯采豆治作醬開曆揆日時汲井滌瓮盎上奉時祭須下給春耕餉咨爾後之人歲事不可曠

又

東山石上茶鷹爪初脫韝雪落紅絲磑香動銀毫甌爽如聞至言餘味終日留不知葉家白亦復有此不

又

逢人乞藥栽鬱鬱遂滿園玉芝之來天姥黃精出雲門丹茁雨後吐綠葉風中翻活人吾豈能要有此意存

又

我居大澤中一舟不可無短篷挾兩槳疾若波中鳧來往菰蘆村按行瓜芋區浮家亦可樂何必愛吾廬

又

軍興尚戎衣冠帶謝褒博禿巾與小褎顧影每懷怍及今反士服始覺榮天爵出入阡陌間終身有餘樂

又

讀書乃一癖我亦不自知坐書窮至老更欲傳吾兒

吾兒復當傳百世以爲期君看北山公太行尚可移

又

爵祿九鼎重名義一羽輕人見共如此吾道何由行

湖山有一士無人知姓名時時風月夕遙聞清嘯聲

逃暑小飲熟睡至莫

桑落香浮槲葉杯甘瓜綠李亦佳哉虛堂頓解汗揮

雨高枕俄成鼻殷雷靜聽風聲生檻竹徐看日影轉

庭槐晚涼更動扁舟興北渚紅蕖已半開

又

槐影桐陰欲滿廊綸巾羽扇自生涼新篘玉瀣陳雙

榼平展風漪可一牀馳騎遠分丹荔到大盆寒浸碧

瓜香湖邊誰謂幽居陋也愛迢迢夏日長

夜坐庭中達旦

老矣常嗟去日遒病來更覺此生浮庭花無影月當

午簷樹有聲風報秋足倦獨行鷩蹉跎髮稀久坐怯颼颼雞號日出閑無事又向清溪弄釣舟

讀前輩詩文有感

我無前輩千鈞筆造物爭功謝不能已分文章歸委靡可憐意氣尚憑陵鑾旗廣殿晨排仗鐵馬黃河夜踏冰此事要須推大手蟬嘶分付與吳僧

自嘲

天公大度一何奇養此無能老白癡宿疾閑愁俱掃盡美餐甘寢更無時蛙鳴庭艸何曾問水半門扉亦不知道似嬰兒猶有恨小軒風月獨哦詩

余讀元次山與瀼溪鄰里詩意甚愛之取其間四句各作一首亦以示予幽居隣里

峯谷互回映

北起成孤峯東蟠作幽谷中有十餘家蘆藩映茆屋土肥桑柘茂雨飽麻豆熟比鄰通有無井稅先期足煙中語相答月下歌相續兒童不識字未必非汝福

張芸叟過鄭公故莊詩曰兒童不識字耕稼鄭公莊

誰家無泉源

泉聲百步聞泉脉高下通潺湲亂雲外屈曲明月中
八月稻登場引之作機舂羨流灌蔬畦全家飽芥菘
洗沐及澣濯蚤莫靡不供斗水百憂寬悲哉杜陵翁

夾路多修竹

黃茆持覆屋溪石運作垣桑麻有餘地家家養龍孫
春雷初起蟄切玉供盤飧一朝解風籜毿𧼛蒼雲屯
我來倚拄杖恐是辟彊園千畝倘可致封君何足言

扁舟皆到門

千錢買輕舟不復從人借樵蘇晨入市鹽酪夕還舍
豈惟載舂秧亦足穫秋稼有時醉村場老稚相枕藉
常侵落月行不畏惡風嚇無爲詫軒車此樂予豈暇

東山避暑用轆轤體

避暑穿林隨所之一奴每負胡牀隨望秋槁葉有先
隕未莫赫日無餘暉輪囷離奇澗松古鉤輈格磔巒

禽悲北巖竹間最慘慄清歔倚石眞忘歸

喜雨 六月二十七日

去年禹廟歸梅梁今年黑虹見東方巫言當豐十二歲父老相告喜欲狂插秧正得十日雨高下到處水滿塘六月欲盡日杲杲造物已命摧驕陽夕雲如豚渡河漢占書共謂雨至祥南山雷車載膏澤枕上忽送聲淋浪猛思濁酒大作社更想紅稻初迎霜六十日白最先熟食新且領晨炊香 六十日白稻名常以六月下旬熟

得故人書偶題

小築稽山下狂歌剡曲傍鄉鄰共雞黍童穉學農桑白首餘年促青編後日長此心誰復許三歎付書囊

喜雨歌

不雨珠不雨玉六月得雨眞雨粟十年水旱食半菽民伐桑柘賣黃犢去年小稔已食足今年當得厭酒肉斯民醉飽定復哭幾人不見今年熟

老學菴井

老學菴北井六月寒如氷大旱不涸雨不增凜如人以常德稱日濟千人不驕矜置而不汲渠自澄轆轤三丈青絲繩對之已足涼肺膺使我終日臥曲肱顧謂此井真良朋蕩除炎歊却塵垢宜有鬼神來護守嗚呼涇水一石泥數斗正使逢時亦何有

長歌行

我無四目與兩口但在人間更事久死生元是開闔眼禍福正如翻覆手消磨日月幾緉屐陶鑄唐虞一杯酒既非狗馬要蒭帷那計風霜悴蒲柳竈突無煙今又慣龜蟬與我成三友判知青史無功名只用忍飢垂不朽

七月二日夜賦

鄙人志趣在漁樵四十年來負聖朝本恥彈冠良易挂未嘗刻印敢煩銷盈盈微月生江渚嫋嫋清笳下郡譙衰病逢秋真一洗井牀桐葉已先飄

自述

二畝新蔬圃三間舊艸堂病除身小健秋近夜微涼

薄酒時醒醉殘書半在亡老懷常自笑無事忽悲傷

又

睡美不知日氣衰先覺秋有時浮小艇隨意宿滄洲

未恨名風漢惟求拜醉侯更須多種竹搔首送悠悠

項羽

八尺將軍千里騅拔山扛鼎不妨奇范增力盡無施

處路到烏江君自知

曹公

二袁劉表笑談無眼底英雄不足圖赤壁歸來應歎

息人間更有一周瑜

劍南詩稿卷第二十九終

劍南詩稿目錄

卷第四十

珍倣宋版印

劍南詩稿卷第四十

宋 陸游 務觀

夜雨

濃雲如潑墨急雨如飛鏃激電光入牖犇雷勢掀屋漏溼恐敗書起視自秉燭移牀顧未暇盆盎苦不足不如卷茵席少忍待其復飛螢方得意熠熠相追逐姑惡獨何怨菰叢聲若哭吾歌亦已悲老死終碌碌

昔人有畫醉僧醉道士醉學究者皆見于傳記及歌詩中予暇日爲各賦一首

醉僧

殘雪覆枯顱手扶短楖栗送酒無蘇州一醉未易得青旗獵獵秋風吹長瓶一吸亦足奇但辦道傍常醉倒不須解作藏真艸

醉道士

落托在人間經旬不火食醉後上江樓横吹蒼玉笛
大口如盆眼如電九十老人從小見曾攜一鶴過岳
陽滿城三日聞酒香
醉學究
聖師飲百觚儼然常齋莊弟子習禮餘兒䟫蹻公堂
至今遺風被洙泗諸生雅歌老儒醉衣冠簡朴未可
輕安知中無魯二生
次季長韻回寄
野人蓬戶冷如霜問訊今惟一季長舊好自均親骨
肉新知何怪薄心腸閑書字字論疇昔遣使年年有
故常萬念知公掃除盡見哀底事獨難忘
溪上小酌
岸幘出籬門投竿俯溪瀨魚聚忽千百鳥鳴時一再
新涼社瓮香亦有雞兔賣歡言洗杯酌又破止酒戒
齋中夜賦
高居終日掩齋扉幽事常多俗事稀露重叢篁時自

瀉風高脫葉有先飛秋衣漸製聞砧杵社肉初分謝蕨薇却笑老身閑不得一燈明滅亂書圍

讀舊稿有感

我少則嗜書于道本無得譬如昌歜芰乃自性一癖老來百事廢惟此尚自力豈惟絕慶弔乃至忘寢食吟哦雜誦詠不覺日既夕文辭顧淺懦望古空太息世俗不可解更爲著金石收斂固已遲雖悔終何益君看老農夫法亦傳后稷持此少自寬陶然送餘日

新秋

秋氣入清笳旗亭酒可賒長歌穿小市短帽插幽花溪女留新蟹園公餉晚瓜誰知閑老子解作醉生涯

陳阜卿先生爲兩浙轉運司考試官時秦丞相孫以右文殿修撰來就試直欲首送阜卿得予文卷擢置第一秦氏大怒予明年既顯黜先生亦幾蹈危機偶秦公薨遂已予晚歲料理故書得先生手帖追感平昔作長句以識其事不知

衰滞之集也

冀北當年浩莫分嘶人一顧每空羣國家科第與風漢天下英雄惟使君後進何人知大老横流無地寄斯文自憐衰鈍辜真賞猶竊虛名海内聞

書喜

乞得身歸鏡水濱此生真作葛天民眼明身健何妨老飯白茶甘不覺貧瓮酒又篘三斗熟園花時報一枝新挂冠更作黄冠計多事常嫌賀季真

又

已向煙霞著脚深世間萬事不關心舊攜鵶觜供鉏藥新典魚須用買琴井上引藤初滿架池南移竹漸成陰話行不必須今日五百年間有賞音

幽居

萬家水竹古山陰揀得幽居愜素心梁燕委巢知社近井桐飄葉覺秋深琴緣廢久塵常積書爲閑稀蠹漸侵幸自杜門無一事不須清夜感衣砧

雜興

病養精神過服藥貧知儉約勝營生臯夔事業今何有且與心君致太平

又

東家飯牛月未落西家打稻雞初鳴老翁高枕葛幮裏炊飫熟時猶鼾聲

又

莫年常苦睡爲祟好事新分安樂茶更得小瓢吾事足山家風味似僧家 曾召南提幹近送安樂茶來

又

蛟鱷垂涎歷畏塗如今歡喜去攜鋤一生患難休回首疋似元符曾上書

贈鷺

雪衣飛去莫匆匆小住灘前伴釣篷禹廟蘭亭三十里相逢多在莫煙中

贈鷗

爲梁星渚自何年毛羽摧傷不怨天知我齋餘常施
食翩然飛下北窗前

東堂睡起

置身事外息吾黥獨卧空堂一榻横簷影漸移知日
轉樹梢微動覺風生每從山寺開經帙間就園公辨
藥名若論胸中淡無事入珍何得望藜羹

五鼓起坐待旦

睡覺初聞雞一鳴披衣危坐待窗明殘軀已向閑中
老癡夢猶尋熟處行南北迢迢悲往事古今莽莽歎
浮生伯倫一鍤君休笑冢象祁連亦已平

功名

少年妄意慕功名老眼看來一髮輕金甲雖如朝邑
尉羊裘終媿富春生連娟落月依山盡寂寞寒潮蘸
岸平要識放翁新得意蓼花多處釣舟横

搔首

玩畫無餘易聞歌已盡詩古人不可作此理孰能推

白髮秋風裏青燈夜雨時初心竟當負搔首歎吾衰

小雨釣歸

雨點鳴叢葦雲頭冒遠山兒曹出籬望老子榜舟還潤入園畦裏涼生窗戶間秋陽方可畏徙倚一開顏

曉賦

八月江湖風露秋時聞脫葉下梧楸離離斗柄西南指爛爛天河今古流人語正讙過古埭 湖桑埭五鼓聞挽船聲喧甚 角聲三弄下譙樓百城已共豐年樂一老猶懷卒歲憂

急雨 父老謂雲逆風則必雨驗之信然

雲從西南與風自東北至老農占雨候速若屈伸臂亂點俄打窗新涼已生袂經旬苦肺渴得此亦少慰

遣興

呼兒持故襦買酒具一醉薄言煮園蔬雉兔未可識

幾看人間歲月新釣船猶繫鏡湖濱曾穿高帝朝元仗却作山陰版籍民留病三分嫌太健忍飢半日未

全貧早知畫繡能爲祟翁子終身合負薪

又

湖海元爲汗漫遊誤恩四領幔亭秋掃空薄祿始無媿閉上衡門那得愁湯嫩雪濤翻茗椀火溫香縷上衣篝牀頭亦有閑書卷信手拈來倦卽休

又

掃盡衣塵喜不勝村居終日醉騰騰閑投隣父祈神社戲入羣兒鬭艸朋幽徑有風偏愛竹虛堂無暑不憎蠅悠然又見江天晚隔浦人家已上燈

又

久矣微官絆此身柴車歸老亦逢辰阮咸臥摘孤風在白墮閑傾一笑新萬里馳驅曾遠戍六朝涵養忝遺民清閑卽是桃源境常笑淵明欲問津

讀林逋魏野二處士詩

君復仲先眞隱淪筆端亦自斡千鈞閑中一句終難道何況市朝名利人

紙墨皆漸竭戲作

官庫誰能餉陟釐漢宮無復賜隃麋不如掃盡書生事閑伴兒童竹馬嬉

讀隱逸傳

終南處士入都門少室山人補諫垣畢竟只供千載笑石封三品鶴乘軒

泛舟至東村

野水如天遠漁舟似葉輕颼颼風漸冷淡淡月初生沙際樵蘇路籬間語笑聲還家已薄莫燈火照柴荊

自詒

健志閑何害貪眠老正宜本心惟泥酒餘習略存詩未廢春農業猶堪幼學師微官何所戀請老五年遲

野興

荷鋤通北澗腰斧上東峯秋水清見底曉雲深幾重鼕鼕傳社鼓渺渺度樓鐘歸覓村橋路詩情抵酒濃

讀書

平生愛客如愛書力雖不逮意有餘門前車馬久掃迹老病又與黃卷疎人情冷煖可無問手不觸書吾自恨今年入秋風雨頻燈火得涼初可近年過七十眼尚明天公成就老書生舊業雖衰猶不墜夜窗父子讀書聲

客有見過者既去喟然有作

鬢毛俱白盡事不補秋毫去死今無幾歸耕何足高已如陶止酒徒勸屈餔糟惟有滄溟去揚帆觀雪濤

又

永日安耕釣餘年迫耄期研朱點周易飲酒和陶詩帶箭歸飛鶴搘牀不瞑龜此生君看取死是出門時秋陰

淡日披朝霧輕雲結莫陰菰蒲溪路暗松竹艸堂深妙墨雙鉤帖奇聲百衲琴古人端未遠一笑會吾心

八月九日晚賦

薄晚悠然下艸堂綸巾鶴氅弄秋光風經樹杪聲初

緊月入門扉影正方一世不知誰後死四時可愛是新涼從今覓醉其當勉酒似鵝兒破殼黃

燕坐

赫日曈曈湧海門黃流混混泝河源功成一日書仙籍鍊骨成金不足言

村飲

不來東舍即西家野老逢迎一笑譁試說莫年如意事細傾村釀聽私蛙

又

無念無營飽即嬉老翁眞箇似嬰兒昏鐘未動先酣枕日上三竿是起時

又

買來新兔不論錢釣得鮮鱗細柳穿野店渾頭更醇醲一杯放手已醺然

又

淡煙孤榜繫村橋疊疊沙痕印落潮最是一年秋好

處踏泥沽酒不辭遥

秋雨益涼寫興

秋氣蕭蕭暑已歸晚雲更送雨霏微牀收珍簟敷菅席笥疊纖絺換熟衣遣醉縱横馳筆陣乘閑談笑解棋圍出門未免流年歎又見湖邊木葉飛

薪米偶不繼戲書

仕宦不諧農失業敗屋蕭蕭書數篋藜羹不糁未足嗟爨竈無薪掃枯葉丈夫窮空自其分餓死吾肩未嘗脅世間大有乞墦人放翁笑汝驕妻妾

牧牛兒

溪深不須憂吳牛自能浮童兒踏牛背安穩如乘舟寒雨山陂遠參差煙樹晚聞笛翁出迎兒歸牛入圈

與兒子至東村遇父老共語因作小詩

桑竹穿村巷衡茅隔土垣海氣成物象秋氣肅川原豆芋行將熟雞豚亦已繁豐凶歲所有農事更深論

微雨午寢夢憩道傍驛舍若在秦蜀間慨然有

賦

吳中秋晚雨冥冥自笑閑愁又爾馨身世已歸南北陌夢魂猶寄短長亭濁醪可釀樽餘綠明鏡無情鬢失青賴有釣船堪送老一汀鷗鷺共忘形

晨起對鏡

雙鬢成絲高顴顴曉窗臨鏡意茫然朱顏豈是一朝去暗鑠潛消五十年

村思

揣分新辭祿扶衰又度秋已將窮博健更賴學忘憂船護煙陂鴨欄歸艸徑牛作勞何以慰茅店問新芻

秋夜

倦叟投牀早昏燈落燼頻鵲翻驚缺月犬吠逐行人未喪詩書業猶存老病身菊花行可醉作意插烏巾

醉中書懷

既老心愈空新涼體差健登山每嗔扶對案亦強飯平生百事懶惟酒不待勸迨此桑落時一醉適我願

羸然雲水身本非朱紫楦少猶恥枉尺老敢欺方寸但令死瞑目餘事何足論不見鹿門翁全家事潛遯

次韻鄭盱眙見寄并簡其甥劉君

衣上空嗟京洛塵故交半作白頭新衆中初得見吾子東觀已疑無若人仗馬極知非久斥沙鷗要是孰能馴兩章英妙同時到趙壹囊中却未貧

書齋壁

平生憂患苦縈纏菱刺磨成芡實圓（俗謂困折多者謂菱角磨作雞頭）天下不知誰竟是古來惟有醉差賢過堂未悟鐘將釁睨柱寧知璧偶全自笑爲農行沒世尚知驚雁落空弦

一老

太平一老醉騰騰南陌東阡喜不勝民力農桑家自足士崇名節道方興騎鯨仙去時猶遠射虎歸來氣頗增莫道幽棲交舊絕月中亦有打門僧

戲用方外語示客

紅粟青錢一掃空笯籬行賣學龐翁身居本地風光裏愁擲它方世界中剩欲劇談明不二誰能太息賞無同踞牀一喝君聞否三日猶應覺耳聾

秋晚

西山破曉雨眉青南浦無風一鏡平食盡不容添鶴口身閑且免負鷗盟霜前艸樹已無色雨到菰蒲先有聲只恠勝遊頻入夢今朝蜀客話青城 故人范中立巨山自青城來見訪

又

辭祿始知貧有味杜門不覺老相催寒鴉已占雁前到黃菊猶須霜後開團扇塵埃高挂壁短檠書史亂成堆羸軀自笑癡頑甚撐拄新寒又一回

又

世事無窮似奕棋不如常采故山芝蕭蕭雞犬三家聚莽莽風煙十里陂幸有濁醪從客醉常憂點鬼笑人癡清秋樂處君知否庭下幽花漸可移

次金溪宗人伯政見寄韻

道義流聞意已傾豈知晩歲託齊盟六經日月未嘗
蝕千載源流終自明汝水家家書有種吾宗世世士
知名讀君長句還增氣俗耳那聞韶頀聲

新寒

碧蝶飛飛過短籬山薑石竹有殘枝誰知老子閑眠
處恰是新寒細雨時

又

安石榴房初小坼南天竺子亦微丹新寒漠漠偏欺
老睡起無風怯倚欄南燭草本俗謂之南天竺李端叔取以名僧軒葢用俗語也

村隣會飲

陸子白首安耕桑樂事遽數烏能詳長羅家家雪作
麵畫楫處處青分秧迎荻船歸潮入浦祈蠶會散月
滿廊有時鄰曲苦招喚茅簷掃地羅壺觴堆盤珍膾
似河鯉入鼎大臠勝胡羊披緜黄雀麴糝美所雪紫

蟹椒橙香老人飽食可無患摩挲酒瓮與飯囊兒孫
扶侍遞相送笑語無間歌聲長人間哀樂不可常掠
剩有鬼在汝傍常憂水旱虞螟蝗力行孝悌招豐穰

試筆

烹葵飯豆飽還休弄筆翻書歲又秋靈府湛然如止
水擬將何地著閑愁

又

紅絲玉斗紫毫鋩歲晚相從味更長不似樂天歸老
日柳枝駱馬兩堪傷

孤村

老寄孤村裏悠然臥曲肱箕貧先放鶴嫌鬧併疎僧
古戍高秋笛寒窗半夜燈平生羞詭遇多獲豈吾能

絕祿以來衣食愈不繼小兒力圖之殊未有涯
予謂不若痛節用爾示以此詩

處世吾傷拙營生汝亦疎如謀道邊舍似信枕中書
甕牖居疑泰藜羹食敢餘晏嬰元學墨勿負此心初

予宿疾多已失去獨氣痛時作賦詩自寬

疾久難全去扶持度歲年垣牆完罅隙七筋禁芳鮮

漸減觀書課常儲買藥錢鄉人多不識誰與問沉緜

秋懷十首末章稍自振起亦古義也

皇天本無心萬物各有時飛鴻何預人南翔每如期

仰看霜露墜俯歎艸木衰英英籬下菊秀色獨滿枝

豈無一樽酒相與斟酌之耋老天所佚行歌復何疑

又

暑退財幾時忽已迫霜露西風一何厲落葉紛滿路

老翁衰可笑日夜念墐戶衣裘先關懷膏火亦當具

酒尤不可緩傾聽糟牀注供槃柹栗耳何敢議雉兎

又

雨滴大梧葉風轉孤蓬窠秋色固悽愴二物感人多

日月行黃道倏過如飛梭大計百年間貴賤俱銷磨

東家及西舍更代哭與歌若無杯中物如此搖落何

又

身如行脚僧放包即爲家家如道邊店蕭然寄天涯
居室如小舟風扉牖謳啞坐傍陳琴書庭下栽雜花
儉陋雖可笑在我則已奢何以善吾生念念思無邪

又

遇酒幸一醉遇飯幸一飽或遇空無時豈復有他巧
鄉鄰哀其窮叩戶餽麋麮欣然出舍傍菘韭青落爪
飢羸曾未起吟諷已稍稍袖手北窗前枯腸困搜攪

又

秋高天薄寒夾衣已出笥團團素紈扇時至自當棄
明年機中練與我亦何異宮妾感物悲此豈丈夫事
吾曹一出門所遇皆有義夷齊死千年高風邈難嗣

又

辟塵當以犀濯纓當以水龜堂一炷香世念去如洗
人生天地間太倉一稊米哀哉不自悟役役以至死
孰能從我遊趺坐燔柏子夜半清磬聲悠然從定起

又

改朔甫再宿月見西南隅纖纖一銀鈎挂空疑有無
我行青楓岸遠水浮雙鳧新寒入短衣感此風霜初
頗欲呼小艇東村行芋區衣薄且言歸煙火望吾廬

又

短蓑榜輕舟時過野僧舍長衫挂數珠亦入法華社
平生無揀擇生死均早夜餘年猶幾何久已付造化

又

常嫌樂天佞却肯退之罵君看佛骨表自是無生話
我昔聞關中水深土平曠涇渭貫其間沃壤誰與抗
桑麻鬱千里黍林高一丈潼華臨黃河古出名將相
淪陷七十年北首增慘愴猶期垂老眼一覩天下壯

九月七日子坦子聿俱出斂租穀雞初鳴而行
甲夜始歸勞以此詩

仲秋穀方登螟生忽告飢艱難冀一飽俯仰事已非
貸糧助耕耘客主更相依一旦忽如此欲語涕屢揮
共斂螟之餘存者牛毛稀吾兒廢書出辛苦幸庶幾

夜半聞具舟憐汝露溼衣既夕不能食念汝戴星歸手持一杯酒老意不可違秋瘦酒味薄食少雞不肥頗聞吳中熟多稼徹王畿亦欲就飽處無羽能奮飛官富哀我民榜笞方甚威渠亦豈得已撫事增戲欷

醉題埭西酒家

陣陣新寒入布裘偶乘小醉得閑遊丹楓落日野橋晚斷雁溼雲江路秋馬得一鳴何恨斥金經百鍊豈容柔不知千載塵埃裏更有吾曹強項不

又

桑麻蒙翳不通鄰躭酒頹然一老民遺客方眠那是醉有衣可典未爲貧曬翎斜日鷗來熟印跡平沙雁到新君看此間何境界癡人猶說吐車茵

秋晚

庭艸猶殘綠溪楓已半丹誰知此翁健又見一年寒幻境槐安夢危機竹節灘如今渾過盡摩腹且加餐省事

省事漸捐書甘貧學蓺蔬心安閑夢少病去俗醬疎兀爾遊方外超然到物初此身猶是幻況復愛吾廬

晨起頗寒飲少酒作艸數幅

衣食無多悉自營今年真箇是歸耕屏居大澤羣囂息乍得清寒百體輕橋北潦收波淺碧埭西霜近葉微頳一杯弄筆元無法自愛龍蛇入卷聲

往事

海內橫流日吾猶及建炎衆醫雖共視久疾固難砭點虜方觀釁行宮未解嚴時平逾五紀話此涕常霑

步至東莊

澤國寒雖晚霜天已迫冬蕎花雪無際稻米玉新舂身已風中葉人方飯後鐘兒能哀老子努力事春農

秋思

門巷蕭條秋色深黃花始欲慰孤斟久貧自笑不妨樂過足固知非所欽琴調已忘還漸省詩聯未穩更長吟吾兒西上無多日安得相從老故林　時子虡將調

官臨安

又

日落江城聞擣衣，長空杳杳雁南飛。桑枝空後醅初熟，豆莢成時兔正肥。徂歲背人常冉冉，老懷感物倍依依。平生許國今何有，且擬梁鴻賦五噫。

讀退之人不知古今馬牛而襟裾之句有感

書生獨占世間癡，過計私憂無已時。知盡古今成底事，空將血淚向人垂。

病愈看鏡

鏡中稍復舊朱顏，一笑衰翁乃爾頑。三百瓮齏消未盡，不知更著幾年還。舊傳貧士死，見陰吏，爲言當還魂，有三百瓮齏祿料未盡。

讀韓致光詩集

渺莽江湖萬里秋，玉峯老子弄孤舟。猶勝宿直金鑾夜，凜凜常懷潑醋憂。

逆旅書壁

驢鞍懸酒榼僮背負衣囊但說市朝變不知岐路長
下程先施藥拂榻靜焚香明旦又西去河橋秋葉黃

又

騎驢萬里行歲一過秦城下杜貰春酒新豐聞曉鶯
綠槐新巷陌白骨幾公卿欲覓曲江水連雲禾黍生

初寒老身頗健戲書

一身百病老難支病減身輕偶此時窗暖不妨聊假
寐囊空久已罷招醫山爐嚵絕香生岫鑿研坡陀墨
滿池箇裏生涯君莫厭癡人至死不曾知

又

過雁聲悲落葉稠孤村景物更禁秋窮諳客路風塵
惡老判人間歲月遒酒號賢人真古語疾爲豎子豈

吾憂山房幸有初寒備且傍篝爐擁褐裘

子龍求煙雨軒詩口占絕句

烏桕迎霜已半丹哦詩終日合憑欄霜高木落應尤
好長挂西窗更怕寒

又

規模正似釣魚菴把酒纔容客二三若比東偏參倚

室此中猶自覺耽耽 參倚盋子聿書室名也

劍南詩稿卷第四十終

劍南詩稿目錄

卷第四十一

劍南詩稿卷第四十一

宋 陸游 務觀

居室甚隘而藏書頗富率終日不出戶

掩關小室動經旬蠹簡如山伴此身百億須彌藏粒芥大千經卷寓微塵危機已過猶驚顧惡夢初回一欠伸此段神通君會否聽風聽雪待新春

又

椰子微軀有百竅平生風際轉枯蓬豈知蟬腹龜腸後更寄蜂房螘穴中學儉久判羮不糝憚煩惟欲寐無聽積書充棟元無用聊復吟哦答候蟲

無酒歎

不用塞黃河不用出周鼎但願酒滿家日夜醉不醒不用冠如箕不用印如斗但願身强健朝莫常飲酒造物不少恕虐戲逐段新坐令古銅榼經月常生塵

平生得酒狂無敵百幅淋漓風雨疾造物欲以醒困
之此老醒狂君未知

讀書

古人已死書獨存吾曹賴書見古人後之視今猶視
古吾書未泯要有取賈生痛哭漢文時至今讀之有
餘悲魏徵嘻笑封德彝生亦豈責絳灌知窮秋風雨
臥孤館萬世悠悠百年短垂死成功亦未晚安知無
人歎微管

醉賦

霜楓照茅屋露菊插紗巾今古無窮事江湖未死身
直令依馬磨終勝拜車塵我亦輕餘子君當恕醉人

掩扉

久臥空山獨掩扉迕疎不恨世相違新霜巷陌烏烏
樂小雨園畦菘芥肥驥病極知當伏櫪鷗閑誰與共
忘機一編蠹簡從吾好又見西窗挂夕暉

六經

六經聖所傳百代尊元龜諄諄布方冊一字不汝欺
抱書入家塾自汝兒童時老乃幸不驗愚哉死何悲

又

秦人燔六經非與經爲仇方其勇決時亦爲子孫謀
斂金鑄巨人豈復畏鉏耰千載惡名在尚與黃河流

舟中作

沙路時晴雨漁舟日往來村村皆畫本處處有詩材
炊黍孤煙晚呼牛一笛哀終身看不厭岸幘與悠哉

秋晚

門巷清如水情懷淡似秋詩吟唐近體談慕晉高流
託命須長鑱浮家只小舟江南煙雨岸何處不堪留

又

木落寺樓出江平沙渚生牛羊下殘照鼓角動高城
寒至衣猶質憂多夢自驚羣胡方鬬穴河渭幾時清

西窗獨酌

却掃衡門歲月深殘骸況復病交侵平生所學爲何

事後世有人知此心水落枯萍黏破塊霜高丹葉照横林一樽濁酒西窗下安得無功與共斟

冬初薄霜病軀益健欣然有賦

古服追隨野老歡豎裁布褐縮縫冠霜清頓洗肺肝熱木落更知山澤寬斗酒敢言嫌魯薄杯羹聊得學吳酸一貧自是書生分忍媿看人却似難

一錢

萬事紛紛不足論滿庭枯艸閉柴門一錢留得終羞澀持買餦餭引福孫

燈下讀書戲作

吾生如蠹魚亦復類熠燿一生守斷簡微火寒自照區區心所樂那顧世間笑閉門謝俗子與汝不同調

遊近山

羸病知難賦遠遊尚尋好景送悠悠亂山孤店雁聲晚一馬二童溪路秋掃壁有僧求醉墨倚樓無客話清愁殘年敢望常强健到處應臨歸爲小留

示兒子

祿食無功我自知汝曹何以報明時爲農爲士亦奚異事國事親惟不欺道在六經寧有盡躬耕百畝可無飢最親切處今相付熟讀周公七月詩

寄溧陽周丞文璞周寄詩卷殊可喜

滿握珠璣何自來晴窗初喜拆書開信哉天下有奇作久矣名家多異才隔闊經年如許進超騰它日若爲陪山陰道上霜天好安得相從賦早梅

旅思

支遁山前看月明葛洪井上聽松聲廢亭草滿青騾健野店燈殘寶劍鳴萬事竟當歸定論寸心那得媿平生悠然酌罷無人語寄意孤桐一再行

東村步歸

野渡霜風冷茆簷夕照明催科醉亭長聚學老書生山果紛丹漆村醪任濁清路回家忽近柳外小橋橫

又

風陣鴉翻黑霜林葉半丹筋骸欣小健裘褐戒初寒
代步雞栖足充飢鶴料寬平生自如許況已挂吾冠

觀方外書

司馬遺書有坐忘顗翁止觀略相當龜堂閉戶常終
日時得相從一炷香

午睡初起

曲腰桑上午雞鳴喔喔還如報五更睡起展書摩病
眼油窗喜對夕陽明

又

舍中未報壓新醅閑弄流塵槲葉杯得醉固佳醒亦
好了無一事到靈臺

莫秋遣興

改盡朱顏白盡頭杜門亦復弊貂裘斷鴻影外玉關
月病驥嘶中青海秋孤坐向空書咄咄閑吟隨處送
悠悠如虹壯氣終難豁安得雲濤萬里舟

又

平生南地慣羈遊浪常同不繫舟鼉作夜風經沌口鸛鳴秋雨宿杭頭方傾意氣輕秦俠俄困悲傷類楚因買屋數間聊作戲豈知眞用作菟裘

種蔬

老翁老去尚何言除却翻書即灌園處處移蔬乘小雨時時拾礫繞頹垣江鄉地暖根常茂旱歲蟲生葉未繁四壁愈空冬祭近更催稚子牧鷄豚

起晚戲作

睡到僧廊響木魚莊周蝴蝶雨蘧蘧數聲林下華亭鶴一卷牀頭笠澤書雲子甑香炊熟後露芽甌淺點嘗初若論身逸心無事臺省諸公恐不如

老歎

八十未滿七十餘山巔水涯一丈夫長鳴未免似野鶴生意欲盡如枯株臨安宮闕經營初銀鞍日日醉西湖不須細數舊酒徒當時兒童今亦無

新治暖室

小堂穩暖紙窗明低幌圍爐亦已成日閱藏經志歲月時臨閣帖雜真行詩才退後愁酣戰酒量衰來喜細傾從此過冬那復事夜深時聽雪來聲

暖閣

裘輭勝狐白爐溫等鴿青 宮中供爐炭用胡麻文鵓鴿青 紙屏山字樣布被隸書銘養目簾稀卷留香戶每扃日晡濃睡起盥濯誦黃庭

自詠

朋舊凋零盡乾坤偶脫遺食新心竊喜話舊語多悲泥醉醒常少貪眠起獨遲閉門誰共處枕藉樂天詩

王元之自言在商州讀老莊外枕藉白樂天詩

夜坐

白首仍多病青燈獨掩扉雲低聞雁過雨急待兒歸

初冬有感

衰髮蕭蕭滿鏡絲情懷非復似平時風霜十月流年感碪杵三更遊子悲閩嶠故人消息惡 傳聞方伯謨病

卒蜀江遺老素書遲 張季長居唐安歲常通書 一簞豆飯休嫌薄賦分羈窮合自知

又

峩冠本願致唐虞白首那知墮腐儒碌碌不成千載事騷騷又見一年徂無僧解轂齋厨米有吏頻徵瘦地租要信此翁頑到底只持一笑了窮途

題酒家壁

智若禹行水道如丁解牛蘧蘧幾春夢泛泛一虛舟事定憂何益狂來醉始休青帘誇酒美且復共登樓

冬初出遊

風聲如雨曉颼颼萬葉丹楓滿瓦溝西望牛頭三十里一枝柔艣作閑遊

又

蹇驢渺渺涉煙津十里山村發興新青旆酒家黃葉寺相逢俱是畫中人

早飯後戲作

湯餅滿盂肥羜香更留餘地著黃粱解衣摩腹西窗下莫怪人嘲作飯囊

又

鬅鬙主簿方用事冰壺先生來解圍蠻童取火炷香椀不讀南華誰與歸

擬古

牛跡可使圜羊角可使直惟使剛者柔造物不可得世方貴輭熟剛實不可爲爲剛死道傍已矣何所悲

又

君看一錙絲能得幾日絡君思幾州鐵打此一大錯目前豈不快後悔將奈何我非通神明比汝更事多

又

寧忍千日飢野葛不可烹寧枉百里途捷徑不可行自古風俗壞善士亦淪胥橘柚禹包貢後世稱木奴

又

坐臥北窗下百事廢不治脫粟與大布衣食裁自支

温飽豈不欲違道予心悲地下見先人所冀尚有辭

東村

野人知我出門稀男輟鉏耰女下機掘得茈菇炊正熟一杯苦勸護寒歸

又

野人喜我偶閑遊取酒忽忽勸小留舍後攜籃挑菜甲門前喚擔買梨頭 村人謂小梨爲梨頭

倚闌

滿庭晴日破朝寒粥罷披裘小倚欄殘菊抱叢香欲盡一株南燭獨如丹

霜寒不能出戶偶書

垂老仍多病濃霜得快晴猶能挼菊醉 今年菊晚十月末猶有花但負探梅行篝火烘裘暖油窗潑眼明小兒殊可喜和我讀書聲

冬晴與子坦子聿遊湖上

湖邊細靄弄霏微柳下人家晝掩扉乘暖冬耕無遠

近小舟日晚載犂歸

又

村南村北紡車鳴打豆家家趁快晴過盡水邊牛跡路嶺頭猿鳥伴閑行

又

道邊白水如牛湩知是山泉一脈來會挈風爐并石鼎桃枝竹裏試茶杯

又

海山山下百餘家垣屋參差一帶斜我欲往尋疑路斷試沿流水覓桃花

又

老僧八十無童子禮佛看經總不能雙手丫叉出迎客自稱六十六年僧

又

一榼無時可醉吟一藤隨處得幽尋先須挽取銀河水淨洗人間塵霧心

夢蜀

夢飲成都好事家新粧執樂雁行斜赬肩郫縣千筒酒照眼彭州百馱花醉帽傾欹歌未闋罰觥瀲灩笑方譁霜鐘喚覺晨窗白自怪無端一念差

歲晚

無窮世事浩難量歲晚沉綿臥艸堂短褐坼圖移曲折故書經蠹失偏傍賣刀擬買春耕犢挾策曾士舊牧羊點檢生涯還自笑菜畦殘葉帶新霜　吳中冬蔬常茂

又

扶藤據几久支離敢料鬖鬖迫耄期面槁自丹天所借齒搖復住力何施花前鯨吸猶堪酒窗底蟬嘶未廢詩浮世極知誰不死比君終校幾年遲

讀老子

道德五千言巍巍衆妙門管窺那見豹指染僅嘗黿正爾分章句誰歟達本源蜀莊猶不死過我得深論

世傳莊君平不死時在人間猶讀老子

貧病

窮愁病思兩茫茫衰髮元知合變霜酒要解酲猶有策食求祝噎更無方凋零坐上親朋少寂寞人間歲月長默計有時還自幸幼安垂老始歸鄉

洪雅葛仙硯 探齋中物作題

異硯出漢嘉溫潤蒼玉質因形作獸背得墨如點漆才高德亦全終月不更筆蠻溪大沱輩 皆蜀硯之得名者 烏敢相甲乙從我歸吳中略計將萬日摩拂不去手有若琴在膝名晦知者稀體重盜計窒惟當艸太玄不汚管商術

冬日讀白集愛其貧堅志士節病長高人情之句作古風

君子亦有慕不慕要路津君子亦有恥不恥賤與貧風俗未唐虞詩書非一秦展轉不能瞑臥聽雞唱晨

又

天下不難一軌能凝使堅自古功已成或散如飛煙
惟唐用房魏規模三百年至今河潼路過者猶泫然

又

漢禍始外戚唐亂基宦寺小人討已私頗復指他事
公卿恬駭機關河入危涕艸茅豈無人死抱經世志

又

成童入鄉校所願爲善士富貴本邂逅不遇亦已矣
生輕名義重固守當以死堂堂七尺軀勿使汚青史

又

勁風東北來茆屋吹欲裂出門有奇觀湖上千峯雪
日高炊未具歲晚衣百結士豈無一長所要全大節

又

吾嘗慕昔人石介與王令挑燈讀其文奮起失衰病
吾徒宗六經崇雅必放鄭人衆何足云少忍待天定

又

郊居四十年艸木日夜長喬松已偃蓋穉松出蓁莽

儒生學仁義敢廢自培養鬱鬱棟梁姿拔地當百丈

又

仕如柳柳州牋奏典儀曹君恩篤始終賜骸老東臯
歷觀親黨間如我亦已遭世世當斂退里門不須高

又

鏡湖有隱者莫知何許人出與風月遊居與猿鳥鄰
似生結繩代或是葛天民我欲往從之煙波浩無津

又

卜日家祭竈牲肥酒香清分胙雖薄少要是鄰里情
衆起壽主人一觥瀲灩傾氣衰易成醉睡覺窗已明

十一月四日夜半枕上口占

小室愔愔夜向分幽人殘睡帶殘醺簷間雨滴愁偏
覺枕畔燈香夢亦聞驚雁數聲投野澤悲笳三疊上
霜雲年來萬事俱拋盡自笑詩中尚策勳

齋中弄筆偶書示子聿

左右琴樽靜不譁放翁新作老生涯焚香細讀斜川

集候火親烹顧渚茶書爲半酣差近古詩雖苦思未
名家一窗殘日呼愁起裊裊江城咽暮笳

飢寒吟

夜寒每達日懷抱安得寬朝飢或過午忍此良亦難
飢寒誠吾憂憂有甚飢寒彈琴不終曲推去發永歎
大兒破綠襦三歲待一官小兒學耕稼飯牛歌夜闌
老翁垂八十捫壁行蹣跚傍觀勿嘲笑窮死心所安

病愈小健戲作

路入江村跨蹇驢鞍前分挂兩囊書興來到處沽新
酒不爲閑愁要破除

又

入市歸村不跨驢蠅頭細字夜鈔書身安自勝閑官
職不是虛名暗折除

祭竈與鄰曲散福

已幸懸車示子孫正須祭竈請比鄰歲時風俗相傳
久賓主歡娛一笑新雪鬢坐深知敬老瓦盆酌滿不

羞貧問君此夕茅簷底何似原頭樂社神

湖水愈縮戲作

瓜壟從來幾郡平鏡湖復有一玄英今秋雨少煙波窄甚笑沙鷗也敗盟

夜坐

夜永霜濃睡不成團欒兒女話無生金蓮妄想消除盡一椀松肪徹曉明

夢中作遊山絕句

霜風吹帽江村路小蹇迢迢委轡行忽到雲山幽絕處穿林啼鳥不知名

又

寺樓已斷莫鐘聲照佛琉璃一點明不道溪深待船久老僧驚怪太遲生

大姪挽辭 前知鬱林州博白縣綘

束髮已青袍終身州縣勞一官常骯髒萬里忽君蒿竟負昂霄志空傳擲印豪 君在博白與郡爭辯職事袖印還

之而去　兩踈心不遂遺恨寄滔滔

書幸

富貴不可爲禍機發須臾貧賤不可爲飢寒死路衢

我亦貧賤者死期幸少紓春雨雨耕犢西疇破煙蕪

秋風一釣舟南浦宿菰蒲辛勤異退之亦復有屋廬

堂北鑿明窗可以陳琴書文章不傳世自適亦有餘

又

我身匪兕虎豈是曠野物生非洪水時胡爲在巢窟

向來三入朝薄命不黔突未嘗識許史況敢交平勃

滄波渺黏天遠逐輕鷗沒今年君恩厚幸許賜骸骨

既逃申公鉗又異卞和刖放懷歌嗚嗚寧暇書咄咄

退居

溪煙漠漠奕棋軒筧水潺潺種藥園醫爲疾平新掃

跡客知睡美罕敲門談餘自拂懸牀角飲散空樽卧

壁根賜帛更蒙優老詔此生何以報君恩　比有詔書賜致仕官羊酒粟帛丁寧甚至

北望感懷

滎河溫洛帝王州七十年來禾黍秋大事竟爲朋黨誤遺民空歎歲時遒乾坤恨入新豐酒霜露寒侵季子裘食粟本同天下責孤臣敢獨廢深憂

白髮

蕭蕭白髮濯滄浪剡曲西南一草堂飲水讀書貧亦樂杜門養病老何傷已成五畝扶犂叟誰記三朝執戟郎正似籬邊數枝菊歲殘猶復耐冰霜

老歎

事與年俱往心於世轉疏曼膚銷欲盡鬢髮變無餘野店通賒酒隣翁伴荷鉏尚嗟餘習在夢課吏鈔書

作竹籬成因把酒其間戲題四十字

今日偶暄暖臥聞林鳥呼雖思大白飲未免小蒼扶柳色動籬外梅花來座隅夕陽紅滿野更復倒殘壺

新養白雞毛羽如玉殊可愛

赤幘峩峩玉羽明籬間新織竹籠成老人從此知昏

曉不用元戎報五更

新籬

新籬三面北通門藤架陰中細路分天宇淡青成卵色水波微皺作靴紋參差村舍穿林出縹緲漁歌隔浦聞忽覺楚鄉來眼底欲題幽句弔湘君

龜堂雜興

朝來地碓玉新舂雞跖豚肩異味重便腹摩挲更無事老人又過一年冬

又

曳杖東岡信步行夕陽偏向竹間明丹楓吹盡鴉聲樂又得霜天一日晴

又

閩溪紙被軟於綿黎峒花紬暖勝氈一夜山中三尺雪未妨老子日高眠

又

三分帶苦檜花蜜一點無塵柏子香鼻觀舌根俱得

道悠悠誰識老龜堂

又

方石斛栽香百合小盆山養水黄楊老翁不是童兒
態無奈菴中白日長

又

少年身寄市朝中俗論紛紛聒耳聾清絶寧知有今
日高眠終夜聽松風

又

二三隣曲偶相尋小醉悠然臥竹陰醒後自看還自
笑溪雲猶未是無心

又

蒲團安坐地爐温無位真人出面門世上不知何歲
月斷鐘殘角送黄昏

又

道妙從來亦巃嵸閉門方用十年勤筆端小技深知
悔舊稿如山欲盡焚

又

散樸澆淳萬事新腐儒空有涕沾巾唐虞不是終難致自欠臯夔一輩人

劍南詩稿卷第四十一終

劍南詩稿目錄

卷第四十二

劍南詩稿卷第四十二

宋 陸游 務觀

己未冬至

老人畏添歲每歎時序速今朝陽始生在易得來復扶衰奉先祭拜起賴童僕兒曹亦壽我魚兎隨事足歡言爲一醉家釀及新熟占年當得稔　冬至後九日遇王法當有年　喜笑動隣曲冀從宿麥始載重車折軸明年秋社時處處饜酒肉

冬至夜坐作短歌

一陽萌生從此日老人堅坐午達夕渾渾上泝河流黃赫赫內視神珠赤愛如嬰兒未離乳危若遊絲裊千尺君不見宣房塞河百萬人一旦橫流由蟻隙

新裁短褐接客以代戎服或以爲慢戲作

世事巧相違殘年幸許歸雖云裁兎褐不擬出漁扉

拂石襟靈爽揩節氣力微朝衣猶挂却況遣著戎衣

冬夜

多病睡眠少長閑懷抱清昏燈照殘夢寒漏下高城落月澹將沒棲禽靜復驚誰言冬夜永輾轉已窗明

書感

壯歲功名妄自期晚途流落鬢成絲臨風畫角曉三弄釀雪野雲寒四垂金鎖甲思酣戰地皂貂裘記遠遊時此心炯炯空添淚青史它年未必知

書意

頷霜久矣不勝耘殘髮今年白十分憂國雖忘嫠婦緯愛君敢進野人芹牀頭酒滴空堦雨爐面香横出岫雲已向人間齊物我不教驚起白鷗羣

試茶

强飯年來幸未衰睡魔百萬要支持難從陸羽毀茶論寧和陶潛止酒詩乳井簾泉方徧試柘羅銅碾雅相宜山僧剩啄知誰報正是松風欲動時

對酒懷丹陽成都故人

勞生常羨髑髏樂死時卻悔生時錯花前有酒不肯狂回首朱顏已非昨君看古來賢達人終日飲酒全其真世間萬事竟何有金樽翠杓差關身放翁少日無凡客飛觴縱樂皆豪傑清歌一曲梁塵起腰鼓百面春雷發故人仙去蓬萊宮鸞絲鳳竹醉春風石帆山下孤舟雪一段清愁付此翁

三山卜居三十有四年矣老身七十有五兒輩亦頗宦學未爲非吉也偶作五字示諸兒

買地不占龜心知百世宜西鄰梅福隱南望項王祠菴小偷僧樣陂長按古規保家無異法一念勿萌欺

村興

身老交情見孫生口數添園丁上牛米村婢博蠶鹽粔籹堆盤白餦餭出釜甜閉門君勿誚衰病正相兼

枕上

迢遞孤村夜淒涼半篆香懷人悲夢短聽雨怯更長

有術乾盤汞無方掃鬢霜高吟擬排悶吟罷更倀倀

得建業倅鄭覺民書言虜亂自淮以北民苦徵調皆望王師之至

邦命中興漢天心大討曹風雲助開泰河渭蕩腥膻日避揮戈勇山齊積甲高煌煌祖宗業只在馭羣豪

雨夜讀書

農家冬少事無地肆吾勤急雨生新健陳編寄一欣高風感莘渭善治仰華勳老死今朝夕何由誦所聞

夢中作 己未十二月五日夜作所書皆夢中事也

長隄行盡古河濆小市人稀霧雨昏櫪馬垂頭齧菅艸驛門移路避槐根斷碑零落苔俱徧漏壁微茫字半存催喚厨人燎狐兔强排旅思舉清樽

題傳神

雪鬢蕭然兩頰紅人間隨處見神通半醒半醉常終日非士非農一老翁櫪驥雖存千里志雲鵬已息九天風巉巉骨法吾能相難著淩煙劍佩中

紀懷

未斷要離冢畔雲儈牛得食寄鄉枌修身本欲善吾死臨事豈志尊所聞時序管寧親饋奠江山麗老上丘墳飾巾家簣從來事萬種悠悠莫苦分

新作柴門戲書

雖設常關果是麼開門終日有誰過從來不省多車轍此際眞宜置爵羅尚許漁樵時剝啄偶逢風月亦婆娑炎炎炙手須臾事也比柴荆較幾何

炊飯

米分齋鉢供薪拾墮巢枝偶爾成幽事欣然慰午飢炊時珠瀉甑嘗處雪翻匙欲作明朝計還須賣漉籬

愛閑

今日先生病體輕愛閑猶有舊心情帖看貞觀行間印琴記中郎爨下聲衣焙温温香欲透雪簷滴滴日初晴客來一笑明窗底枉道爲農事耦耕

與子聿讀經因書小詩示之

經中固多趣我老未能忘似獲連城璧如傾九醞觴信能明孔氏何暇傲羲皇努力晨昏事躬行味始長

登東山

老慣人間歲月催強扶衰病上崔嵬生爲柱國細事爾死畫雲臺何有哉熟計提軍出青海未如喚客倒金罍明朝日出春風動更看晴天萬里開

己未歲莫

七十六年將到時龍鍾猶復强支持寒燈照影始知瘦薄酒作酲方覺衰春日尚能持冷蘂花時未礙插繁枝癡頑應有傍觀笑自課園丁補槿籬

冬夜讀書示子聿

宦途至老無餘俸貧悴還如筮仕初賴有一籌勝富貴小兒讀遍舊藏書

又

易經獨不遭秦火字字皆如見聖人汝始弱齡吾已耄要當致力各終身

又

古人學問無遺力少壯工夫老始成紙上得來終覺淺絕知此事要躬行

又

簡斷編殘字欲無吾兒不負乃翁書絕勝鎖向朱門裏整整牙籤飽蠹魚

又

聖師雖遠有遺經萬世猶傳舊典刑白首自憐心未死夜窗風雪一燈青

又

殘雪初消薺滿園糝羹珍美勝羔豚吾曹舌本能知此古學工夫始可言

又

讀書萬卷不謀食脫粟在傍書在前要識從來會心處曲肱飲水亦欣然

又

世間萬事有乘除自笑羸然七十餘布被藜羹緣未
盡閉門更讀數年書

幽興

午倦便高枕朝飢美小飧時穿幽圃屐常掩小菴門
溪憶鷗盟約花迷蝶夢魂餘生猶幾許萬事付乾坤

寓歎

眼底誰爲耐久朋倚肩按膝一烏藤虛名但可欺橫
目薄俗何時復結繩浮世百年悲冉冉閑身萬事付
騰騰年來更歎龍鍾甚欲探梅花病不能

夢題驛壁 十二月二十七日夜

半生征袖厭風埃又向關門把酒杯車轍自隨芳艸
遠歲華無奈夕陽催驛前歷歷堠雙隻陌上悠悠人
去來不爲途窮身易老百年回首總堪哀

新春

柳淡春初破梅寒瘦不禁羈愁醉後減睡思雨中深
閑試新收硯重尋久廢琴何時見朋舊細話別來心

庚申元日口號

數行晴日照青鴛春入屠蘇瀲灩樽兒報山僧留刺去未爲無客到吾門

又

黃絁五丈裁衫穩黑黍三升作飯香造物要教無媿怍一身溫飽出耕桑

又

南陌東阡自在身耄年喜見歲華新洛中九老非吾侶且作山陰十老人

又

晚塗初入長生運新歲仍當大有年剩與鄉鄰同覓醉市樓酒賤不論錢

又

去年迎客已蹣跚今歲人扶出亦難堪笑此翁衰到底重裘絮帽尚言寒

又

仁和館外列鷁行憶送龍舟幸建康舍北老人同甲子相逢揮淚說高皇

視東皐歸

抱耒新湖葑燒畬古廟壖宦遊悲骯髒歸臥困沉綿日隱啼鴉戍舟回落鴈天衰殘知迫死不忍負青編

晚步舍東

遇興穿叢竹尋香折野梅莫天寒欲雪幽徑綠生苔栖雀爭枝噪歸牛並塹來高城角聲動不盡古今哀

人日東園

歲首未入春風氣已稍和我睡意慵起如此鳴禽何駕言之東園落梅亦已多江南無堅冰綠池生微波挹彼蒲萄醅酌我鸚鵡螺雖無絲與竹倚樹自高歌矯首東南望稽山鬱嵯峨兒曹幸力穡老子得婆娑

逆旅行

古者謂死爲歸人此身未死均是客家爲逆旅身在逆久寓遽歸初不擇逆旅相看隨薄厚非意相干寧

足責世間何處無谿山得酒盡醉當墮壑憒傍觀嘲誚亦其宜東海定非蠡可測

小雨初霽

歸來偶似老淵明消渴誰憐病長卿小雨染成芳艸色好風吹斷畫簷聲剪燈院落晨猶冷賣酒樓臺晚旋晴莫道此翁遊興嬾蘭亭禹寺已關情

獨夜

村路泥淹雪虛簷水結冰長征荷戈客暫到放包僧妖鵩鳴高樹飢鼯觸闇燈誰能問良苦衰病正相乘忍窮

短褐財遮骭孤煙僅續炊久窮方有味古語不吾欺堅坐忘昏旦殘年迫耄期尚餘書滿屋手挍付吾兒

開歲半月湖村梅開無餘偶得五詩以煙溼落梅村爲韻

斷岸通別浦孤舟入春煙與梅本無期忽到醉眼邊折花插紗帽花重覺帽偏居人空巷看疑是湖中仙

又
我來梅花村倚杖久佇立惜哉風雨餘零落綠苔溼
往年賦詩人去祑不可執明明朝梅亦空感舊百憂集
又
梅花如高人妙在一丘壑林逋語雖工竟未脫纏縛
乃知尤物側天下無傑作老我懷不紓樽前幾開落
又
斗柄忽東指開盡湖邊梅偉觀天下無四顧雪千堆
時至當斂退勿受曉角催安知桃李輩於子無嫌猜
又
昨日春已來盎盎滿江村落梅亦多情點點浮清樽
語離聊一醉不恨村酒渾人生共如此已矣兩忘言
老病
湖上歸耕一病翁此心非復少年同讀書初恨歲時
速聞道始知身世空匠石不能材社櫟弋人何意慕
冥鴻新春愈覺支離甚又付生涯藥裹中

三二年來夜夢每過吾廬之西一士友家觀書飲酒方夢時亦自知其爲夢也

西鄰好友工談笑每見明知是夢中樽酒不空書滿架何時真得與君同

又

清言亹亹岸綸巾久矣吾遊無若人自怪夢中來往熟抱琴攜酒過西鄰

上元雨

城中酒壚千百所不憂不售惟憂雨今年上元燈滿城曲巷深坊鬧歌舞天公不借一日晴風吹燈死雨如傾家家移牀避屋漏不聞人聲聞屐聲

雜興

造物乘除理固然許將窮悴博頑堅驥衰伏櫪心千里龜冷搘牀壽百年好事時供沽酒費攤途爭笑插花顛漁村宿願雖償盡猶恨僧房欠晝眠

又

散髮林間萬事輕夢魂安穩氣和平只知秋菊有佳色那問荒雞非惡聲達士招呼同嘯傲福人分付與功名一篇說盡逍遥理始信蒙莊是達生

初春書喜

我生本癡絕萬事不繫懷一朝蛻形去豈問棄與薶遊宦三十年所向無一諧偶然有天幸自退非人排黃紙如鴉字君恩賜殘骸剡溪回雪舫雲門散青鞵兩犢掀春泥一鉢隨午齋更當擁布被高枕聽鳴蛙

幽居無一事戲作

長鬚僅有玉川奴禿尾猶無漫漢驢萬事已隨春枕斷故人何啻曉星疎出乘微雨鉏畬粟歸傍荒畦擷野蔬一字不看方睡美任人搜去帳中書

贈道流

煙雲深處作生涯囘首人間歲月賒留得朱顏憑綠酒掃空白髮賴丹砂七絃指下泠泠久雙袖風中獵獵斜他日相尋不知處會從漁父問桃花

病中作

牀席呻吟裏衡茅隱約中空與年往歎未著日新功世遠言猶在身危道豈窮但能無媿怍天地本來公

病愈偶書

枯蓬萬里寄飄風晚落江頭號放翁冉冉流年秋鏡裏悠悠殘夢曉笳中掃除藥裹病良已棄置酒杯愁自空閑處固應容老子臥看年少起新豐

小圃獨酌

少時裘馬競豪華豈料今爲老圃家數點霏微社公雨兩叢閑淡女郎花詩成枕上常難記酒滿街頭却易賒自笑邇來能用短只將獨醉作生涯

飯罷戲示鄰曲

今日山翁自治廚嘉殽不似出貧居白鵝炙美加椒後錦雉羹香下豉初箭茁脆甘欺雪菌蕨芽珍嫩壓春蔬平生責望天公淺捫腹便便已有餘

春日

開盡梅花柳漸青東風又滿會稽城放翁晨起有佳思娅姹林鶯初試聲

又

方池瀲瀲碧波平曲徑纖纖細艸生席地幙天君但醉苦無多日是清明

又

桃花輕薄柳花狂蛺蝶翩翩燕子忙惟有𤨏堂無一事閉門白日不勝長

又

巷口東風吹酒旗老人也惜早春時雨來三日泥没踝過盡梅花渾不知

又

雪山萬疊看不厭雪盡山青又一奇今代江南無畫手矮牋移入放翁詩

又

怕見公卿嬾入城野橋孤店跨驢行天公遣足看山

願白盡髭鬚却眼明

新晴野步

吹盡浮雲旋作晴郊原高下水縱橫煙蕪漫漫如添色谷鳥關關已變聲迨酒賤時須痛飲得人扶處儘閑行隔湖遙指蘭亭路隣叟追隨羨眼明

湖上作

鵝兒涇口曉山橫蜻蜓港頭春水生蘭亭之北是茶市柯橋以西多艣聲

又

東涇西涇花極望紅雲照波錦裏山路似掌平身自倦酒如土賤篋常慳

夜行過一大姓家值其樂飲戲作

村豪聚飲自相歡燈火歌呼鬧夜闌醉飽要勝飢欲死看渠也復面團團

枕上作

水漲泥新滿山寒屋儘低愁多憎夜雨睡少喜晨雞

社肉初分胙春蕪已再犂明朝尋父老不怕蹋街泥

又

山雨蕭蕭過沙泉咽咽流夢中無遠道醉裏失孤愁
貧賣相如騎寒思季子裘兒童報新霽裹飯出閑遊

悽悽行

悽悽重悽悽惻惻復惻惻我媿思曠傍人誰子思側
興邦在人材嚴穴當物色如何清廟器老死山南北
小儒雖微陋一飯亦憂國豈無一得愚欲獻懼非職

春薺

食案何蕭然春薺花若雪從今日老硬何以供采擷
山翁垂八十忍貧心似鐵那須萬錢筯養此三寸舌
輭炊香秔飯幸免煩祝噎一瓢亦已泰陋巷時小啜

答客

人生各有營爲吏最無策其間小黠者但肯乘下澤
絕筆光範書掃迹翹才客早收長塗身未老歸阡陌
嗟予昧擇術謀計真累百衰病始知悔泯默每自責

孤舟寄渺莽尚恨江湖迮客來勿多談窮命不禁嚇

閑中自詠

小艇上時皆綠水短筇到處卽青山二十四考中書令不換先生半日閑

又

聲名本自不關身富貴元知與禍鄰但恨平生閑不足再來直作臥雲人

甲申雨

老農十口傳爲古春遇甲申常畏雨風來東北雲行西雨勢已成那得禦山陰泆湖二百歲坐使膏腴成瘠鹵陂塘遺迹今悉存歎息當官誰可語甲申畏雨古亦然湖之未廢常豐年小人那知古來事不怨豪家惟怨天

今歲遊花涇差晚戲作

滿地殘紅點綠苔花涇弭棹小裴回春風又作忽忽別老病無端衮衮來亦悟百窮緣骯髒終羞萬事學

低摧吾文自欲忘憂耳那博人間水一杯

枕上口占

五十年前詩酒身山陰風月尚如新閑愁已是無關障一枕春寒更惱人

又

蹋雨敲門覓季夷襞牋同和仲高詩同思五十年前事恰似今宵夢裏時

又

五十年間萬事空嬾將白髮對青銅故人只有桃花在惆悵無情一夜風

贈謝正之秀才

君家麻源第三谷我在鏡湖分一曲平生夢亦不相接忽然懷中瀉珠玉誠齋老子主詩盟片言許可天下服長歌爲君定聲價賞音但須一夔足蹋泥過我君豈誤拱璧何至求凡目只愁明日遽來索北窗連夜挑燈讀

連日往來湖山間頗樂卽席有作

晚春光景亦佳哉野老蒼顏一笑開莫問此生猶幾屐但知相遇且銜杯偶攜兒女祈蠶去又逐鄉鄰賽麥囘不信年華如轉轂城頭君聽角聲哀

贈猫

鹽裹聘貍奴常看戲座隅時時醉薄荷夜夜占氍毹鼠穴功方列魚飧賞豈無仍當立名字喚作小於菟

數老

小築依林藪殘年迫耄期衣寬方覺瘦步蹇始悲衰食飲常多忌方書動自隨園花幾分在睡起問吾兒

殘春

章甫從諸老今爲兩世人惟書尚開眼非酒孰關身遠水涵清鏡晴雲蹙細鱗籬邊花未盡作意醉殘春

東村

雨霽山爭出泥乾路漸通稍從牛屋後却過鸛巢東決決沙溝水翻翻麥野風欲歸還小立爲愛夕陽紅

晚步舍北歸

昨日海棠開今朝燕子來偶行沙際去却傍柳陰回

記夢

酒是治愁藥書爲引睡媒吾生不乏此外物信悠哉

夜夢遊名山翠壁開巖扉主人喜迎客劇談皆造微

下臨萬里空渺渺一鶴飛安得棄家去丹竈常相依

寄題揚州九曲池

清汴長淮莽蒼中揚州畫戟擁元戎南連近甸觀秋

稼北撫中原掃夕烽萘發蜀岡雷殷殷水通隋苑月

溶溶戀知帳下多豪傑一醉何因及老農

投老

投老百無成山林送此生薄才元易盡古道竟難行

陋巷牛羊迹衡門鳥雀聲新年幸差健作意事春耕

茅亭

終日坐茅亭蕭然倚素屏兒圓點茶夢客授養魚經

馬以鳴當斥龜緣久不靈詩成作吳詠及此醉初醒

貧甚賣常用酒杯作詩自戲

桃李成塵渾不數海棠也作臙脂雨清明未到春已空枝上流鶯替人語逢春日日合醉歸莫笑典衣窮杜甫生時不肯澆舌本死後空持酹墳土門前三百里湖光天與先生作醉鄉銀杯羽化不須歎多錢使人生癡郎

春晚泛湖歸偶賦

十日雨晴湖水深暖催新綠上橫林分泥海燕穿花徑帶犢吳牛傍柳陰夏近漸低遊舫價日斜殊費寺樓吟歸來支枕還無事一縷微煙看水沉

劍南詩稿卷第四十二終

劍南詩稿目錄

卷第四十三

劍南詩稿卷第四十三

宋　陸游　務觀

東園小飲

少年萬里走塵埃歸臥柴荆晝不開十事真成九敗意一春知復幾銜杯波清憑檻觀魚樂風緊鉤簾待燕回催喚比鄰同晚酌旋燒筆筍摘青梅

又

入東又見幾春風茆屋蘆藩寂寞中道業雖如詩不進世緣已與夢俱空高枝濯濯辛夷紫密葉深深躑躅紅村巷斷無軒蓋到一樽猶得伴鄰翁

又

三月園林日漸長閑從鄰曲答年光酴醾獨殿羣芳後醽醁能令萬事忘下豉蓴羹誇舊俗供鹽梅子喜初嘗烏靴席帽知何樂自古京塵眯眼黃

又

乞得殘骸老故山艸亭終日對孱顏孤雲百尺起江際幽鳥數聲鳴竹間衆死一身今獨健人忙萬物本常閑此心欲語知誰聽賴有漁樵日往還

病退頗思遠遊信筆有作

平日身如不繫舟曾從楚尾客秦頭風生江浦千帆曉月落山城一笛秋萬事只能催白髮百年終是卧荒丘扶衰强項君休笑尚憶人間汗漫遊

春晚閑步門外

病退扶行力尚微悠然隨意出荆扉蜂貪釀蜜爭花去燕喜分泥傍水飛午渴坼瓶嘗煑酒晴暄開笥換單衣躊躇已久歸猶嬾更向溪頭坐釣磯

嘲布穀

時令過清明朝朝布穀鳴但令春促駕那爲國催耕

題齋壁

紅紫花枝盡青黃麥穗成從今可無語傾耳舜弦聲

出郭無十里結廬纔數間每將窮博健不遣樂妨閑賣藥雲邊市尋僧雨外山何妨搖檝去却作跨驢還

龜堂晚興

九日春陰一日晴回塘閑院愜幽情小魚出水圓紋見輕燕穿簾折勢成今日掩關眞佚老向來涉世亦遺名巡簷更有欣然處新筍初抽四五莖

長干行

裙腰綠如艸衫色石榴花十二學彈箏十三學琵琶嫁與商人夫婦各天涯朝朝問水神夜夜夢三巴聘金雖如山不願入侯家郭袖庭花下東風吹鬢斜

養生

受廛故里老爲氓三十餘年學養生倩盼作妖狐未慘肥甘藏毒酖猶輕忠言何啻千金藥赤口能燒萬里城陋巷藜羹心自樂傍觀虛說傲公卿

園中觀艸木有感

木筆枝已空玉簪殊未花赬桐時更晚春盡始萌芽

老人多感慨俯仰悲歲華兩曜如犇輪疾去不可遮城頭插雙旗壘鼓催清笳兀然一室閒不復過鄰家午睡或至莫亂髮垂鬅鬙所嗟瘦僧死莫致茶山茶茶山僧道省歲餉新茶今死已再歲矣

恩賜龜紫

憶昔青衫上赤墀領閒未有一莖絲豈知晚拜金龜賜却是霜髯雪鬢時

又

已挂朝衣神武門暫紆紫綬拜君恩兒孫賀罷還無事兩笠煙蓑自灌園

自警

少年不自量妄意慕管葛晚節雖知難猶覬終一豁悲哉老病馬解縱誰復秣既辭箠鑾勞始愛原野闊飲澗齧霜營亦可數年活勿復思長途嘶鳴望天末

獨夜

一生食太倉蠹耗均雀鼠雖云久置散飢飽尚撐拄

雨年失微祿始覺困羈旅傾身營薪米得食已過午人觀不堪憂意氣終自許藜羹若大庖艸廬如萬礎平生師顏原本自藐晉楚悠然卧北窗殘燈翳還吐

雨夕枕上作

鬢毛日夜雪霜稠冉冉年光逝肯留酒力但資愁作祟雨聲偏與睡爲仇銘旌官職眼前事史冊姓名身後憂畢竟此生何處是江湖萬里有孤舟

喜晴

澤國風雨多春盡尚裘褐閉門不能出飽受鳩婦聒今朝雲忽歸溝水清活活偶爲東園行魚鳥閙何闊婦女蠶事終桑柘光如潑布穀汝勿憂吾襦直可脫

觀運糧圖

王師北伐如宣王風馳電擊復土疆中軍歌舞入洛陽前軍已渡河流黃馬聲蕭蕭陣堂堂直跨井陘登太行壺漿簞食滿道傍芻粟豈復煩車箱不須絕漠追敗亡亦勿分兵取河湟但令中夏歌時康千年萬

年無餽糧

宇文衮臣吏部予在蜀日與之遊至厚契闊死生二十年矣庚申三月忽夢相從如平生愴然有賦

英姿爽氣宇邛州雖古人中豈易求六月長途將暍死一天風雹起龍湫

阿姚

城南倒社下湖忙阿姚龍鍾七十强猶有塵埃嫁時鏡東塗西抹不成粧

初夏

兩足移秧後風和剗繭初昏昏時就枕貿貿却尋書晚步身須杖晨興髮廢梳滿城車馬客誰復問何如

讀書

稽古衰猶力翻書夜達晨思人頻掩卷感事忽霑巾世閱幾春夢身今一老民忍窮端已慣蔬食又經旬

喜晴

江湖春莫多風雨點滴空堦實厭聽剩喜今朝有奇事一窗晴日寫黄庭

初夏北窗

作墨無聲紫玉池年光又入放翁詩風和柳岸吹綿後雨足瓜畦引蔓時病酒相如無奈渴清言叔寶不勝羸此生豈復功名事付與城頭畫角悲

又

水際柴荆晝不開臥聽微雨雜輕雷春蠶滿箔眠初起社燕爭巢去復來海檜屈蟠依怪石山榴零落點蒼苔一樽及此風光美車下長坡底用推

書適

老人去健羨飯足便有餘此外一壺酒薦以園中蔬手種數畦花時開一編書近者苦足蹇復營一柴車時時訪溪父亦或遊僧廬上下山澤間視身等禽魚既歸則浩歌幽幽抱亦少攄一笑謂兒子不須起犂鋤

幽居初夏

路繚長隄北家居小市西陂塘晨飲犢門巷午鳴雞
婦喜蠶三幼 鄉中謂蠶眠爲幼 兒誇雨一犂衰翁亦放
浪未怕屐霑泥

又

梅塢青黃子艸陂紅紫花雙鵝朝戲浦羣鴨莫還家
赤腳挑殘筍蒼頭摘晚茶出門逢野老滿意說桑麻

又

詰曲穿桑徑謳啞響竹門疏泉灌藜莧倚杖牧雞豚
江步橫新舸茅簷弄幼孫太平端有象誰與畫吾村

又

大耋光陰短南訛日月長松枯宜倒壑龜老慣搘牀
寂寂三升稷悠悠百本桑飢寒猶骯髒何術砭吾肓

獨醉

老伴死欲盡少年誰肯親自憐真長物何啻是陳人
江市魚初上村場酒亦醇頹然北窗下不覺墮紗巾

獨立

午醉初醒後回廊獨立時斜陽明雨葉乳鵲梟風枝違俗雖堪笑師心頗自奇傍人疑徙倚向道是尋詩

高臥

省戶歸來不計年悠然高臥鏡湖邊鈎簾每對千峯雨接竹新分一脈泉學問誠身元有道阨窮知我豈非天虛名自古能爲累正恐人看直一錢

趙彥膚修撰挽辭

朝路英聲早宗盟宿望尊讌談推醞藉大筆擅雄渾許國心猶壯安邊策具存悽涼故時客痛哭望秋原

讀香奩集詩戲効其體

金鋪一閉幾春風咫尺心知萬里同麝枕何曾禳夢惡玉壺空解貯啼紅畫愁延壽丹青誤賦欠相如筆墨工一事目前差自慰月明還似未央中

野步至村舍莫歸

艸徑盤紆入廢園漲餘野水有殘痕新蒲漫漫藏孤艇茂樹陰陰失近村拄杖敲門求小憩老盆盛酒瀉

微渾與闌却覓橋邊路數點歸鴉已帶昏

述悲

屏居不出門終歲袖手坐但怪意氣衰那覺日月過
故人爲冢丘老伴餘幾箇天高鬼神惡回夭夷齊餓
遺魂一零落豈復聞楚些且當醉濁醪吾夢行亦破
江東韓漕晞道寄楊庭秀所贈詩來求同賦作

此寄之

三朝巍巍韓侍中爛然彝鼎書元功西戎北狄問安
否九州萬里涵春風子孫繼踵皆將相我猶及拜西
樞公顧憐通家略貴賤勞問教誨均兒童西樞有孫
又奇偉凜然太華摩蒼穹小試玉節江西東文書如
海到手空政成蒲鞭亦不用地上錢流倉粟紅君持
此手上廊廟折衝禦侮知從容桑乾不勞尺箠下榆
關正可丸泥封却歸故里訪遺老應記山陰九十翁

雨夜

麥熟家家喜墮涎竈堂依舊突無煙雨中更覺淒涼

甚一點殘燈守蠹編

小橋

漠漠輕陰隱隱雷石榴半落點莓苔小橋西北闌干角獨岸綸巾待雨來

自笑

三間茅屋寄滄浪爲出樊籠馬脫韁瀲瀲陂塘秧水滿陰陰門巷麥風涼蔬盤旋采溪毛滑篷艇新編露箬香捐盡浮名方自喜一生枉是伴人忙

入梅

微雨輕雲已入梅石榴萱艸一時開碑償宿諾淮僧去卷錄新詩蜀使回墨試小螺看斗硯茶分細乳玩毫杯客來莫誚兒嬉事九陌紅塵更可哀

雨夜

小雨收仍落孤燈翳復明衰殘書易忘憂患夢多驚熠熠螢矜暗翻翻雀轉更閉門行老死亦足慰平生

燕

初見梁間牖戶新銜泥已復哺雛頻只愁去遠歸來晚不怕飛低打著人

午枕

茅簷一杯淡藜粥有底工夫希鼎餗書中至味人不知雋永無窮勝粱肉老夫享此七十年每媿天公賦予偏清泉洗鬴煎山茗滿榻松風清晝眠

項里觀楊梅

山前五月楊梅市溪上千年項羽祠小繖輕輿不辭遠年年來及貢梅時 鄉俗謂楊梅止曰梅

又

隔歲租園不計錢楊梅海裏過年年癡人只競閑名利那信三山是地仙

又

溪流曲曲樹陰陰人語煙中覺塢深把定山僧同一笑明年強健更相尋

又

山中戸戸作梅忙火齊驪珠入帝鄉細織筠籠相映發華清虛說荔枝筐鄉俗謂選擇楊梅爲作梅

夜歸

城角傳三弄桑村喜獨歸雨多螢滿野徑狹露沾衣食儉鹽虀薄年衰氣力微青燈對兒女撫事一歔欷

五月十一日睡起

病眼慵於世世事閑虛堂高臥謝氛埃簾櫳無影覺雲起草樹有聲知雨來茶椀嫩湯初得乳香篝微火未成灰翛然自適君知否一枕清風又過梅

示客

世間可笑走踆踆誤認虛空作汝身已覓餘名潤枯骨更謀厚積遺何人風檣畢竟非心境瓦礫何妨是道真新藕出泥瓜上市爲君一醉墮紗巾

雨中作

雨聲一滴不肯住客夢欲成還自驚白水陂邊破茅屋亂書堆裏老儒生出行豈復有流輩未死尚能躬

釣耕十日無魚亦何歎新蓀幸可配吳秔 旬日來溪水泛溢魚不可得

舟中遣興

湖海渺雲濤浮家得養高方牀展蘄簟短褐束鄖絛酒裏亦何好人間聊可逃酣歌柂樓底萬事一秋豪

自嘲

少讀詩書陋漢唐莫年身世寄農桑騎驢兩脚欲到地愛酒一樽常在傍老去形容雖變改醉來意氣尚軒昂太行王屋何由動堪笑愚公不自量

齋中雜興十首以丈夫貴壯健慘戚非朱顏爲韻

成童入鄉校諸老席函丈堂堂韓有功英概今可想從父有彥遠早以直自養始終臨川學力守非有黨紛紛名佗師有泚在其顙二公生氣存千載可畏仰

又

士生學六經是爲聖人徒處當師顏原出當致唐虞

斯文陣堂堂臨敵獨援枹異端滿天下一掃可使無
乃知立事功先要定規模彼雖力移山安能奪匹夫

又

公議在天下如人有元氣平居失護養一旦可勝諱
神丹卒難求百疾起如蝟奄奄息僅屬熟視吁可畏
大義在春秋遺跡悲漢魏君看徐孺子底物視富貴

又

昔我自蜀歸耆舊已凋喪後來二三公尚慰天下望
千里一紙書慇懃問士恙嗚呼亦已矣遺語寄悲愴
我亦迫桑榆便恐無輩行夜窗對青燈力憊心尚壯

又

餘齡垂八十雖憊猶強飯正如老病馬風沙時一噴
玉關眇何許道里何啻萬目中㶇歷歷欲進不能寸
矯首望秋空徒羨霜鶻健薶骨亦何悲吾非麒麟楦

又

琅琅誦詩書尚記兩髦髧誰料七十年沉滯終坎窞

炊突映茅廬日莫煙慘慘忍窮端已熟撫事空自感
狂言悔噬臍衆皆驚破膽尚有愛書心還如嗜菖歜

又

去國己酉冬忽見十頒歷衰殘口兩齒困阨家四壁
時看溪雲生飽聽簷雨滴悠然度寒暑何處著欣戚
幽人豈知我月夕聞吹笛何當五百歲相與摩銅狄
湖中風月佳時每聞笛聲異甚莫知何人意其隱君子也

又

扁舟東下硤日月去若飛當時筆硯舊久已晨星稀
俊逸如伯渾簡詣如知幾天高鬼神惡回首萬事非
我欲泝黃牛買屋居青衣九原不可作哀哉誰與歸

又

荷鉏艸堂東藝花二百株春風一朝來白白兼朱朱
南列紅薇屏北界綠芋區偃蹇雙松老森聳萬竹臞
餘地不忍荒插援引瓠壺何當拂東絹畫作山園圖

又

閑居寂無客柴門晝常關孤舟小於葉放浪煙水間
樹暗楊梅村露下白蓮灣釣魚樵風涇買酒石帆山
向來支許輩恐亦無此閑道逢若耶叟握手開蒼顔

夏五月方閔雨忽大風雨三日未止

海風一夕狂拔木山雨三朝猛穿屋向來望雲眼欲
枯雨甚還憂敗嘉穀今年旱勢連吳中吾州乃獨勞
神龍稽首龍公要斟酌收雲歸山水歸壑

又

五月晝晦天欲雨街中人面不相覿風聲撼山翻怒
濤雨點飛空射强弩一雨三日姑可休龍其玩珠歸
故湫千里連雲慶多稼牲肥酒香作秋社

遣興

外物元知等一塵浮生何事最關身江山好處得新
句風月佳時逢故人有酒一樽聊自適藏書萬卷未
爲貧聖賢自古無如命君看居東與在陳

又

老向人間怯路岐感今懷昔不勝悲詩無傑思知才盡酒有殘杯覺氣衰縣郭燈疎尋店夜津亭雨細待船時筋骸尚給春耕在便買烏犍亦未遲

六月一日曉賦

視夜明星高蟬聲滿庭樹殘骸幸差健散髮穿雨屨巖扉手自開曳杖得徐步碧瓦浮青煙圓荷瀉殘露艸木無俗姿雞犬共幽趣兒來問晨炊一笑揮使去

露坐

泠泠野水赴橫塘坐久松風入髮涼月淡星疎天欲曉未妨清嘯倚胡牀

夜賦

月暈知將雨風聲報近秋暗廊行熠燿深樹嘯鵂鶹老幸傳家事狂猶爲國憂相齊雖已矣且復飯吾牛

乙夜納涼

幽人新製葛衣成二寸藤冠覺髮輕淨掃中庭延月色緩拖拄杖聽蟬聲微涼便欲疎紈扇小醉何妨倒

玉罌八尺風漪真美睡故應高枕到窗明

五鼓

夢斷華胥夜艾時遶廊蕭散曳筇枝長空漸見明河落短調猶殘畫角吹世事又隨朝日出釣船莫負早秋期南湖五畝新菰熟此味惟應老子知

老態

齒如强留客雖住無久理目如新募兵臨敵烏可使齒廢疎粱肉目澀屏書史浮世真幾何老態遽如此啜粥習安坐用短亦自喜作詩記吾衰聊用調稺子

枕上聞風鈴

毒暑今年倍故常蟲聲四合欲昇牀老人不辦搖團扇靜聽風鈴意已涼

又

流汗沾衣熱不勝饞蚊乘勢更縱橫夢回忽覺南風起時聽錚然一兩聲

寄贈湖中隱者

高標絶世不容親識面無由況卜鄰萬頃煙波鷗境界九秋風露鶴精神子推綿上終身隱叔度潁川一輩人無地得申牀下拜夜聞吹笛度煙津

觀畫山水

古北安西志未酬人間隨處送悠悠騎驢白帝城邊兩挂席黄陵廟外秋大網截江魚可鱠高樓臨路酒如油老來無復當年快聊對丹青作臥遊

六月十八日立秋未旦起行山園口占

北斗離離柄漸西披衣出戸聽晨雞豈惟蒲柳先搖落坐覺風雲已慘悽斷簡不妨重料理清樽隨處可提攜穿林莫惜衣霑露爽徹靈臺勝寶犀

新秋

衰髮成絲奈若何更堪日月疾飛梭梧桐敗葉飄猶少蟋蟀雕籠賣已多歲樂喧呼沽酒市夜涼悽斷采菱歌老夫亦動秋風興欲倩鄰翁買釣蓑

晨起自山園歸書室

世事苦紛紛村墟寂不聞穿林拾蟬蛻隔浦數鷗羣搖落初飄葉高春未散雲歸來書滿眼猶足肆吾勤

初秋小雨

雨來一洗肺肝熱風過遠吹禾黍香誰識山翁歡喜處短檠燈火夜初長

出遊

舉世誰能伴我閑出遊隨處一開顏繫船扛鼎將軍廟秣蹇流觴內史山小市況經搖落後高城回望莽蒼間歸來燈火湖塘晚指點柴門未上關

對酒

平生但信緣作計每不審春炊官倉粟一飽輒甘寢二年棄微祿溝壑方懍懍藜羹闕鹽酪豆飯雜沙墋偶然餓不死得酒猶痛飲捩回灩澦柁喚省邯鄲枕

自勉

曩歲讀隱書妄意慕陶葛芝房及乳石日夜窮采掇飛舉固未能死籍或可脫那知事大謬髮齒將禿豁

神僊豈棄汝正坐自迂闊餘年尚努力勿待燭見跋

新涼

初卷含風八尺漪井桐已復不禁吹蟬聲未用催殘日最愛新涼滿袖時

醉中題民家壁

壯歲羈遊厭故棲莫年却愛艸堂低交情最向貧中見世事常於醉後齊松吹颸颸涼短髮芒鞵策策響新泥吾詩戲用寒山例小市人家到處題

秋景

雨泣蘋花老風搖稗穗長昏林喧宿鳥秋院咽啼螿舊學成迂闊初心墮渺茫頹齡尚餘幾誰與問蒼蒼

舟中作

會稽城上角嗚嗚日落煙村暝欲無千載虛名笑張翰一官元不直蓴鱸

雜興

足弱僅能行齒搖常欲墮扶持賴藥物苟幸一日過

事來強訓答其實惟欲臥平生許文休歲晚依馬磨

又

蘭臺遺漆書汲冢收竹簡辛勤萬卷讀不負百年眼
圍座浩縱橫插架高𡾋㠔一笑顧吾兒鋃艾何足綰

又

壽年本偶爾亦與富貴同一日復一日遂作八十翁
几杖稱大耋貂蟬號三公信手忽成盧孰爲拙與工

又

少年豈知酒借醉以作狂中年狂已歇始覺酒味長
湛湛瓔樽綠酌以紅螺觴醒醉不可名兀坐萬事忘

自詠閑適

殘年鄰曲幸相依眞似遼天老鶴歸荷浦未疏魚正
美鄉俗謂夏秋魚爲荷葉下魚豆畦欲暗雉初肥款門路
近時看竹送酒人多不典衣最喜夕陽閑望處數家
垣屋鎖煙霏

近村莫歸

莫笑山翁雪鬢繁歸休幸出上恩寬黨樽恰受三升
醖龜屋新裁二寸冠（黨樽即皮襲美所云訶陵樽也予近以龜殼作冠高二寸許）僧閣鷺茶同淡話漁舟投釣上清歡
還家欲作諸孫贈村路纍纍柿未丹

秋興

扶衰又見素秋過未死其如造物何破屋頹垣那敢
議濁醪麤飯已爲多佩刀但可償黃犢作字安能博
白鵝龜紫拜恩如夢寐殘年其實一漁蓑

讀史有感

不肯低頭就世事亦不作戕與天公惟須痛飲以醉
死亂山深處聽松風

又

昔人識不過十字富貴封侯渠自如龜堂閉門萬卷
讀一字不肯供時須

又

蘇門長嘯不可親鹿門采藥更絕塵老死故山雖自

許掩書未免媿斯人

劍南詩稿卷第四十三終

劍南詩稿目錄

卷第四十四

劍南詩稿卷第四十四

宋　陸　游　務觀

讀何斯舉黃州秋居雜詠次其韻

造請非所長一帶每嬾束揖客雖小殊亦未勝僕僕
正須駕柴車歸藝東籬菊故山甘水泉羣飲友麋鹿
百年不堪玩萬事要自燭小人欺屋漏吾輩當戒獨

又

少從長者遊麤聞聖人道日食雖一簞頗覺顏色好
辛勤五十年猶秉後凋操風俗日已移令人惡懷抱
紛紛堪一咍驕我以旗纛豈知江湖間世襲散人號

又

全家寄舴艋結茅非始謀江市得煙蓑不博千金裘
道散俗日薄老聃出衰周治身去健羨如稼必去蟊
吾身一隙塵斯世一客郵君能通其說生死真浮休

又

衆星麗長空惟月最爲傑巍巍大圓鏡粲粲白玉玦
穿林散珠璣入戶凜霜雪世方喜繁華我獨慘不悅
清光真可友肝肺冰欲結彼哉市朝人忿慾生內熱

又

夜靜我欲歌四座且勿喧堯舜本得道富貴何足捐
聖人久不作學者墮語言著書各專門百家散如煙
一身有不知況察魚與鳶安得天下士相與明忘筌

又

古人處丘園如彼不嫁女終身秉大節敢恨老環堵
嗟予晚乃覺乞骸歸卒伍去就講已熟穴居宜知雨
百尺持汲綆道長畏天暑先見雖有慚愛身亦自許

又

賦性本剛褊直欲棲深山晚乃稍悔悟自恨不少寬
胡越本一家禍福環無端少忍萬事畢孰爲熱與寒
我友爲我言冠蓋滿長安人人不如君八十猶朱顏

又

倚牆有鉏耰當戶有杼軸雖云生產薄桑麻亦滿目況承先人教藏書令汝讀求仁固不遠所要念念熟喟然語兒子勿媿藜莧腹亦勿慕虛名守此不啻足

又

人生天壤閒出處本異趣釋耒入市朝徒失邯鄲步昔人亦有言刻足以適屨奈何不自反忽已迫霜露我躬尚不閱況爲子孫慮歲晚故山寒地爐可煨芋

又

少年去國時不忍輕出晝晚歸補省郎但覺慚列宿人豈不自揣幸矣老雲岫知止詎敢希要且避嘲詬誰將有限身遺臭古今宙人誅雖或逃陰陽將汝寇

讀蘇叔黨汝州北山雜詩次其韻

暑耘日炙背寒耕泥沒腳衆人占膏腴我獨治磽确力盡功未見厥土但如昨豈惟窘糠粞直恐轉溝壑今年雨暘時天如相耕穫屋傾未暇扶且復補籬落

又

舊絮補破襦生薪續微火惸孤有凍死自視亦已過鄰翁冒風雪斗酒持飲我尖團擘霜蟹丹漆飣山果欣然共笑語何止寬寒餓布被擁更闌招魂不須些

又

三山鏡湖上出郭無十里結廬非所擇但取便薪水閒亦出從宦安能慕園綺地主卜林塘亦復異子美蘧蒢方丈室僅足容臥起吾意本扁舟陸居聊爾耳

又

祠官粟一囊不贍軀七赤前年蒙寬恩例許乞骸骨聯翩三兒子俱作鸛雀碧賦祿雖尚遠亦足慰衰白幅巾茆簷下稱病謝來客從今門前路永掃車馬迹

又

舍北有漁磯下臨清溪流柳陰出朱橋蓮浦橫蘭舟蓴絲二三畝采掇供晨羞魚蝦雖瑣細亦足贍吾州人生常如此安用萬戸侯綠蓑幸可買金印非所求

又

寓形百年中如臂屈伸頃少壯幾何時已復墮衰境

老人喜自潔臨澗漱綠淨佛龕香事已僧鉢供煑䴵

山茶試芳嫩野果薦甘冷不學萬錢廚長魚取淮潁

又

巖石著幼輿風月思玄度老子放浪心常恐迫遲莫

安得世外人握手相與語吾宗甫里公奇辭賦漁具

高風邈不嗣徒有吟諷苦霜風吹短衣何山不堪住

又

久病臥江村髮白面黧黑艱難念温飽日夜積涓滴

聚壤糞園桑荷鋤耘壠麥苟失一日勤農事深可惜

小兒念乃翁卒歲共欣戚跂望明年春社雨泥一赤

又

德孫秀眉宇慨然修初服枯腸貯詩書十飯九不肉

成童將覓舉想見袍立鵠先澤儻未衰豈無五秉粟

汝能記吾言併以告阿福閉門勿雜交一經萬事足

又

吾幼從父師所患經不明何嘗效侯喜欲取能詩聲亦豈劉隋州五字矜長城秋雨短檠夜掉頭費經營區區宇宙閒捨重取所輕此身儻未死仁義尚力行

新治火閤

老子今朝喜有餘房櫳新畢得安居爐紅氈暖不出戶木落窗明常讀書浮蟻撇嘗人散後蹲鴟煨熟雪飛初頹然自適還終日殊勝隆中臥草廬

枕上作

無地容錐四壁空浩然亦未愴途窮夢回倦枕燈殘後詩在空堦雨滴中徂歲易成雙鬢秃故人難復一樽同唐安萬里音塵絶誰爲寒沙問斷鴻　張季長今年尚未通書

又

蕭蕭白髮臥扁舟死盡中朝舊輩流萬里關河孤枕夢五更風雨四山秋鄭虔自笑窮躭酒李廣何妨老

不侯猶有少年風味在吳牋著句寫清愁

初睡起有作

喔喔曉雞鳴迢迢殘漏聲撥衾幽夢斷褰幌小窗明
獠婢篝衣暖山童擁篲行老夫徐下榻負火聽缾笙

示友

道向虛中得文從實處工淩空一鶚上赴海百川東
氣骨真當勉規模不必同人生易衰老君等勿怱怱

述懷

宦遊輕用不貲身斂退今爲省事人唾侯面乾元不
校羹憂手爛更誰嗔時分鄰瓮雙瓶綠見張右史詩永
謝官倉五斗陳最好莫秋溪上路柴門月色向人新

枕上

殘燈熠熠露螢明落葉蕭蕭寒雨聲堪笑衰翁睡眠
少小詩常向此時成

又

斷香猶在夢初回燈似孤螢闔復開怪底詩情清徹

骨數聲新鴈枕邊來

病足久敗遊山之興山中道人多見問戲作示之

病侵腰股作蹣跚九折途生布武閒東姥自無緣見佛北公那有力移山買來芒屩真虛費扶上籃輿亦漸艱賴有春陵數峯在虛窗高臥看孱顏

舟中作

三百里湖新月時放翁艇子出尋詩城頭蜃閣煙將合波面虹橋柳未衰漁唱蒼茫連禹穴寒潮蕭瑟過娥祠祖龍虛負求僊意身到蓬萊却不知

追懷胡基仲 墓在雲門顯聖寺後

高潔胡徵士當時已絕無門庭謝殘客薪水斥常奴遺稿何由見英魂不可呼誰憐墓上艸又是一年枯

十月八日九日連夕雷雨

雨聲聒耳不停點雲氣冒山殊未開敢恨終年惟短褐但驚十月有奔雷牽蘿且復補茆屋飯豆何妨羹

芋魁莫笑賦詩無傑句年來萬事學低摧

西村

今年四月天初暑買蓑曾向西村去桑麻滿野陂水深遙望人家不知路再來桑落陂無水閉門但見炊煙起疑是羲黄上古民又恐種桃來避秦

感事示兒孫

人生讀書本餘事惟要閉門修孝悌畜豚種菜養父兄此風乃可傳百世我聞長安官道傍至今人指魏公莊北方俗厚終可憙一字不識勤耕桑　長安有魏鄭公舊莊裔孫皆力耕無識字者張芸叟嘗過之

或遺木瓜有雙實者香甚戲作

宣城繡瓜有奇香偶得並蔕置枕傍六根互用亦何常我以鼻嗅代舌嘗

十月

十月霜侵季子裘吾詩又送一年秋風回斷續聞樵唱木落參差見寺樓久已浮雲看富貴固應華屋等

山丘江邊海際多幽致擬跨青騾處處遊

初晴

袖手東窗初日明殘編未負老書生不勝多病畏寒

雨正得一霜方快晴客戶餉羹提赤鯉莊戶以雞魚之

屬來餉謂之送羹鄰家借碓擣新秔柴荆莫怪無車馬

恰要無人識姓名

梅花

造物作梅花毫髮無遺恨楚人稱芳蘭細看終不近

又

五年作竹梢十年作梅枝九泉子廉子此語今誰知

廉宣仲自言以五年之功作竹梢十年之功作梅枝

又

欲與梅爲友常憂不稱渠從今斷火食飲水讀僊書

又

春信今年早江頭昨夜寒已教清徹骨更向月中看

又

江上梅花吐山頭霜月明摩挲古藤杖三友可同盟

對酒戲詠

淺傾西國蒲萄酒小嚼南州豆蔻花更拂烏絲寫新句此翁可惜老天涯

冬夜

北斗挂屋角西風驚雁羣山寒歲云莫人靜夜中分酒滴糟牀雨香生紙帳雲眼花書課減舊學失鋤耘

冬晴稍理舊學有感于懷

天公元不吝光陰付與書生遂本心老已爲民猶學問向雖作吏半山林百年斷稿傳三世一日晴窗抵萬金努力更思恢道術酒杯雖把不須深

葺小圃及東齋

山翁作園沼安樂及禽魚凡艸猶當養芳蘭可得鋤初非治一室亦豈愛吾廬莫境雖云迫心期故有餘

讀經示兒子

通經本訓詁講字極聲形未盡寸心苦已銷雙鬢青

懼如臨戰陣敬若在朝廷此是吾家事兒曹要細聽

出遊不果

天柱峯前水亂流石棋渡口葉飛秋青鞵已是前身事縱有籃輿亦懶遊

夢行秦晉間有作

夜店紬衾暖晨厨粟飯香驢肩雙酒榼童背一琴囊冰坼河聲壯郊平塔影長古今均夢境不用弔興亡

聞雞鳴自警

爲善孳孳進德新雞鳴每念舜何人此身强健宜須勉一日會當無此身

嘲子聿

講誦多吳語鈎提學佐書夜分燈未徹晨起髮慵梳飽食園官菜少留溪友魚能憐乃翁病身自舉籃輿

馬上口占

大耋光陰豈自期即今堪喜亦堪悲關河隔絕初心負憂患侵尋舊學衰羸馬涉溪孤店路棲鴉滿樹曉

霜時憑鞍殘夢悠然覺又得浮生一首詩

幽居

莫笑茅茨陋岡形接臥龍連娟鏡湖月縹渺寶林鐘閑約魚池釣眠聽碓舍舂他年好事客過此訪遺蹤

感事

陋巷何須歎一瓢朱門能守亦寥寥衲衣先世曾調鼎野褐家聲本珥貂若悟死生均露電未應富貴勝漁樵千年回首俱陳迹不向杯中何處消 沈義倫丞相裔孫爲僧劉仁贍侍中裔孫爲道人皆孤身死紹興中二公之後遂絕

初寒

逐祿天涯半此生明時寬大許歸耕山園魚市寒無色雨掠蓬窗夜有聲白髮青燈身潦倒殘蕪落葉歲崢嶸爾來有喜君知否買得烏犍萬事輕

寄題季長飾菴

近詔還中祕新文記飾菴主盟君勿讓賈勇我何堪木落山容瘦雲齊雪意酣何由共杯酒把蟹擘黃甘

對食書媿

連年寬水旱天若相懸車轆有芋魁豆併忘熊掌魚先生飯不足賢者食無餘老我知何幸晨盤厭美蔬

戲題酒家壁

漫道江南倚寺樓豈如煙雨弄扁舟并刀不翦清愁斷楚練難縻白日留湖上采菰甘似蜜街頭買酒滑如油金丹九轉何時畢且對梅花一醉休

又

送了春歸又送秋人間隨處寄悠悠百年此際成遺老萬里當時賦遠遊筆力日衰慚陣馬江天歲晚狎冥鷗清狂自笑無時歇又犯新寒上市樓

又

朋舊存亡寂不聞年年江海愴離羣晴平酒價賤如水病起老身閑似雲飽食每慚荒舊學後生誰可付斯文案頭清鏡塵昏盡殘髮知添白幾分 予老甚髮乃有未白者

十月二十八日夜風風雨大作

風怒欲拔木雨暴欲掀屋風聲翻海濤雨點墮車軸
拄門那敢開吹火不得燭豈惟澁溝谿勢已卷平陸
辛勤蓺宿麥所望明年熟一飽正自艱五窮故相逐
南鄰更可念布被冬未贖明朝甑復空母子相持哭

夜寒燃火有感

墮巢拾槁枝微火吹孤螢風火一相得須臾細煙青
暖焰遂騰上凜冽回玄冥君看金鼎火其初亦熒熒
至理存槖籥奇功挾風霆笑談縛三彭指顧役六丁
超然出塵世豈獨制頹齡勸君勿虛死萬過誦黃庭

農事休小葺東園十韻

歸老心常逸新寒體亦康幸當農事隙稍治舊園荒
翦闢西山出縈回北徑長作欄扶弱蔓換土植孤芳
霜霰篔簹碧風煙薜荔蒼蝶來翻小翅鳥下囀幽吭
疏剔巖泉集耘鋤藥草香溪藤裁酒榼番錦製詩囊
坐久雲生石歸遲月滿廊人間胡不樂拔宅笑君房

開東園路北至山腳因治路傍隙地雜植花艸
清溝東畔翦蓁菅雖設柴門盡日關遠引寒泉成碧
沼稍通密竹露青山幽花泣露開仍落好鳥穿林去
復還更上橫岡吾所愛小兒試覓屋三間

又

魏野林逋久已僊放翁寄傲鏡湖邊松根偃蹇支琴
石巖竇潺湲洗藥泉半祿掃空雖在我殘年健甚豈
非天遙遙桑苧家風在重補茶經又一編

又

憶自南昌返故鄉移家來就鏡湖涼鶴雛養得沖霄
漢松樹看成任棟梁手版永拋貧亦樂肩輿時上老
何妨平郊東望江城近隱隱清笳送夕陽

又

父子追隨一笑傾東園東畔路初成夾栽芳艸如繩
直前出籬門似砥平春近野梅香欲動雨餘溝水細
無聲今朝有憲誰能識不用人扶亦自行

又

病眼逢人每嬾開正須此地洗氛埃數枝梅向林梢出一脈泉從嶺背來藤杖有時緣石磴風爐隨處置茶杯殘軀自笑如春艸又喜天邊斗柄回

又

避俗從來恨不深家園栽種偶成陰西連幾曲菖蒲澗東接無窮薝蔔林烏柏谷寒迎野步金沙泉冷洗塵襟清音可寫吾詩拙它日君來試抱琴

連日治圃至山亭又作五字

薙圃課僮奴爭前不待呼氷泉經雨壯蓁莽得霜枯高樹鳴雙鵲清池下兩鳧莫年惟樂此餘念一毫無

又

富貴尋常事天奚獨汝慳十分教嬾拙百倍與清閑放鶴雲千頃釣魚溪一灣此詩雖信筆它日不須删

又

好竹千竿翠新泉一勺氷殘蕪無襯落日老木上寒藤

細磴欹難過危欄曲可憑歸時忽已莫點點數漁燈

又

門開度略彴路盡上坡陁農隙閑耕犢樵歸起醉歌
青煙舞鸞鳳白石伏黿鼉剩有節枝與窮冬氣已和

寒夜

敗屋頹垣對短檠課書聊自限三更蕭條艸木寒無
色窸窣狐貍出有聲半榼濁醪求火暖一篇疑義與
兒評未須遽起窮愁歎明日尋梅雪正晴

掩卷有感

少年雖讀書每恨性疎嬾中年頗自勵已歎歲月短
學不到聖賢此意終未滿甑空不憂飢衣垢不思浣
區區管晏事端可付一莞羸然八十翁風雪卧空館

閑遊

出雜羊牛牧歸隨鳥雀棲聊持數匙飯就乞半盂齏
浩蕩淩原野崎嶇歷澗溪閑遊豈不好客意自淒淒

野寺

閑行入野寺僧飯鼓其鏜慘慘風勢面暉暉日滿廊去來元自在賓主兩相忘却下山坡路樵歌出隴長

三江

三江郡東北古戍鬱嵯峩漁子舩浮葉更人鼓應鼉年豐坊酒賤盜息海商多老我無豪思悠然寄醉歌

讀老子

放翁晨興坐龜堂古銅匜燒海南香臨目接手精思淋身如槁木心如牆八十一章獨置傍徐起開讀聲琅琅怳然親見古伯陽袂屬關尹肩庚桑孰能試之出毫芒末俗可復躋羲黃陰符僞書實荒唐稚川金丹空有方人生忽如瓦上霜勿恃强健輕年光

新泉絕句二首

掃石蔭雙松岸巾穿萬竹爾來又一奇巖泉寒可掬

㪺泉可瀹茗就泉可洗藥楚人曾未知但謂纓可濯

風雨

七十年來樂太平白頭父子事春耕因思世事悲身

事更聽風聲雜兩聲四海故人强半死一襟清淚對
誰傾新春要覓燒丹處不住青城住赤城

題菴壁

萬壘青山繞鏡湖數椽自愛野人居風來松度龍吟
曲兩過庭餘鳥迹書小疾不妨尋酒去豐年偶及挂
冠初有金可散還多事四壁蕭然計未疎

又

衰髮蕭疎雪滿巾君恩乞與自由身身并猿鶴為三
友家託煙波作四隣十日風號未成雪一年梅發又
催春漁舟底用勤相覓本避浮名不避人

讀僊書作

與世已如風馬牛松風終日聽颼飀一爐丹熟定不
死半盞酒香安得愁腰帶鞓前秋萬頃香爐峯下水
交流人間事事皆須命惟有神仙可自求

讀淵明詩

淵明甫六十遽覺前途迮作詩頗感慨自謂當去客

吾年久過此霜雪紛滿幘豈惟僕整駕已迫牛負軛奈何不少警玩此白駒隙傾身事詩酒廢日弄泉石梅花何預汝一笑從渠索顧以有限身兒戲作無益一牀寬有餘虛室自生白要當棄百事言從老聃役

寒夜枕上

屋老霜寒睡不成迢迢漏鼓過三更烏啼林外月初上犬吠水邊船夜行市有歌呼知歲樂亭無枹鼓喜時平吾詩欲寫還慵起臥看殘燈翳復明

新晴出門閑步

一夜風號作快晴披裘扶杖出門行青山繞舍雪封盡丹葉滿街霜染成廢寺僧寒多晏起近村農惰闕冬耕窮人旋畫膨脝計自買蹲鴟煮糝羹

聞笛

雪飛數片又成晴透瓦清霜伴月明一曲忽聞高士笛臨窗和以讀書聲

鳴禽

小徑霜泥結凍時幽人十日廢笻枝新晴池館春來早簾外鳴禽聖得知

食晚

日高得米喚兒舂苦雨園蔬久闕供省事家風君看取半飢半飽過殘冬

午坐戲詠

貯藥葫蘆二寸黃煎茶橄欖一甌香午窗坐穩摩癡腹始覺龜堂白日長

戲詠鄉里食物示鄰曲

山陰古稱小蓬萊青山萬疊環樓臺不惟人物富名勝所至地產皆奇瓌茗芽落磑壓北苑藥苗入饌逾天台明珠百舸載芡實火齊千擔裝楊梅湘湖蓴長涎正滑秦望蕨生拳未開箭茁蟄藏待時雨桑蕈菌蠢驚春雷樱花蒸煮蘸醯醬薑茁披剝醃糟醅細研罌粟具湯液溼裹山蕷供炮煨老饞自覺筆力短得一忘十真堪咍從今置之勿復道一瓢陋巷師顏回

歲莫貧甚戲作

得米還求澗底薪始知天地有窮人年開八秩寧賒死官及三兒不救貧藥盡無如醫偃蹇囊空那辦酒逡巡柳條萱艸添愁思不似尋常見早春

汪叔潛教授挽辭

江南有奇士英譽早飛騰未見心先契相從氣倍增時煩問字酒屢共讀書燈下榻延徐孺同舟得李膺百年期永好一旦失良朋稚子初何取龍門亦許登流光疾於鳥舊社冷如冰欲作千言誄衰遲愧未能

汪給事太夫人程氏挽辭 夫人內外二族享壽八九十者至二十餘人

爵邑恩榮盛鄉閭譽望尊儒科傳累葉上壽萃高門阡茂新栽柏堂餘舊樹萱故民何以報沾灑望秋原

太恭人諭氏挽辭 恭人生於紹聖二年沒於慶元六年壽九十六自太孺人至太恭人皆特恩封

耄齒人誰及高門世共榮始終膺備福穉老遇昇平

綸綍褒嘉事鄉閭惻愴情吾詩儻傳世亦足見平生

路乾

日曬霜融步步泥旬餘不到石泉西連朝和暖得乾路喚取鄰翁來杖藜

寒夜

閉戶歲云莫翻書夜向闌足僵知火盡目鈍覺燈殘躍浦魚驚獺穿林犬逐貛三年納微祿無媿得心安

作晴至園中

藥笈漁竿每自隨枯筇短帽恰相宜投林但有窮猿喜伏櫪元無老驥悲巖溜甘寒通碧沼野梅清絕隔疎籬放翁老甚情懷嬾那辦題詩寄所思

劍南詩稿卷第四十四終

劍南詩稿目錄

卷第四十五

劍南詩稿卷第四十五

宋　陸　游　務觀

十二月三日夜橋上看月

常時新月有無間今夕清暉抵半環柳外橋高最堪望憑闌目送下西山

流年

流年及耄敢前期浮世如漚只自知多貯閑愁持抵酒剩遊好景擬供詩海東藥到寬衰疾嶧下書稀愴別離陳明州餉人參張季長久不得書約束春盤莫艸艸又當梅發兩京時

山家

風月寬閑地溪山隱遯身雲邊安井臼竹裏過比鄰

又

洗朮分巖瀑烹芝束㵎薪柴門敲不應疑是避秦人

種藥爲生業彈琴悅性靈中宵煮白石平日誦黃庭
茶熟眠初起兒扶酒半醒意行無定處猿鳥共忘形

又

長生固非道得道自長生書不傳關尹言誰契廣成
羅浮觀日出句曲聽松聲聞說長安好何妨醉太平

又

陶葛金丹訣千年祕不傳人皆肖天地世豈乏神仙
擾擾生趨死悠悠食復眠微言誰復領浩歎撫遺編

又

清絶更誰如松風小閣虛蘧巾參几杖鶴毳落琴書
新鑿淘丹井常攜斸藥鉏身閑隨處樂何況是吾廬
小舟白竹篷蓋保長所乘也偶借至近村戲作
茅簷細雨溼炊煙江路清寒欲雪天不愛相公金絡
馬羨他亭長白篷船

又

雪雲無際暗長空小市孤村禹廟東一段荒寒端可

畫白篷籠底白頭翁

稻飯

買得烏犍遇歲穰此身永免屬官倉塘南塘北九千頃八月村村稻飯香 鏡湖下至海凡種稻九千頃

殘臘

殘臘無多寒漸薄新春已近日微長棋枰散後軒窗靜梅塢歸來襟袖香海霧籠山青淡淡河堤豬水白茫茫鷺飛前導生遊與笑岸綸巾上野航

又

殘臘去春纔十日衰翁告老已三年乳糜但喜分香鉢銀勝那思映綵鞭萬里當時嗟漫浪一窗此日困沉綿清泉白石無人到且結梅花淡淡緣

書志

箸書汗馬牛不如守道力賣文取卿相詎是儒者職孔光豈不學千載汗簡冊通塞本細事于我奚失得袁安臥空廬亦度風雪夕如何慕溫飽撓節不自惜

我突無炊煙或至日中昃小兒抱遺經衣短兩脛赤
吟誦何琅琅聲如出金石掩卷語乃翁聖有陳蔡厄

數日不出門偶賦

衰甚身如作繭蠶經旬不省出茅菴老僧遣信分茶
串隱士敲門致酒甔看鶴松陰賞高潔疏泉石罅得
清甘地偏心遠無車馬賴有吾兒與劇談

又

十二年來一日同飯蔬略似誦經翁居家不擬依鄰
富報國惟思祝歲豐冰澗乍通寒溜碧蘭叢新放露
芽紅閑門萬化俱觀盡那用瞿曇更說空

又

湖上蝸廬僅自容寸懷無奈百憂攻補衣未竟迫秋
露待飯不來聞午鐘稚子挾書勤質問鄰翁釋耒間
過從今朝一笑君知否滿瓮新醅粥面醲

寄題嚴居厚伴釣軒

人生有至樂莫若江湖中千錢買短艓青箬織孤篷

潮生鼓棹去煙波浩無窮長歌送夕陽回首萬事空
伴釣君已奇我乃真釣翁君出羊裘家散人亦吾宗
一見即定交正以氣味同何時溪莊路共醉蘆花風
溪莊蓋居厚所居

寄趙昌甫幷簡徐斯遠

我詩非大手我酒亦小戶得遊名勝閒獨以用心苦
趙子乃宿士山立誰敢侮寓名祝融祠蓑笠卧煙雨
高吟三千篇一字無塵土朱先少許可書每說昌甫
雖云忍飢瘦得喪亦相補嗟君與斯遠文中眞二虎
我老日益衰想像氣如縷

南園觀梅

幽徑疎籬洗世塵眼明見此數枝新橫斜恰受三更
月璀璨先回萬物春洛浦凌波矜絕態緱山騎鶴想
前身放翁著句煩君記畫在生綃却未真

老身

老身無處著登望憶閑遊白浪浮天遠黃雲出塞秋

百年殊鼎鼎萬事只悠悠歲晚長亭路寒侵季子裘

獨處

老夫閑門衰疾嬰小兒適有南山行一奴入市莫未返愔愔不聞鳥雀鳴地爐火死凍腳硬欲作薄粥愁空鎗平生遣日賴詩句久矣無復吟哦聲但餘一點真正念照了萬象猶精明欲論此事向何許衆中倘遇千人英

醉中歌

文章日益近衰陋風節久已嗟陵夷元祐大蘇逝不返慶曆小范今誰知閑門學古人共笑低頭就俗我却疑脫衣幸可買漁艇爛醉浩歌隨所之

排悶

人間歲月莽悠悠老大悲傷只涕流民饜糟糠寧細事俗忘節義更深憂潦歸宿麥猶難望雪少同雲未易求自歎此生真已矣且偷暇日弄孤舟

庚申十二月二十一日西和州健步持子布書

報已取安康襄陽路將至九江矣悲喜交懷作長句

吳蜀相望萬里程征鞍忽報近湓城角巾已入三更夢老眼先增十倍明告至偏爲親舊問勞還深媿里閭情追思二紀睽離事憙極翻成涕泗横

又

萬里東來雙鯉魚衰翁悲喜得兒書聞過峴首已冬至想到匡廬將歲除辛苦山行穿雪履淒凉旅飯嚼冰蔬此行身歷艱難徧莫厭東臯共荷鉏

園中作

幽禽啼不去紅藥落還開意適時時醉身閑日日來箸書增水品披句覓檻栽消息吾兒近扶衰又上臺

子布約二月初到鄉里

足疾

足疾惟妨拜登臨故自如深知造物意遣遂此心初東塢閑看竹西溪獨釣魚莫歸猶未倦把卷遶前除

歲莫書懷

世事從來不可常把茆猶幸得深藏牀頭酒瓮寒難熟瓶裏梅花夜更香薄命元知等蟬翼畏途何處不羊腸詩成讀罷仍無用聊滿山家骨董囊

又

憶昔初辭鵷鷺行慨然誓墓老耕桑蓼汀夜宿夢魂爽梅塢莫歸襟袖香窮巷每多閑日月小兒時誦古文章吾儕窮死從來事敢變胸中百鍊剛

除夜

守歲全家夜不眠杯盤狼藉向燈前相看更覺光陰速笑語逡巡卽隔年

修路

雨霪道壞困泥塗木石紛然賴里閭但使僅堪行便足我無長戟與高車

金丹

子有金丹鍊卽成人人各自具長生施行要使俗仁

壽收斂猶能心太平劇飲似鯨身不倦細書如蠅眼常明更餘一事君難學富貴真同涕唾輕

平昔

平昔飄然林下僧更堪衰與病相乘殘年已任身生死一念猶關道廢興皎皎初心質天地兢兢晚節蹈淵冰子孫勿厭藜羹薄此是吾家無盡燈

二月三日春色粲然步至湖上

不媿衰翁雪鬢新出門也復整烏巾梅花隔水香撩客野鳥穿林語喚人長日難消惟泥酒災年不死又逢春吾兒已到新安未想掬清溪洗客塵子布度將至新安

計子布歸程已過新安入畿縣界

憶昔初登下峽船一回望汝一淒然夢魂南北略萬里人世短長無百年強遣老懷終兀兀忽聞歸騎已翩翩今朝屈指無窮喜歷盡江山近日邊

東園觀梅

出世仙姝下艸堂高標肯學漢宮粧數苞冷蘂愁渾破一寸殘枝夢亦香問訊不嫌泥濺屐端相每到月侵廊高樓吹角成何事只替詩人說斷腸

喜得建茶

玉食何由到艸萊重奩初喜坼封開雪霏庾嶺紅絲磑乳泛閩溪綠地材舌本常留甘盡日鼻端無復鼾如雷故應不負朋遊意手挈風爐竹下來

春雨

細雨吞平野餘寒勒早春未增豪飲興先著苦吟身幽徑萱芽短方橋柳色新閉門非為老半世是閑人

春雨

擁被聽春雨殘燈一點青吾兒歸漸近何處宿長亭

又

湖上新春柳搖搖欲喚人多情今夜雨先洗馬蹄塵

初春感事

馬跡車聲是處忙經旬無客到龜堂水初泛溢黏天

綠梅欲飄零特地香世事紛紛人自老歲華冉冉日初長百錢不辦旗亭醉空愛鵝兒似酒黃

又

一樹紅梅已半殘破裘也復敵春寒忍窮過日却差易負媿終身良獨難活火靜看茶鼎熟淸泉自注研池寬人生樂處君知否萬事當從心所安

道室書事

五十餘年讀道書老來所得定何如目光熠熠夜穿帳胎髮青青晨映梳二事皆紀實甚畏螟蚍寧斷手已烹熊掌敢兼魚春蕪二畝扶犂去空憶高皇賜對初

先少師宣和初有贈晁公以道詩云奴愛才如蕭穎士婢知詩似鄭康成晁公大愛賞今逸全篇偶讀晁公文集泣而足之

仕不逢時勇退耕閉門自號景迂生遠聞佳士輒心許老見異書猶眼明奴愛才如蕭穎士婢知詩似鄭康成早孤遇事偏多感欲續殘章涕已傾

春日雜題

梅花三十本圍以疎竹籬入春甫十日開遍南北枝

少年輕節物老大復苦衰坐見零落盡一杯初未持

又

春雨路易乾雨止卽可行梅花落無餘蘭芽亦已生

好鳥何山來向我飛復鳴行矣東郊路藉艸作清明

又

野水如棋枰所至各成村炊煙出茆屋碓聲隔柴門

樹陰同戲兒多已長子孫安居無暴斂何以報國恩

又

春陰不成雨正作卵色天花開路無塵墜楊柳搖輕煙

佳哉冷淘時槐芽雜豚肩長安墮胡虜況說野狐泉

又

客路行無窮漁唱聽不厭濤江西限吳雲岫南入剡

蹇驢過小市高柳擁孤店去去望前村鴉歸煙欲斂

又

蒲柳深復淡桃李自間紅東皇一視駕萬物酣酣春風煙村在何許小屛團扇中一笑喚稚子相扶上短篷

春日暄甚戲作

桃杏酣酣蜂蝶狂兒童相喚踏春陽老人自笑還多事預恐明朝雨壞牆

春日

遲日園林嘗煑酒和風庭院眼新絲已過燕子穿簾後又見鰣魚上市時排悶與兒聯小句破閑留客戰枯棋殘年自覓安排處除却歸休總不宜

書室獨夜

忽忽新春過惜惜一室幽銅燈立雁趾石鼎揭龍頭老媿人扶拜貧無食足謀退居消日月太半付莊周

追感往事

太平翁翁十九年紹興中禁中謂秦太師爲太平翁翁父子氣熖可熏天不如茅舍醉村酒日與鄰翁相枕眠

又

世事紛紛過眼新九衢依舊漲紅塵桃花夢破劉郎老燕麥搖風别是春

又

渡江之初不暇給諸老文辭今尚傳六十年間日衰靡此事安可付之天

又

文章光焰伏不起甚者自謂宗晚唐歐曾不生二蘇死我欲痛哭天茫茫

又

諸公可歎善謀身誤國當時豈一秦不望夷吾出江左新亭對泣亦無人

書意

我本三生世外人幻軀其實强冠巾稍能閉戶學種菜時亦長歌行負薪一醉却非身外事百年終是冢中塵君知夢境無根底莫信人言想與因

又

病眼猶堪閱世人難將雪鬢著烏巾囊中錢盡罷沽
酒澗底雨寒愁束薪老子那辭徙牛屋癡人自喜拜
車塵窮通要是兒嬉事嬾就山僧講宿因

清都行 有序

辛酉二月十四日夜雞初鳴夢與故人查元
章並轡行大道中前望宮闕甚壯麗元章言
吾輩當同預大議論予與約勿爲身謀元章
拊掌稱善遂覺作清都行一首

積雨初收曉寒重野人忽作清都夢宮牆柳色綠如
染仰視修門岌飛動元章久已葬岷山安得翩翩並
馳鞚春光如昔交舊少肺肝欲寫誰堪共頗聞天閽
有疑事通明殿下方僉議約君切勿負初心天上人
間均一是

春來食不繼戲作

久臥窮閻困負薪何妨掃盡太倉陳瘦如飯顆吟詩
面飢似柴桑乞食身犧象未應殊斷木江湖底處有

窮鱗大冠長劍人看好不換茅簷一幅巾

紹興辛酉予年十七矣距今已六十年追感舊

事作絶句

常憶初年十七時朝朝烏帽出從師與許子威輩同從鮑

季和先生晨興必具帽帶而出忽逢寒食停供課正寫礬書

作贋碑

獨坐視老奴灌園

東窗日晚獨愁予眼闇年來頗廢書賴有吾家老阿

對相從引水灌園蔬

雨晴風日絶佳徙倚門外

一雙芒屩伴筇枝不用兒扶自出嬉貪看南山雲百

變舍西溪上立多時

又

茶鼴無端廢午眠杖藜信步到門前青裙溪女結蠶

卦白髮廟巫催社錢

又

章老三年病方死吳翁一夕呼不醒獨有此身頑似鐵倚門常看莫山青 章吳皆隣人以去冬死

春遊

春風堤上艸萋萋艸軟沙平護馬蹄似蓋微雲纔障日如絲細雨不成泥千秋觀裏逢新燕九里山前聽午雞追憶舊遊愁滿眼綵船曾繫畫橋西

春雨

狼藉殘花滿地紅擁衾孤夢雨聲中人生十事九堪歎春色三分二已空但有老盆傾濁酒不辭衰鬢對青銅長貧博得身强健久矣無心咎化工

又

藥爐茶竈淡生涯聽雨猶能惜物華蘸岸頓添三尺水沾泥不貸一城花閑摩病眼開書卷時傍危欄弄釣車稚子孤行八千里喜聞炊熟可還家 家僮自行在來報子布寒食前可到家唐人以寒食前一日爲炊熟

又

自笑平生嬾是真閉門高枕動兼旬海棠千片已隨水杜宇一聲無復春綠酒盈樽足忘老朱樓上市正嘗新今朝雨止通溪路又向沙頭岸幅巾

書懷

謝客元無疾深居似有憂向空書咄咄對竹送悠悠出每思安臥歸還念遠遊春衣典已慣斗酒不難謀

三月十六日至柯橋迎子布東還

江國常年秋雁飛吾兒遠客寄書稀道途一見相持泣鄰曲聚觀同載歸艸艸杯盤更起舞匆匆刀尺旋裁衣從今父子茅簷下回首人間萬事非

又

我似傷禽帶箭飛更憐汝作雁行稀異時恐拖終身恨此日寧知徒步歸萬里外應勞遠夢三年前已挂朝衣斷編蠹簡相從老絕念功名亦未非

題施武子所藏楊補之梅

補之寫生梅至簡亦半樹此幅獨不然豈畫橫斜句

食野菜

野蔌山蔬次第嘗超然氣壓太官羊放翁此意君知否要配吳粳曉甑香

又

萬里蕭條酒一杯夢魂猶自度邛郲可憐龍鶴山中菜不伴峩眉栮脯來

予十許歲即往來雲門諸山今復與諸子來追念悽然

經行猶記髧髦初所至渾如過故墟橋廢夕陽空鶴表碑亡春草沒龜趺荒郊渺渺羊牛下叢木蕭蕭烏雀呼可恨一衰今至此右攜節杖左人扶

雲門道中

度嶺穿林一徑斜旋篝新火試新茶箬包粉餌祠寒食雨溼青鞵上若耶石罅微泉來滴瀝溪涯老木臥槎牙不須苦覓東柯谷是處雲山可寄家

龍瑞

多年不蹋陽明路今日重來院院行好在千秋馮觀
主修廊一見眼偏明

禹寺

莫春之初光景奇湖平山遠最宜詩尚餘一恨無人
會不見蟬聲滿寺時

寄題張仲欽左司槃澗

劍谿之南有佳處山靈尸之不輕付張公鼻祖晉司
空談笑得地開窗戶谿光如鏡新拂拭白雲青嶂無
朝莫伏几讀書時舉頭萬象爭陳陶謝句公今仙去
有嗣子嶔崟崎嶇方叱馭山城何曾斅如斗噭噭不
受世俗汙君不見俓文往者勢如山朝士幾人無汗
顏尊公遺事不須述但看當時出處閒

園中晚興

世故誰能必書生妄自期年光卷中過心事鬢邊知
零落花隨水輪囷筍突籬晚晴山盡出徙倚獨移時

送陳希周赴安福令

補吏鶴嶺邊尊公方玉立超遙簫風雲餘子那可及
天高鬼神惡聞訃三日泣晚途見嗣子握手悲喜集
乘桴掠鯨波信矣勇可習巉巉風骨峭颯霧不能襲
謂當上臺省豈復論等級如何困無津俛首臨一邑
顧嗟六朝民龍鍾垂八十肯來野水濱半月解書笈
吾杯僅容龠安得看鯨吸佇立送歸鞍霽日滿原隰

春晚久雨排悶

積雨暗村墟幽居雜鼃蚓泥潦欲升階几席或生菌
壯年多重膇況我抱宿疢下牀躡高屐顧影輒自哂
客來入我戶亦復爲歎憫胡不徙高原再拜謝不敏

甲子日晴

澤國春多雨閏月殊未止皇天俄悔禍畀以晴甲子
山川相炳煥桑柘鬱千里壠麥行可穫吳蠶亦三起
牀頭醅瓮香大杓瀉浮蟻醉醒日已晡長歌識吾喜

三月二十日兒輩出謁孤坐北窗

園林春已空陂港雨新足泥深黃犢健桑老紫椹熟

豐年逋負少村社饜酒肉微風吹醉醒起和飯牛曲

又

歲月不相貸布穀忽已鳴新夏亦自佳北窗綠陰成
讀書老易倦披衣繞堦行摩挲桄榔杖與汝樂太平

陳希周自海外歸送桄榔拄杖一枝

春盡記可喜數事

微雨洗浮埃蒼顏一笑開僧招行藥圃兒報得琴材
病退初嘗酒春殘已過災鄰家賽神會自喜亦能來

卜者謂予今春當病幸不甚驗

立夏前二日作

晨起披衣出艸堂軒窗已自喜微涼餘春只有二三
日爛醉恨無千百場芳艸自隨征路遠遊絲不及客
愁長殘紅一片無尋處分付年華與蜜房

老民

乞得不貲身林間號老民兒因作詩瘦家爲買書貧
村僕欺謾少隣翁語笑真今朝鹽酪盡薺糝更宜人

又

老民無一事終日臥柴扉鑿沼觀魚樂鈎簾待燕歸架高藤葉密土潤藥苗肥休退眞吾分無心學息機

貧甚自勵

忍病停朝藥捐書省夜燈都門下第客山寺退居僧天每臨幽隱人何與廢興能輕馬千駟肯慕稷三升

衡門

小聚風煙外衡門水竹間疏溝分北澗翦木見南山人笑謀生拙天教到死閑猶存拄杖子遇興即躋攀

遊法雲

放船三家村進棹十字港雲山互吞吐水艸遙莽蒼沙鷗下拍拍野鷺浮兩兩蕭騷菰蒲中小艇時來往匡山如香爐藍水似車輞夢魂不可到于此寄遐想瘦僧逆寺門爲我掃方丈指似北窗涼此味媿專享我笑謝主人聊可倚拄杖吾廬已清絕敢取魚熊掌

舟中作

短篷搖檝莫山昏老怯年華易斷魂夾港蒲聲知小
雨隔林績火認孤村奉祠累歲慚家食謝事終身負
國恩惟有愚忠窮未替尚餘一念在元元

貧居

囊空如客路屋窄似僧寮得飯多菰米烹蔬半藥苗
艸生初失徑筍放欲干霄不道弓旌誤虞人自畏招

初夏野興

得意煙霞不諱窮一菴聊寄寂寥中山從樹杪參差
見水過花陰曲折通閑倚胡牀邀新月時停團扇受
微風元知夢境無真實不待邯鄲覺後空

又

披衣清曉倚闌干龜屋裁成二寸冠盆檜雨餘抽嫩
綠研池風過起微瀾愛書自笑心常在去死懸知日
尚寬回視前修似無媿不教一字入長安

又

扇墮巾欹午夢回鳴鳩又喚雨絲來數行褚帖臨窗

學一卷陶詩傍枕開糠火就林煨苦筍密罌沉井漬

青梅艾人行復巍然出老大難堪節物催

劍南詩稿卷第四十五終

劍南詩稿目錄

卷第四十六

劍南詩稿卷第四十六

宋 陸游 務觀

孟夏方渴雨忽暴熱雨遂大作

蒸溽殊未解雨來那可涯鵲鸞無穩樹燈暗不成花處處躍秧馬家家閑水車兒童伴翁喜聚首話桑麻

小池

荷錨庭中破嫩苔清溝一派引泉來剪刀艸長浮萍合無數遊魚去復回

衡門

曲徑衡門短短籬槐楸陰裏倚筇枝老來百事不入眼惟愛青山如舊時

海上作

厭逐紛紛兒女曹挂帆江海寄吾豪鯨吞鼉作渾閑事要看秋濤天際高

朝飢示子聿

水雲深處小茅茨雷動空腸慣忍飢外物不移方是學俗人猶愛未爲詩生逢昭代雖虛過死見先親幸有辭八十到頭終强項欲將衣鉢付吾兒

養氣

養氣安心不計年未嘗一念住愁邊才踈屢掃朝中迹命薄翻成世外緣耐老尚能消劫石放狂聊復醉江天飽知句曲羅浮路不訪初平即稚川

示友

黃卷青燈自幼童長年頗亦有新功尚嘲孟顗遲成佛那計辛毗不作公學問更當窮廣大友朋誰與共磨礱諸君果未捐衰老鄙語人當致一通

早涼熟睡

靈臺虛湛氣和平投枕逡巡夢即成屋角鳴禽呼不覺手中書冊墮無聲百年日月飛雙轂千古山河戰一枰賴有蓮峯遺老在白雲深處主齊盟 謂陳希夷

初夏

麥秀微寒後梅黃細雨前湖灘初集鷺堤柳未鳴蟬琴帶輕陰潤巾因小醉偏晚來幽興極又上釣魚船

夏雨

忽聞疎雨滴林梢起看油雲滿四郊行蟻君臣初徙穴鳴鳩夫婦正爭巢築陂處處移新稻乘屋家家補破茆堪笑此翁惟美睡孝先便腹任譏嘲

倚樓

千里江山入倚樓高吟聊復寫吾憂詩書幸有先人業貧賤初非學者羞數掩權籬端可老一杯藜粥尚何求東陂未插青秧遍且與隣翁卜雨鳩

晚興

偶扶藜杖過傍村却倚禪牀坐小軒日落鴉栖津樹暗人歸鶴踏釣船翻挽弓從笑識丁字刺繡終勝倚市門羹芋一杯吾自飽諸兒强爲置盤飧　是日五郎等置食參倚

又

身如病鶴謝樊籠白盡衰鬚臉尚紅蒲葦陂塘新漲後梧楸門巷夕陽中遺名要耐千年看快飲方誇百榼空造物閔憐君會否放教折臂老新豐

晨雨

過雲生谷暗既雨却窗明低燕爭泥語浮魚逆水行山川增秀色艸木有奇聲處處青秧滿長歌樂太平

戲作絕句以唐人句終之

雨細穿梅塢風和上柳橋山居無曆日今日是何朝

又

靜對煎茶竈閑疏洗藥泉回頭問童子今夕是何年

述懷

情懷猶是昔年人豈料侵尋八十身燈下看書方覺老花前斸酒始知貧玉非鼠朴何勞辨魚與熊蹯各自珍萬事回頭已陳迹爲君一笑落紗巾

閑中自詠

鶴羨清癯鷗羨閑衡門正在水雲間無求尚恨時賒酒有癖應緣酷愛山細繞坡頭行舉角别分泉脈聽淙潺三更不睡看江月恐有高人夜叩關

晨興

小雨過郊墟晨興一事無殘榴重結蘂新燕續生雛書細猶能讀行遲漸要扶蔬畦恐蕪沒且復課僮奴

自詒

愈老愈知生有涯此時一念不容差身如病鶴長停料心似山僧已棄家高枕時時聞解籜卷簾片片數飛花飯餘解帶摩便腹自取風爐煮晚茶

又

行年耄及臥蝸廬山水登臨亦已疎無可奈何猶食粟未能免俗學澆蔬蓬門時接漁樵話塵几聊存種樹書强欲入城還自笑世間那有鶴乘車

西村

亂山深處小桃源往歲求漿憶叩門高柳簇橋初轉

馬數家臨水自成村茂林風送幽禽語壞壁苔侵醉墨痕一首清詩記今夕細雲新月耿黃昏

漁父

楚江茫茫新雨霽殘雲歷作魚鱗細老翁短楫去若飛我欲從之已天際從之不可況共語醉眼知渠輕一世直鉤去餌五十年此意寧爲得魚計

放歌行

少年不知老境惡意謂長如少年樂朝歌夜舞狂不休逢人欲覓長生藥三二十年底難過屈指朋儕餘幾箇就令未死身日衰朱顏已去誰能那人間萬事如奕棋我亦曾經少壯時兒曹紛紛不須挍歲月推還渠自知

苦貧

老作清時版籍民深耕迨及故山春熟思豈是天貧我妄討還憂鬼笑人但使甑中餘麥飯何妨澗底采荆薪此窮正坐清狂爾莫向瞿曇問宿因

晨起至參倚齋示子聿

似仙猶火食比古未巢居老子癡全節小兒能著書

下簾留乳燕投飯出潛魚幸好隆中客無爲起艸廬

夏夜對月

薄雲歸欲盡殘雨久猶滴月入踈林間庭戸粲珠璧

梅天苦蒸鬱爽氣始此夕豈無一舴艋放浪江天碧

散髮黃鶴樓醉弄白玉笛真當舞魚龍詎止裂金石

夏夜

酒力初消睡未厭臥看香縷繞踈簾月高棲鵲重移

樹風勁流螢自入簷長夏迢迢秋尚遠孤愁冉冉病

相兼老人本是山中客掃迹元非畏楚鉗

五月十日曉寒甚聞布穀鳴有感

弊袴久當脫短褐竟未送 吳中諺語曰未喫端五粽布襖未可送俗謂典質曰送 老怯五更寒重衾擁殘夢羣蝨方得

意飽血藏衣縫竹簟何時陳紈扇殆無用長夏亹亹

來歲月疾飛鞚妄懷畎畝憂太息欲誰控

老歎

人生易衰老萬事海濤翻但恨芳尊迮寧悲雪鬢繁諸儒輕古學遺虜盜中原有語誰能聽毋矜舌尚存閉戶

收身歸死鏡湖傍閉戶悠悠白日長巷僻斷非容駟路腸枯那有蹴蔬羊書生正可蹈東海世事漫思移太行睡起不知天早莫坐看螢度篆盤香

長飢

病臥窮閻負聖時本來吾道合長飢朝不及夕未妨樂死何如生行自知早年羞學仗下馬末路幸似泥中龜煙波一葉會當逝吹笛高人有素期

山齋書事

山榴子結又重開巢燕雛飛却續回燕有三生雛乃去者兩足人畦千頃稻日長風舞一庭槐浩歌縱酒愁仍在作意觀書睡已來常恨流年不相貸若為更著莫蟬催

贈道流

賣藥會稽市不知今幾年身常雜庸保世果有神仙
醉帽簪花舞漁舟聽雨眠放翁獨識子肯向俗人傳

避暑松竹間

雙松五丈高萬竹一尺圍上有林蟬鳴下有磵鳥飛
正午不見日我來每忘歸清詩忽陳前永與世俗違
直北有異境煙汀連釣磯何當霜雪時散髮槲葉衣

連日大雨門外湖水渺然

趁朝把笏著烏韡不似歸來買短蓑尚鄙朱公養魚
術肯爲甯戚飯牛歌逢時有命求何益觸事無心得
最多樂處卻嫌兒輩覺出門十步即煙波

午睡

槐楸陰裏綠窗開天與先生作睡媒流汗未乾衣上
雨大聲已發鼻端雷枕鑴松石分琴薦簟織風漪取
笛材卻起岸巾看汲井人間車馬正氛埃

窮居

阨窮心自樂寂寞道常尊老病頻辭客嬉遊不出村
淳龐均列鼎徒步當華軒不但終吾世猶堪遺子孫

梅雨

殘雨收還滴低雲去復留護雛憐弱燕喚婦笑鳴鳩
碓米春初滑園蔬摘復抽誰知泥汲踝也有客相求

村居書事

困厄難希飽煖家未妨隨事作生涯白鹽赤米已過
足早韭晚菘猶恐奢鴨放競浮新漲水牛歸正及暝
棲鴉年逾七十方辭祿敢望高人挂齒牙

閑中信筆二首其一追和陳去非韻其一追和

王履道韻

我看浮名如脫髮誓墓收身老巖穴座延窮鬼心不
疑鑪錘橫財渠自別樂哉今爲八十翁神交園綺商
山中烹葵剝棗及時序爛醉黍酒歌邠風

又

小江之上千峯立潮回艇子爭來集飄風忽起白浪

高急雨橫吹綠蓑溼歲豐斗酒纔百錢茆店無人驚醉眠醒來徑入亂雲去異日出看東封年

題齋壁

鏡水西頭破茅屋紹興初載舊書生門無車馬終年靜身臥雲山萬事輕三釜昔傷貧藉祿一壥今幸老爲氓斷蓬不是無飛處莫與飄風抵死爭

夏日雜題

疎疎窗似秋螢室壘壘書如春鵲巢大耋何妨尚絃誦小詩時亦雜談嘲

又

耽耽醜石羆當道矯矯長松龍上天滿地凌霄花不掃我來六月聽鳴蟬

又

情懷萬里長征客身世連牀日過僧熟計書空成咄咄不如任運去騰騰

又

一枝藜峒桄榔杖二寸羊城蝳蝐冠萬里來爲老人壽始知天地不勝寬

又

天隨手不去朱黃辟蠹芸編細細香今夕短檠須暫設北窗風雨送微涼

又

身閑欲出無如懶酒薄雖傾不敵愁殘暑從今無一月剩儲詩思待新秋

又

憔悴衡門一禿翁回頭無事不成空可憐萬里平戎志盡付蕭蕭莫雨中

又

衰疾沉綿短鬢疎凄涼圯上一編書中原久陷身垂老付與囊中飽蠹魚

夏雨歎

蝸舍入門楣觸額黃泥壁作龜兆坼雨多潦水欲上

堦臥聽鳧鴨聲拍拍日高糴米奴未回坐知薄飯未
容索仕羞捷徑耕不力自取囊空欲誰責富貴危機
復可畏世間果無第一策雖然胸中有事在片言可
壽天下脈

物外雜題

市壚沽斗酒獨酌復高歌一笑語觀者比君更事多

又

當年下沔鄂回首幾秋風景物渾如昨千帆落照中

又

曉入姑蘇市閶門繫短篷老人元不食買餅飼山童

又

送客停山步尋僧立寺門青鞵慣泥潦却愛雨昏昏

又

粉堞臨江渚朱橋枕市樓長吟策小蹇又度一年秋

又

飼驢留野店買藥入山城興盡飄然去無人識姓名

又

高城今曠野比屋昔朱門道上傳呼過遙遙幾世孫

又

過市摩雙眼驚嗟閱盛衰朱樓倚霄漢曾見始成時

過村舍

碓舍臨山路牛欄隔艸煙問今何歲月恐是結繩前

晝臥初起書事

歲華病思兩侵尋靜看槐楸轉午陰待睡不來聊小

憩煆詩未就且長吟還山久洗天涯恨謝事新諧物

外心忽有故人分祿米呼兒先議贖雷琴

夜雨有感

斷虹不隔江郊雨（東方虹見則雨止俗語謂之隔雨今歲獨不爾）一醆昏燈夜半時多感生悲那爲酒積衰成瘦錯

寃詩空堦點滴何由止倦枕淒涼只自知平日故人

零落盡寄書誰與敘睽離

偶作夜雨詩明日讀而自笑別賦一首

俗情向者未全忘洗以縈簾一縷香得失故應常浩浩是非正可付蒼蒼殘蟬不斷知秋近雙燕歸來伴晝長誰識龜堂新力量東家却笑接輿狂

舍西晚眺示子聿

秋濤常記犯靈胥季子雙髦尚髫如薄飯不爲明日計短檠相對十年餘嗟予久合墮鬼籙憐汝猶能讀父書西望牛頭渺天際永懷吾祖起家初 牛頭山在小江西北有先太傅讀書堂尚存

自訟

年少寧知道廢興摶風變化羨鯤鵬貪求但欲攀分寸痛定方慚乞斗升靈府已能澄似水俗緣更覺薄于僧挂冠且喜身蕭散二頃寧須退可憑

讀唐人樂府戲擬思婦怨

一自門前征馬嘶此心常與斷雲西雙飛空羨雉朝雊獨泣忍聞烏夜啼遼海晝昏塵漠漠杜陵春到艸萋萋孤愁可爲鄰姬說只有臨樽醉似泥

南堂納涼

環坐列胡牀兒曹共此涼風生桐葉墜露下稻花香

又

老幸返初服窮宜歸故鄉已無纓可濯清嘯對滄浪

又

浴罷閑無事悠然寄一牀水風涼醉頰松月上虛廊

岸久烏紗側熏餘細葛香今宵一美睡何止傲羲皇

中庭納涼

紅映衡門夕照明翠浮村巷暝煙生搖搖楸線風初

緊颭颭荷盤露欲傾數酌濁醪留客醉一編疑義與

兒評須臾散去人聲寂獨數城頭長短更

又

散髮江天懶出遊衡門日落鎖梧楸火雲突兀方蒸

暑銀漢縱橫已報秋熠熠露螢黏徑艸鼕鼕漏鼓下

譙樓追涼明日無奇策聊向林間卜雨鳩

待旦

東方星磊磊西舍雞喔喔萬慮集五更吾睡無由著

世事如飲酒不獻自無酢開窗起危坐送月西南落

又

是身如浮煙久聚要當散吾年七十七寒暑凡幾換
夏夜亦自佳何必厭揮汗推枕坐南窗悠然待清旦

晨興

冬夕宜晚睡夏日思晨興磊落明星高蒼涼朝日昇
正襟坐堂上有几不敢憑陳前聖人書凜如蹈淵冰
平生不苟利豈獨畏友朋長飢君勿誚人各有不能

又

欲曉不能寐亟起坐北堂齋莊對斷簡左右陳朱黄
湛湛一泚墨裊裊半篆香老生不自逸幸此夏日長
奇哉長頭兒好勇不可當安得數年健與兒講虞唐

晚涼述懷

末學常憂墮吝驕晚知鵬鷃本逍遥屏醫却藥疾良
已破械空囹盜自消父子終身美藜藿交遊大半是
漁樵衡門日落清風起又著藤冠度野橋

湖塘晚眺

綠樹暗村墟青山繞艸廬奉祠神禹舊馳道暴秦餘浦色沉煙網畦聲入雨鉏清秋又如許幽憤若爲攄

又

病起閑無事時來古渡頭煙中賣魚市月下采蓮舟帆鼓娥江晚菱歌姚廟秋長吟無傑句聊以散吾愁

小集

烏桕遮山路紅蕖滿野塘病蘇身漸健秋近夜微涼杯酌隨宜具漁歌盡意長兒曹娛老子團坐說豐穰

出門與鄰人笑談久之戲作

少時已歎少驩娛衰病經旬一笑無今日出門逢父老欣然隨衆強盧胡

又

莫靄昏昏半掩扉偶逢鄰叟荷鉏歸且令閑說鄉村事莫問渠言是與非

又

菽水欣欣每盡歡仁賢不必襲衣冠出門邂逅移時語未嘗龜堂取友端

又

屋角時聞黃犢鳴相逢但可說春耕一言誤及城中事議罰應須便酌觥

魚池將涸車水注之

清波溜溜入新渠鄰曲來觀樂有餘試手便同三日雨滿陂已活十千魚喜如雷動風行際快若天開地闢初萬物但令俱有託吾曹安取愛吾廬

一齒動搖已久然餘皆堅甚戲作

病齒元知不更全漂浮杌隉已三年一朝正使終辭去大嚼猶能盡彘肩

晚至新塘

青鞵隨意出柴荊聊向南塘曳杖行歸鳥已從煙際沒斷虹猶在柳梢明城頭層塔凌空立浦口孤舟並岸橫向道有詩渾不信爲君擁鼻作吳聲

夜泛湖中

水鴨鴶鷴拍拍飛菰蒲深處弄煙霏喚回二十年前夢半醉姑溪棹月歸

立秋後作

宋玉悲秋千載後詩人例有早秋詩老夫自笑心如石三日秋風漫不知

覽鏡

此頭那可著貂蟬瘦似騎驢孟浩然一事比渠差省力閉門無句與人傳

早秋南堂夜興

水注橫塘藻荇香候蟲喞喞滿空廊風前落葉紛可掃天際疎星森有芒夜漏漸長愁少睡秋衣未製怯新涼明朝却有欣然處寫得黃庭又幾行

菱歌

海內知心人漸少眼前敗意事常多問君底事渾忘却月下菱舟一曲歌

聞角

河白如銀天淡青角聲中有玉關情早知送老桑麻野悔失安西萬里行

湖隄

新月纖纖淡欲無時聞魚躍隔菰蒲籃輿小放湖隄上信有人間白玉壺

秋日

將旦溪風急新秋天宇寬涼生豎裁褐爽入縮縫冠拊翼雞頻唱爭枝雀正讙一簞吾已足芋豆亦加餐

龜堂晨起

培火螭爐起寶熏滴泉鼇研聚玄雲屏圍燕几成山字簟展涼軒作水紋絶口不談浮世事洗心聊策退居勳耄年猶健非無自一卷丹經受鄭君

柳橋秋夕

柳疎橋盡見水落路全通衣杵家家月漁舟浦浦風眼明無俗物步蹇有枯笻野逸誰能那悠然西復東

道室雜題

早訪丹砂上岣嶁晚提河泝泝崑崙陰符後出君無忽三百奇文要細論

又

聞說湖中有釣舟煙波出沒雜輕鷗一聲清嘯去已遠我欲從之何處求

又

山中有艸名長生丹砂可死金可成服之刀圭齒髮換要看東封告太平

又

勘書窗下松明火采藥溪頭槲葉衣只在人間人不識秋風又見雁南飛

劍南詩稿卷第四十六終

劍南詩稿目錄

卷第四十七

劍南詩稿卷第四十七

宋　陸　游　務觀

儒生

儒生安義命所遇委之天用可重九鼎窮寧直一錢雖云髮種種未害腹便便高臥茅簷下羹藜法不傳

秋夜

老病睡眠少如斯秋夜何長庚未配月織女已斜河莎徑蟲吟苦柴門葉落多誰知窮甯戚不作飯牛歌

寺閣

三髽初得牧牛童兩扇新成釣艇篷偶訪野僧過射的却銜微雨上樵風登山未減青鞵興到手俄驚綠酒空自笑此身猶健在試憑重閣送飛鴻

秋暑夜興

寂寂空廊絡緯鳴消搖岸幘近南榮閑眠簟作波紋

泠新浴衣如蟬翼輕微雨已收雲盡散衆星俱隱月徐行呼童持燭開藤紙一首清詩取次成

漁父

千錢買一舟百錢買兩槳朝看潮水落莫看潮水長持魚換鹽酪縣郭時下上亦或得濁醪不復計瓶盎浩歌忘遠近醉夢墮莽蒼玄真不可逢悠然寄遐想

省事

車馬聲都絶比鄰迹亦疎淺傾家釀酒細讀手鈔書薄飯惟羹芋閑遊不借驢有時還自笑省事更誰如

新涼書懷

烏帽團寬帶眼移閑門慣忍日長飢文章雖媿聲名誤志節寧隨血氣衰天地無私非困我聖賢可學有餘師短檠正歎經時別涼入郊墟喜可知

又

藥物扶持病少蘇殘年不恨老菰蘆潦收溪根魚爭售歲樂村場酒易沽無日槿林無墜葉槿木自夏至秋

日有落葉不可勝掃 有時燕戶有新雛 今年燕屢生雛七月望猶未止秋風颯起扁舟興安得州家復鏡湖

又

鄰曲今年又有年垂髫戴白各欣然先輸官庾無逋賦共賽神祠有社錢退傅寄聲情縝密 連得周丞相書細字滿幅晦翁入夢語蟬聯 昨夕夢朱元晦甚款 燈前細與兒曹說蠹簡猶堪數世傳

又

山川遺迹晉唐餘水竹相望許洛居 朱希真嘗言山陰富水竹有洛陽許下氣象 一齒屢搖猶決肉雙眸雖澀尚耽書郊原夜夜驅耕犢村店時時秣蹇驢客問若爲娛老境吾兒未與短檠疏

七月十七晚行湖塘雷雨大作

電火雷車下九關我行莫出郊原間鬅鬠暗樹類奇鬼突兀黑雲如壞山江潮默應鰻岫溢鐵鑠自脫梅粱還今夕虛簷瀉懸瀑預知高枕聽淙潺

七月十八夜枕上作

電掣光如晝雷轟意未平亂雲俄卷盡孤月却徐行露艸蛩相語風枝鵲自驚一涼吾事足美睡到窗明

梅市

梅市柯山小繫船開篷驚起醉中眠橋横風柳荒寒外月墜煙鐘縹渺邊客思況經孤驛路詩情又入早秋天如今老病知何恨判斷江山六十年

秋思

利欲驅人萬火牛江湖浪迹一沙鷗日長似歲閑方覺事大如山醉亦休衣杵相望深巷月井桐搖落故園秋欲舒老眼無高處安得元龍百尺樓

小舟湖中夜歸追和孟浩然夜歸鹿門歌

山光漸淡川氣昏急雨亂打荷葉喧小舟横掠湖邊村人家收網半閉門吾廬未見見堤樹舟人指點孤燈處蒲叢姑惡最可哀衝雨飛鳴背人去

酒盡

飲酒但飲溼吾聞之老坡渠非惜酒錢無如久窮何
我窮乃過之空罋倒餘溼日來彌可笑溼亦不可得
平生忍飢多得飯已有餘父子茅簷下清坐談詩書
燒香
寶熏清夜起氤氳寂寂中庭伴月痕小斮海沉非弄
水旋開山麝取當門蜜房割處春方半花露收時日
未曛安得故人同晤語一燈相對看雲屯
自述
寄懷魚鳥臥煙汀結友松筠醉艸亭拜賜龜章紆舊
紫予蒙恩錫服篋中有守郡時故袍用以拜命養成鵠鬢掃餘
青遺經在櫝傳家學大字書牆作座銘浪迹江湖遂
終老此身何啻一浮萍
又
意望天公本自廉甘餐美睡偶容兼一生憂患如山
重此日安閑抵蜜甜拙宦雖無齊虜舌早歸亦免楚
人鉗但餘一味疏慵在儲藥千斤未易砭

風雨

風搖北斗柄欲折雨溢天河浪正生一盞昏燈北窗下腐儒未輟讀書聲

白露前一日已如深秋有感

匹馬曾防玉塞秋豈知八十老漁舟非無丈二殳堪請只恐傍人笑白頭

又

護塞寧須右北平拂雲祠是受降城誰知此志成虛語白首燈前聽雁聲

東村晚歸

蜀道還吳鬢已絲歷年二紀固應衰寧知病思沉綿日又見秋風搖落時錦雉白魚供野餉青林紅樹入新詩東村寂寂風煙晚酒挂驢肩又一奇

秋望

快哉一雨洗浮塵卻喜郊原霽色勻野火已亡秦相篆江濤猶託伍胥神登臨頓覺清秋早流落空悲白

髮新東望思陵鬱葱裏老民猶及見時巡　游尙能記高皇建炎巡幸

郭西

鵲下川原黑船行浦溆空橋燈搖水影樓角散天風野眺飛埃外漁歌冷翠中不須嘲病翼要是脫樊籠舍北

支徑秋原上衡門夕照中野煙山半失溪漲浦橫通鬢禿難藏老衣穿可諱窮浩歌終自得心事寄冥鴻

夜坐示子聿

久客誠當去無心偶小留掃空閑夢想閱盡舊朋儔學術非時好文章幸自由　蘇黃門贈姪孫元老詩有云從此文章始自由　不嫌秋夜永問事有長頭

柳橋晚眺

小浦聞魚躍橫林待鶴歸閑雲不成雨故傍碧山飛

秋興

秋風吹我夜植杖溪橋側木葉雖未凋慘澹無顏色

又

功名不垂世富貴但堪傷底事杜陵老時時矜省郎

又

秋暑勢已窮風雨縱横至白鷺立清灘與我俱得意

又

胸中萬卷書一字用不著歸休始太息竟是爲農樂

又

酌酒桑陰下邪風入醉歌何須繩檢外名教樂還多

嘉泰辛酉八月四日雨後殊淒冷新雁已至夜

復風雨不止是歲八月一日白露

殘暑方炎忽痛摧無情風雨亦奇哉但嗟不爲貧人

計未動秋砧雁已來

又

仲秋四日雁横天閉戸垂帷意已便方歎今年時候

早夜深風雨更淒然

近村民舍小飲

秋風吹細雨蕭然濯炎熾老夫疾頓平甘食仍熟寐
春物財幾何搖落已復至昔人喻死生謂若屈伸臂
愚公顧不靈白首汲榮利嗟予幸學道了此直差易
三拜散人號退志獲早遂絃歌萬二千盡力不能祟
瘦驢骨可數渺渺入空翠霜蟹初把螯絲蓴小添豉
平生笑巨君老齧乾肉糒異味幸滿前萬事付一醉

閑適

飲酒不至狂對客不至疲讀書以自娛不强所不知
一窗袖手坐往往晝漏移初非能養生簡事頗似之
四時俱可喜最好新秋時柴門傍野水鄰叟閑相期

又

陸子居山陰杜門輒經年有時忽出遊雨屐凌風煙
長鑱斸靈苗大瓢挹飛泉眼長不及寸能著萬里天
不飲顏常丹不食腹果然金丹亦棄置我是地行仙

夜歸

今年寒到江鄉早未及中秋見雁飛八十老翁頑似

鐵三更風雨采菱歸

又

芡浦菱陂夜半時小舟更著疾風吹青熒一炬楓林外鬼火漁燈兩不知

自詠

宦遊疇昔徧天涯萬里東歸歲月賒古道泥塗居士屩荒畦煙雨故侯瓜園公谿父逢皆友野寺山郵到即家病思漸輕重九近又將烏帽插黃花

老歎

一齒危將墜雙瞳久已昏謀生賴蔬圃養拙閉柴門多病從來慣虛名不足論自憐餘一念猶欲濟元元

秋社

雨餘殘日照庭槐社鼓鼕鼕賽廟回又見神盤分肉至不堪沙雁帶寒來書因忌作閑終日酒爲治聾醉一杯記取鏡湖無限景蘋花零落蓼花開

晨起

雞已參差唱窗纔曨聰明高林風不止叢竹露如傾夢爲多難記詩緣嬾少成晨興了無事散髮遶堦行

中夜睡覺兩目每有光如初日歷歷照物晃文元公自謂養生之驗予則偶然耳感而有作

人情所願欲莫若貴與富是皆有命焉非力可成就

予昔未有聞無與發其覆趦趄强干祿時命適大謬方行蚍當道未至埶已蹶適燕乃南轅之楚顧北首風波起平地兩耳厭嘲詬隴蜀萬里餘數遍道傍堠六十歸爲郎數月艸章奏夫豈或使之擊去惟恐後嗟彼亦何心喜慍出邂逅還山惟自訟衡茅屏幽陋乘除得少健上下歷巖岫得飽豈復擇百口同飯糗寒龜久猶息野鶴老益瘦又如已放馬寧當夢華廄造物念途窮畀以樗櫟壽雖無熊鳥術坐空陰陽寇兩眥若有光夜視如正晝物生稟定數此語聞自舊置冰鳥覆翼棄野於菟縠偶然當後死鬼錄自遺漏山陂粟屢收池水麻可漚鄰父相歡娛席地醉醇酎

錢道人不飲酒食肉囊中不蓄一錢所須飯及艸屨二物皆臨時乞錢買之非此雖強與不取也

萬里飄如不繫船空囊短褐過年年食時無飯芒鞵破只向街頭旋乞錢

又

誤辱君王賜鏡湖身隨鷗鷺寄菰蒲行年八十猶強健欲伴先生去得無

枕上

呼兒初夜上門關怕冷貪眠自笑孱月色橫分窗一半秋聲正在樹中間莫年不復樽前樂浮世無如枕上閑鍊句未安姑棄置明朝追記尚班班

山園書觸目

山近雲生易人稀鳥下頻瘦筇穿石竅古蔓絡松身熟摘巖邊果乾收澗底薪經過不相識喚作避秦人

苦貧戲作

五窮作祟不容支蟬腹龜腸旋過時客散難求門外轍衣穿徒有鬢邊絲兒能解事甘藜藿婢苦無薪晛㞋屨箕踞浩歌君會否書癡終覺勝錢癡

秋曉書感

天公息我半生勞寄傲江湖亦足豪淡盡月痕知夜艾飄殘桐葉喜秋高讀書時亦挂牛角對酒正須持蟹螯縱有故人終自絕安能從汝望綈袍

秋夜

抱病齒髮非閱世城市換朋儕冢纍纍在者亦雲散窮居懶出戶俯仰秋已半疎鐘到倦枕微火耿幽幔平生疑著處忽若河冰泮百年寓逆旅萬事真既灌紛紛彼方瘝袖手不須嘆蘿月忽滿窗悠然付長歎

村舍

篠屋楓林下山中人以篠覆舍厚密過于茅柴門芡浦旁先鳴雞膕膊徐上日蒼涼服藥貧寧輟觀書老有常仍須教童穉世世力耕桑

又

生理嗟彌薄吾居久未完蝶飛窗紙碎鼃坼壁泥乾小雨牛欄溼微霜碓舍寒晚禾蟲獨少鄰里共相寬今年晚禾苦蟲蛀予鄉獨免

天涼時往來湖山間有作

萬壑千巖自古傳青鞵布襪更誰先泛舟菰脆鱸肥地把酒橙黃橘綠天秦篆舊碑荒艸棘禹書遺穴慘風煙誰知陸子登臨日已近浮生八十年

雨夜歎

秋雨何曾住一滴老夫危坐欲三更開元貞觀事誰問温洛滎河壓未清豐年猶有餓死處破屋自愛讀書聲刺經作制豈不美無奈人間痛哭生

病足晝臥夢中譫誖乃誦尚書也旣覺口占絶句

唐虞已遠三千歲每誦遺書涕泗潸齊九官十二牧我獨不得居其間

又

人能不食十二日趙岐柳閑皆嘗不食十二日不死惟書安可一日無唐虞雖遠典謨在病臥蓬窗時囁嚅

新買啼雞

峩峩赤幘聲甚雄意氣不與其曹同我求長鳴久未獲一見便覺千羣空主人燒神議已決知我此意遽見從秋衣初縫惜不得急典三百新青銅憐渠亦復解人意來宿庭樹不待籠狐狸熟睨那敢犯蕭蕭清露和微風五更引吭震戶牖橫挺無復須元戎明星已高啼未已雲際騰上朝陽紅老夫抱病氣已索賴汝豪壯生胸中明朝春黍得碎粒第一當冊司晨功

幽棲

幽棲少人客積病得衰殘身納分司祿兒須遠次官新寒換衣典閑日借書觀更歎秋來瘦晨興覺帽寬

又

自上幽棲地頻驚歲月移鄉鄰崇禮讓子弟習書詩

喔喔雞鳴樹狺狺犬吠籬謀生已過足富貴亦何爲

秋日雜詠

都門初出若登仙弄水穿雲喜欲顛只恐光陰已無
幾不知又過十三年

又

五百年前賀季眞再來依舊作閑人一生看盡佳風
月不負湖山不負身

又

菰蒲風起莫蕭蕭煙斂林疎見斷橋白蟹鱸魚初上
市輕舟無數去乘潮

又

葉底珍禽不受呼弄風小蝶點殘蕪舍南舍北秋光
好到處皆成一畫圖

又

紅莧如丹照眼明臥開石竹亂縱橫騷人見處終然
別只說清秋采落英

又

桐葉吹殘柳亦稀溪頭倚杖立斜暉誰知老子無窮
喜待得吾兒小艇歸

又

久雨初晴喜欲迷青鞵踏徧舍東西忽然來到柳橋
下露溼蓼花紅一溪

又

十里秋風畫角哀夕陽光景亦佳哉正疑白鷺歸何
晚一片雪從天際來

望永阜陵

龍飛回首尚如新忽閱人間四十春聖主已嚴天上
蹕孤臣歸作道傍民傾河尚恨難供淚衞社何由得
致身獨立秋風吹白髮感恩肝膽漫輪囷

排悶

悠然不覺歲時遷楚水楓林繫釣船貧悴只如行卷
日衰遲忽過挂冠年閑遊野寺騎驢去倦擁殘書聽

兩眼賴有一籌差自慰小兒筆墨日翩翩

秋日晨起

翻樹鴉知日旦橫空雁戒寒但欣蘇肺渴未暇議衣單粥鼎湯初沸香篝火半殘讀書心漸嬾顧影一長歎

出遊莫歸戲作

終年兀兀復騰騰眼看朱門幾廢興造物偶容窮不死衆人共養老無能逢山自有閑遊侶入寺寧無淡話僧莫道歸來却岑寂小兒同守短檠燈

自詒

荒圃風煙入荷鉏孤村巷陌看騎驢少年曾縱千場醉老境惟存一束書作意買山雖已矣忍慚乞米獨何歟所欣肺病秋來減白髮蕭蕭可自梳

予出蜀日嘗遣僧則華乞籤于射洪陸使君祠使君以老杜詩爲籤予得遣興詩五首中第二首其言教戒甚至退休暇日因用韻賦五首

我幼入家塾結髮知苦心稍長謬聞道篤守至于今

淡然朱絲絃三歎有遺音詎敢負所學枉尺求直尋
彼哉孔光輩千載汚儒林

又

童子丹元家湛然居靈府世人不少悟役役徒自苦
江湖豈不廣魚乃投數罟是身如璞玉要經大火聚
萬卷讀丹經孰能精去取

又

少壯不自料慷慨志四方謝病還故山始覺白日長
命薄類蟬翼功名安可望狐狸不足問力不當豺狼
惟有臥釣船仰看白鷺行

又

孤雲起江郊萬木酣天風水鳥何所恨終夜號菰叢
我與視中庭北斗挂寒空誰言秋夜長明星已生東
丈夫老憂國百慮蟠胸中

又

我昔遊青城萬仞窮躋攀巢居上官翁許我分半山

且言牡丹平可卜茅三間報國未能忘承詔遂東還
蹭蹬意何成看雲徒汗顏

悲歌行

有口但可讀離騷有手但可持蟹螯人生墜地各有命窮達禍福隨所遭嗟予一世蹈謗藪洶如八月秋江濤尊拳纔奮肋已碎曹射箭盡弓未弢形尫骨悴吹可倒摧拉未足稱雄豪一身百憂偶得活殘年幸許歸蓬蒿時時照水輒自笑霜顱雪頷不可薅脫身仕路棄衫笏如病癬疥逢爬搔見事苦遲已莫悔監戒尚可貽兒曹勉騎款段乘下澤州縣豈必真徒勞

秋夜讀書

門前客三千帳下兵十萬人生可意事隨手風雨散不如一編書相伴過昏旦豈惟洗貧病亦足捍患難老夫垂八十巖電尚爛爛孤燈對細字堅坐常夜半吾兒幸能繼書亦未殘斷安知不遭時清廟薦玉瓚不然老空山亦足化里閈我死斯言存觀者有追歎

對食戲詠

一飽欣逢歲小穰時憑野餉詫枯腸橙黃出臼金齏美菰脆供盤玉片香客送輪囷霜後蟹僧分磊落社前薑秋來幸是身强健聊爲佳時舉一觴

懷昔

偶住人間日月長細思方覺少年狂衆中論事歸多悔醉後題詩醒已忘鼉作鯨吞吁莫測谷堙山塹浩難量老來境界全非昨臥看縈簾一縷香

偶得雙鯽

今朝溪女留鮮鯽灑掃茅簷旋置樽養老不須煩祝鯁從來楚俗慣魚飧

又

酒興森然不可回重陽未到菊先開一雙鱍剌明吾眼催喚廚人斫鱠來

秋懷十首以竹藥閉深院琴樽開小軒爲韻

我非王子猷賦性亦愛竹舍外地十畝不藝凡艸木

長吟雜清嘯觸目皆此族更招竹林人枕藉糟與麯

又

短裘入重雲長鑱求靈藥人葠四體具狗杞羣吠惡
采實去條枚摘花棄跗蕚長嘯忽躡空天台赴幽約

又

惟王居法宮玉帛來四裔一朝啓戎心邊城或晝閉
養生能體此皆可閱千歲利欲喜乘人日夜勤自勵

又

飲酒可不病自酌隨淺深處世可無患惟勿欺此心
此心實通天一念天所臨子能守吾言可度豺虎林

又

吾道久寂寞不絕如一綫至人隱市塵我輩何由見
安得世外士與之共談讌僧話亦或佳聊可過竹院

又

小人方盛時瓦礫視黃金及其大勢去或不遺一簪
郿塢今尚存遺戒豈不深所以栗里翁惟蓄一素琴

又

世事本何常賀弔更在門棄爲溝中斷亦何羨犧樽

禍福要其終愚智始可言君看驪山墓何若楊王孫

又

今日天微寒處處菊花開永懷杜拾遺抱病起登臺

古路逢僧過溼雲聞雁來我亦秋風客詩成有餘哀

又

天鏡環千峯蒼翠立雲表漁舟破浪來泛泛一葉小

雲門若耶閒迨此素秋杪登覽不可遲去若孤鴻矯

又

丈夫素所學致主齊羲軒恨無同志人徒欲起九原

痛哭驚世俗著書成空言歲月去衮衮吾其死空村

示客

枳縛藩籬荆作門蕭條何以致諸君歸休正得求吾

志老病猶能誦所聞紫蟹迎霜徑盈尺白魚脫水重

兼斤一杯瀲灩無辭醉秋稼登場合策勳

秋晚村舍雜詠

村巷翳桑麻蕭然野老家園丁種冬菜隣女賣秋茶
豚木矜奇服牽牛蔓碧花一樽雖艸艸笑語且喧譁

又

秋晚年中熟湖鄉未寂寥步頭横畫舫柳外出朱橋
潮壯知多蟹霜遲不損麵家家新釀美隣里遞相邀

卧病累日羸甚偶復小健戲作

病忽迨旬日衰如增十年難求秦緩藥空負宋清錢
微火秋先跨閑房晝亦眠偶賒書鬼錄遇酒又陶然

又

伏枕瀕九死下牀如再生幸回蒿里駕猶作越吟聲
拂几嗟塵積開書覺眼明淖糜方自養未敢憶南烹

又

行年當大耋卧病涉高秋丸藥作奇驗倣裝仍小留
輕漚元泛泛破屋已颼颼尚有江湖興沙頭問釣舟

劍南詩稿卷第四十七終

劍南詩稿目錄

卷第四十八

劍南詩稿卷第四十八

宋　陸游　務觀

縱筆

莫笑畸翁逭耄期從來不許俗人知繫船慣聽巴東雨畫策曾從渭北師袖劍客同樓上醉爛柯人看洞中棋如今更欲滄溟去鯨浪浮天信所之

又

常笑相如賦上林肯爲子政鑄黃金心光自發誰能障踵息無聲不厭深搖齒復牢堪決肉枯顱再茁已勝簪老松澗底雖終棄霜雪元知不解侵

又

拖得烏藤到處行看山看水眼猶明但期少健遊潼華豈必長生似老彭一緉青鞵吾事了半甌綠酒萬緣輕安知不作希夷叟生長兵間老太平予生于宣和

末遇虜禍間關東歸又避地數年

又

未說無功爵位叨昔人所畏在功高印如斗大寧常保劍拄頭長祇自勞酒社極知身可隱獵場猶得氣差豪世間見透渾無事狐貉安能詫縕袍

村興

折花持博酒種菜賣供家請藥人何壅爭棋客正譁漁翁足蹝踔牧豎手丫叉短景匆匆晚橫林又宿鴉

賽神

歲熟鄉鄰樂辰良祭賽多荒園拋鬼飯高机置神䳘村人謂祭神之牲曰神猪神䳘人散叢祠寂巫歸醉臉酡飢鴉更堪笑鳴噪下庭柯

小立

紅樹園廬晚碧花籬落秋荒陂船護鴨斷岸笛呼牛酒賤村村醉山寒寺寺幽聊須岸烏幘小立埭西頭窮老

窮老寧須歎吾生得已多風埃棄朝幘煙雨弄漁蓑
富屋烏爰止閑門爵可羅人生只此是得酒且高歌

晚步舍東

籬槿花開柿葉丹土溝東去過牛欄艸煙漠漠天將
莫布褐蕭蕭客正寒

述野人語

白米乾薪好井泉甘餐美睡若登仙從來不慣嘗鹽
酪席下何須有一錢

又

重重大布敵風霜籬外桑陰五月涼軟飯一盂千萬
足那知世有郭汾陽

戲答野人

日飲雲根一脈泉知君骨相自應仙曲肱閑臥茅簷
下買斷南山不用錢

又

木葉凋疎天欲霜老懷多感易淒涼得君數語開人

意徑就湖橋醉夕陽湖橋有村店酒甚美

建安陳希周官海南爲予致兩拄杖其一促節

兩漬嵐侵蘚暈重石砮楛矢正相同取從萬里鯨波

路來伴三山鶴髮翁雪一作雲上有時留醉艸花前

隨處打殘紅化龍徑去吾何憾且與人間作歲豐

排悶

棄官謂逍遙勞苦殊未既荒疇須墾闢破屋欠塗墍

疾深藥難求食盡穀暴貴安能作經營但覺睡有味

秋高霜露逼更苦薪炭費雖云未遽死飢凍亦可畏

頗思從李廣小獵聊吐氣復恐灞亭歸邂逅逢醉尉

九月十二日折菊

黃菊芬芳絕世奇重陽錯把配萸枝開遲愈見凌霜

操堪笑兒童道過時

表姪江坰種竹名筠坡來求詩

奉常遺緒冷如秋閉戶知君頗好修千里可嗟妨晤

語雨書猶喜免沉浮但令有竹能醫俗何患無天可寄愁一事却須常自勉勿容凡子得同遊

微雨

晡後氣殊濁黃昏月尚明忽吹微雨過便覺小寒生樹杪雀初定艸根蟲已鳴呼童取半臂吾欲傍堦行

秋晚寓歎

荷葉枯已盡菊花殘更香帶酲嘗野橘和夢聽啼螿鬢畔流年速燈前舊話長寒龜且未死不必恨搘牀

又

野處仍多病經年無與遊僧庸幾市井醫傲過公侯不睡愁逢夜無衣怯到秋一端聊自慰問事有長頭

又

幽夢雞呼覺孤愁雨滴成天高那可問年往若爲情孱虜猶遺育神州未削平登高西北望衰涕對誰傾

又

老歎交朋盡閑知日月長箸書終覆瓿得句漫投囊

霜樹昏鴉黑風簾小蝶黃村醪如水薄也復答年光

又

十里丹楓岸三家小麥村山多妨極目秋晚易消魂
火舉船過埭人行犬吠門窮愁已如許那更雨昏昏

又

行年垂大耋久矣少朋儔舊事同誰說新詩或自訓
廢書眠過日泥酒醉經秋遲速皆當死時來莫預愁

秋晚湖上

已過西成賽廟期家家下麥不容遲夕陽遍野人歸
後秋水生灘鷺集時靈藥不治懷抱惡好詩空益鬢
毛衰從來未識蘇司業愁絕西風滿酒旗

縱遊歸泊湖橋有作

西蜀東吳到處遊千巖萬壑獨吾州短篷載月娥江
夜小蹇尋詩禹寺秋村酒可賒常痛飲野人有興即
相求何由喚得王摩詰爲畫湖橋一片愁

九月十八日至山園是日頗有春意

烏藤眞好友伴我出荆扉落葉紛如積鳴禽暖不歸
露濃松鬣長土潤朮苗肥未盡幽尋興還家趁夕暉

明日又來天微陰再賦

烏臼赤于楓園林九月中天寒山慘淡雲薄日曈曨
旋摘分猿果寬編養鶴籠身閑足幽事歸臥莫匆匆

又

河岸風檣遠村陂牧笛長籬圍麂眼幽徑繚羊腸
照水鬢眉見搓橙指爪香衣裘又關念碪杵滿斜陽

雨後至近村

夜雨曉方止朝雲猶作陰山餘一寸碧溪長半篙深
臥泛白鷗渚行穿黃葉林老農能共語眞率會人心

又

年耄身猶健秋高疾已平隣翁思問訊蔬圃要巡行
竹杖輕無迹芒鞋捷有聲相逢無別語努力事冬耕

雨復作自近村歸

夜聽蕭蕭未漲溪朝行㶁㶁已成泥可憐鳩取招麾

速誰似雲知出處齊野菊枝長半狼藉江楓葉落正淒迷行人也識龜堂老小榼村醪手自攜

雨寒戲作

掃園收槲葉揞地甃塼爐幸有藜烹粥何慚紙作襦

衡門晚眺

幽居端似玉川生茅屋支撐不更營青旆荒寒增酒興錦囊零落負詩情殘蕪無色襯斜陽遠落葉飛如野鳥輕徂歲崢嶸忽如許雁來又過會稽城

不寐

麗譙聽盡短長更幽夢無端故不成寒雨似從心上滴孤燈偏向枕邊明讀書有味身忘老報國無期涕每傾敢爲衰殘便虛死誓先鄰曲事春耕

示子虡

好學承家夙所奇蠹編殘簡共娛嬉一婚倘畢吾無累 吾今年爲一子自蜀歸者聘婦無復婚嫁之責 三釜雖微汝有期 子虡明秋當赴句金 聿弟元知是難弟德兒稍長

豈常兒要令舟過三山者亟誦常聞夜艾時

弊廬

弊廬雖陋甚鄙性頗所宜欹傾十許間艸艸覆實半之碓聲隔柴門績火出枳籬縛木爲彘牢附垣作雞塒黃犢放林莽蒼鵝戲陂池傭耕食于我客主同爨炊瓦盎設大杓葅莧羹園葵一飽荷鋤出作勞非所辭上以奉租賦下以及我私有錢即沽酒阡陌恣遊嬉亦有扶持者婢跣奴髻椎欲畫恨無人後世考此詩

予未冠即交諸名勝今無復在者感歎有作

早歲鄉閭接勝流老來零落歎山丘欲尋共語人難得卻是封侯印易求數酹不能成兀兀一枰且復寄悠悠世間只有身差重惆悵今年白盡頭

夜雨

吾詩滿篋笥最多夜雨篇四時雨皆佳莫若初寒天紙帳白于氈紙被軟于綿枕傍小銅匜海沉起微煙是時聞夜雨如絲竹管弦恨我未免俗吟諷勤雕鐫

南朝空堦語妙出建安前意謂奪造化百世莫比肩
安知梧桐句乃復與竝傳夜雨何時無奇語付後賢

題嚴州王秀才山水枕屏

我行天下路幾何三巴小益山最多翠崖青嶂高嵯
峨紅棧如帶縈巖阿下有駭浪千盤渦一跌性命委
蛟鼉日馳三百一烏騾雪壓披氈泥滿鞾驛亭沃酒
醉臉酡長笛腰鼓雜巴歌大散關上方橫戈豈料世
變如翻波東歸輕舟下江沱回首歲月悲蹉跎壯君
落筆寫岷嶓意匠自到非身過偉哉千仞天相摩谷
裏人家藏綠蘿使我恍然越關河熟視粉墨頻摩挲

小飲示座中

鏡裏蕭蕭兩鬢衰閑人正與老相宜誰知翦燭焚香
夜恰是搓橙破橘時莫道閉門無逸氣尚能爲客誦
新詩君看江海寬多少是處皆堪理釣絲

搖落吟

素秋欲盡風雨惡千林如掃俱搖落年運而往秋復

冬念念元知已非昨癡人顧欲吝此生放翁憫汝笑
絶纓髮毛爪齒俱外物天地大化終無情我貧無以
遺兒子惟有一言持付爾仕宦要能當百挫爲農飢
死無游惰

插花

有花君不插有酒君不持時過花枝空人老酒戶衰
今年病止酒虛負菊花時早梅行可探家醖綠滿巵
君不強一醉歲月復推移新詩亦當賦勿計字傾敧

雨過行視舍北菜圃因望北村久之

蔬畦躡屐愜幽情檢挍園丁日有程得雨尚慳須灌
漑我來時聽桔槹聲

又

吳牛齧草臥斜陽烏臼青紅未飽霜急趁路乾來寓
目十分閑事却成忙

居三山時方四十餘今三十六年久已謝事而
連歲小稔喜甚有作

自問湖邊舍衰殘俛仰中謀身悲日拙造物假年豐稅足催科靜禾登債負空社醅邀里巷臘肉飫兒童衣及霜晨贖爐先雪夜紅陂塘趨版築垣屋訖宮功盜息時雍象人淳太古風退夫無一事鼓缶伴鄰翁

幽居

百事徒勞無一成幽居偶得稱幽情傍籬叢枳寒猶綠遶舍流泉夜有聲飢坐炮燔多巨栗醉歸懷袖有新橙愛閑自是從來癖敢竊區區納祿名 予自儀曹罷歸十年不出戶乃請挂冠

曉晴肩輿至湖上

多稼如雲穫併空牛闌樵擔畫圖中梧桐已逐晨霜盡烏臼猶爭夕照紅脫網喚喁犇遠浦避鷹撲握保深叢旗亭人語燈初上一醉何妨野老同

戲作野興

省事貧猶富寬懷客勝家充虛一簞飯遣睡半甌茶有興閑垂釣逢歡醉插花皐橋亦可死處處是生涯

又

擾擾亭中客悠悠局上棋所遭元有命自苦竟何爲

又

馮衍深尤婦陶潛過責兒奇文雖可貴瘝語豈非癡

又

久已挂吾冠江邊歲又殘心惟無媿怍身取不飢寒

小酌三杯足安居一席寬東岡有泉脈攜杖試尋看

又

今年病微減耕稼樂江村燈火耿破屋歌呼圍老盆

常時但葵莧盛饌有雞豚客散茅簷寂蹣跚自閉門

又

出戶語鄰叟與鄉同一愚逢人即如舊臨事不勝迂

髮白花猶插囊空酒亦沽回思五十載何處有榮枯

又

有酒皆堪醉無山不可廬遂初成近賦孤憤悔前書

湘寺分經帙廬山寄藥鉏江頭霜葉滿詩興屬騎驢

道室書事

榻上一琴橫中函太古聲丹砂燒已死芝艸種初生道勝魔軍破方靈疾暨平明朝有蜀使細字報青城

行飯至潮桑堰東小市

飽食無營是處遊偶然來到埭東頭芒鞋也似雙鳧快漁艇眞如一葉浮樵擔行歌衝暝色酒旗遮路賣新篘任朱二老今安在歎息黃茅擁故丘 任朱皆居堰旁與予同乙巳生今死矣

負日戲作

困來兩眥似膠黏底怪吳人號黑甜安得他生不識字朝朝就日臥茅簷 世傳楊大年見老兵負日不覺曰快活因問汝識字否對曰不識大年曰如此更快活也

遊西村

昨夜雨多溪水渾不妨喚渡到西村出遊始覺此身健無食更知吾道尊藥笈可賒山店酒筇枝時打野僧門歸來燈火茅簷夜且復狂歌鼓盎盆

初冬

平生詩句領流光絕愛初冬萬瓦霜楓葉欲殘看愈好梅花未動意先香暮年自適何妨退短景無營亦自長況有小兒同此趣一窗相對弄朱黃

遣懷

寬袂新裁大布裘低篷初買小漁舟舊交只有青山在壯志皆因白髮休漫道臥羆吞貉子安能淅米向矛頭山園芋栗秋方熟一飽今知本易謀

策杖

山翁老病入腰膂坐覺諸兒行步奔暫出衡門須策杖千回上樹更堪論

汲東山下井

從來耽酒須微祿絕祿三年酒盞疎百尺轆轤新浚井一杯聊慰渴相如

園中作

誰采桄榔寄一枝北來萬里爲扶衰風光最愛初寒候懷抱殊勝未老時閑引微泉成曲澗盡除枯蔓補

疎籬花前自笑童心在更伴羣兒竹馬嬉

又

病侵衰境頻須藥日漏寒雲旋作晴幽鳥喚回殘枕夢蠻童扶下野堂行書生本自安窮處豐歲何妨樂太平新買西村兩黃犢閑招鄰曲議春耕

園中

霜凋欅柳枝無葉風折安榴子滿房冬日園林元自好老人懷抱自多傷

短篷

射的山前繫短篷快如魚鳥出池籠試臨清鏡枯顱茁不待丹砂兩頰紅逐妄百年真自苦造微一日有餘功不須更說嵈峨約已覺蓬壺在眼中

自適

遠遊思里巷久困念耕桑家釀傾醇碧園蔬摘矮黃小槽用綠豆麴矮黃吳中菜名利名因醉遠日月為閑長今歲雖中熟吾徒亦小康

堂東小室深丈袤半之戲作

小室舍東偏滿窗朝日姸研池生細浪香岫起微煙欲極圖書樂少須氷雪天猶勝禪榻上僅僅占三椽禪僧自謂三條椽下六尺單前

獨處二首

蓬門終日閉寂寂少人聲納祿知身貴傳家覺責輕朝餐烹芋糝夜坐爇松明剗却彈棋局此心如砥平

白氈敷牀穩烏藤倚壁斜灰深惟畫字燈暗不成花似客猶居里如僧未出家孤村夜無月何事有啼鴉

探梅至東村

乞得殘骸已累年柴車破弊不堪懸閑愁正要供詩思小疾何妨省酒錢忍事漸多心混混貯書雖少腹便便今朝偶有尋梅興春色爭來拄杖前

讀史

青燈耿耿夜沉沉掩卷淒然感獨深恤緯不遑嫠婦歎美芹欲獻野人心孤忠要有天知我萬事當思後

視今君看宣王何似主一篇庭燎未忘箴

漁翁

船入蘆花日莫時雙瞳炯炯鬢如絲世間豈少磻溪叟老向煙波人不知

又

文叔君房兩故人可憐俱作白頭新桐江歸伴隣翁醉一笑相看意却真

寓言

濟劇人才易扶顛力量難爲謀須遠大守節要堅完氣與秋天杳胸吞夢澤寬方知至危地自有泰山安

又

出仕謝招麾還家美蕨薇深居全素志大路息危機

又

世變生呼吸人情忽細微牀頭周易在捨此欲安歸

又

山海三家市風煙五畝園藜羹均玉食茅屋陋朱門耕釣此身老乾坤吾道尊故交淪落盡至理與誰論

夜四鼓睡覺起行簷間觀新作南籬

星斗闌干天宇清起披短褐繞廊行葉聲颯颯飛霜重籬影疎疎落月明沙冷斷鴻投別浦風高殘漏下孤城衰遲自笑情猶在一首新詩取次成

客去追記坐間所言

征西幙罷幾經春歎息兒音尚帶秦每爲後生談舊事始知老子是陳人建隆乾德開王業温洛滎河厭虜塵倘得此生重少壯臨危敢愛不貲身

疇昔

行路悲疇昔驅車每戴星數殘雙堠歷盡短長亭飛蓋交迎餞聽歌半醉醒至今湖海夜猶夢隴山青

飲牛歌

門外一溪清見底老翁牽牛飲溪水溪清喜不汚牛腹豈畏踐霜寒墮趾舍東土瘦多瓦礫父子勤勞藝黍稷勿言牛老行苦遲我今八十耕猶力牛能生犢我有孫世世相從老故園人生得飽萬事足拾牛相

齊何足言

牧羊歌

牧羊忌太早太早羊輒傷一羊病尚可舉羣無全羊日高露晞原艸綠羊散如雲滿川谷小童但搢竹一枝豈必習詩知考牧

生日子聿作五字詩十首爲壽追懷先親泫然有作十月十七日

我生尚及宣和末頒曆頻驚歲月移負米養親無復日蓼莪廢講豈勝悲渡江百口今誰在抱恨終身秪自知文字虛名何足道樽前媿汝十章詩

園中書觸目

氣候今年晚濃霜始此回殘梧未全槁晚菊有初開烏桕先楓赤寒鴉後雁來西窗夕陽暖摘橘薦新醅烏桕未霜而葉丹寒鴉必得霜乃至

養生

武丁命傅說治國如和羹天亦命放翁用此以養生

抑過補不足輔相其適平千歲汝自有不必師廣成

齋中雜興

八十頹齡安所歸蕭然終日掩柴扉清心始信幽棲樂窮理方知俗學非山果滿筐猿食足石泉通筧藥苗肥衰翁莫道渾無事掃葉歸來又落暉

又

倒掩衡門手自關老身著在亂書間有詩尚作清宵祟無事能妨白日閑薄莫上樓聊試步經旬止酒自酡顏兒曹莫笑衰翁嬾擬遍淮南大小山

江上

禹會橋頭江渺然隔江村店起孤煙冷雲垂野雪方作斷雁叫羣人未眠萬里漂流歸故國一生蹭蹬付蒼天莫年尚欲師周孔未遽長齋繡佛前

追憶征西幙中舊事

大散關頭北望秦自期談笑掃胡塵收身死向農桑社何止明明兩世人

又

小獵南山雪未消繡旗斜卷玉驄驕不如意事常千萬空想先鋒宿渭橋

又

憶昨王師戍隴回遺民日夜望行臺不論夾道壺漿滿洛笥河魴次第來 在南鄭時關中將吏有獻此二物者

又

關輔遺民意可傷蠟封三寸絹書黃亦知虜法如秦酷列聖恩深不忍忘 關中將校密報事宜皆以蠟書至宣司

冬夜

颼颼黃葉欲辭枝況著霜風抵死吹投老難逢身健日讀書偏愛夜長時孤村月白聞衣杵破竈煙青煑芋糜不是用心希陋巷爲儒自合耐寒飢

冬日

室中恰受一蒲團也抵三千世界寬上策莫如扃戶坐苦閑猶復取書看蔬青敛輭枝梧老窗白爐新準

備寒堪笑此翁幽獨慣却嫌兒女話團欒

冬朝

風入園林徹夜鳴曉看黃葉與堦平篝爐火著衣初暖爨釜薪乾粥已成潔己工夫先盥頮正心事業始冠纓聖賢雖遠詩書在殊勝隣翁擊磬聲 釋氏謂銅鉢爲磬

冬莫

曉角昏鐘爲底忙豈容老子更禁當乘除富貴惟身健補貼光陰有夜長臨水小軒初見月滿庭殘葉不禁霜巴江尺素何時到剩著新詩寄斷腸 張梓州書久不至

風月

鏡中日日鬢毛衰八十還思七十時風月不知人意緒酒醒夢斷又催詩

落葉

萬瓦清霜伴月明臥聽殘漏若爲情無端木葉蕭蕭

下更與愁人作雨聲

邠風

少學詩三百邠風最力行春前耕犢健節近祭猪鳴簷日桑榆暖園蔬風露清金丹不須問持此畢吾生

擁爐不出輒終日自嘲

柴門木落葉成堆十日元無一再開書坐藏多爲飽蠹詩緣吟苦作窮媒兒言山圃當收栗僧約溪橋共探梅堪笑此翁推不動地爐無火晝寒灰

嘲梅未開

梅蘂如紅稻中藏無盡香何時來鼻境更待幾番霜

劍南詩稿卷第四十八終

劍南詩稿目錄

卷第四十九

劍南詩稿卷第四十九

宋 陸游 務觀

自嘲

僻學論交少貧居卜地偏不逢方謝事垂老旋希僊
兀兀醒如醉昏昏晝亦眠却慚農與圃一飽餞餘年

解嘲

一壑棲遲久多生習氣消行藏無媿怍夢覺兩逍遙
倩鶴傳山信疏泉洗藥苗晚來幽興極乘月過溪橋

野興

晨炊畬粟薦園蔬默計生涯已有餘舉世方誇稽古
力滿懷空貯活人書悶呼赤脚行沽酒出遣蒼頭旋
僦驢不爲歸休習疎懶愛閑元與市朝疎

枕上

送盡小窗月數殘孤戍更清詩時自至幽夢久方成

衣杵斷還續燈花落復生細衾贖得暖紙帳不知明

遠遊

老子平生喜遠遊流塵不惜闇貂裘江亭吹笛三巴夜關路騎驢二華秋但使澄心同止水自知幻境等浮漚悠然飽聽松風睡勾漏丹砂底用求

晚遊

垣屋參差出溝溪曲折通亂鴉空際黑落日竹間紅軋軋輿竽語搖搖㩧脚風吾行本無定隨意入空濛

夜坐

流落知聞絕歸休寵辱空酒狂寧限老詩思正須窮活火生新熖殘燈委碎紅平生會心處正在兀然中酒熟醉中作短歌

陸子壯已窮百計不救口蜀道如上天十年厭犇走還鄉困猶昨貧郭無百畝雖云飢欲死亦未喪所守虛名一畫餅陳迹幾芻狗但思從壯士大獵雲夢藪長戈白如霜爛漫載牛酒箭穿乳虎立車轔蒼兕吼

歸來數禽獲毛血灑戸牖人生貴適意富貴安可苟

冬夜讀書有感

落葉殘蕪又一冬老人光景易匆匆不論病情耕桑業但恨貧分學問功馬昔騰驤離冀北鶴今憔悴返遼東六經未與秦灰冷尚付餘年斷簡中

散步湖上至野人家

湖上霜高水落時一藤信步出尋詩妄誇强健眞堪笑喚作清閑亦自欺西埭又隨牛迹去東村常望鸛巢知漁翁留客頻辭謝雞瘦難烹酒味漓

對食戲詠

㶚橋傾桑落毫杯點雨前氷梨頳似頰霜栗大如拳洗甗烹蔬甲攜鉏斸筍鞭餘年只此是切勿念腥羶

昨非

温飽從來與道違書生只合臥牛衣老狐五百生前錯孤鶴三千歲後歸舌自生肥勝玉食腰常志帶況金圍一官彭澤曾何有元亮還家悔昨非

遂初

貧士舍用短屏居常自如出尋鄰叟語歸讀古人書過店亦沽酒登山時跨驢非關傲塵世聊欲遂吾初

小雨偶出隣里小兒競隨吾後不知其意何也

雲生海澨初飛雨日漏山椒旋作晴箬笠芒鞋橋下路兒童爭逐放翁行

書喜

堪笑龜堂老更頑天教白髮看青山家居禹廟蘭亭路詩在林逋魏野間略計未嘗三日醒細推猶得半生閑今年況展南湖面朝借樵風莫可還 時方有朝命復鏡湖

書房雜書

歛版一何久懸車已後時狂酲醒始悔窮獨老方知世外乾坤大林間日月遲猶須采藥去不媿鹿門期

又

面槁髮鬅鬙衰殘百不能夜房侵戶月晨硯滿池冰

藥債多於酒蔬餐薄過僧年深拄杖折自斫澗邊藤

寒夕

夜扣銅壺徹旦吟了無人會此時心燈殘焰作孤螢小火冷灰如積雪深風急江天無過雁月明庭戶有疎碪此身畢竟歸何許但憶藏舟黃葦林

讀經

半升粟飯養殘軀晨起衣冠讀典謨莫謂此生無用處一身自是一唐虞

讀史

民間斗米兩三錢萬里耕桑罷戍邊常使屏風寫無逸應無烽火照甘泉

讀劉蕡策

志士仁人一作人人氣薄雲唐家惟有一劉蕡看渠放逐蛇龍手那肯驅蠅與拍蚊

雨霰作雪不成大風散雲月色皎然

數間茅屋寄蓬蒿天遣來歸息我勞月可一庭陳素

練風酣萬木起驚濤病侵齒髮才雖盡酒挾江山氣尚豪安得人間掣鯨手共提筆陣法莊騷　韓文公以騷配莊古人論文所未嘗及也

中夜苦寒

困窮全素節羸老愈剛腸報國永無日飯蔬那自傷布衾如鐵冷冬夜抵年長推枕歌梁甫中庭月似霜

示子孫

爲貧出仕退爲農二百年來世世同富貴苟求終近禍汝曹切勿墜家風

又

吾家世守農桑業一挂朝衣即力耕汝但從師勤學問不須念我叱牛聲

早梅

東塢梅初動香來託意深明知在籬外行到却難尋

縱筆

晨炊躬稼米夜讀世藏書俯仰無多媿心知死有餘

又

破囷供飯足陋屋著身寬小蹇勤芻秣時時一跨鞍

歲莫雜感

衰髮如枯萱殘齒如敗屐取米鬻薄糜便足度晨夕
欲知死遠近不必訊龜筴四序忽已過如數堠雙隻
發裝陌上亭具食水邊驛會當一日歸豈有終作客

又

天風吹雲片大者如飛鷗豈惟平溝坑直恐蘀馬牛
百錢買薪蒸千錢贖褐裘雖無狐貉温要免溝壑憂
小兒爲我言幸可具杯甌園蔬亦復佳過足翁豈求

又

歲盡霜雪稠相望僵萬木天豈私梅花獨畀此芬馥
高標我自有何憾老空谷人言和羹實晚或參鼎餗
哀哉世論卑汙我塵外躅誰能湔祓之寫眞配修竹

又

我少雖嗜書賦性實慵惰初志略未訓白髮已無那

吾兒猶好勇世事如棄唾呻吟編簡中徹日或未臥
爾來愈自勵日讀易一過勉終大學功吾道要負荷

自責

晨起登堂正幅巾蕭然聊欲養吾神凡心未免更詩
字習氣猶思議古人買屩爲登山寺去徹燈緣愛月
窗新何時一切消除盡終作無懷上古民

懷舊用昔人蜀道詩韻

曩自白帝城一馬獨入蜀晝行多水湄夜宿必山麓
時聞木客嘯常憂射工毒蜿蜒蛇雨頭踸踔夔一足
豈惟耳目駭直恐性命促稍歷葭萌西遂出劍閣北
奴僵不敢訴馬病猶盡力我亦困人客一日帶屢束
最憶蒼溪縣送客一亭綠豆枯狐兎肥霜早柿栗熟
酒酸壓查梨妓野立土木主別意益勤我去疲已極
行行求旅店借問久乃得溪聲答歌長燈焰照影獨
村深寒更甚薪盡燒簀竹須臾風雨至終夕苦漏屋
於時厭道途自誓棄微祿猶幾三十年始謝祝史職

予四竊祠祿乃謝事君恩念篤老內閣使寓直亦思秋毫報力僃憊執黍稷却尋少時書開卷有慚色

出遊

僧院軒窗酒市樓過門自入不須留恰來竹下尋棋局又向沙邊上釣舟詩放不能諧律呂書狂猶足走蛟虬秦碑禹窆風煙外一弔興亡萬古愁

辛酉冬至

今日南至吾門方寂然家貧輕過節身老怯增年鄉俗謂喫冬至飯即添一歲畢祭皆扶拜分盤獨早眠惟應探春夢已繞鏡湖邊

冬至後一日書

霜霰新冬後年齡大耋時功名久無夢文字略存詩丘壟歸何憾琴書付有兒癡人癡到底更欲數期頤

客至

何處軒車客能來桑麥村一奴先入市此老自膺門野果嘗皆澀村醅壓尚渾殘年亦何恨治世作黎元

子聿入城

小硯寒生凍孤燈翳復明衰翁守微火稚子隔重城日落林無影舟行水有聲詩家忌艸艸得句未須成

降魔

老閱人間久曾降百萬魔悲憂誠害性喜悅亦傷和省事常須勉忘懷得最多當年未知此無奈月明何

冬日

故里躬耕後頹齡耄及前開門無客至得句有僧傳忽忽身如夢迢迢日似年會當乘小雪夜上剡溪船

又

客至惟清坐真貧不是慳援琴排遣悶合藥破除閑引鶴時穿屐逢梅一破顏怪來寒徹骨夜雪冒南山

客去

相對蒲團睡味長主人與客兩相忘須臾客去主人覺一半西窗無夕陽

自勉

妄出真成錯歸耕惜已遲褐温貧始覺飯美淡方知
身外元無易情中自有詩窮源那得止瞑目以爲期

又

自信直如弦殘年偶得全老猶嗤佞佛貧亦諱言錢
旦莫勤鞭策塵埃痛洗湔仍須語兒子此事要家傳

又

臂弱傳鈔少心煩記問衰讀書猶自力愛日似兒時
章句分無憾聲形講不遺明年幸强健閉戸有餘師

又

歸老寧常逸時時學荷鉏室雖無長物圃尚有餘蔬
壯志誠衰矣貧居亦晏如爲農當世業安用築門閭

午晴至園中

老不禁寒起每遲出門蕭散午晴時春回九地梅先
覺霜霣千林竹不知藥圃采苗芒屨溼石泉照影角
巾攲歸來未過西簷日袖手悠然獨詠詩

七姪歲莫同諸孫來過偶得長句

兩塹林宗一角巾蕭條村路竝煙津四朝遇主終身困八世爲儒舉族貧行摘殘蔬循廢圃臥聞飢雀噪空囷封胡羯末皆佳甚剩喜團欒一笑新

苦寒

終日頻添季子裘經旬不上仲宣樓摩挲酒榼雖堪喜疎索梅花未免愁正苦冰生退吟筆却思雪作潤耕疇乘除擾擾殊多事獨擁青氈覓睡休

閑中書適

棋廢機心息書捐美睡多客來時淡話酒後亦高歌甚欲江湖去無如老病何平羌半輪月依舊照漁蓑

又

乞得殘骸久天涯一秃翁瓢分春瓮綠甑絕太倉紅短褐便冬暖長歌樂歲豐老腰那可折步步賴枯笻

復湖

世事相尋敗與成湖中畚鍤浩縱横共知陂壞行當復敢恨臺高既已傾小隱山園在湖中近聞亭觀皆廢天鏡

忽看孤月墮樵風長送片帆輕下臨萬頃如雲稼從此年年有頌聲

梅花絕句

體中頗覺不能佳急就梅花一散懷衝雨涉溪君會否免教塵土涴青鞋

又

高韻知難折簡呼溪頭掃地置芳壺梅如解語應惆悵昔日名流一箇無

又

折得梅花古渡頭詩成却恐作花羞清樽賴有平生約爛醉千場死即休

又

疎枝冷蘂誰能畫楊叟江西舊擅名今日東窗閑拂拭去人一尺眼先明

跋馮氏蘭亭

堂堂淮陰侯夫豈噲等伍放翁評此本可作蘭亭祖

唐古石刻本

又

繭紙藏昭陵千載不復見此本得其骨殊勝蘭亭面

中山舊本山谷有句云俗書喜作蘭亭面

十二月二日夜夢與客竝馬行黄河上憩於古

驛

竝轡徐驅百里中雲開太華翠摩空是間合有神靈

在七十餘年墮犬戎

又

河濱古驛闢重門雉兎紛紛黍酒渾吾輩豈應徒醉

飽會傾東海洗中原

倚樓初三日

莫雲細細鱗千疊新月纖纖玉一鈎數息化工真妙

手銜寒來倚水邊樓

讀書

先親愛我讀書聲追慕慈顏涕每傾萬事到前心盡

懶一編相向眼偏明致君正使違初志爲己猶當畢此生更祝吾兒思早退雨蓑煙笠事春耕

讀史

夜對遺編歎復驚古來成敗浩縱橫功名多向窮中立禍患常從巧處生萬里關河歸夢想千年王霸等棋枰人間只有躬耕是路過桑村最眼明

閑遊

已破梅花一兩枝竝溪穿塢每歸遲老軀健似中年日鄉俗淳如太古時上疏清狂非復昔據鞍矍鑠欲誇誰一端尚被鄰翁笑無事長吟費撚髭

日莫

樸學無關道廢興更堪衰與病相乘眼看白日西南去繩繫膠黏總不能

省事

老去終年臥艸廬事皆省盡略無餘塵壁留鼠跡猶嗔拂風作瓢聲固不除興發舊醅何害醉詩成拙筆亦

堪書投牀睡美悠然覺作計今知本不疎

雪中作

鬢毛無奈歲華催一笑登臨亦樂哉平地忽成三尺雪遶湖何啻萬株梅雲山疊疊朝憑閣簾幙沉沉夜舉杯節物鼎來方自此酥花綵勝待春回

夢韓旡咎王季夷諸公

積雪欲照夜老雞方唱晨諸公逝已久幽夢忽相親話舊慇懃意追歡見在身悠然又驚覺撫枕一悲辛

晴窗讀書自勉

今日雪始晴遶舍烏鳥樂老來少睡眠雖病亦早作豈無案上書可與共寂寞弦歌始風雅次第窺灝噩高明仰河漢曲折窮脈絡唐虞誠未遠洙泗亦如昨委佩聞都俞避席承博約膏肓幸施砭幽閟欣納鑰天全魯壁藏不墮秦火虐吾生百世餘其敢負所託

冬夜讀史有感

短檠膏涸夜將殘感事懷人興未闌酌酒淺深須自

度圍棋成敗有傍觀斷𣻸作飯終年飽大布裁袍稱意寬世上閑愁千萬斛不教一點上眉端

大寒

大寒雪未消閉戶不能出可憐切雲冠局此容膝室吾車適已懸吾馭久罷叱拂塵取一編相對輒終日

自詠

士羊戒多岐學道當致一信能宗闕里百氏端可黜爲山儻勿休會見高崒嵂頹齡雖已迫孺子有美質

滿梳晨起髮凋零亭午柴門未徹扃萬事忘來尚憂國百家屏盡獨窮經楠枯倒壑雖無用龜老搘牀故有靈夢裏騎驢華山去破雲巉絕數峯青

十二月十二夜夢實有此故識之

晚興

斸芋挑蔬自鬻羹雪簷收滴莫寒生不嫌終日無來客時聽荒園斲木聲

雪後寒甚

日破重雲出春從淺步來未融樓北雪先綻水南梅
屏護清吟硯缸鳴作熟醅平生羨李愬入蔡夜銜枚

雪晴步至舍傍

雪消還似雨冰釋旋成泥視菜荒陂北尋梅小塢西
牆陰新犢臥庭際午雞啼幽興殊無極歸來日已低

訪隱者

湖曲有隱者時時容叩門人如釣渭叟地似避秦村
笑語囂塵遠衣冠古製存山寒歸路晚相與盡瓢樽

村野

村野易過日閉門心自欣一身猶逆旅萬事固浮雲
病厭詩爲祟閑憑酒策勳灌園雖舊業隨事不須勤

初夜

初夜多幽興危闌偶獨憑月墜星盡沒風勁雪重凝
身似遊邊客心如退院僧奇寒不可耐歸對北窗燈

雙松 父老言紹興中所植

東岡夭矯兩蒼龍千尺蟠空黛色濃六十餘年松若

此誰知我更老於松

兀兀

兀兀孤村客悠悠兩世人夢忘身潦倒醉覺膽輪囷故里簪纓換都門巷陌新聞臨安火後興葺漸畢餘年猶有幾撫事一傷神

殘曆

殘曆不盈紙苦寒侵弊裘歲猪鳴屋角儺鼓轉街頭未死猶當學長貧肯復憂雪晴農事起且復議租牛

戒言

饒舌憂患始銘膺勸戒深談空摩詰默對酒子光瘖久已忘齊語何嘗解越吟悠然嫌未足更撫絶弦琴

聞松風有感

重位每憂身後罵虛名不救眼前飢直須采藥名山去日夜松風無歇時

遣興

侯印從來非所圖赤丁子亦不容呼著低怯對新棋

敵量減愁逢舊酒徒生世豈能常役役酣歌且復和
嗚嗚扁舟到處皆吾境莫問桐江與鏡湖

又

家住城南剡曲傍門前山色蘸湖光三朝執戟悲年
往二頃扶犁樂歲穰名姓已隨身共隱文辭終與道
相妨子孫勉守東皐業小甑吳粳底樣香

有道流過門留與之語頗異口占贈之

萬里縱横自在身偶然來看剡溪春取將月去閑娛
客攜得雲歸遠寄人縮地不妨遊汗漫移山隨處對
嶙峋須君更出囊中劍一爲關河洗虜塵

閑記老境

謝事久懸車爲農嬾荷鉏破裘寒旋補殘髮短猶梳
槁木忘榮謝閑雲任卷舒心知老當逸先罷夜觀書

又

嫌鬧不入市怕寒稀出門擁爐愁兀兀投枕睡昏昏
柳色新如染梅花香滿村猶嗟未免俗薄酒詵空樽

小飲梅花下作

脫巾莫歎髮成絲六十年間萬首詩予自年十七八學作詩今六十年得萬篇排日醉過梅落後通宵吟到雪殘時偶容後死寧非幸自乞歸耕已恨遲青史滿前閑即讀幾人爲我作著龜

門外野望十二月二十五日

野迥浮煙碧門深反照紅柳邊雙鷺渚天際萬鴉風僧唄家禳疫神船社送窮豐年隨處樂忘却鬢如蓬

自題傳神

識字深村叟加巾下版僧檐挑雙艸屨壁倚一烏藤得酒猶能醉逢山未怯登莫論明日事死至亦騰騰僧頌云今日騰騰任運明日任運騰騰

歲莫貧甚戲書

阿堵元知不受呼忍貧閉戶亦良圖曲身得火纔微直槁面持杯柢暫朱食案闌干堆苜蓿褐衣顛倒著天吳誰知未減麤豪在落筆猶能賦兩都

晚晴閑步隣曲間有賦

湯沐身輕念出遊近春原野霽煙浮樓陰雪在玉三寸雲罅月生銀一鈎窮巷客稀常足睡莫年詩退不禁愁鄉隣無事冬耕罷獨倚籬門數過牛

誦書示子聿

乃翁誦書舍東偏吾兒相和山之巔翁老且衰常早眠兒聲夜半方泠然楚公箸書數百編少師手挍世世傳我生七十有八年見汝任此寧非天

又

易傳三聖至仲尼炎炎秦火乃見遺經中獨無一字疑正須虛心以受之世衰道散吁可悲我老欲學無頓師父子共讀忘朝飢此生有盡志不移

十二月二十九日夜半雨雪作披衣起聽

臘雪瑞豐登春雨相發生二者皆可賀愛此打窗聲披衣起靜聽蕭蕭亂疏更豈惟肺渴蘇耳目爲一清孤燈不結花相對翳復明明朝遂除夕歲月驚崢嶸

辛酉除夕

衰境遇白雞自分墮幽墟造物偶見寬俯仰復歲除騷騷迫耄期凜凜無根株孰知尚堅頑壯者有不如銅瓶垂碧井手自浸屠蘇松煤染兔穎秉燭題桃符登梯挂鍾馗祭竈分其餘僮奴歎我健却立不敢扶新春無五日節物傾里閭羅旛插紗帽一醉當百壺

除夕

六聖涵濡作幸民明朝七十八年身門前西走都城道臥看無窮來往人

劍南詩稿卷第四十九終

劍南詩稿目錄

卷第五十

劍南詩稿卷第五十

宋 陸游 務觀

開歲

綠襦新畫衞門扉賀刺相欺可累欷賣困不靈仍喜睡送窮無術又來歸相尋蠶市人何在爛醉蟇津事亦非惟有禹祠春漸好從今剩判典春衣蠶市成都正初故事蟇頤津在眉山亦邦人正月宴遊之所

箕卜

孟春百艸靈古俗迎紫姑廚中取竹箕冒以婦裙襦豎子夾扶持插筆祝其書俄若有物憑對答不須臾豈必考中否一笑聊相娛詩章亦間作酒食隨所須興闌忽辭去誰能執其袪持箕畀竈婢棄筆臥牆隅几席亦已徹狼藉果與蔬紛紛竟何益人鬼均一愚

梅花絕句

幾年不到合江園說著當時已斷魂只有梅花知此
恨相逢月底却無言

又

當年走馬錦城西曾爲梅花醉似泥二十里中香不
斷青羊宮到浣花溪

又

聞道梅花坼曉風雪堆遍滿四山中何方可化身千
億一樹梅前一作花一放翁

又

小亭終日倚闌干樹樹梅花看到殘只怪此翁常謝
客元來不是怕春寒

又

亂簪桐帽花如雪斜挂驢鞍酒滿壺安得丹青如顧
陸憑渠畫我夜歸圖

又

紅梅過後到緗梅一種春風不並開造物無心還有

意引教日日放翁來

立春前一日作 壬戌開歲四日立春

開年化日已舒長漸見風和鳥變吭冒土萱芽抽嫩綠拂橋柳色弄輕黃重温壽酒膚麻皺探借春盤餅餌香不入城門今幾歲遙知車馬正忽忙

立春日

日出風和宿醉醒山家樂事滿餘齡年豐臘雪經三白地暖春郊已遍青菜細簇花宜薄餅酒香浮螘瀉長瓶湖村好景吟難盡乞與侯家作畫屛

送子龍赴吉州掾

我老汝遠行知汝非得已駕言當送汝揮涕不能止人誰樂離別坐貧至于此汝行犯胥濤次第過彭蠡波横吞舟魚林嘯獨腳鬼野飯何店炊孤檣何岸艤判司比唐時猶幸免笞箠庭參亦何辱負職乃可恥汝爲吉州吏但飲吉州水一錢亦分明誰能肆讒毀聚俸嫁阿惜擇士教元禮我食可自營勿用念甘旨

衣穿聽露肘履破從見指出門雖被嘲歸舍却睡美
益公名位重凜若喬嶽峙汝以通家故或許望燕几
得見已足榮切勿有所啓又若楊誠齋清介世莫比
一聞俗人言三日歸洗耳汝但問起居餘事勿挂齒
希周有世好敬叔乃鄉里豈惟能文辭實亦堅操履
相從勉講學事業在積累仁義本何常蹈之則君子
汝去三年歸我儻未卽死江中有鯉魚頻寄書一紙

正月五日出遊

久作閑人不慣愁新春天氣更清柔未爲遼海千年
別且繼斜川五日遊細柳拂頭穿野徑落梅黏袖上
漁舟此身定去神仙近倚遍江南賣酒樓

六日雲重有雪意獨酌

遍遊數澤一漁舠盡歷風霜只縕袍天爲念貧偏與
健人因見嬾誤稱高地連海瀰濤聲近雲冒山椒雪
意豪偶得名罇當痛飲涼州那得直蒲萄

閑甚戲作

酒盡榜樽腹書抛委架塵壁漸能閑過日始覺老催人
玉塵王夷甫金龜賀季眞若論方外事終媿葛天民

莫笑

莫笑窮閻叟人生亦已稀衆中容後死險處得先歸
初服還韋布晨飧美蕨薇牀頭周易在捨此復疇依

初春雜興

戲續春寒賦閑賡午醉詩煎茶小石鼎酌酒古銅巵
曝日龜浮沼營巢鵲墮枝村深無客過幽興與誰期

又

水長鷗初泛山寒茗未芽深林聞社鼓落日照漁家
渡遠呼船久橋傾取路斜客愁慵遠眺不是怯風沙

又

問途來野店秣蹇憩山郵何處無詩思平生慣旅愁
翩翩下鷗鷺點點散羊牛傳入王孫畫千金未易訓

又

故歲愁聽雨新春剩得晴暖催紅藥鬧漲入綠池平

遊馬行爭路華燈賣滿城江村獨無事戶戶及時耕

又

老病倦遊陟偶尋溪友期殘氷擁魚笱新暖入桑枝
山崦巨然畫煙村摩詰詩何人爲收拾媿我不能奇

春曉

喔喔雞號野昏昏月挂樓夢隨殘漏斷愁伴宿酲留
壯志看清鏡春寒著弊裘拂窗新柳色最憶錦江頭

書感

投老羈孤久臨觴感慨頻關河疎舊友風雨敗新春
事固少如意天終能勝人所悲頭上髮不與柳條新

壬戌正月十四日

老子居然健上元如許晴湖平波不起天闊月徐行
散髮漁舟穩臨風野笛清安能擁笳鼓萬里將幽幷

十五日

誰推圓鏡上天東桂影婆娑滿鏡中天宇更無雲一
點譙門初報鼓三通兒童艸艸杯盤喜鄰曲紛紛笑

語同逐祿豈能無聚散明年誰復伴衰翁

高枕

高枕閑看古篆香世間萬事本茫茫偶亡塞馬寧非福太察淵魚恐不祥每與諸兒論今古常思百世業耕桑危機正在黄金印笑殺初心繆激昂

送施武子通判

初入修門鬢未秋安期千里接英遊退歸久散前三衆邁往欣逢第一流只道升沉方異趣豈知氣類肯相求龍鍾不得臨江别目斷西陵煙雨舟

老學菴自規

堯德被四表其本在身修江河水稽天發源乃涓流人忍於搏蝨習熟且解牛象箸與玉杯漆器實其由斯須失兢畏惡名溢九州始乎爲善士終可蹈軻丘孰置汝太山孰擠汝汚溝降福孰汝私得禍孰汝讎直狂在一念禍福皆自求易簣汝所知垂死勿惰偷

雨夜

斷岸輕煙著柳條孤村小雨夜蕭蕭荒雞隔浦聲相續短燭無風焰自搖朴學元知磨歲月殘生竟是老漁樵最憐鬢畔千莖雪日日春風吹不消

子聿以剛日讀易柔日讀春秋常至夜分每聽之輒欣然忘百憂作長句示之

顏朱已去鬢絲稠知復人間幾歲留正可牀頭著周易安能車上說春秋齏鹽日旰從兒好弦誦更闌解我憂時發一言常中理絕勝問事不能休

記夢

信命從來不問天經旬無酒亦陶然夢爲估客揚州去水調聲中月滿船

夜賦

八十衰翁久挂冠今年無酒敵春寒亂雲入戶雨方急斷雁叫羣燈未殘蠹簡幸存隨意讀蝸廬雖小著身寬支離自笑心猶壯憂國憂家慮萬端

杜叔高秀才雨雪中相過留一宿而別口誦此

詩送之

久客方知行路難關山無際水漫漫風吹欲倒孤城遠雪落如筵野寺寒莫挈衣囊投土室晨沽村酒挂驢鞍文章一字無人識胸次徒勞萬卷蟠

曉賦

雞晨非一唱鴉日每三鳴萬物各有役吾生何所營書編猶未掩窗紙已微明稺子勇過我琅琅誦易聲

雪後龜堂獨坐

丈夫自重如拱璧安用人看一錢直簞食豆羹不虛受富貴那可從人得讀書萬卷行媿心幽有鬼神爲君惜龜堂樂處誰得知紅日滿窗聽雪滴

又

兩手龜坼愁出袖閉戶垂帷坐清晝朝陽破雲雪漸消點滴無窮聽簷溜士生百行雖相補第一要能安飯糗詩書幸可教兒童勿使後人憐晚謬

又

牙齒欲落何足惜爛蠹藜羹自堪食屋穿不害氣吐
虹客至從驚瘦如腊天公鑴汝亦已至春風裂面雪
三尺濁醪傾罷仰屋歌尚友孫侔與徐積

又

閉門屋漏不可居出門雪泥深尺餘與闌已回剡溪
櫂路滑罷借東家驢竹窗兀兀無與語澆愁賴有酒
一壺眼花耳熱睡至夜吹火起讀殘編書

二月一日作

狼藉梅花委道傍山櫻已復占年光簷消積雪時聞
滴衣覆殘爐騰得香老馬已衰寧識路寒龜未死且
搘牀柴荆終日無來客賴有陶詩伴日長

過東鄰歸小憩

籃輿過鄰曲綠野喜新晴暖日生花氣豐年入碓聲
築陂鄉堨作買犢戶深耕歸舍還尋睡殘書傍枕橫

寄呂子和南廂

聖代多名德君家不乏公還看短袍綠來蹋軟塵紅

小忍便無事力行方有功官閑能念我時寄尺書東

自述

藜藿安貧陋柴荆俯莽蒼露著朝笠易掃地晝焚香
美睡天教懶長歌客恕狂歡然送餘日醉死亦何傷

呂氏子夔郎求詩

乃祖身兼將相崇諸孫玉立有家風此郎已復塵埃
外它日相期氣類中行已勤勤須自省讀書亹亹要
新功果能哮吼如獅子一瓣香應嗣放翁

新晴

兼旬不雨亦常陰一日新晴抵萬金浦面波紋春縠
細橋頭柳色麴塵深關山滿眼愁千斛歲月催人雪
一簪猶有强寬懷抱處午窗睡起聽鳴禽

晚步湖堤歸偶作

酒盡知難折簡呼出門仍苦要人扶殘梅委地香誰
惜歸雁穿雲遠欲無日落牛羊猶被野農閑畚鍤正
開湖還家寂寞西窗晚旋燎枯枝擁地爐

春來食不足戲作

飢臥誰能羨屬饜高懷飽食豈容兼分司祿在終難取

郷監致仕當得分司祿須自請乃給遂置之　東帛恩深獨不霑

頃有赦令賜致仕者粟帛羊酒郡獨格不行　衰謝形容無藥駐犇馳日月欠膠黏兒童拍手看翁醉山杏溪桃簇帽簷

散步湖隄上時方濬湖水面稍瀰瀰矣

老覺人間萬事輕不妨閑處得閑行西山烏沒莫雲合南浦隄平春水生孤操不渝無鶴怨淡交耐久有鷗盟先民幸處吾能勝生長兵間老太平

邵堯夫自謂生於太平老於太平爲太平之幸民彼豈知幸哉若予生於亂離乃老於太平真可謂幸矣

老學菴

老學衡茅底秋毫敢自欺閑編常默識閉戶有餘師大節囏危見真心夢寐知唐虞元在眼生世未爲遲

春曉

强尋殘夢苦難成推枕揩藤繞舍行新漲生波漁艇活晨曦送暖客衣輕煙迷芳草蒼茫色鵲占高枝嘆唶聲老病自憐猶嗜學誦書家塾羨諸生

新館一客諸孫晨興入學誦書頗感

龜堂雨後作

澤國春多雨龜堂病少悰雖名舊朝士其實老耕農一點葦間火數聲煙外鐘詩材故不乏處處起衰慵

書感

我欲哭窮途所懼世俗驚出門復入門掩淚且吞聲唐虞邈難繼周孔不復生承學百世下我輩責豈輕楊墨斥已殫釋老猶縱横拔本塞其源力盡志未平吾道如皦日薄食終必明一木雖獨立可支大廈傾夷風方變夏孰能作長城卓哉易簀公垂死猶力行

後書感

貧賤終身志不移閉關涵泳賴書詩唐虞未遠如親見周孔猶存豈我欺力學正須忘寢食少年誤計事

文辭爾來朋友皆雲散考質從誰盡所疑

村居書喜

紅橋梅市曉山橫白塔樊江春水生花氣襲人知驟暖鵲聲穿樹喜新晴坊場酒賤貧猶醉原野泥深老亦耕最喜先期官賦足經年無吏叩柴荊

中春偶書

鄰曲祈蠶候陂塘浸種時春寒薪炭覺雨霽鼓鐘知驢瘦銜泥怯魚驚食釣遲衰翁一味懶耕養媿吾兒

夜泊

小聚近江干中春尚爾寒釣船隨鷺宿煙月伴鐘殘冉冉歲時速茫茫天地寬推篷一搔首無處著悲歡

東岡櫻桃已過殊不知

病著寒侵怕出門蕭蕭煙雨暗江村一樽闕與梅花別過盡櫻桃不足言

別嚴和之

哭之魂逝已難招尚有和之慰寂寥今夜月明空歎

息想君孤棹泊溪橋

又

千里風煙行路難旅舟應過子陵灘人間富貴知何物莫負君家舊釣竿

齋中雜題

湖水日益長柳色日益深好鳥西山來飛鳴過前林
年華挽不留陳迹曠難尋花開少共賞酒熟惟孤斟
王謝今編氓曲水空山陰一樽欲弔古已矣子何心

又

屯雲失南山三日吹細雨歲月不貸人蠹聲遽如許
一年復一年老至不可禦下溼病在脾餘息僅如縷
枯皮裹瘦骨半屬松下土屋壞要當顛安能强撐拄

又

書生每苦飢得飯已可賀黄齏三百甕自是天所破
有時尚不繼得米無暇簸昨者雪塞門煙絶但僵卧
雖云迫溝壑老學不敢惰夜分喚隣翁我歌爾當和

又

西窗日過中飢坐生眼花援筆課小詩墨燥字傾斜須臾忽滿紙翩翩若風鴉雖無古人法簡拙自一家乃知兩漏壁未媿錐畫沙俄報豆飯熟投筆喜莫涯呼童拾澗薪試我家山茶

春晚

萍葉青浮水蛙聲鬧徹明川雲時聚散天氣半陰晴杏子爭梅結鳩巢後鵲成吾儕亦有役過社更深耕

社日小飲

人生當惜老年時醉插山花壓帽欹世事恰如風過耳微聾自好不須治

山茶

雪裏開花到春晚世間耐久孰如君憑闌歎息無人會三十年前宴海雲 成都海雲寺山茶開故事宴集甚盛

春夜

寂寂春將莫迢迢夜未央膏殘燈熖短杵急藥塵香

困思棲雙睫羸軀寄一牀養慵新有味初志悔軒昂

春遊

右軍不復見清真賞會猶須我輩人幽夢斷時雞唱曉短章成處鳥呼春出山茶筍村墟鬧上市蓴鱸七筯新速覓一壺隨處醉風吹紅紫半成塵

北窗睡起

杏梢紅溼晝初長睡過窗間半篆香久厭客遊歸自好本無才術老何傷依蒲不去羣魚樂點艸還驚小蝶忙堪笑放翁無一事强將詩句占年光

北窗懷友

中年妄意慕軻雄白首終希尺寸功落落要居流俗外兢兢恐墮異端中仰天俯地猶多媿飯豆羹藜已過豐幸有北窗堪講學故交零落與誰同

舟中作

娥江西路石帆東身寄鷗波浩蕩中疊疊沙痕留浦岸疏疏日影透漁篷詩人無復同盟在酒債何時一

洗空已迫耄年宜易感人生五十即稱翁

又

晤語無人與遣愁出門聊復弄輕舟山穿煙雨參差出水赴陂塘散漫流隔葉雄雌鳴谷鳥傍林子母過吳牛數家清絕如圖畫炊黍何妨得小留

湖村春興

桑柘相望雨露新桃源自隱不緣秦稻陂正滿初投種蠶子方生未忌人酒借鵝兒成淺色魚憑雲母作脩鱗賽神歸晚比鄰醉一笑猶關老子身

鄰餉

結隊同秋穫連牆聽夜舂薄持聊共飽熱毀却煩供炊玉吳粳美浮蛆社酒醲時平多樂事莫厭數從容

久雨

風雨連旬日屢空猶晏如敢言苔及榻僅免釜生魚薺糝朝供鉢松肪夜照書百年如此過作計未全疎

登山

困厄身垂老登臨意未平莫煙迷艸色宿雨壯溪聲
往古飛鴻没浮名脱髮輕平生五字律自笑尚關情

讀易

大易中含造化機王何元未造精微乾坤要自吾身
看臥聽雞鳴起索衣

村居書事

四十餘年食太倉賜骸恩許返耕桑長絲出甑蓴羹
美白雪翻匙稻飯香酒戶知貧焚舊券醫翁憐病獻
新方春殘睡足東窗下聞道長安依舊忙

又

藥物枝梧病漸蘇門前野老笑相呼春深水暖多魚
婢雨足年豐少麥奴小飲杯盤隨事具閑行巷陌倩
人扶題詩非復羌村句誰與丹青作畫圖 李伯時有羌
月圖傳於世

春晚書村落間事

千古會稽城閭閻樂太平豐年觀米價霽色聽禽聲

俗儉憎浮後民淳力釣耕豳詩有七月字字要躬行

雜興

秦漢區區了目前周家風化遂無傳君看八百年基業盡在東山七月篇

又

羲和分職授人時斷自唐虞意可知獸舞鳳來餘事耳西成東作要熙熙

又

老無添處仍逢病春欲殘時未減寒架上漢書渾忘盡牀頭周易却常看

又

一身逋負愁賒酒滿眼關山悔上樓子細推來惟合睡五更風雨已如秋

又

面顏日瘦口眼大氣血頓衰鬚髮獰不用凌煙寫冠劍一蓑煙雨事春耕

又

故交零落形弔影陳迹淒涼口語心辛苦一生成底事祈招空解誦愔愔

南堂獨坐

晨坐南堂雙眼明南山山色滿柴荆片雲忽過失簾影急雨初來聞竹聲鸜鵒深生酒興蟾蜍滴古助詩情野人頻約天台去幾緉青鞋了此行

春雨示鄰曲

春來天氣苦蕭森如縷雲升便作霖寒溜何曾住一滴綠陰忽已遍千林蓴絲箭茁垂垂老蓼浦菱塘瀰瀰深聞道南山花尚在約君攜酒試同尋

讀書

堯庭君相都俞盛闕里師生博約深我讀殘編食忘味朱絃三歎有遺音

新晴賞牡丹

杜門睡榻長蒼苔滿眼新晴亦樂哉小市忽逢蓴菜

出曲欄初見牡丹開不嫌雨後泥三尺且趁春殘醉幾回自揣明年猶健在東箱更覓茜金栽 茜金近出牡丹名

對酒

神僊豈易學富貴不容求百歲儻未盡一樽差可謀鐘鳴上方晚桂發小山秋處處多幽趣攢眉勿浪愁

病起遇晴有作

十日春雨霾百疾投間作呻吟雖甚苦飲啗尚自若筋骸則已疲正氣亦消鑠行年垂八十所恃豈在藥魔軍累百萬指顧可盡縛君看仁義師何至用韜略川雲忽破散平地見日腳無人畫此翁縹緲立孤鶴

定命

定命元知不可移更兼狂疾固難治履穿衣弊窮居日齒豁頭童大耋時耕釣詩多悲境熟功名夢少感年衰今朝雨歇春泥散剩伴兒童鬬艸嬉

假山小池

鑿池容斛水壘石效遙岑鳥喜如相命魚驚忽自沉風來生細籟雲度作微陰便恐桃源近無人與共尋

又

蓮嶽三峯峙桃源一路分池偷鏡湖月石帶沃洲雲魚隊深猶見禽聲靜更聞巖幽林箐密疑可下湘君春欲盡天氣始佳作詩自娛

浮雲飛盡見青天拄杖閑拈瘦倚肩漸喜綠秧分穲稏又看畫柱圻鞦韆雞豚雜遝祈蠶社鼓笛喧譁競渡船惟有此翁無一事閉門贏得日高眠

自詠

生艸覆蝸廬長鬚駕鹿車貧猶思施藥老不廢觀書登覽攜童稚歌呼和里閭躬耕亦何得聊以遂吾初

西村勞農

川雲散盡十分晴繚出溪頭信意行片片飛花隨步遠離離芳艸上牆生村深日暖單衣爽路轉沙平兩屨輕膰肉芬香坊酒釅因來聊得餉春耕

題盧陵蕭彥毓秀才詩卷後

詩句雄豪易取名爾來閑澹獨蕭卿蘇州死後風流
絕幾許工夫學得成

又

法不孤生自古同癡人乃欲鏤虛空君詩妙處吾能
識正在山程水驛中

舍北溪上垂釣

大耋還家萬事非垂竿好在綠苔磯風和山雉挾雌
過村晚吳牛將犢歸春漲新添塘灩灩夕雲仍帶雨
霏霏此生自笑狂顛足依舊人間一布衣

三月二十二日作

雨過艸爭出溪湍魚逆行輕舟摘蓴菜小市聽鶯聲
萬事已無夢一樽猶有情吾兒能講學不必說無生

劍南詩稿卷第五十終

劍南詩稿目錄

卷第五十一

劍南詩稿卷第五十一

宋　陸游　務觀

書感

頭顱已可知牙齒今復落十步或再休毀粥不及勺身依一蒲團壁挂兩芒屩對客輒坐睡有問莫能酢念昔少壯時心慕宦遊樂初登平津館晚入征西幙雨晴駱谷烽霜清散關柝登高望中原氣已吞雍雒寧知事大謬憔悴理征槖單車去梁益健席下沔鄂還朝見故人大馬黃金絡後來固多士鵷鷺照臺閣婆娑郎吏間祇自取嘲噱歷思從來事無鐵可打錯幸得還故園快若解束縛閭里通有無情厚不爲薄泥行事春耕日曝畢秋穫隔牆喚鄰翁濁酒聊共酌

寒食

小市禁煙餘東郊展墓初桐陰覆碧井泉脈入清渠

貧悴停遊舫龍鍾廢荷鈕西窗斜日在且復勘殘書
鄉人貧甚者每自謂不能下湖則其貧可知

西村莫歸

天氣清和修禊後土風淳古結繩前村村陂足分秧
水戶戶門通入郭船亭障盜消常息鼓坊場酒賤不
論錢行人爭看山翁醉頭枕槐根臥道邊

舍外彌望皆青秧白水喜而有賦

此地天教著放翁舍傍煙樹晚空濛一無可恨得歸
老寸有所長能忍窮東作已趨堯舊俗南薰方詠舜
遺風謝安勳業能多少枉是忽忽起剡中

寄題太和陳誠之秀才遠明樓

宦遊再有江西役南望廬陵每慨然未見高樓出雲
雨但驚妙語雜風煙諸公何止元和盛獨我初非正
始賢筆力深知太遼絕此詩它日勿同編 樓有榜廷秀

大蓬所作記及周丞相以下諸公題詠

蝸舍

蝸舍茨生艸，龜腸飽淖麋。麥因多雨損，蠶遇閏年遲。
徙義憂無勇，求仁戒自欺。此生雖欲盡，吾志未應衰。

東岡

東岡竹千竿，大者圍過尺。微風生其間，蕭蕭戛寒碧。
我閑適一到，散髮坐磐石。萬事不累心，清歗遂至夕。
此君本傲世，獨我有夙昔。老惰恐作疎，時來寓琴奕。

首夏

亂山深處著柴荊，岸幘披衣露氣清。宴坐有書聊作
伴，出遊無客獨題名。陰陰密樹花初盡，瀲瀲方池水
已平。幾許人間堪笑事，今朝百舌頓無聲。

贈曾溫伯邢德允

髮似秋蕪不受耘，茶山曾許與斯文。回思歲月一甲
子，游獲從文清公時距今六十年尚記門牆三沐熏。卷裏
聖賢能覿面，人間富貴實浮雲。二君才氣俱超絕，豈
待衰翁誦所聞。

自述

古井無由浪浮雲一掃空詩書修孔業場圃嗣豳風懼在飢寒外憂形寤寐中吾年雖日逝猶冀有新功

又

舊業還耕釣殘年迫耄期筋骸衰後覺力量夢中知客約溪亭飲僧招竹院棋未爲全省事終勝宦遊時

又

屏迹歸休後頤生寂寞中忍貧辭半俸學古得全功西埭村醅釅東陂小彴通經行有佳趣稚子也能同

示客

一點昏燈兩部蛙客來相對半甌茶典衣未贖身饒蝨治米無工飯有沙每爲采菱浮野艇時因賣藥宿山家青鞋到處堪乘興不獨雲門與若耶

對食戲作

香粳炊熟泰州紅苣甲蓴絲放箸空不爲休官須惜費從來簡儉作家風

又

米如玉粒喜新春菜出煙畦旋摘供但使胸中無媿作一餐美敵紫駝峯

對酒戲作

杖頭高挂百青銅小立旗亭滿袖風莫笑村醪薄無力衰顏也得暫時紅

又

亂插酴醾壓帽偏鵝黃酒色映觵船醺然一枕虛堂睡頓覺情懷似少年

夏初湖村雜題

市遠村深客到稀艸堂終日掩柴扉釀成新蜜蜂兒靜分盡殘泥燕子歸

又

嫩日輕風夏未深曲廊倚杖得閑吟地偏艸茂無人迹一對葵鷄下綠陰

又

寒泉自換菖蒲水活火閑煎橄欖茶自是閑人足閑

趣本無心學野僧家

又

日落溪南生莫煙幅巾蕭散立橋邊聽殘賽廟鼕鼕鼓數盡歸村隻隻船

又

胎髮茸茸漆不如夏初安健勝春初雙瞳嬾看公卿面却解燈前讀細書

又

從來抵死愛湖山敢料天教半世閑杜曲桑麻雖苦薄灞橋風雪如相關

又

幽禽兩兩已成巢新竹森森漸放梢稻壠作陂先蓄水野堂防漏却添茅

又

門巷蕭條長綠苔經旬清坐罷傳杯麴生風味那志得少待吾家芍藥開 吾鄉有陸家芍藥其品甚高

溪上露坐

水際風生爽拂裾比鄰自集不勞呼昏鴉杳杳飛初定遠樹離離望欲無新竹出林時解籜小荷翻露已成珠橋東一徑蒼苔滑歸舍還須稚子扶

北齋書志示兒輩

初夏佳風日頹然坐北齋百年從落魄萬事忌安排徐仲車聞安定先生莫安排之教所學益進　鄉俗能尊老君恩許賜骸飢寒雖未免何足繫吾懷

作盆池養科斗數十戲作

小小盆池不畜魚題詩聊記破苔初未聽兩部鼓吹樂且看一編科斗書

枕上

風竹無時靜月窗終夜明時時聽鶩鵲一一數殘更吳楚民猶困燕齊虜未平功名天所命吾志固難成

晨起

終夜厭姑惡經春無秭歸今歲不聞杜宇　溪雲生慘慘

林日澹暉暉物外孤懷勝人間百慮非鄰翁剡中去
爲我買漁衣

喜晴

葛衣初著喜新晴寂寂虛堂一榻横乍坼孤花藏葉
罅晚歸雙燕拂簾旌舞空不斷游絲直掠地還飛落
絮輕剩欲倚闌尋好句清笳已復動高城

讀夏書

巨浸稽天日沸騰九州人死若丘陵一朝財得居平
土峻宇雕牆已遽興

幽栖

何處是幽栖城南路少西楊花穿戶入燕子避簾低
棋局聊相對茶爐亦自攜溪頭雲易合晚雨又成泥

閑詠園中艸木

翦刀葉畔戲魚回帔子花頭舞蝶來領略年光屬閑
客一樽自勸不須推

又

麝香萱艸移東郭錦子葵花買上原兒喚乃翁閑一看欣然曳杖出籬門

又

一樹山櫻鳥啄殘懸鈎半舍亦甘酸兒童采得爭來餉應念衰翁舌本乾

又

綠侵小徑蔓衣艸青絡疎籬鬼帶藤未暇開編尋本艸且將名品問山僧

又

日高未辦續晨炊一椀村醅且療飢欒箸索然君勿笑桑間紫椹正纍纍

又

仲夏園中百艸靈風吹露坼各青青勸君辦取金鵶觜不問昌陽與豨苓

夜雨

初夏雨淋浪簷聲繞四廊感深頭易白睡少漏偏長

紅捲簾旌溼潤生衣焙香清吟欲排悶三歎不成章

晨起

海燕翩將乳戎葵粲已繁魚船初入市蓴擔未過門年耄停朝課家貧省小飧 近以病後晨廢讀書又以稟粟不繼遂罷食粥 所欣行藥處秧稻遍村村

放翁

拜賜頭銜號放翁家傳不墜散人風問年已過從心後遇境但行無事中馬老豈堪空冀北鶴飛猶得返遼東道傍跌宕煩君看閱盡時人臉尚紅

過隣家

老病在臂踝終日不喜動溪雲忽過前袖手以目送今晨光景佳霽色入鳥哢篤言出柴荊暫作湖山夢東村望鶴巢西阜過雞峒父老意欣然爲我撥春瓮豈惟澆舌燥亦用輭腳痛形骸去繩檢談笑得少縱吳蠶初上簇陂稻亦已種端五數日間更約同解粽

東園

晨起東園去消磨夏日長隨鋤泉眼出上爪藥苗香琴挂山齋壁龜搘道室牀始知彭澤令真足傲羲皇

曉出至湖桑埭

殘年孤寂不堪言時喚平頭駕短轅老氣猶能作羆臥壯懷誰復記鴻軒櫂歌縹渺城西路煙樹參差埭北村堪笑怪奇消未盡夜來還夢屬櫜鞬

雨夜觀史

讀書雨夜一燈昏歎息何由起九原邪正古來觀大節是非死後有公言未能劇論希捫蝨且復長歌學叩轅它日安知無志士經過指點放翁門

雨復作

今日雲歸恰喜晴小池忽見水紋生窗昏又輟鈔書課臥聽蕭蕭打葉聲

園中

稚竹侵簷綠新桐覆井涼閑身少羈束隨處得徜徉山鵲惺憁語藤花掩冉香吾詩有餘思小復立西廂

湖上遇道翁乃峽中舊所識也

大罵長歌儘放顛時時一語却超然掃空百局無棋敵倒盡千鍾是酒仙巴硤相逢如昨日山陰重見亦前緣細思合辱先生友五十年來不負天

老學菴北作假山既成即雨彌月不止

古者封禪歲乾封輒枯旱不言絶民食徒欲曬日觀蕞爾何足言造物亦幽贊冥冥一月雨陰翳迷昏旦我今作小山纔及仞有半下豬數斗水艸木稍葱蒨芳艸爭抽萌珍木亦擢榦龜魚出復沒烏雀聚仍散彼天初何私遺我耳目玩遂令閭巷間日厭鶉鴳喚淖深樵蘇絶有米不能爨爲小乃害大未可以理斷憂懼塞胸中當食屢興歎培塿固易平荷鍤媿吾懦

苦雨

儘道迎梅雨能無一日晴窗昏愁細字簷滴亂疎更未怪蛙爭席真憂水冒城何由收積潦簫鼓賽西成

又

煙水茫茫無際空堦滴不休一窗閑隱几四月澹如秋
箔冷蠶遲績泥深麥未收家貧村酒薄曷解老農憂

五月初作

鄰舍春新麥家人拾晚蠶推移逢夏五賦輿歎朝三
遣日須棋局忘憂賴酒甑幽居有高致多取未爲貪

遊西村贈隱者

水清沙淨見遊魚槐柳陰陰五月初人似登仙惟火
食俗如太古欠巢居孰聞高卧常扃戶剩欲頻來共
荷鉏從此夢遊端有地淵明不獨愛吾廬

彷徉

家世由來出楚狂湖山垂老得彷徉讀書坐嬾常中
廢得句因衰已旋忘萬化隨緣寓蟲臂百年何處異
羊腸忍飢到死知無恨免使人嘲作飯囊

碌碌

碌碌初何取悠悠信所之安貧無鬼笑守道有天知
暑服黃縑製晨飧赤米炊今朝潦水退村路得遨嬉

讀陳蕃傳

莫笑書生一卷書唐虞事業正闗渠漢廷若有真王佐天下何須費掃除

夏日晨起

華胥歸路萬山青拈得烏藤繞舍行兩眥尚餘殘睡美一襟初受曉涼生陰陰院落新桐影寂寂房櫳乳燕聲已罷小飱停卯酒龜腸蟬腹不勝清

醉舞

短帽簪花舞道傍年垂八十尚清狂茸茸胎髮朝盈櫛炯炯神光夕照梁令尹閱人三仕已太山在我一豪芒藥苗麥飯初何欠全取愚儒百錬剛

北窗微陰

露滴林梢花送香風吹池面兩輸涼蠹書一卷作老伴麥飯半盂支日長學道莫如心自肯杜門真與世相忘君恩不報雖知媿稊米安能益太倉

夏夜

乞骸安晚節養疾臥空村月暗梟鳴樹船歸犬吠門藜羹加糝美黍酒帶醅渾稚子能勤學燈前與細論

村居

鵓鳩穿林語鴨鵝竝水鳴餽漿憐道暍裹飯助鄰耕零落橋危斷欹斜屋半傾君毋笑偷惰猶足盡吾生

晚興

羸病時時劇歡悰日日疏睡憑書紹介愁賴酒驅除小蹇追涼處輕衫出浴初無人堪晤語且復狎樵漁

溪上

散髮倚胡牀風生水面涼單衣縫白紵雙屨織青芒道家有青芒屨荷葉猶微赤藤花已半黃歸來村路晚漁火耿蒼茫

貧甚戲作長句示鄰曲

百屋堆錢四壁空人生志願孰能同蕭條齒髮難藏老冷落杯盤可諱窮斸筍不思鄣夏日典衣那計禦霜風知心幸有鄰翁在一笑相從艸莽中

縱筆

冉冉殘年迫耄期肱雖三折未成醫北山愚公世方笑東郭順子吾所師萬里元非破賊手一生無奈造物兒梅雨初晴湖水滿未妨把酒細哦詩

入都

葵莧登盤酒可賒豈知扶病又離家朝行打岸濤頭惡夜宿垂天斗柄斜不恨山林淹歲月但悲道路困風沙隣翁好爲看耕隴行矣東歸一笑譁

開局

八十年光敢自期鏡中久已髮成絲誰令歸蹋京塵路又見新開史局時 予三作史官皆初開局 舊吏僅存多不識殘編重對只成悲免朝愈覺君恩厚閑看中庭木影移

感舊

四十三年夢今朝又喚回平橋穿小市細雨壓輕埃老喜詩情在慵愁史課催時時還自笑白首接鄒枚

贈陸伯政

夜窗燈火老徒勤自慣何時可策勳未喪斯文天壽我豈無餘子我思君約通殘譜言猶在細讀新詩筆欲焚早晚皇恩許歸去相呼同臥石帆雲

雨夜

莫雨濯殘熱史官非坐曹忍慚靡粟帛偷暇近詩騷屋老孤燈闇風顛萬木號明朝有奇事江閣看秋濤

自局中歸馬上口占

幼輿只合著山巖誤被恩光不蓋慚人怪衰翁煩尺一心知造物賦朝三飛騰豈少摩雲鶻蹙縮方同作繭蠶安得公朝閔枯朽早教歸臥舊茆菴

秋雨

久占煙波弄釣舟業風吹作鳳城遊不知苑外芙蕖老但見牆陰苜蓿秋黃把裹書俄復至朱顏辭鏡不容留晚窗又聽蕭蕭雨一點昏燈相對愁

秋夜

庭院蕭條夜氣清臥聽宮漏下宮城旅懷生怕還鄉
夢留取殘燈伴雨聲

求月桂

重重汗簡擁衰翁百里家山夢不通病眼可令常寂
寞煩君爲致數枝紅

秋思

烏帽翩翩九陌塵杖藜誰記岸綸巾遺簪見取終安
用弊帚雖微亦自珍廊廟似聞憐老病雲山漸欲屬
閑身牆隅苜蓿秋風晚獨倚門扉感慨頻

又

霜露初侵季子裘山川空賦仲宣樓夢回最怯聞衣
杵病起常憂負酒籌日月往來雙轉轂乾坤成壞一
浮漚書生事業無多許二寸毛錐老未休

史院書懷

後死與斯文猶能讀典墳雖慚千載事要是一生勤
石磑霏霏雪銅爐裊裊雲扶衰又秋晚何以報吾君

楚辭所謂桂數見於唐人詩句及圖畫間今不復見矣作二絕句屬山僧野人試求之

小山桂枝今所無一生到處問樵夫細思不獨人間少月裏何曾有兩株

又

丹葩綠葉鬱團團圝消得姮娥種廣寒行盡天涯年八十至今未遇一枝看

雨夜

細雨催扃户昏燈照擁衾倦知秋漏永瘦怯曉寒深林鵲依簷宿莎蟲入户吟此時搔短髮誰會欲歸心

九月初作

菊佩餻槃節物催老懷撫事一悠哉年光半付殘編去詩句時從倦枕來零落朋儔今孰在寂寥事業世方咍兩叢月桂門前買自下中庭破綠苔

又

九月都門凜欲霜羸軀恩免立鵷行細書付吏謄初

稿和藥呼兒對古方陋巷閑門常謝客高齋掃地獨焚香此生自計終何取似有山林一日長 實錄有初稿

二稿

又

碧海仙蓬感舊遊莫年心事轉悠悠登高此去無多日扶病重來又過秋十里樓臺迷巷陌萬家碪杵戒衣裘平生剩欠觀書債四庫留人未許休

又

富貴功名未足云平生一飯不忘君哦詩高韻淒金石把釣幽情渺水雲落葉打窗秋已莫歸鴉泊樹日將曛欲知老病常多感華帶今年減幾分

莫秋

十日都門雨風煙已莫秋甑香新菽粟篝煖故衣裘意氣臨書健形骸顧影愁何時剡中路秣蹇憩山郵

重九不出遣懷

人生各自適飛潛魚腹熊蹯豈得兼竝舍晚風傳藥

杵小窗殘日射書籤昏曈但怪花爭墜衰鬢應無白可添采菊泛觴終覺嬾不妨閑卧下疎簾

暇日

身健官閑荷主恩蕭然不異在家園一池新墨生吟思半篆殘香入夢魂舊友無書知獨冷小兒有命會孤騫藜羹麤足餘何事鐘動三茅又斂昏

憶三山

柳橋南北弄煙霏門不常關客自稀遣僕遠馱黃檗出呼兒閑取白鷗歸片雲忽起迷丹竈潦水初生沒釣磯一出可憐時屢變又看刀尺製秋衣

示子聿

故山誰伴隱茅茨幸有吾家大耳兒雨暗小窗分夜課雪迷長鑱共朝飢名場未捷寧妨學史限雖嚴不廢詩我死汝應傳鉢袋勉持愚直報明時

車中作

秋天近霜霰吳地少風塵時駕小車出始知閑客真

新交孰傾蓋往事漫霑巾處處皆堪隱桃源莫問津

初寒偶出

霜氣凋闕樹晴光入市樓閑人無造請佳日亦遨遊
湖白方新出淮蠘亦易求秋來幸無病作意試新篘

史院晚出

已乞殘骸老故丘誤恩重作道山遊龍津雨過橋如
拭鳳闕煙消瓦欲流直舍小眠鐘報午歸途微冷葉
飛秋心知伏櫪無千里縱有王良也合休

贈洞微山人

我年六十四獲譴輸鬼薪束書出東門揮手謝國人
笑指身上衣不復染京塵時有一老翁祝我當自珍
却後十五年迎君浙江濱我笑語是翁豈說他生身
事果不可知邂逅如隔辰鶴髮無餘鬒鶉衣仍苦貧
秋風旱河頭握手一笑新買酒烹雞豚往事得具陳
試數同朝舊零落增悲辛與翁雖俱老肝膽猶輪囷
千里亦命駕何況託近鄰秋高佳風月相過莫厭頻

九月十四日夜雞初鳴夢一故人相語曰我爲蓮華博士蓋鏡湖新置官也我且去矣君能暫爲之乎月得酒千壺亦不惡也旣覺惘然作絕句記之

白首歸修汗簡書每因囊粟戲侏儒不知月給千壺酒得似蓮華博士無

初寒對酒

晨起常教置一壺色如鵝氄滑如酥侍郎取榼不須笑司業與錢還復酤霜路預愁騎款段雪舟每憶釣菰蒲寒花滿帽君無笑醉倒偏宜稚子扶

午晴試筆

葉脫園林夜夜霜風和巷陌日猶長軒車但怪容孤鶴稊米安能益太倉此去得非窮李廣向來元是老馮唐明窗攬筆聊揮灑颯颯驚蛇又數行

夜吟

似睡不睡客欹枕欲落未落月挂檐詩到此時當得

句羈愁病思恰相兼

又

六十餘年妄學詩工夫深處獨心知夜來一笑寒燈下始是金丹換骨時

劍南詩稿卷第五十一終

劍南詩稿目錄

卷第五十二

而右文殿生芝艸甚異　戲述淵明鴻漸遺事
雪夜　直舍獨坐思成都　歎老　冬曉
有懷梁益舊遊　孤坐無聊每思江湖之適
夢韓无咎如在京口時既覺枕上作短歌　出
東城竝江而歸　予聿欲暫歸山陰見乃翁作
惡遂不行贈以此詩　題趙生畫　題宣律師
畫像　暇日弄筆戲書三首　立春前後連日
風雨　武林　立春後十二日命駕至郊外戲
書觸目三首　春夜　訪客至近郊　車中作
倦飛　遣興　癸亥正月十日夜夢三山竹
林中筍出甚盛欣然有作

劍南詩稿卷第五十二

宋 陸 游 務觀

閑詠

身似地行僊心非欲界天輿竿聲軋軋巾角影翩翩買菊穿苔種懷茶就井煎歸來書遶坐隨處一欣然

又

久入春農社新腰老衲包紙裁徵放矮硯斲正須顚髯簿能爲祟方兄任絶交吾詩無傑句聊復當談嘲

遊張園

冷局歸差早名園得緩行穿林山驟出度峽路微平霜近柳無色風生蒲有聲出門還惝怳滿路夕陽明

客至

官閑身自得客至眼殊明靜算棋生死閑分酒濁清悠然劇談罷能偶爾小詩成但恨桑麻事無人與共評

客去

客來拈麈尾客去拂牀眠孤夢歸湖上殘書墮枕邊幽禽窺戸語落日傍窗妍暫爾名朝士終然是地僊

無客

今日了無客翛然麈柄閑硯涵鴝鵒眼香斷鷓鴣斑木落風初勁雲低雨尚慳西湖未暇到臥看曲屏山

次韻黃宮教見贈 景說

士固未易料世乃有若人高標與曠懷豈復容疎親邂逅京塵中握手一笑新我雖讀古書妙處媿斲輪敢學狂接輿歌鳳笑泣麟空持鼻端堊庶幾遇郢斤獨立臨洪流欲濟茫無津君其幸教之勿棄老病身

書直舍壁

三黜媿公議再來仍冷官志無重奮發身有轉衰殘加飯支餘息添衣禦早寒歸休應漸近不是强心寬

又

道山西下路杳杳歷重廊地寂聞傳漏簾疎有斷香

渠清水馬健屋老瓦松長欲出重欹枕無何覓故鄉

韓太傅生日

珥貂中使傳天語一片驚塵飛輦路清霜粲瓦初作寒天爲明時生帝傳黃金飾奩雕玉觴上尊御食傳恩光紫駞之峯玄熊掌不數沙苑千羣羊通天寶帶連城價受賜雍容看拜下神皇外孫風骨殊凜凜英姿不容畫問今何人致太平縣地萬里皆春耕身際風雲手扶日異姓眞王功第一

懷故山

老怯京塵化素衣無端抛擲釣魚磯碧雲又見日將暮芳艸不知人念歸萬事莫論羈枕夢一身方墮亂書圍岷山學士無消息空想燈前語入微 張季長祕閣久不得書

西齋遣興

桐葉秋先霣菊花寒更香酒邊聊兀兀身外本茫茫小憩元非睡長吟偶似狂忽然思把卷一笑就窗光

雨夜作

十月多蚊蚋昏昏氣未平正須三日雨却用一霜晴閑館蕭條意空堦點滴聲鐘殘撫枕歎歸夢幾時成

掩戶

蔗漿那解破餘酲一讀南華眼自明香縷映窗凝不散墨丸入硯細無聲太山蟻垤初何有佛國魔宮本亦平此役光明誰障得曠懷還與老書生

臥疾

舊疾乘衰作長貧與嬾宜羈愁惟付酒史課未妨詩雨入殘更滴霜逢閏歲遲新春真耄及不用卜歸期

晚歸

無事經秋別鏡湖詩囊隨處累奚奴樓頭寒日低將盡陌上殘泥踏欲無軒冕豈容關喜慍簞瓢亦未費枝梧畫橋綠浦歸來晚一醆昏燈得自娛

寂寂

接客厭紛紛客去喜寂寂今朝下簾坐疏雨時一滴

地爐擁破褐自笑嬾無敵新春儻得歸更面九年壁

獨坐有懷杜伯高

畫橋通小市深院欲黃昏愛月先移燭留香每閉門李侯有佳句樂令善清言老病貪揩枕何由共一樽

李允蹈判院送酒四斗予答書乃誤以爲二斗作小詩識媿

冷官誰顧雀羅門一紙惟君肯見存堪笑放翁昏至此乘壺誤寫作朋樽

感舊贈超師

一聲清蹕出行宮百尺黃旗繡戲龍我赴文場君受戒道邊曾共望高宗

雜書

世味漸闌如嚼蠟惟詩直恐死方休四時風月元無盡萬里江山更擬遊

又

一身頂踵無非病兩飯齏鹽亦闕供正可清言學夷

甫不須豪氣似元龍

又

枳籬莎徑入荆扉中有村翁百結衣誰識新年歡喜事一雞一犬伴東歸雞犬皆實事

又

身似匡廬老病僧閉門一衲坐騰騰雨聲驚斷長安夢惆悵西窗夜半燈

送子虞赴金壇丞

與汝爲父子忽逾五十年平生知幾別此別益酸然念汝髮亦白執手河橋邊西行過臨平想汝小繫船悠悠陽羨路渺渺雲陽川京江昔所遊想像在目前今玆兩使君幸有宿昔緣汝雖登門晚世好亦牽聯顧於賞罰間其肯爲汝偏夙夜佐而長努力志食眠醇如新豐酒清若鶴林泉棠宜使可愛蒲正不須鞭

今日史課偶少暇戲作五字

仲夏入都門堂瓦忽已霜史館方掄才我亦廁其傍

三日敗一筆手胝視芒芒吏來督日程炙冷不及嘗今辰偶少靜掃地欲焚香市聲塞我門騶呼過我牆鄙性不耐喧憹悅意欲狂天生兩窮耳只堪聽啼螿入局

殘年困簡牘靜坐憶漁樵鄙意慚輕出殊恩免早朝微霜凋綠樹寒日滿朱橋悵望滄波友弓旌豈易招

鏡湖西南有隱士人不可得而見

縱筆

胸中略無一點事眼底常展數行書半飢半飽便可爾衣食何須求有餘

又

小兒讀書耕且養老夫入朝仕易農明春史成許歸去父子相逐歌年豐

又

晝倦夜常成美睡病多老却未全衰歸從冊府猶披卷了却官書更賦詩

又

坊遠不聞宮漏聲三茅鐘殘窗欲明山童睡熟呼不應添水拂書翁自行

送襄陽鄭帥唐老

鄭侯骨相非復常伏犀貫額面正方聲名赫奕動天子家世富貴連椒房武能防秋北平道文合落筆中書堂畿西謀帥國大事當宁久弄黃金章一朝丹詔自天下兩班仰首看騰驤鄭侯此行端可羨繡旗皂纛戈如霜三更傳令出玉帳平旦按陣來毬場宿兵萬竈盡貔虎牧馬千羣皆驌驦酒酣賦詩幙府和縱横健筆誰能當雖然鄭侯志意遠虎視直欲吞北荒榆林雁門塞垣紫孟津砥柱河流黃出師有路吾能說直自襄陽向洛陽

掩門

身瘦不勝笏官閒常掩門漢廷雖好老楚澤未招魂硯潤蟾蹤滴香殘鴨尚温箇中殊會意恨欠阿戎言

又

簌簌落高槐陰陰長綠苔只言門晝掩不道客誰來

又

足痹思尋壑愁生欠撥醅吾兒能問事梨栗且炮煨

又

舉手可及屋積書高拄頭忽聞疎雨滴恍記故山時

點染聊成字呻吟僅似詩不關才思盡碌碌本亡奇

又

寡求志市遠易足任囊空院吏催呈史家僮笑忍窮

鬢毛驚盡白倉粟飫陳紅賴有三幾夢時時到枕中

自嘲

野老家風子未知天教甫里出孫枝遍遊竹院尋僧

語時拂楸枰約客棋是處登臨有風月平生歇歷半

宮祠即今箇事渾如昨喚作朝官却自疑 予仕宦幾五十年矣歷崇道玉局武夷今又忝佑神之命

乍晴出遊

八十山翁病不支出門也賦喜晴詩小樓酒旆闌街

處深巷人家曬練時本借微風欹帽影却乘新暖弄鞭絲歸來幸有流香在剩伴兒童一笑嬉 流香葢賜酒名

送客至湖州市

偶駕雞棲送客行迢迢十里出闤城誰知小市蕭條處剩有豐年笑語聲聊借野風吹醉頰更憑陂水濯塵纓故廬想見春回近鄰曲家家已遍耕

題史院壁

命薄謀常拙年衰力轉微鵾飛元合退羝乳偶成歸汙簡慚靡日流塵怯染衣無端霜夜月應照舊苔磯

又

槁木忘榮謝閑雲任卷舒慵爲繞枝鵲寧作蠹書魚羇旅心常折親朋夢亦疎溪頭釣船在恐負此心初

又

白髮無餘鬒蒼顏失故丹旅遊多取意大屋每饒寒出畏霜侵褐歸乘日暖鞍若非時得句何以慰衰殘

又

苔甃平分路銅環半掩扉殘蕪寒不死敗葉落還飛責重何由塞愁生但念歸非無茅一把世事苦相違

寄二子

大兒新作鶴林遊仲子經年戍吉州日日望書常至莫時時入夢却添愁得官本自輕齊虜對景寧當似楚囚識取乃翁行履處一生任運笑人謀

訪客至北門抵莫乃歸

北郭那辭十里遙上車且用慰無聊九衢浩浩市聲合四野酣酣雪意驕清鏡新磨臨綠浦長虹橫絕度朱橋歸來熟睡明方起臥聽鄰牆趁早朝

恩除祕書監

羣僊鶴駕去難追白首重來不自知才藝荒唐癡獨絕功名蹭蹬老如期海邊鄭叟窮耽酒吳下韋郎晚學詩扶上木天君莫笑衰殘不似壯遊時

寄題儒榮堂 朝散大夫徐夢華著北盟錄上之除直祕閣

訓辭有儒榮之語因以名堂來求賦詩

軍容基禍廟謀疎尚記文登遣使初只道大功隨指顧至今遺種費誅鋤還朝不遣參鱗筆寓直空聞上石渠剩辦殺青君記取龍庭焚盡始成書

夙興

鐘已樓頭動燈猶帳外殘霜濃愁枕冷病起覺衣寬鵲怨憑誰解鷗盟恐已寒君恩等天地應許納微官

館中書懷

流落逢明主恩光集晚途題名驚手戰拜閤藉人扶枉辱三華組 國史實錄及策府凡忝三職 終歸一腐儒庫書時取讀猶足補東隅

雜興十首以貧堅志士節病長高人情爲韻

仕宦徧四方每出歸愈貧寒暑更質衣笑倒隣里人今年作史官坐糜太倉陳無如思歸何日夜望絕鱗區區牛馬走齗齗蟣蝨臣恩深老不報肝膽空輪囷

又

孟子闢楊墨吾道方粲然韓愈排佛老不失聖所傳
伐木當伐根攻敵當攻堅坐視日月食孰探天地全
一木信難恃要憂大廈顛安得孟韓輩出爲吾黨先

又

聖人固多能藝乃以不試嗟予少貧賤日月成坐棄
矧今耄已及甘食而美睡道衰朋友散斯文凜將墜
閉戶輒竟日孰與講仁智厭厭生意盡何暇議李志

又

少年喜結交患難謂可倚寧知事大謬親友化虎兕
出仕五十年危不以讒死始畏囊中錐寧取道傍李
老來多新知英彥終可喜豈以二三君遂疑天下士

又

昔我遊廬山夜遇東林雪灰深火正熟膏減燈半滅
童驚林虎過僧惜澗松折至今每追想可解肺肝熱
那知蓬山夢忽繼此清絕殊勝蘇子卿餐氈持漢節

又

觀人如觀玉拙眼喜譏評得失顧在人玉固非所病
慶曆嘉祐間人才於斯盛王回僅一招石介棄不聘
乃知天下士成敗各有命願君姑安之天定豈不勝
又
兩山如峨眉一水若車輞吾昔廬其間百里臨莽蒼
少年手藝木條𣙙日夜長咿啞駕獨轅迢遞搖兩槳
平生會心地今乃寄夢想何時喚鄰翁煙水行布網
又
貨財不可居祿位不可饕我爾本一家何至𡩞蘭鏖
小夫謀人國紛紛日煎熬或謂性本惡或謂經無褒
誤人方自此孰如飲醇醪清言亦自佳遺事非徒高
又
魯山粹而博韶美曠且真石渠東觀中久矣無若人
飛僊驂鳳鸞豈久混世塵空餘文章在常與日月新
我雖不足數疇昔忝交親尚想秋燈下對影欹幅巾
陳山魯山劉儀鳳韶美

又

君子尚大節又甚惡不情魯連故可人用意終近名千載高夷齊采薇忘其生周公述易象所以貴幽貞去聖雖已遠江左見淵明我讀飲酒詩朱絃有遺聲

送任夷仲大監元受之子

往者江淮未徹兵丹陽邂逅識耆英叩門偶綴諸公後倒屣曾蒙一笑迎敢意癡頑成後死相從髣髴若平生小詩話別初何有一段清愁伴艣聲 游昔在京口與陳應求馮圜仲查元章張欽夫諸人從先提刑遊今三十九年矣

謝韓實之直閣送燈

玉作華星綴絳繩樓臺交映莫天澄東都父老今誰在腸斷當時諫浙燈

又

舊友年來不作疎華燈乃肯寄蝸廬寧知此老蕭條甚二尺檠前正讀書

道山直舍

身世從來一蠹魚討論猶記入朝初自憐報國無他技又領蘭臺四庫書

館中營繕方一新而右文殿生芝之艸甚異

丹碧參差盛一時殿楹三秀見金芝漢庭漫道多才傑天馬何勞作頌詩

戲述淵明鴻漸遺事

桑苧柴桑一世豪區區玩物亦徒勞品茶未及毀茶妙飲酒何如止酒高

雪夜

雪屋透窗明風簾撼夜聲披衣擁爐坐忘却在都城

直舍獨坐思成都

錦城花絮送吳船屈指東歸又幾年羣玉峯頭身老矣百花潭上夢依然青衫尚記稱狂客白髮寧知作老儒所恨酒腸非復昔閑遊空負杖頭錢

歎老

鏡裏蕭蕭白髮新默思舊事似前身齒殘對客豁可

恥臂弱學書肥失真漸覺文辭乖律呂豈惟議論少精神平生師友凋零盡鼻堊揮斤未有人

冬曉

恩免宵興趁曉班養慵終覺媿吾顏浮名半世虛催老高臥何時復得閑兩岸夕陽漁浦市數峯寒靄沃洲山扁舟來往無窮樂此事天公豈所慳

有懷梁益舊遊

土堠纍纍隻復雙悠然殘夢對寒缸亂山落日葭萌驛古渡悲風桔柏江虎印雪泥餘過跡樹經野火有空腔四方行役男兒事常笑韓公賦下瀧

孤坐無聊每思江湖之適

世上元無第一籌此身只合臥滄洲觴搖漁浦蒼茫月帆帶松江浩蕩秋有酒人家皆可醉無僧山寺亦閑遊老來閱盡榮枯事萬變惟應一笑詶

夢韓无咎如在京口時旣覺枕上作短歌

隆興之初客江皋連檣結駟皆賢豪坐中无咎我所

畏日夜訓倡兼詩騷有時贈我玉具劍間亦報之金錯刀舊遊忽墮五更夢舉首但覺鐵甕高樽前美人亦黃土吾輩鬼錄將安逃死生一訣信已矣所恨膏火常煎熬平生不愛葱嶺話方術亦陋葛與陶但當東歸棄百事爛醉海上觀雲濤

出東城竝江而歸

上車容假寐出郭當閑遊遠笛臨風起高帆到岸收人歸花市路客醉酒家樓徑就東窗臥孤燈欲話愁

子聿欲暫歸山陰見乃翁作惡遂不行贈以此詩

鐘鳴豈復夜行時文字相娛賴此兒欲去復留知汝孝未言先泣歎吾衰兩篇易象能忘老百畝山畬可免飢但報家僮多釀酒一欄紅藥是歸期 明年春晚史院奏書必得歸矣

題趙生畫 趙生名廉宣和末得幸廉宣仲爲予言

東都畫手排浮萍天子獨賞一趙生幅縑尺紙皆厚

賜衆史姤娼都人驚爾來一筆不復見好事往往空聞名奇哉此獨出劫火論價直恐千金輕老廉博士最别識一見自謂雙眼明老夫寓居旱河上矮軸正向幽窗横飯餘捫腹看不厭林外重閣高崢嶸憑誰喚住兩禪客水邊共聽煙鐘聲

題宣律師畫像

秀目大頭顱英姿舉世無平生一瓦鉢何處有天厨

暇日弄筆戲書

天地爲我廬江山爲我客北斗以酌酒恨我飲量窄人生但閉戸烏用分菽麥贈君玉函方憒憒無皂白

又

艸書學張顛行書學楊風平生江湖心聊寄筆硯中龍蛇入我腕疋素忽已窮餘勢尚隱轔此興嗟誰同

又

胷懷幾雲夢形骸一槁木雖客長安城未始忘退縮古來豪傑士强半死空谷耐事勿動心貧賤豈汝獨

立春前後連日風雨

河岸春生綠齋扉雨送昏手鈔書半淡巾漉酒微渾

餅餌連春日歌呼近上元所嗟今夕夢不在石帆村

武林

皇輿久駐武林宮汴雒當時未易同廣陌有風塵不

起長河無凍水常通樓臺飛舞祥煙外鼓笛喧呼明

月中六十年間幾來往都人誰解記衰翁 紹興癸亥予

年十九以試南省來臨安今六十年矣

立春後十二日命駕至郊外戲書觸目

身兼老病常歸臥天半陰晴偶出遊鸚鵡碧籠當戶

外鞦韆畫柱出牆頭年華冉冉飛雙翼夢境悠悠寄

一漚旅食都門那可久少留應爲賦春愁

又

宮雲縹渺漏聲遲夢裏華胥却自疑春淺風光先盎

盎時平節物共熙熙畫簾不捲聞人語玉勒徐行避

酒旗閱盡輩流身獨健恍如隨計入都時

又

丹成不服怕升天豈料乘風到日邊九陌樓臺生細靄萬家弦管送流年香車寶馬沿湖路繡幞金罍出郭船折簡亦思招客醉不堪春困又成眠

春夜

客向燈前老愁從枕上生雨聲添好睡花氣散餘酲舊事談誰聽新詩鍊不成惟當速歸老鄰父待同耕

訪客至近郊

訪客西郊路停車小苑門閑雲寧有雨淡日不成暄鷺下青蘋浦鵶啼綠樹村還家未索莫隨分具魚飧

車中作

雨過未生塵寒輕不著人斷雲飛苑路高柳暗天津憔悴非平日呻吟又一春絲毫寧有補空負耦耕身

倦飛

倦飛何意閉樊籠冉冉年光過眼空酒盡不妨沽巷口詩成多是在車中曾腰白羽心猶壯不養丹砂頰

自紅所歎莫年交舊盡燈前情話與誰同

遣興

馬跡車塵不到門莫年萬事付乾坤讀書淚苦只取笑識字雖多誰與論骨相元非金馬客夢魂空繞石帆村濁醪幸有鄰翁共莫厭從來老瓦盆

癸亥正月十日夜夢三山竹林中筍出甚盛欣然有作

新春身不到家園東崦西村役夢魂一夜四山雷雨起滿林無數長龍孫

劍南詩稿卷第五十二終

劍南詩稿目錄

卷第五十三

劍南詩稿卷第五十三

宋 陸游 務觀

謝徐志父帳幹惠詩編

平生聞若人筆墨極奇峭相望二千里安得接談笑
一朝獲其詩驚喜踰素料夜窗取吟諷寒燈耿相照
春容清廟歌縹緲蘇門嘯蹴天浙江濤照野楚山燒
每篇十過讀玩味頭屢掉正如啜名酒雖愛不忍釂
看君亦華髮氣壓萬年少予昔從茶山辱賞三語妙
文章老不進顛頽今可弔誰知牛車鐸黃鐘乃同調
願君時來過勿恤俗子誚

河橋晚歸

曲巷連新市層樓近小橋青帘猶滴雨綠浦恰通潮
簾影晴方見笙聲冷未調斜陽覓歸路偏愛玉驄驕

謝王子林判院惠詩編 王從楊廷秀甚久

文章有定價議論有至公我不如誠齋此評天下同
王子江西秀詩有誠齋風今年入修門軒軒若飛鴻
人言誠齋詩浩然與與俱東字字若長城梯衝何由攻
我望已畏之謹避不欲逢一日來叩門錦囊出幾空
我欲與馳逐未交力已窮太息謂王子諸人無此功
騎驢上灞橋買酒醉新豐知子定有人詎必老鈍翁

紹興癸亥余以進士來臨安年十九明年上元
從舅光州通守唐公仲俊招觀燈後六十年嘉
泰壬戌被命起造朝明年癸亥復見燈夕遊人
之盛感歎有作

隨計當時入帝城笙歌燈火夜連明寧知六十餘年
後老眼重來看太平

出謁晚歸

萬卷縱橫眼欲盲偶隨尺一起柴荊淵魚脫水知難
悔野鶴乘車只自驚苑路落梅輕有態御溝流水細
無聲紅塵朝莫何時了促駕歸來洗破觥

思歸示子聿

平生愛山水遊陟老不厭此外惟讀書垂死尚關念方昔少壯時萬里攜一劍自從還故山日夜就收斂蒙恩置三館寒灰忽光焰龍鍾氣纔屬筆力安得贍同舍多賢豪揣分無乃玷春來百疾作沉痼困鍼砭思歸入夢寐歷歷數過店問津始胥濤繫纜望禹窆小江齏餅美梅市將酒釅雲破山嶙峋雨足湖瀲灩二月柳勝槎三月花如染拄杖幸可扶吾生尚何欠更當與稚子晨莫事鉛槧天爵古所尊榮名勿多占

上元後連數日小雨作寒戲作

呼兒取酒敵春寒病起驪裘剩覺寬萬事不妨高枕臥始知老子耐悲歡

又

春風催暖入園林一片雲生又作陰留得梅花三日住誰云造物本無心

又

煙籠天闕青鴛溼水漲官河畫鷁浮解賦春陰三十首不應惟有宋鄜州

又

擬撥殘書出郭行浮雲忽已敗春晴窮閻今雨無車馬臥聽深泥濺屐聲

出湧金門

出湧金門一黯然初來猶是紹興前都人百萬今誰在惟有西湖似昔年

書志示子聿

誤上蓬山亦已叨所悲故里隔胥濤還家未失屠羊業報國元無汗馬勞載筆敢言宗史漢閉門猶得讀莊騷小兒願與翁偕隱正恐聲名未易逃

入春念歸尤切有作

六朝覆育忝遺民扶憊歸來雪鬢新對酒無歡翻作病愛詩何得但窮人腰錢自昔妨騎鶴絕筆何時到獲麟鄉俗嬉遊重端五剩烹糰糉喚比鄰 筮者言予五

月可還故山

書房雜詠

賦性無他嗜傳家但古書堯咨洪水際羲畫結繩餘
異學方攘斥浮文亦掃除挑燈北窗下聊得遂吾初

又

久客思鄉井殘軀怯歲年家能常食粥口固不言錢
鐵補曾穿硯韋聯屢絕編臥聞兒講學起坐失沉緜
獨立思故山

谿水初生與岸平橋頭新柳已藏鶯詩緣遇興玲瓏
和酒為逢知爛熳傾青箬買來衝雨釣烏犍租得及
時耕今朝獨立東風裏歎息無人會此情

寓歎

俗心浪自作棼絲世事元知似弈棋舊業蕭然歸亦
樂餘年至此死何悲古人可作將誰慕造物無心豈
汝私已決殘春故溪去短蓑垂釣月明時

後寓歎

貂蟬未必出兜鍪要是蒼鷹憶下鞲彭澤往歸端爲酒輕車已老豈須侯千年精衞心平海三日於菟氣食牛會與高人期物外摩挲銅狄灞城秋

新歲頗健寄青城故人

驕氣年來痛自鋤似能略契度關書神光出眥夜穿帳胎髮滿頭晨映梳吾道元知非土苴此身那可付丘墟岷山幸有丹爐在青壁何時共結廬

新年七十有九

中歲抱沉緜詎敢望七十造物偶脫遺俯仰耄已及寧知辱弓旌扶憊去鄉邑受恩不知報懷抱空怏悒天門邈難窺地芥亦懶拾隨身一詩囊副以兩藥笈何當復得謝浩蕩脫維縶擘浪晝楫飛穿雲青鞵溼

餘年尚有幾登覽當汲汲狂吟題寺廊大筆蘸墨汁

春日訪客于逆旅及郊寺感而有賦

底事經年客帝鄉風光淡淹日初長野歌作氣老猶壯花氣撩人醒亦狂店壁拂塵尋舊字寺樓極目送

斜陽告歸不過殘春事杜曲桑麻亦未荒

二月二日夢中作

零落薔薇委道傍更堪微雨漬殘香象牀玉尺人何在腸斷新裁錦一方

對酒作

羨門安期何在哉河流上泝崑崙開白雲不與隱居老孤鶴自下遼天來春江風物正閑美綠浦潮平柂初起莫吹長笛發巴陵曉挂高帆渡湘水世間萬變更故新會當太息摩銅人脫裘取酒藉芳草與子共醉壺中春

西湖春遊

靈隱前天竺後鬼削神剜作巖岫泠泉亭中一尊酒一日可敵千年壽清明後上巳前千紅百紫爭妖妍鼕鼕鼓聲鞠場邊鞦韆一蹴如登仙人生得意須年少白髮龍鍾空自笑君不見灞亭耐事故將軍醉尉怒訶如不聞

春晚用對酒韻

吾今歸哉復歸哉草堂正對湖山開座銘漆園養生主屏列柴桑歸去來一閑可敵八珍美驪駒在門端可起不緣老病日日增世味從來淡如水故人誰非白頭新況復眼中無故人但餘一恨未免歎掩關睡過今年春

題館中直舍壁

幾年顚頷去清班敢辱君恩誤賜環但厭軟塵隨倦馬不愁弱水隔神山下帷寢飯羣書裏退食雍容衆雋閒行矣東歸竟何補低回未免媿吾顏

春晚懷故山

吾廬煙樹間正占湖一曲遠山何所似髮鬌千髻綠近山更可人連娟兩眉蹙澗蟠偃蓋松路暗圍尺竹海棠雖姸華態度終不俗最奇女郎花宛有世外躅雖云懶出遊閉戶樂事足年來殊失計久耗太倉粟淖糜不救口斷簡欲滿屋兀兀不知春青燈伴幽獨

春社日効宛陵先生體

社雨

開歲纔幾時春社忽已及茫茫草色深蕭蕭雨聲急
扶犂行白水不惜芒屨溼村童更可憐赤脚牛背立

社鼓

酒旗三家市煙草十里陂林間鼓鼕鼕迨此春社時
飲福父老醉嵬峩相扶持君勿輕此聲可配豐年詩

社酒

農家畊作苦雨暘每關念種黍蹋麴蘖終歲勤收歛
社瓮雖草草酒味亦醇釅長歌南陌頭百年應不厭

社肉

社日取社豬燔炙香滿村飢鴉集街樹老巫立廟門
雖無牲牢盛古禮亦略存醉歸懷餘肉霑遺徧諸孫

局中春興

天知病眼困風沙借與蓬山閱物華微暝已迎新到
燕輕陰猶護欲殘花幽窗寂寂書圍座倦枕時時夢

過家立馬庭前還小駐不妨閑試半甌茶

久客

顛頟閑坊底蕭條久客心燕歸知社過葉密覺春深燈火愁殘史塵埃數素琴餘生猶有幾去日苦駸駸

幽居

花過鶯初懶泥新燕正忙病餘猶止酒睡起獨焚香拄杖嫌園窄棋枰喜日長北窗元可樂不是傲羲皇

春日絕句

吏來屢敗哦詩興雨作常妨載酒行忽見家家插楊柳始知今日是清明

又

二十四番花有信一百七日食猶寒眼中不是無春色歎息衰翁自鮮懽

又

門前喚擔買芳菲白髮猶堪插一枝舊厭蛙聲今喜聽牆陰特地作盆池

又

故園蛺蝶最多種百草長時花亂開窮巷春風元不到一雙誰遣過牆來

又

桃李吹成九陌塵客中又過一年春餘寒漠漠城南路只見鞦韆不見人

又

便恐東皇促駕回小軒無事且啣盃不知何處桃花落一片飛從屋角來

又

介亭南畔排徛石剜蘚剜苔覓舊題讀罷南豐數行字滿山煙雨共淒迷

又

楊家園裏醉殘春醉倩傍人拾墮巾紅紫飄零不須歎東君渠自是行人

歎老

晨起梳頭滿鏡霜豈堪著腳少年場酒徒分散情疏
索棋敵憑陵意頡頏寓世極知均醉夢餘生只合老
畊桑石帆山下蓴絲長待我還東泊野航

春雨中偶賦

老子年來百事慵不妨詩課尚能供殘花已覺胭脂
淡煮酒初嘗琥珀濃羸病不堪連日雨孤愁偏怯五
更鐘舊交只有烏藤在且伴禪床莫化龍

戲詠落花

終年栽接待新春一日隨風委路塵愁殺主翁渠不
管爭如只作看花人

思歸示兒輩

睡味甜如蜜人情冷似漿流年垂及耄客子固多傷
與發雞豚社心闌翰墨場吾兒姑力穡莫羨笏堆床

東軒花時將過感懷

小軒風月得婆娑盡付流年與嘯歌細數一春今過
半正令百歲亦無多還家常恐難全璧閱世深疑已

爛柯只欲閉門搘倦枕晚風無奈落花何

又

社雨晴時燕子飛園林何許覓芳菲江山良是人誰在天地無私春又歸殘史有期成汗簡修門即日挂朝衣人生念念皆堪悔敢効淵明歎昨非

江亭

千載濤江上書生誦所聞鑄形尊越蠡抉眼悼荊員高鳥銜煙没輕舟壓浪分何由從此逝揮手謝諸君

對食

天賦元無滿谷羊不煩粱肉汙龜腸忽逢客釜蒓羹美遙憶山廚麥飯香正有一簞元自足縱嘲三韭亦何傷江邊煙岫參差路便喚漁舟莫治裝

飽食

飽食無功媿汗青燈前顧影歎伶俜馬衰猶養疑知路龜久當捐爲不靈腰下徒誇緺若若鏡中何止髮星星石帆回首初非遠要及清秋斸茯苓

記夢

旅夢遊何地分明禹廟傍不嫌村餉薄但愛野蔬香筍市連山塢菱歌起夕陽一蓑元所樂枉道懶衣裳

初夜暫就枕

街鼓鼕鼕欲斷時官閑惟與睡相宜褰帷臥看初升月轉枕重思未穩詩偃仰少安真得策欠伸徐起頓忘疲悠然已在羲皇上莫遣兒曹取次知

次林伯玉侍郎韻賦西湖春遊

西湖一別不知年陳迹重尋麥嶺邊山遠往來雙白鷺波平俯仰兩青天殘骸自覺難支久一笑相從亦宿緣旅食京華詩思盡羨公落筆思如泉

湖中微雨戲作

搓罷青梅指爪香一盃聊復荅年光莫言老子無人顧猶得西施作淡粧

與兒輩泛舟遊西湖一日間晴陰屢易

逢著園林即款扉酌泉鬻筍欲忘歸楊花正與人爭

路鳩語還催雨點衣古寺題名那復在後生識面自應稀傷心六十餘年事雙塔依然在翠微

贈呂次翁 栻

君得金丹雖未仙放翁邂逅與志年空能處處誇詩句不解時時贈酒錢馬駿極知生冀土鶴飛會見上遼天爾來筆硯塵埃滿剩欲相從乞一聯

得子聿到家山後書

日日春陰愁出戶汝今恰遇十分晴桑林紫葚纍纍熟稻壠青秧漫漫平夢好定知行路健書來深慰倚門情柯橋道上山如畫早晚歸舟聽艣聲

題齋壁

小屋閑坊旋卜居老人也看作吾廬客知貪睡多留刺兒未來歸自檢書草賦萬言那直水屬文三紙尚無驢京塵日念家山樂況值腰鐮割麥初

又

殘髮蕭蕭不滿簪衰年亦自惜光陰作碑諛墓已絕

筆紬史藏山猶苦心穿破緑錢多穉筍驚飛紅雨有
幽禽北窗睡起摩挲眼更覺清風直萬金

又

一櫂秋風去已遲釣竿恐失野人期朝回補睡尋幽
夢客去偷閑練近詩浮世本知緣苦薄頽齡已與志
俱衰平生所慕孤山老剩欲懷茶奠舊祠

小飲

門生嘲喜眠官長罵躭酒人生自適爾嘲罵亦何有
蒸我乳下豚翦我雨中韭盃盤雖不豐吾兒起爲壽
車馬滿長安誰肯顧衰朽作詩付汝藏千金珍弊帚

贈傳神水鑑

寫照今誰下筆親喜君分得卧雲身口中無齒難藏
老頰上加毛自有神誤遣汗青成國史未妨著白號
山人它時更欲求奇迹畫我溪頭把釣緡

春晚

新緑成陰小雨時幅巾蕭散與閑宜燕歸赴訴經年

別鶯曉分疏出谷遲曉枕呼兒投宿酒莫窗留客算殘棋脩然此意風塵表正恐羲皇未必知

天竺曉行

三茆聽徹五更鐘三竺穿窮九里松無復官樓沽酒美但煩湖水照衰容

又

筍輿咿軋水雲間慚愧忙身得暫閑堪笑風中一黃葉知看天外幾青山

初見石榴花

吳中四月尚餘寒細雨霏霏怯倚闌老子真成與不淺榴花折得一枝看

夢遊

太華峯頭秋氣新醉臨絕壁岸綸巾世間萬事惟堪笑禹跡茫茫九片塵

又

九秋風露洗頭盆萬里雲煙腰帶鞓小瓮松醪知已

孰與君爛醉不須醒

又

客途幽夢苦悽悽滿眼山川意却迷條華朝驅雲外騎河潼夜聽月中雞

江亭晚思

本自無閑況有忙遠坊兀兀送年光太空不礙雲舒卷高枕寧論夢短長山破霽煙千萬疊烏横潮浦兩三行年來自笑詩情減愁絕奚奴古錦囊

上章納祿恩畀外祠遂以五月初東歸

身似霜松老不枯乞骸猶得侍清都百錢濁酒渾家醉六月飛蟁徹曉無寔睡不愁閑客攬出遊自有小兒扶買山尚恐巢由笑敢問君王覓鏡湖

又

黃紙淋漓字似鴉卽今真箇是還家園廬漸近湖山好鄰曲來迎鼓笛譁籩實傍籬收豆莢盤蔬臨水采芹芽皇家養老非忘汝不必青門學種瓜

又

羣玉峯頭孤夢斷五雲溪上野舟回傍人鷗鳥自然熟到處藕花無數開麥飯不屬常面槁柴門閑掩自心灰雨來正作盆山地不怕冥冥半月梅

又

身是風前一斷蓬經年竊食竟何功倚天青嶂迎舩出撲馬紅塵轉眼空網戸餉魚勝丙穴旗亭送酒等郫筒死前幸作扶犂叟免使淮南笑發蒙

又

此身惟有一躬畊乞得餘年樂太平東觀廸遊收昨夢西湖重到付來生一堤草露明晨照半浦荷風颭晚晴歷歷歸途皆勝事江亭先聽櫂歌聲

江亭

旅食京華興已闌喜扶衰憊出重關江波蘸岸綠堪染山色迎人秀可餐濠上觀魚非至樂管中窺豹豈全斑此行便問天台路剩采靈芝換病顏

題三茆邵道士雲隱

興盡當年句曲秋却歸罨畫弄扁舟有時信脚來沙
際拾得殘雲補破裘

又

尚嫌勾漏養丹砂況種劉郎去後花罨畫溪頭雲萬
頃不知何處是君家

受外祠敕

放浪江湖迹已陳今朝剩喜結銜新讀騷未敢稱名
士拜賜猶應號散人歸去還騎款段馬醉顛重岸接
䍦巾行行漸近雲門寺愈信人生有宿因

感寓

人生難控摶古謂七十稀壽夭雖小異要亦同所歸
君看銜山日耿耿有餘暉投床方息偃晨起復求衣
萬家同一役負水闕門扉知叟與愚公畢竟孰是非

又

老氏有至言所貴知我稀鄙夫急自衒豈復擇所歸

君看珠在淵草木借光輝所以古達人懷玉被褐衣
吾廬大澤中歲苦水半扉朱門固自好我亦未必非

肉食

平生愛枯淡老病未免肉殺戒苦難持貪境則易熟
鄙夫五鼎少達士一瓢足紛紛刀机間斷者豈復續
習聞謂當然乍見可痛哭長安多貴人得此試一讀

贈成封州鏞

綠髮臨邊固已奇不應顉頷客京師極知自有封侯
骨但要無忘畊壠時意氣覆氊書捷布風流橫槊賦
新詩平生每恨相從少滿眼關山又語離

予以壬戌六月十四日入都門癸亥五月十四
日去國而中有閏月蓋相距正一年矣慨然有

賦

三百六十日扶衰得出都略無新伎倆仍是舊形模
世事巒攻觸人情越事吳勿言蓴菜老檥櫂醉湘湖

又

一百七十里我行誰謂賒期年初去國度宿卽還家事似談春夢身如寄客槎石帆村好在重理舊桑麻

雨中別同朝諸公

今日別交舊街泥盈尺深極知當作惡追恨鬬相尋笑語闢幽夢江山入苦吟新秋纔一月留句待清砧

又

雨點萬珠落水聲羣馬奔纔能脫危路未遽定驚魂一掃枕中夢卽歸江上村村醪莫嫌薄隨事有雞豚

出城

羈枕不成寐羸驂曉出城驛門深閉草苑樹密藏鶯老病安閑散疏慵負聖明津亭凝望久惟是待潮平

宿北錢清

哺時理舟檝甲夜泊錢清虀餅依然美（店家虀麪有名已六十年矣）漁燈特地明酒旗闌道出風浪拍舩鳴未說鄉閭喜江山亦有情

老伶

老伶頭已白相識不論年時出隨童稚猶能習管絃
煙林梅市路風幔放翁船餘酒堪同醉君無惜醉眠

舟行錢清柯橋之間

逾年夢想會稽城喜挂高帆浩蕩行未見東西雙白
塔先經南北兩錢清兒童鼓笛迎歸艦父老壺觴敘
別情想到吾廬猶未夜竹間正看夕陽明

寓蓬萊館

道山方夢斷稅駕復蓬萊海上瓶應乳遼東鶴已回
客驚添鬢雪自笑久心灰底事妨人睡樓頭莫角哀
乍自京塵中得歸故山作五字識喜
門巷如秋爽軒窗抵海寬初還緩若若已覺面團團
引睡拈書卷偷閑把釣竿人生快意事五月出長安

初歸雜詠

雪滿漁蓑雨墊巾超然無處不清真胸中那可有一
事天下故應無兩人騎馬每行秋棧路喚船還渡莫
江津酒樓僧壁留詩徧八十年來自在身

又

齒豁頭童儘耐嘲即今爛飯用匙抄朱門漫設千盃酒青壁寧無一把茅偶爾作官羞問馬頹然對客但稱貓此身定向山中死不用磨錢擲卦爻磨錢擲卦爻蜀龍昌期語也

又

八十可憐心尚孩看山看水不知回輭炊香甑桃花飯淺酌清尊竹葉醅平地本知多陷穽羣兒隨處覓梯媒曠懷只待秋風起十丈蒲帆海上開

又

換盡朱顏兩鬢皤流年如此奈君何早從學問求開益晚悟文章要詆訶每憶壯遊成獨笑間逢老伴亦高歌更餘一恨君知否千載浯溪石未磨

又

窗下初收剝啄棋疎簾窣地晝陰移下巖石潤揮毫後正焙茶香落磑時癃老入朝元是錯期年決去已

爲遲天公賦予誰能測只吝功名不吝詩

又

小園五畝翦蓬蒿便覺人間迹可逃畫疏珍禽添爾雅更書香草續離騷藥苗可斸攜長鑱黍酒新成壓小槽老入鵷行方徹悟一官何處不徒勞

又

乞得身歸且浩歌蕭然生世寄漁蓑茶甘半日如新啜墨妙移時不再磨山寺躡雲頻獨往鄰家穿竹自相過棋枰勝負能多少堪笑傍人說爛柯

劍南詩稿卷第五十三終

劍南詩稾目錄

卷第五十四

劍南詩稿卷第五十四

宋　陸游　務觀

湖上急雨

谿煙一縷起前灘急雨俄吞四面山造化等閑成壯觀月明却送釣船還

夏日獨居

平生本清淨垂老更蕭然已罷客載酒亦無僧說禪空庭朝下鵲密樹晚鳴蟬長日君無厭新秋近眼邊

溪上夜釣

少時妄意學金丹八十谿頭把釣竿露溼荻叢姑惡哭煙深沙渚鷺鷥寒登臨每歎乾坤大強健猶應歲月寬作意清吟未須厭如山殘稿後人看

幽事

曳杖驚林鵲投竿罥澗花若非詩滿卷只道夢還家

開士分朝飯鄰翁喚午茶悠然吾事足歸路並山斜

夙興

幽夢回千里高城轉五更窗虛送月落竹動喜風生
自笑行安往猶思坐待明郊居少僮僕手自闢柴荊

文章

文章在眼每森然力弱才踈挽不前前輩不生吾輩
老恐留遺恨又千年

閑遊

觸熱辭行在扶衰返故丘亂蟬催落日病葉報新秋
秣蹇投山驛尋詩倚寺樓不因行萬里那信此生浮

又

剡縣有佳處吾行無定期橫塘供晚釣孤店具晨炊
約客同看竹留僧與對棋人生得自在更老未爲遲

又

我出亦何急輟行還悵然輕裝幸已具老健更誰先
野飯聊支日山蔬不直錢此生終樂死何以報皇天

又

已破京塵夢還尋剡曲遊戴星離古戍衝雨憩山郵壁認曾題字門橫昔渡舟經行固多感隨處寄悠悠

夏日

赫赫炎威日正中冰紈笛簟欲無功一心願伴沙頭鷺百計難呼木杪風纖手削瓜刀似水小鬟分酒盞如空洗心幸有高樓月少待寒光出海東

蜻蜓浦夜泊

風雨忽如秋已深短篷今夜繫楓林溪翁那問市朝事蔬食不生盃炙心橫截煙波飛健鶻遠投沙渚落羈禽斯遊誰道傷幽獨猶有殘鐘伴苦吟

幽興

微官那得繫疏慵幽興渾如社酒濃掃盡塵埃無一點洗空幻翳有千重百年到處俱羈客萬里從來付短笻身在有餘真妙語盃羹何地欠秋菘

避暑近村偶題

乞得身歸荷聖時登臨筋力未全衰楚祠草合三叉路項羽廟在項里隋寺苔侵半折碑安隱院也孤店不妨乘月宿扁舟頻爲看山移紅塵冠蓋眞堪怕還我平生白接䍦

南堂夜坐

老來日月駛秋令俄更端蟬號晚愈壯螢火流空園西風吹衣裳蕭然謝炎官飽食一事無散髮坐前軒河漢西南流北斗何闌干坐久光彩變缺月涌金盆欲睡復躊躇草棘露已漙徂歲何足道死生付乾坤

立秋前一夕作

螢度梧楸徑烏鳴蒲葦洲寧知八十老又見一年秋賀監稱狂客劉伶贈醉侯吾身會兼此已矣尚何求

憶昔

憶昔西遊兩鬢青卽今鏡裏雪千莖蛾眉風月猶闘念濯錦鸎花已隔生避暑有時移枕簟畏人終日閉柴荆此懷恨欠詩千首且寄秋泉一再行

自嘲

外澤裏常粗元知似瓠壺仕因無援困學爲背時孤軒蓋愁城市風煙落道途它年遊萬里不必念歸吳

夜坐庭中

大澤秋初到荒庭夜自明風雲生有候河漢落無聲病得新涼減詩因少睡成高枝有烏鵲棲穩若爲驚

養生

禀賦本不强四十已遽衰藥裏不離手對酒盤無梨豈料今八十白間猶黑絲咀嚼雖小艱幸未如牛呞昔雖學養生所遇少碩師金丹旣茫昧鸞鶴安可期惟有庖丁篇可信端不疑愛身過拱璧奉以無缺虧孽不患天作戚惟憂自詒孽躄豈不苦害猶在四支二豎伏膏肓良醫所不治衣巾視寒燠飲食節飽飢虎兕雖在傍牙爪何由施老人不妄語聊賦養生詩

飲酒近村

放翁睡多少行立人扶往赴鄰里集痛飲山花插鬢

紅醉歸棘露霑衣溼紗巾一幅何翩翩庭中弄影不肯眠莫欺此老今衰甚曾見高皇狩越年

遊山

蕭散湖山路天教脫馽羈蟬聲入古寺馬影度荒陂樵唱時傾耳僧談亦解頤偏門燈火鬧不敢恨歸遲

偏門會稽城西南門名

又

久客喜歸舍況逢秋氣新聊乘行艓子閑覓住菴人道士青芒屨高僧白氎巾更須茗井水一爲濯京塵

又

病退行猶倦山坡每少休高枝聞鵲語淺瀨見魚遊偶有堪乘興元無可遣愁悠然又終日爭路有歸牛

又

古寺不來久入門空歎嗟僧亡猶見塔樹老已無花世事雖難料吾生固有涯慇懃一梳月十里伴還家

聞蛩

蟬聲未斷已蛩鳴徂歲崢嶸得我驚八十光陰猶幾許勉思忠敬盡餘生

又

稽首周公萬世師小儒命薄不同時秋蟲却是生無憾名在豳人七月詩

入秋遊山賦詩略無闕日戲作五字七首識之

以野店山橋送馬蹄爲韻

束髮初學詩妄意薄風雅中年困憂患聊欲希屈賈寧知竟鹵莽所得纔土苴入海殊未深珠璣不盈把老來似少進遇興頗傾瀉猶能起後生黃河吞鉅野

又

我昔西遊邊萬里持一劍風飧不自恤露宿未嘗厭棧危餘漢燒山斷有秦塹敢誇胡羊美但懷巴酒釅回首四十年遠遊每關念秋風跨蹇驢尚喜道傍店

又

周南太史公道家蓬萊山塵凡不可料亦復居其間

屢奏乞骸骨寬恩許投閑羽衣碧玉簡尚綴僊官班
黃精掃白髮面有孺子顏簡寂吾家舊飄然時往還

又

我行剡中路茆店連谿橋驢弱我亦飢解鞍雨蕭蕭
投床得小憩炊黍烹藥苗舉手謝主人去路盤山腰
沃洲在何許秋葉紅未凋遊僧不可逢聊須問歸樵

又

怕事真駑痾老作入都夢頭顱今何似尚復堪自送
聯裾預登瀛策馬從上雍年衰當亟去恩大容力控
雖言解朝籍尚予侍祠俸明年卽八十日月難把弄
著書則已矣努力謀社瓮

又

吾才如蹇人何討逐犇馬吾文如醜女惟藉粉黛假
向來已歸休畢志向林下塊然一愚公初不繫用捨
國恩定難報衰涕時一灑人本不勝天豈復論衆寡

又

驢病比已損秋風輕四蹄朝遊支遁寺莫涉于吉谿青嶂環孤村綠波溢横隄吾行本無定所至窮攀躋細推亦何樂正類好鍛嵇自今當務本春蕪飽鉏犂

村居

白首歸來亦灌畦任教鄰里笑栖栖道心寧感兩雌雄生計惟存五母雞不恨閑門可羅爵本知窮巷自多泥莫聞鼓角猶人境更欲移家入剡溪

又

游子從來念故鄉我歸仍得值豐穰粗繒裁製襜褕暖肥羜烹調餺飥香對客不妨依几杖呼兒時與話畊桑却慚未解真齊物猶揀山村靜處藏

又

青藜杖出氛埃外白版扉開水竹邊造物與閑仍與健鄉人知老不知年齋居每袖持螯手妄想寧流見麴涎昨夜小庭風露冷菊花消息已先傳

又

石帆山下樂誰如八尺輕舠萬頃湖能釀人家分小榼愛棋道士寄新圖條枚積地樹雞栅溝港接筒澆芋區父子還家更何事斷編燈下講唐虞

六藝示子聿

六藝江河萬古流吾徒鑽仰死方休沛然要似禹行水卓爾孰如丁解牛老憊簡編猶自力夜涼膏火漸當謀大門舊業微如綫賴有吾兒共此憂

七月十七夜五更起坐至旦

秋容淡如水昨莫到江城世事違高枕年華入短檠書中固多味身外盡浮名倚壁方清嘯蓬窗已送明

書懷

不飢不寒萬事足有山有水一生閑朱門莫管渠癡絕自愛茅茨三兩間

又

老人舉動須扶掖跣婢椎奴少得閑從此漸須都畫斷疋如避難在空山

又

蝸廬自稱野人居三尺明窗已有餘從此要當常省事時時小葺欲何須

又

苜蓿堆盤莫笑貧家園瓜瓠漸輪囷但令爛熟如蒸鴨不著鹽醯也自珍

湖上秋夜

湖上山銜落月明釣筒收罷葉舟橫不知身世在何許一夜蕭蕭蘆荻聲

書感

俗學方譁世遺經寖已微斯文未云喪吾道豈其非拔本寧餘力迷途幸識歸新涼起衰疾燈火耿郊扉

示兒

得道如良賈深藏要若無冶金寧輒躍韞玉忌輕沽儒術今方裂吾家學本孤汝曹能念此努力共枝梧

書適

北崦千梢竹東軒八尺床徧行欣老健熟睡領新涼
海石陳書几陶詩貯藥囊時時一到眼亦足傲羲皇
海石英石也東坡詩云海石來珠浦

又

心清絶慾早才薄去官多月下時閑釣雲邊每浩歌
野堂青草覆山市白驢過也有成功處新降百萬魔

放慵

往者眄仍養中間仕易農屢辭身老病每荷上矜從
進媿門三戟歸無畝一鍾扶持得良藥更放幾年慵

登臨

儘道羈懷惡登臨亦解顔健嫌山路淺狂恨酒尊慳
親友多疎索漁樵自往還有詩仍懶記零落水雲閒

寓歎

有位方憂失無家豈念歸賢愚竟誰得今昨兩皆非
世事無長算人情忽駭機細思如意處惟有釣魚磯

居家

爲吏心雖嬾居家力尚餘刈茅支屋漏栽棘補籬疎就井磨樵斧持錢鍛藥鉏毋勞歎徒步野鶴豈堪車

舟中作

野老元無事乘閑偶一來微風市樓笛落日寺街槐梨大圍三寸鱸肥疊四腮鄰船不識面呼與共銜盃

築舍

築舍水雲鄉蕭然似淨坊粥鐺菰米滑羹釜藥苗香素壁圖嵩華明窗讀老莊與人元淡淡不是故相忘

雜感

孔欲居九夷老亦適流沙忠信之所覃豈間夷與華況我州閭間相視等一家老稚各自力勉蹈思無邪

又

十月可釀酒六月可作醬兒曹念乃翁左右日供養比鄰有老疾亦復致一餉老老以及人此義古所尚

又

肉食養老人古雖有是說修身以待終何至陷饕餮

晨烹山蔬美午漱石泉潔豈役七尺軀事此膚寸舌

又

一氣不遽變雨霽皆有符死非一日至小疾爲前驅人能謹察之豈有倉卒虞哀哉不知此雖悔良難圖

又

養生孰爲本元氣不可虧秋毫失固守金丹亦奚爲所以古達人一意堅自持魔鬼雖百萬敢犯堂堂師

送陳懷叔赴上皐酒官却還都下

奇才初試發硎刀疋馬秋風到上皐地近雖同三輔重時平無復五陵豪極知穩步煙霄路却要微知郡縣勞歸去平津開首燕吐茵應復忤西曹

歸三山入秋益涼欣然有賦

藥物扶持美食眠鏡湖仍遇素秋天一年强起歸猶健百口相看喜欲顛碧瓦朱甍無傑屋烏篷畫楫有新船道山頂上雖清絕萬頃煙波始是仙

子聿至湖上待其歸

舍北犬吠迎歸航老翁待兒據胡床碧雲忽起欲吞日黃葉自凋非霣霜十風五雨歲則熟左飧右粥身其康豈無深谷結茅屋父子讀易消年光

晚行舍後

略彴東邊一徑深杖藜行飯當登臨稷山並海出遙碧禹穴生雲成莫陰殘歲自與遊子感少年誰解老人心歸來燈火參差夜倦倚胡床續短吟

秋夜讀書有感

妄意斯文力弗勝苦心猶欲付雲仍數編魯壁家傳學一盞吳僧夜講燈南犬固應多吠雪夏蟲那得解知冰但令吾道常無墜飲水何妨枕曲肱

又

齒髮凋殘志有餘一編聊復遂吾初老來每恨無同學夢裏猶曾得異書家世偏憎慕青紫兒童切莫話龍豬正令世世皆農圃廉讓何妨化里閭

治圃

小圃漫經營栽培抵力畊土鬆宜雨點根稚怯鉏聲
紅葉方當熟清陰亦漸成每來常竟日聊得暢幽情

村醉

髮已凋零齒已疎飽諳成敗更誰如貴人豈得常金
屋丞相那知起草廬久泛江湖知釣術晚歸壠畝授
農書一尊徑就村翁醉未肯英雄許本初

病臥

蕭條風雨又經旬病臥真成不覲隣跨馬難酬四方
志躭書空盡百年身碧花引蔓緣疎竹黄雀呼羣啄
破囷君見此時風味否肯辭人笑橐裝貧

書悔

衣食須畊稼無端浪出遊客途南北雁世事雨晴鳩
篷轉何時已灰寒訔自謀江湖千萬里何處欠漁舟
杭海

我老臥丘園百事習慵惰惟有汗漫遊未語意先可
或掛風半帆或貯雲一舸趁潮亂鳴艣過磧細扶柁

近輒凌煙海自笑一何果邂逅得奇觀造物豈付我古湫石蜿蜒孤島松磊砢雁蕩大龍湫石如騰龍東海縣境有巨松傳爲堯舜時物湘竹閟娥祠淮怪深禹鏁鬼神駭犀炬天地赫龍火瑰奇窮萬變鯤鵬尚么麽紛紜旋或忘追記今亦頗作詩配齊諧發子笑齒瑳

黃犢

賣刀買黃犢用以事畊稼淒風山北秋缺月溪西夜小童𢭏竹枝相呼聊一跨秋來作欄成參差出林罅青煙起草積微火近茅舍未言東作功此景已可畫

秋夜

老覺人間歲月遒愔愔窗戶一燈幽讀書已廢虛長夜護塞無期負盛秋病齒何堪食粱肉殘軀惟念製衣裘重陽臥看登高侶滿把茱萸只自愁

目昏頗廢觀書以詩記其始時年七十九矣

少時業詩書慕古不自量晨莫聞弦誦左右紛朱黃積書山崇崇探義海茫茫同志三四人辯論略相當

落筆輒千言氣欲吞名場忽焉六十年綠鬢久已霜
食必觀本草不療病在床今秋又病目始覺閑味長
車馬既不至亦無書在傍一坐漏十刻甚倦則倚牆
蝴蝶吾前身華胥吾故鄉童子亦聽睡不復呼燒香

假山擬宛陵先生體

疊石作小山埋瓮成小潭旁為負薪徑中開釣魚菴
谷聲應鐘鼓波影倒松楠借問此何許恐是廬山南

秋興

拒霜慘淡數枝紅石竹凋零不滿叢小蝶一雙來又
去與人都在寂寥中

又

足力蹣跚少迎客目視昏短常廢書賴是門前秋水
長沙鷗未遽與人疎

湖上夜歸

滿鏡新霜奈老何扁舟日日醉顏酡樂如逐兔牽黃
犬快似麾兵卷白波霜近菊花猶未見雨餘橙子已

堪嗟湖桑小市人無數爭看山翁擊檝歌

晨起

戒婢篝衣徹屐屧呼兒滌硯作隃麋須臾開卷東窗下即是先生無病時

飯飽晝臥戲作短歌

爲農得飯常半菽出仕固應甘脫粟藜羹自美何待糝況復畏人嘲苜蓿今年還東已八十視聽雖存鬢先禿安能賣藥謀助道道流賣藥自給名曰助道但有知分堪養福水車轆轆鄰饞魚社鼓鼕鼕衆分肉可憐老子暫膨脝午睡窗邊自捫腹里中車蕩取魚舊例以所得分遺

孤學

孤學雖違俗猶爲一腐儒家貧占力量夜夢驗工夫正復安三徑寧忘奏六符殘年知有幾自怪尚區區

自嘲

儒生窮事業老去轉荒唐長日中分睡殘年有底忙

書常懶終卷詩亦少成章忽棄蓬窗去花前又一觴

試筆

清談數語猶疑過平地徐行亦慮危酌酒淺深須在我更衣單複要隨時

秋思

烏桕微丹菊漸開天高風送雁聲哀詩情也似并刀快翦得秋光入卷來

又

水際柴門一扇開白頭羸病亦堪哀阿誰得似桃榔杖肯爲閑人萬里來

又

蒼顏莫怪少曾開觸目人情但可哀死去肯爲浮世戀此身元自不應來

晨起偶得五字戲題稿後

推枕悠然起吾詩忽欲成雖云無義語猶異不平鳴有得忌輕出微瑕須細評平生五字句垂老媿長城

野步

場圃農功畢村鄰醉叟多野風吹慘澹海氣起嵯峨婦女窺籬看兒童拾穗歌身閑不自樂如此莫年何

喜晴

一夜霜風掃積陰檐間喚起有鳴禽滿窗零亂梧楸影隣巷蕭條雞犬音文史漸宜精討閱湖山仍得飽登臨園丁也解娛翁意藝果移花已滿林

自箴

帶寬非復昔年腰頰上餘丹日日消切勿更爲兒戲事解猿放鶴各消搖

自喜

身閑僊不遠食足富何加庭臥長生犢園開手種花狂歌聲跌宕醉草筆横斜八十明年是衰殘豈復嗟

自詒

病中看周易醉後讀離騷不解書驢券安能問馬曹身隨遊宦困氣爲屛居豪清旦南堂坐稽山秋更高

又

莊語畏如俳端居要若齋淸虛集心腑枯槁見形骸

自討愚無用何傷老不諧人生須廣大勿作井中蛙

對酒示坐中

綠橙丹柿鬬時新一笑聊誇老健身大度乾坤容縱

酒多情風月伴垂綸初生京洛逢時泰幼度江淮避

虜塵八十年間窮不死猶能澗底束荊薪

秋晚衰疾稍平聊識喜懷

世事紛紛博局中豈知造物貸衰翁短節卭倚壁知身

健小甑炊粳喜歲豐霜近平郊多雁落雨頻斷港有

船通更餘一事生詩興烏桕新添數葉紅

偶出至近村

神爽無酣寢身閑有劇棋說詩橫榔栗賒酒挈鴟夷

寺古殘香冷溪深獨木危往來元信步不是赴幽期

書宛陵集後

突過元和作巍然獨主盟諸家義皆墮此老話方行

趙璧連城價隋珠照乘明粗能窺梗概亦足慰平生

鄉居

客問鄉居事久居君自知度橋徵士悔過社旅人悲社散家分肉農閑衆築陂牆東新洗竹我亦補藩籬

重九無菊有感

重陽未見一枝菊它日菊開生我愁高興亭中香滿把令人北望憶梁州 高興亭在南鄭子城西北正對南山

劍南詩稾卷第五十四終

劍南詩稿目錄

卷第五十五

排悶　示子聿　項里溪上見珍禽曰溪鵲相隨數十步不去　冬夜對書卷有感　項王祠

入城　出城　不入城半年矣作短歌遣興

先大父以元祐乙亥寓居妙明僧舍後百餘年當嘉泰癸亥游復假榻一夕感歎成詠　志學　晚行舍北　幽居述事四首　十一月五

夜風雪寒甚燃薪取煖戲作五字　魯墟　曉雪二首　養生　夜讀鞏仲至閩中詩有懷其人　獨意　十一月十三日夜作　故人趙昌甫久不相聞寄三詩皆傑作也輒以長句奉酬

夢中賦早行　兀兀　哺猿　與子坦子聿元敏犯寒至東園尋梅　示諸孫　題齋壁二首　雜言示子聿　夜坐聞大風　歸老　懷舊三首

劍南詩稿卷第五十五

宋　陸　游　務觀

記東村父老言

原上一縷雲，水面數點雨。夾衣已覺冷，秋令遽如許。行行適東村，父老可共語。披衣出迎客，芋栗旋烹煑。自言家近郊，生不識官府。甚愛問孝書，請學公勿拒。我亦爲欣然，開卷發端緒。講說雖淺近，於子或有補。耕荒兩黃犢，庇身一茅宇。勉讀庶人章，淳風可還古。

試筆

用筆如用人，利鈍烏可常。必欲責其全，無乃廢所長。宣城與晉陵，聲價略相當。不知今何年，森然集龜堂。和墨若鑿黑，擣紙如銀光。心手適調一，運此紫毫鋋。前却俱稱意，六蘺馳康莊。聊復取一快，詎必師鍾張。

曠懷

曠懷何啻等沙鷗外物相挻劇火牛若信本心無一事始知平地起閑愁每逢達士惟長歎欲棄浮生尚小留今旦微霜好風日短筇且領鏡湖秋

夢行小益道中

棧雲零亂馱鈴聲驛樹輪囷樺燭明清夢不知身萬里只言今夜宿葭萌

又

櫸柳林邊候吏迎血塗草棘虎縱横分明身在朝天驛惟欠嘉陵江水聲

秋樹

秋風一夜吹橋樹明日來看已非故吳中九月霜尚薄落葉半隨飛鳥去老人心事感凋零只欲逢秋醉不醒范寬用意真難解偏寫丹楓作畫屏

雜感

鶴乘軒車已堪歎狐戴髑髏何可親勸君一笑掃除盡來作人間百歲人

又

讒口安能作禍基吾曹與廢豈無時向來何事令公怒問著渠儂自不知

又

囏危寧度瘦驢嶺奔走莫隨肥馬塵困阨終身元自好可憐癡子恨無津 瘦驢嶺在施黔閒前輩或有作驢瘦嶺葢誤也

又

一尊易致蒲萄酒萬里難逢鸛鵲樓何日羣胡遺種盡關河形勝得重遊

又

老境睡多行立少浮生會少別離多安得此身重壯健一盃朋舊共高歌

又

苦熱惟憂不復涼轉頭忽已見清霜道人若悟無寒暑墮指流金總道場

柳橋秋夜

帝青萬里月輪孤掃盡浮雲一點無正是吾廬秋好夜上橋渾不要人扶

訪隱者不遇

秋高山色青如染寒雨霏微時數點蘭亭在眼久不到每對湖山輒懷歎雅聞其下有隱士漠漠孤煙起松崦獨攜拄杖行造之枳籬數曲柴門掩笛聲尚近人已遯日毀薄靡終不貶何如小住共一尊山藜野芋分猿嗛

蒼檜

北風捲野天晝晦雨如弩鏃穿屋背老夫下牀行躡屐稚子抱書坐持蓋豈無長楸與巨竹幹折枝摧共顛沛孰能不動安如山屹立庭前獨蒼檜

農家歌

村東買牛犢舍北作牛屋飯牛三更起夜寐不敢熟茫茫陂水白纖纖稻秧綠二月鳴搏黍三月號布穀

爲農但力作瘠鹵變衍沃腰鐮卷黃雲踏碓舂白玉
八月租稅畢社瓮醲如粥老稚相扶攜閭里迭追逐
坐令百世後復覩可封俗君不見朱門玉食烹萬羊
不如農家小甑吳粳香

君子非好異

君子非好異本意亦從衆居然迫所媿難復趨一鬨
孟軻遇齊王夫豈不欲用萬鍾養弟子乃似以利動
惟其有辭受百世尊道統豈惟聖賢哉學者固所共

獨登東巖

早慕功名已絕癡晚躭筆墨愈無奇牧羝未乳身先
老化鶴重歸語更悲朋舊在亡成斷夢山河興廢入
孤吹悠然獨倚闌干笑又過籬菊泛菊時

灌園

八十身猶健生涯學灌園溪風吹短褐村雨暗衡門
眼正魔軍怖心安疾豎奔午窗無一事梨棗弄諸孫
晨起

老尚貪書課黎明即下床不驚天乍冷更覺意差强
蟾滴初添水螭爐旋炷香浮生又一日開卷就窗光
龜堂
莫笑龜堂老殘年所得多賦詩傳海估說法度天魔
夭矯竹如意鱗皴松養和拈來示諸子無事數相過
蜀漢
蜀漢崎嶇外江湖莽蒼中冷官家世事獨立古人風
已老學猶力久窮詩未工悠悠千載後此意與誰同
客有言太山者因思青城舊遊有作
我登青城山雲雨顧在下月色縞巖谷欲睡不忍捨
明朝下半嶺頗怪哀湍瀉山麓雲未歸平地泥沒踝
乃知宿處高所恨到者寡有客談泰山昔嘗宿石室
夜分林采變暘谷看浴日九州皆片塵盛夏猶慘栗
我聞思一往安得飛僊術但願齊魯平東封扈清蹕
遊近村
度塹穿林脚愈輕憑高望遠眼猶明霜凋老樹寒無

色風掠枯荷颯有聲泥淺不侵雙草屨身閑常對一棋枰茆檐蔬飯歸來晚已發城頭長短更

疎雨

檐間秋雨時一滴絶似漢嘉方響泉不聽此聲三十載夢回搔首一淒然

秋曉

營席多年敗見經布衾木枕伴殘更嗈嗈天際雁初度喔喔舍傍雞亂鳴貸米未回愁竈冷讀書有課待窗明一秋最恨空堦雨滴破羈懷是此聲

癸亥初冬作

開歲忽八十古來應更稀我存人盡死今是昨皆非愛酒陶元亮還鄉丁令威目前尋故物惟有釣魚磯

几坐久散步野舍

澒洞風號木蕭條雨滴堦忽思穿雨屐聊用散孤懷赤脚舂畬粟平頭拾澗柴先師有遺訓萬事忌安排

胡翼之先生教徐節孝曰莫安排

法雲寺

不到法雲久秋高初一來廚供菰白美池蘸水紅開橋畔逢遊衲雲邊數過桅同遊恨歸早珍重約尋梅

小徑登東山繚行自西北至溪上是夕子聿置酒

行穿犖确度谽谺小立風中客袖斜衰草雙雙點飛蝶長空一一送棲鴉荻洲薄莫收魚網茆舍初寒響緯車誰道老人多感慨未妨尊酒樂年華

美睡

老來胷次掃崢嶸投枕神安氣亦平漫道布衾如鐵冷未妨鼻息自雷鳴天高斗柄闌干曉露下雞塒膈膊聲俗念絕知無起處夢爲孤鶴過青城

逆旅

秋晚南山行小蹇就店秣我亦念少休無奈市兒聒嗟爾亦坐飢錙銖苦爭奪其心計亦厭陷溺無自脫我欲救其本汝勿謂迂闊要傾江海大一洗錐刀末人生顧須幾卒歲惟一褐有地即可耕何山不堪活

東園

今日天霣霜又見一日晴晴寒病良已扶杖東園行
瓦鼓息我倦靜聽幽鳥鳴花菓四十株手自培養成
疎密無行列東園葢强名人看不滿笑聊用適我情

雜感

買薪貸粟不曾知一事無營盡日嬉耄老却如童稚
日早眠晏起食無時

又

古言忍字似而非獨有癡頑二字奇此是寵堂安樂
法大書銘座更何疑

又

平生所聞宋華子病忘乃與知道鄰老夫歷盡世間
事始覺此公真可人

又

羲皇一畫開百聖學者卽今誰造微文詞害道第一
事子能去之其庶幾

渡頭

蒼檜丹楓古渡頭小橋橫處繫孤舟范寬只恐今猶在寫出山陰一片秋

小飯賞菊

菊得霜乃榮性與凡草殊我病得霜健每却稚子扶豈與菊同性故能老不枯今朝喚父老采菊陳酒壺舉褎舞翩僊擊缶歌烏烏秋晚遇佳日一醉詎可無

與兒輩小集

老子秋來樂事稠吳秔新擣酒新篘矮黃不待園官送小白每煩溪女留頓飽可憐頻夢與半酣自喜有兒酬不如意事何窮已且放團欒一笑休

舍北晚眺

平野沉寒日遠村生莫煙離離立紅樹點點散烏犍暫出不逾歲告歸仍一廛江湖初見雁著眼送雲邊

書室獨處欣然有詠

鑿空學道本無師歇盡狂心頗自奇閑坐始知冬日

永高談未覺耄年衰治棺準備膏肓日釀酒枝梧兩雪時常笑祖龍癡到底一生辛苦覓安期

冬初至法雲

曉日曈曨露未乾東中十月始微寒牛閑處處農功畢米賤家家酒盞寬煙浦白鷗迎鼓枻漁村紅樹入憑闌歸舟莫恨無人語手把陶詩側臥看

感憤

形勝崤潼在英豪趙魏多精兵連六郡要地控三河慷慨鴻門會悲傷易水歌幾人懷此志送老一漁蓑

記老農語

霜清楓葉照溪赤風起寒鴉半天黑魚陂車水人竭作麥壠翻泥牛盡力碓舂玉粒恰輸租籃挈黃雞還作貸歸來糠粞常不饜終歲辛勤亦何得雖然君恩烏可忘爲農力耕自其職百錢布被可過冬但願時清無盜賊

村舍

剝啄敲村舍丫叉揖主人新牆拆龜兆疎瓦斷魚鱗
紅粒炊畬粟青煙爨澗薪得床思熟睡寒犬苦狺狺

自述

偶策青驢出還將白鶴隨鍊丹留日觀采藥上天池

送客清秋棹留僧靜夜棋從來閑姓字不遣世人知

泊舟湖橋酒樓下

縹緲雲邊罨畫樓空濛雨外木蘭舟誰知老子清狂
甚獨占城南十里秋

菴中雜書

蒲龕坐久暝如春紙被無聲白似雲除却放生弁施
藥更無一事累天君

又

謀生安用苦區區豆飯藜羹未遽無若使天年猶合
活不妨自有鷇於菟

又

萬物並作吾觀復衆人皆醉我獨醒走徧世間無著

處閑門鋤菜伴園丁

又

茅茨一室有餘樂轍環四海誰知心輟畊壠上鴻鵠志長嘯山中鸞鳳音

連日暴下薾然不支戲作

老子心如行脚僧秋風久已辦行縢紙衾夜夜江湖夢小復遲留待判懲

大風

風大連三夕衰翁不出門兒言卷茅屋奴報徹蘆藩狼藉鴉擠壑縱横葉滿園乘除有今日紅日上東軒

野興

掃盡紅塵閑是非舍傍好在舊苔磯壺中春色松肪酒江上秋風槲葉衣一片共知雲偶出千年誰識鶴重歸勿言野外無供給雪後連山藥草肥

又

樓蘭勛業竟悠悠聊作人間汗漫遊半谷雲霞丹竈

熟一天雷雨劍池秋倘佯藥市經旬醉問訊巢仙數夕留却過故廬應一歎岸邊猶繫采菱舟

若耶村老人

昔聞若耶村意象乃物外皤然阡陌間來往幾鮐背無論百歲翁甲子數至再我來親見之殊未輟畊耒曩事一一言多聞雜諄誨回頭指丁壯此是曾玄輩有翁又過我家有孫五代指呼取斗酒山果雜細碎顧我使之年慚縮不能對恭惟大父行不覺投杖拜養生惟一嗇此在吾術內翁能信踐之成就乃爾大我今纔耄及耳目已憒憒長庚雖餘輝敢與明月配

霜曉

霜有連甍白林無一葉青紙衾圍粟烈風響送東丁酒盡尊餘滴灰深火撥星蓬窗了無事默坐養黃庭

山澤

我本山澤人散誕傲簪裳宦遊五十年天遣還農桑東阡南陌間吾亦愛吾鄉楚祠坐秋社隋寺觀夜場

醉迷采蒼耳旅飯炊黃粱自疑太古民百年樂未央
有時閑暇時頗復誦老莊亦嘗遊岷峨略聞度世方
氣爲東道主主安客自長卻後五百年見我灞城旁

遠遊

姓字不須通從來號放翁月明登暑雪木落過秋風成都武擔山暑雪堂歸州巴東縣江上秋風亭皆絕景 處處題僧壁時時臥釣篷始知侯萬里未必是英雄

北窗

破屋頹垣嘯且歌一窗隨處寄婆娑閱人每歎同儕少遇事方知去日多雲溼沙洲秋下雁雨來荻浦夜鳴鼉何時更續扁舟興剩載郫筒醉綠蘿 綠蘿溪在夷陵

醉題

目光炯炯射車牛何至隨人作淚愁身處江湖如富貴心親魚鳥等朋儔孤帆滅沒三湘曉野店荒寒二華秋醉墨不容塵土汙憑君試訪寺家樓

幽居

綀褐藤冠物外裝下簾留住欲殘香瀟湘客過誇漁具灊皖僧來說藥方詩未遽衰猶跌宕書雖小退亦軒昂不緣厭靜尋幽事老去無如白日長

連陰欲雪排悶

先生經旬甑坐塵藜羹不汚白氎巾魯連敢謂天下士摩詰要是山中人（王維自稱山中人）溪從灘瘦愈刻厲山自木落增嶙峋雲重惟愁雪欲作梅花忽報一枝春

示子聿

古學尊皇極淫辭斥異端人才如爾少老健及吾難身退桑榆暝家貧菽水歡人生粗足耳衣食不須寬

項里溪上見珍禽曰溪鵲相隨數十步不去

涉溪來過東溪老斷枝槁葉紛如掃忽逢溪鵲昔未識言語惺憁羽毛好異哉馴狎若可呼迹雖甚疎情有餘上穿蒼煙立高樹下踏白石窺遊魚老夫日日

溪頭行見此不妨雙眼明定交物外從今始豈獨沙鷗可與盟

冬夜對書卷有感

人生如夢終當覺世事非天孰可憑萬卷雖多當具眼一言惟恕可銘膺所聞要足敵憂患吾道豈其無廢興白髮蕭蕭年八十依然父子短檠燈

項王祠

項里溪水聲潺湲溪上青山岌髻鬟煙村人語虛市合石橋日落漁樵還堂上君王凜八尺大冠如箕熊豹顏築祠不知始何代典祀千載誰敢刪肅清亭障息剽奪掃蕩螟螣囚神奸范增玉斗久已碎虞姬粧面留餘潸小人平生仰遺烈近廟欲結茅三間時時長歌拔山曲醉倒聊慰窮途艱

入城

宿凍迷車轍晨霜縞瓦溝路長休小驛風勁透重裘貿貿殘軀健芒芒去日遒親交喜握手隨處小遲留

出城

病鶴寒彌瘦孤松老不枯非關畏軒冕本自樂江湖古錦添詩句羸驂入畫圖兒孫候門久喚取倒殘壺

不入城半年矣作短歌遣興

我居城西南渺渺水雲鄉舟車皆十里來往道豈長今夏我來時天風吹荷香再來已孟冬慘然天霣霜市南兩株柳葉盡萌已黃乃知多事人歲晚虛悲傷名藍墮劫火鞠爲瓦礫場河橋比一新華表照康莊成壞莽相尋推理海茫茫疾豎造物兒吾手扼其吭砥柱天下險一葦乃可杭養氣儻能全斯言豈荒唐

先大父以元祐乙亥寓居妙明僧舍後百餘年當嘉泰癸亥游復假榻一夕感歎成詠

楚公仙去幾秋風巷陌蕭條舊隱空遺老即今無處覓斷香殘照淚痕中

志學

聖門志學豈容差山立方當斥百家早忝授經聞博

約晚羞同俗陷浮華風帮槁面寒無褐雷轉飢腸飯有沙漫道衰慵貪睡美五更和夢聽城笳

晚行舍北

逆旅將歸客扶衰取次行霜濃木葉盡水落岸痕生鳧雁浮寒浦牛羊滿晚晴東村隔煙寺杳杳送鐘聲

幽居述事

曾會蘭亭醉隨簪後身依舊住山陰琴傳數世漆文斷鶴養多年丹頂深滌硯灘頭無漬墨吹簫月下有遺音小詩戲述幽居事後有高人識此心

又

頹然掩戶不妨奇又賦幽居第二詩大藥鼎成令虎守精思床穩用龜搘壺中自喜乾坤別局上元知日月遲更就羣童閑鬬草人間何處不兒嬉

又

落葉平溝日滿廊幽居又賦第三章喜無俗事干靈府恨不終年住醉鄉上樹榜船雖老健疏泉移竹亦

窮忙山僧欲去還留話更盡西齋一炷香

又

舴艋東歸喜遂初頻拈枯筆賦幽居細燒栢子供清坐明點松肪讀道書蒼爪嫩芽開露茗紅根小把瀹煙蔬年來自許機心盡頗怪飛鷗自作踈

十一月五夜風雪寒甚燃薪取煖戲作五字

束薪從澗底及此不時求力比鵝黃酒功如狐白裘分才具糜粥餘事煖衾裯復恐成驕惰三更起飯牛

魯墟先太傅舊宅

魯墟無復壞垣存偶榜舟來入亂雲杜曲桑麻猶鬱鬱桃源雞犬亦欣欣青圍舊墅千峯立綠引官河一脈分我卜數椽差不遠得歸何以報吾君

曉雪

遶湖誰琢玉爲屏換却南堂萬疊青老子醉狂還自笑持竿畫字滿中庭

又

觀雪剡溪天下勝題詩常恨不能奇未應便許凝之語此與何曾有盡時

養生

西遊曾受養生書晚愛煙波結草廬兩眥神光穿夜戶一頭胎髮入晨梳邀雲作伴遠忘返與鶴分窠寬有餘占盡世間閑事業任渠千載笑迂疎

夜讀鞏仲至閩中詩有懷其人

詩思尋常有偏於客路新能追無盡景始見不凡人細讀公奇作都忘我病身蘭亭盡名士逸少獨清眞

獨意

酒似交情薄愁隨夜漏長常貧且撐拄多病不禁當偶讀書終卷閑臨帖數行翻憐市朝客擾擾爲誰忙

十一月十三日夜作

風雪正相乘蕭然一點燈擁爐蒙衲被就壁倚枯藤

火降神方王河潮腦自凝鄰雞太多事三唱請晨興

故人趙昌甫久不相聞寄三詩皆傑作也輒以

長句奉酬

海內文章有阿昌數能著句寄龜堂就令覿面成三
倒未若冥心付兩忘道義極知當負荷風波那得易
禁當相思命駕應無日且約陶然寓醉鄉

夢中賦早行

夜分秉炬治裝賚千里霜風入馬蹄擁褐却尋孤驛
夢垂鞭時聽近村雞荒煙漫漫沉殘月宿莽離離上
古隄天色漸分寒更力道傍沽酒坼官泥

兀兀

兀兀初何有倀倀不自知偶然登耄及便欲數期頤
把釣秋風夕騎驢晚雪時江湖遊已徧更作灞城期

哺猿

有書常懶讀有酒常懶醉惟有默坐佳又以睡爲祟
不如捨之起扶杖來東園摘此幽澗菓哺我高枝猿
食菓飲清泉猿討亦何闕但恐夜霜時腸斷巴山月

與子坦子聿元敏犯寒至東園尋梅

北風吹人身欲僵老翁畏冷晝閉房梅花忽報消息
動意氣山立非復常二兒一孫奉此老瘦藤夭矯凌
風霜幽禽白頰忽滿樹似與我輩爭翱翔溝絶無聲
凍地裂耿耿寒日青無光歸來相視不得語小榼一
寫鵝兒黃

示諸孫

蝸舍鶉衣老可哀衰顏時爲汝曹開朱門莫羨煑羊
脚糲食且安羹芋魁家塾讀書須十紙山園上樹莫
千回但令學業無中絶秀出安知有後來

題齋壁

皞皞太平民堂堂大耋身乾坤一旅舍日月兩車輪
蓑貴超三品蔬甘敵八珍明年真耄矣爛醉海山春

又

力穡輸公上藏書教子孫追遊屏裘馬宴集止雞豚
寒士邀同學單門與議婚定知千載後猶以陸名村

雜言示子聿

福莫大於不材之木禍莫慘於自躍之金鶴生於野兮何有於軒桐爨則已兮豈慕爲琴古今共戒玉自獻卷舒要似雲無心廬室但取蔽風雨衣食過足豈所欽我今餘年忽八十歸畊幸得安山林逢人雖歎種種髮入塾尚憶青青衿吾兒殆可守孤學相與竭力窮幽深

夜坐聞大風

天曠穹廬覆風豪野戰酣詩成飛醉墨棋罷縱高談奇怪空堪笑低摧亦未甘東浮雲海去會載酒千甔

歸老

歸老何妨駕鹿車平生風雪慣騎驢鬢毛白盡猶躭酒目力衰來轉愛書止足極知于道近癡頑更喜與人疎著身莫怪無閑處地肺天台儘有餘

懷舊

扇子磯中有隱士清江一曲照柴荆當時舩急失一見至今空憶莫猿聲

又

青城之西谿谷深道翁巢居獨鼓琴一盃松麪留我宿夜半虎嘯風生林

又

剡溪百里徹底清石闌干裏真人行大丹一粒擲溪水禽魚草木皆長生

劍南詩稿卷第五十五終

劍南詩稿目錄

卷第五十六

劍南詩稿卷第五十六

宋　陸　游　務觀

道室雜詠

舃化雙鳧杖化龍雲山回首不知重藥園夜嘯丹臺
月酒市秋聽紫閣鐘豈但煙霄隨步武故應氷雪換
形容小童開戶驚奇事野鶴來巢砌下松

又

莫怪先生閱事多人間何處不經過天山八月霜枯
草暘谷三更日浴波酒熟春風歸掌握丹成神物共
誰何散人本帶江湖號四百年來一釣蓑

又

身是秋風一斷蓬何曾住處限西東棋枰窗下時聞
雹丹竈巖間夜吐虹采藥不辭千里去釣魚曾破十
年功白頭始悟頭生妙盡在黃庭兩卷中

偶與客飲客去戲作

多泥窮巷破茆屋人不堪憂心自足有時負日向門前手把南華日中讀若教開門與客游擾擾依前懷百憂平生自計亦已熟惟有釣魚湖水頭舊聞仲長子光可與友瘖不能言但耽酒安得此友常過門一語不交傾數斗

故里

故里淳風比結繩歸畊況遇歲豐登已侵鐘漏行安往略有園廬退可憑萬事寧容媿天地一心常若蹈淵冰區區僻見君無怪人固終身有不能

齲齒

人生天地間本非金石堅況復歷歲久蠹壞無復全齲齒雖小疾頗解妨食眠昨莫作尤劇頰輔相鉤聯欲起嬾衣裳欲睡目瞭然恨不棄殘骸蛻去如蛇蟬或當學金丹揮手凌雲煙逢師定悠悠丹成在何年

冬夜

悠悠孤夢伴餘酲窗下寒燈黯闇明雪意欲成風正惡漁舟忽過雁羣鳴志衰但有徂年感身沒應無後世名猶幸耄期身粗健天公元不負書生

枕上

鐘鼎初何有山林亦足雄行思絕大幕歸但醉新豐雁過荒寒外燈殘寂寞中蒼顏無鏡對那覺是衰翁

寒暑

寒暑侵陵日夜衰坐令齒髮不支持愛憎徇物去忘反神氣養形誰復知布帔九條晨入靜柏床五尺夜精思舊交勿恨江湖別雲海神山會有期

長溪東山容老索月谷幽賞詩

人間底處無明月只要青山爲發揮林裏枝寒無鵲立水邊路白有僧歸

右月谷

清泉白石君家物美竹名花可旋移幽賞定知隨處牓更須時展放翁詩

右幽賞

梅

若耶溪頭春意慳梅花獨秀愁空山逢時決非桃李輩得道自保冰雪顏僊去要令天下惜折來聊伴放翁閑人中商略誰堪比千載夷齊伯仲間

歲晚幽興

梅出疎籬柳拂池流年已迫早春時壯心卓犖猶欺酒老業呻吟未廢詩眼暗觀書如棘澀齒疎嚼飯似牛呞風爐欲試蒼鷹爪自向林間拾墮枝

又

殘年欲遂迫期頭追數朋儔死已遲上塚治棺輸我快染鬚種齒笑人癡 近聞有醫以補種墮齒爲業者 野梅墮地草生後街柳拂鞍冰泮時滿眼雲山不須買剩傾新釀賦新詩

又

萬里風波行路難君恩尚許綴祠官中庭鬱鬱藥苗

長絕壁颼颼松吹寒泥巷有人尋杜甫雪廬無吏問
袁安清晨對鏡增幽致龜屋新裁二寸冠

又

短鬢元知不久青況開九帙數餘齡全家共保一忍
字累世相傳三住銘時泛孤舟過梅市却穿雙屩上
蘭亭擁爐莫恨無僧在滿院松風要細聽 先太傅親受
三住銘于施肩吾先生授游曰汝其累世相傳毋忽因即以傳聿虡諸
子

寄題胡基仲故居

憶昔公來一束書蕭然不復畜僮奴浮雲每歎成蒼
狗空谷誰能縶白駒才氣沙塵埋巨闕文章林壑吼
於菟旅墳三尺雲門寺又見離離長綠蕪

雪夜

雪聲如飛沙風聲如翻濤三更天地闇雪急風愈豪
頗疑虛空中鬼神戰方鏖勝負要一決利兵未肯櫜
我如墮重圍百計無由逃傴縮不能寐起坐擁故袍

自歎老翁貧庭草常不薅惟酒不憚費貸券如山高園蔬甘且柔味不減豚羔醉此風雪夕聊慰抱瓮勞

聽雪爲客置茶果

病齒已兩旬日夜事醫藥對食不能舉況復議盃酌平生外形骸常恐墮貪著時時隣曲來尚不廢笑謔青燈耿窗戶設茗聽雪落不飣栗與梨猶能烹鴨腳

獨夜

燈花寒自結雪片夜方深瘦影參危坐清愁入苦吟江湖身汗漫藥石病侵尋朋舊凋零盡何人識此心

寄題王才臣山居

王子自少無他娛求佳山林結草廬頭童齒豁已衰矣衣弊屢空常晏如出遊恥懷彌衡刺歸臥盡讀倚相書它日叩門傾白墮要看著句到黃初

夜賦

練色亭皐月江聲木杪風開書燈煜煜傳漏鼓鼕鼕流落諸生老呻吟四壁空生涯君勿笑淡話有兒同

雪後

雪後晴初快春前日漸長菊根萌已動梅蘤意先香

又

禽語驚幽枕冰消漲野塘衰殘難出戶不是嬾衣裳

冰開地沮洳雲破日曈曨鴻入青冥際草生殘燒中

方欣畢公稅已復始農功稻壠牛行處泥谿夕照紅

寒夜讀書

老去無他嗜書中有獨欣月窗雞喔喔霜野犬狺狺

雖歎吾何適猶尊昔所聞從今倘未死一日亦當勤

對食戲作

霜餘蔬甲淡中甜春近靈苗嫩不蘞采掇歸來便堪

煮半銖鹽酪不須添

又

白鹽赤米了朝餔拗項何妨煮瓠壺一種是貧吾尚

可隣家稗飯亦常無

又

春前臘後物華催時伴兒曹把酒盃蒸餅猶能十字
裂餛飩那得五般來

又

栟櫚子嫩供香飯皁筴芽新簇冷淘常使先生飽捫
腹其餘萬事一秋毫

又

冰壺欲箸先生傳鬚簿卑凡豈得書常恨當年定交
晚枉教渴死老相如

又

黃昏來扣野人扉笑語欣欣意不遲蒳火正紅煨芋
美不妨秉炬雪中歸

甲子立春前二日作

頭風初愈喜身輕書卷時開覺眼明養熟犬雞隨坐
起性靈烏鵲報陰晴韭菘飣餖春盤好芝朮篨和臘
藥成自笑衰殘殺風景燈時不擬入重城

家居自戒

曩得京口俸始卜湖邊居屋財十許間歲久亦倍初蓺花過百本嘯詠已有餘猶媿先楚公終身無屋廬

又

平居少愧怍動以直自遂雖墮虎兕羣我已無死地神仙果可學道藏有神仙可學論吾輩恐差易勿言聞道晚努力補黥劓

又

世人無奈愁沃以盃中酒未能平磊塊已復生堆阜治水不治源九載亦何有不如讀周易一卷常在手

又

疾病當治本神醫古難遭哀哉有限身日與利慾鏖大嚼徒爲貪劇飲豈足豪淡薄以養壽亦非慕名高

又

飢寒陷侵暴其實可憐傷一事百自反忿心冷如霜恕物學者心省事慮亦長吾過固多矣責彼何暇詳

又

霜嚴雞報晨月落犬警盜遺粒與棄糠每媿不足報

椎奴事樵汲跣婢勤爨竈有過姑教之箠楚置勿道

感貧

經歲無兼味窮冬止破裘翁將貧博健兒以學忘憂

士固安天命吾寧為食謀八荒如可望時亦上高樓

鄰曲

濁酒聚鄰曲偶來非宿期拭盤堆連展 淮人以名麥餌

洗鬴煮黎祁 蜀人以名豆腐 烏犍將新犢青桑長嫩枝

豐年多樂事相勸且伸眉

送客

有客相與飲酒盡惟清言坐久飢腸鳴殷如車輪翻

烹栗煨芋魁味美敵熊蹯一飽失百憂抵掌談羲軒

意倦客辭去秉炬送柴門林間烏驚起落月傾金盆

夜寒起坐待旦

儻怳不成寐攬衣寒夜中青熒煨芋火鞺鞳鼓簾風

巷犬聲如豹 見王維與裴迪書 山童首似蓬悠然束書

坐徐待日生東

信手翻古人詩隨所得次韻

病起瘦可驚峻嶒夜窗影八十遂當至何止踐衰境
食簞幸能盡藥裹亦已屏汲泉煮日鑄舌本味方永
士若不自晦常若錐見穎叔度獨何人長陂渺千頃

右夜坐

孔門春服成弟子從沂浴老氏坐中庭莊生記新沐
古聖自潔清如日浴暘谷豈比流俗人蟣蝨生桎梏
老人喜時節良夕當爆竹未濯三生垢湯沐意亦足
豈惟寓蕭散亦以洗榮辱悠然獨酌罷投枕睡已熟

右除夜沐浴

甲子歲元日

飲罷屠蘇酒真爲八十翁本憂緣直死却喜坐詩窮
米賤知無盜雲霧又主豐一簞那復慮嬉笑伴兒童

開歲微陰不雨法當有年

初春書懷

六十餘年慕古人卽今方近葛天民見人各是元非
怨遇事皆安豈怨貧小圃鉏耰聊過日扁舟煙雨尚
關身出門未覺龍鍾在禹廟蘭亭又見春

又

耄及光陰古更稀自今惟有數期頤食觀本草雖多
事醉讀離騷自一奇物外有人閑始見山中可樂老
方知武陵好在桃千樹短櫂相尋亦未遲

又

數掩蘆藩竝水居一家全似業樵漁春寒倒謝常來
客老病猶貪未見書馴雀正緣拋食慣芳蘭肯爲礙
門鋤藥苗滿鉢無人共賴有溪僧爲破除

又

甫及初春日已長偶同鄰曲集山房囊盛古墨靴紋
皺篛護新茶帶胯方老境不嫌來冉冉流年直恐去
堂堂清泉冷浸疏梅蕊共領人間第一香

又

底處人間無駭機超遙且喜謝招麾千年澗底孤松
秀萬里天邊獨雁歸服氣昔常憎火食遊山近已製
荷衣青城況有幽人約會守丹爐隱翠微

又

納祿貧如筮仕初歸來依舊臥蝸廬半池墨瀋臨章
草一盌松肪讀隱書長鑱僅供飢子美清江不療渴
相如耄期自許詩情在雪裏猶能跨蹇驢

又

愚公不解計安危行盡人間惡路岐難似車登蜿退
嶺險如舟過馬當祠平生憂患常難測送老安閑敢
自期一事不成應有命惟將知止報明時

初春紀事

窗櫺無日影庭樹無風聲微雲淡天宇非陰亦非晴
美哉豐年祥入我屠蘇觥父老亦共喜讙言叩柴荊
一飽已有期惟當力春畊遣兒牧雞豚作社賽西成

又

經冬少雨雪所至苦水涸園蔬葉多蠹山步船半閣入春一再雨喜氣滿墟落又聞湖邊路已破小桃蕚一尊儻可攜父子自醻酢

送子虞吳門之行

相送何由插羽翰淡煙微雨暗江干孤懷最怯新春別病骨難禁昨夜寒尊酒汝寧嫌魯薄釜羹翁自絮吳酸此詩字字俱愁絶忍淚成篇却怕看

法雲僧房

八十衰翁有底忙水邊山際亦倀倀清溪橋斷舟橫岸小塢梅殘雨漬香數點青燈經野市一爐軟火宿僧房自嫌尚有人間念却爲春寒怯夜長

陌上

陌上長歌任笑狂此生得喪略相當天將耄齒償貧悴身坐虛名掇謗傷溪水漸生朱舫活野梅半落綠苔香新晴快上蘭亭路莫待春殘始一觴

獨立

白鬚蕭颯一愚公獨立濛濛細雨中羊踏寒蔬新少夢魚生空釜久諳窮殘編幸有聖賢對閑話豈無隣曲同街鬻才名非老事小詩信筆不能工

春陰

數間茅屋傍楓林常負平生萬里心老去逐年增老病春來無日不春陰麴塵蘸岸波初漲猩血團枝色已深欲到東園還懶起却和殘睡聽鳴禽

閑味

身似枯禪謝世塵豈容收斂強冠巾庾郎三韭不妨飽晏子一裘何恨貧栖冷每憐雞唱早雲開初見月痕新閑中有味君知否熊掌駞峯未是珍

聞虜亂代華山隱者作

滿谷松風枕石眠中原戰血又成川但思秦鑄銅人日不記齊成柏寢年大藥一爐暾晚日孤桐三尺寫秋泉何妨狂舞旗亭下乞與人間畫醉僊

春日

車馬閑中絕衣襦病後寬改詩消晝永賒酒敵春寒柳細搓難似花新染未乾歸鴻與來燕各自管悲歡

寄子虡

十里城南路蕭然一禿翁舊書衰易忘新句嬾難工山色春寒淡溪流宿雨通街頭有良醞思汝一尊同

送子坦

老境寧容別諸兒仕爲貧一春多臥病幾度送行人五斗方須祿千金且愛身長安雖可樂憐汝正思親

送子遹 初欲赴春銓以兄弟皆出故輟行

隔一濤江路豈遙躊躇不覺欲魂銷寄書勿遣過三日發渡何曾無兩潮睡少不關茶作祟愁多却賴酒時澆柯橋西畔斜陽岸誰爲離人惜柳條

醉眠初起書事

身世元知似斷蓬流年分付酒盃中飢寒未解士先老風雨欲收花已空泥補舊巢梁燕喜水生支港釣船通睡魔正費驅除力隔竹敲茶賴小童

見蜂采檜花偶作

來禽海棠相續開輕狂蛺蝶去還來山蜂却是有風味偏采檜花供蜜材

對酒戲詠

不管詩人太瘦生但念酒徒稀醉眠憑誰爲畫畢吏部縛著鄰家春瓮邊

又

長安市中多美酒一斗財當三百錢堪笑書生消幾許有錢十萬醉經年

夜興

梟呼作人聲月出如野燒推枕中夜起殘燈尚餘照難從公榮飲獨效孫登嘯八十推不僵平昔豈所料空廊病馬臥枯草老牛噍明朝語俗人與汝不同調

老甚自詠

殘年真欲數期頭一事無營飽即嬉身入兒童鬭草社心如太古結繩時騰騰不許諸人會兀兀從嘲老

子癡亦莫城中買鹽酪菜羹有味淡方知

又

羡生常笑古人癡俛仰那知迫耄期鏡裏鬢鬚無添白處尊前顏有暫丹時客瞋終歲常稱疾兒訝經旬嬾賦詩枉却愁過强健日身閑何往不熙熙

夜過魯墟

晡時發柯橋申夜過魯墟燈出籬落間七世有故廬門低不容駟壁壞亡遺書高樹宿鸛鳥廢沼跳驚魚移舩過古埭水面涵星疏安得病良已畢世澆春蔬

園中小飲

造物佚我老畀以江湖寬俯仰六年間得請兩挂冠鬢毛雖蕭颯腳力未蹣跚記書過十張噉飯空一簞開歲忽兩月感此春事殘杏靨笑牆頭鶯聲入雲端掃地設菅席相與勸加餐村酒瀉濁清野果嘗甘酸鄰里語蟬聯兒孫話團欒雖無萬錢筋浩歌有餘歡

幽居春晚

雲歸禹穴賞新晴酒買蘭亭散宿酲竹帶鞭移俄盛出鶴全窠買已長鳴故山雖媿收身晚外物元如脫髮輕只恐村鄰成間闊杖藜隨處叩柴荊

又

老廢雖書病廢詩晝閑惟與睡相宜未尋內史流觴地又近龐公上冢時花發遊蜂喧院落筍長馴鹿入藩籬石帆山下春如許野老來招不用辭

梅花過後遊西山諸菴

乞得身歸喜滿顏柴門雖設不曾關無如梅作經年別且就僧分半日閑樵斧曉穿雲外去釣船夜向月中還君看老子無窮樂一笑知非造物慳

梅僊塢花涇觀桃李

妖妍天遣占年華歎息人間有許花十里織成無罅錦半天留得未殘霞欲題直恐無才稱不見何由信客誇醉後又驚春事晚湖隄煙柳已藏鴉

家園賞花

白首扁舟返舊邦逢春直欲倒千缸紅雲夾路薔薇障翠羽成層薜荔幢鸎語枝頭常盡日蝶迷葉底不成雙閑人爛醉尋常事中聖先判臥北窗

聞金谿陸伯政下世

久矣望來使潸然開訃書兩家通絕譜千里泣靈車亦悟古皆死所悲天祝余泉扃生氣在故不羨曹蜍

一春風雨大半有感

忽忽春將老寒暄尚未齊雨昏雞唱晚風惡鵲巢低寫物才殊退尋芳思欲迷餘年不須較只是死秦稽

山行贈野叟

垂白衰翁住道邊突間猶喜續炊煙壁如龜筴難占卜瓦似魚鱗不接連幼學及時兒識字官租先衆吏無權與君俱長宣和日握手相看一悵然

又

莫笑孤村生理微茅茨煙火自相依客來旋掃青苔榻日在先關白版扉婦女憂蠶租葉去兒童耘麥荷

鉏歸散人世世襲江湖號剩欲溪頭借釣磯

雲門道中

川靄林霏翠欲浮散人心事寄沙鷗莫投野店孤煙起曉涉清溪小蹇愁嶺路窮時縈細棧山形缺處起重樓鈞游陳迹渾如昨一念悽然不自由

讀書有感

洙泗諸生尊所聞豈容兀者亦中分焚經競欲愚黔首亡史誰能及闕文吾道固應千古在幾人虛用一生勤世間倚相何曾乏會與明時誦典墳

六言雜興

世界菴摩勒果聖賢優鉢曇華但解折衷六藝何須和會三家

又

夢裏明明周孔胸中歷歷唐虞欲盡致君事業先求養氣工夫

又

語道無如孔孟佛莊雖似非同倘有一人須會何須客滿坐中

又

失馬詎知非福亡羊不妨補牢病裏正須周易醉中却要離騷

又

舉足加劉公腹引手捋孫郎鬚士氣日趨委靡賴有二君掃除

又

廣平作梅花賦少陵無海棠詩正自一時偶爾俗人平地生疑

又

瘦馬羸僮道路清泉白石山林常得有衣換酒不愁無法燒金

又

一夜雨來可怖五更雲散無餘傳舍僧窗雖異不妨

隨處觀書

又

熟讀大小止觀精思內外黃庭直使超然有得豈若淵源六經

春晚出遊

風急名花紛絳雪土鬆香草出瑤簪且呼野艇西村去未必微雲便作陰

又

王孫草生與階齊女郎花發乳鶯啼街頭賣酒處處賤信腳覓醉無東西

又

柳暗人家水滿陂放翁隨處曳笻枝村深麥秀蠶眠後日暖鳩鳴鵲乳時

又

禹吾無間聖所歎治水殆與天同功三千年事一炊頃窆石嵯峨煙靄中

又

岌岌高丘近道邊寂寥翁仲臥荒煙生前意氣今何在寒食無人挂紙錢

又

鳴機裂素製春衣煮酒香清雁鶩肥倒社相呼共行樂三撾鼓近是船歸

劍南詩稿卷第五十六終

劍南詩稿目錄

卷第五十七

二日微雨中次前輩韻　夜雨　夏日　久雨二首　舟中　繫船　復雨　書適　村社禱晴有應　題北窗二首　晝坐聞牆外人聲殊敗幽思戲作　晨起行園中　葺舍　次韻林伯玉登臥龍　道室雜詠六首　湖塘夜歸東軒　夏日　斫膾　野飯　村酒　避雨　雨中短歌　散懷　南堂　門屋納涼　幽居露坐　暑中久不把酒盆池千葉白蓮忽開一枝欣然小酌因賦絕句二首

劍南詩稿卷第五十七

宋　陸游　務觀

北窗

老人日夜衰臥起常在背窗間一編書終日聖賢對東皐客輸米粲粲珠出碓南山僧餉茶細細雪落磑吾兒亦解事稀甲自鉏菜一飢既退舍百念皆卷旆閑身去俗遠澄念與道會宿痾走二豎美睡造三昧挂冠反布韋上印謝銀艾庭中石蒼然此客真度外

幽居雜題

開歲頻風雨清明氣始和遊山書半廢躭酒睡常多客去孫登嘯牛疲甯戚歌餘生猶有幾盡底付漁蓑

又

雅意元知止遄歸喜遂初久閑棋格長多病釣徒疎漬藥三升酒支頭一束書兒曹看翁嬾切勿厭蝸廬

又

忽忽年光逝悠悠世事非曉猶明續火晝永啓漁扉

施食禽魚熟疏溝杞菊肥寂寥何所歎父子自相依

又

獨往成初志安居謝世紛名書硬黃紙古硯熨焦紋

雨作占琴薦風來散鷺羣豈無朝市事塞耳未曾聞

題旅舍壁

泥淖停牛屋風埃坐簀牀絳人難諱老楚客自嫌狂

浪迹江湖大回頭日月長村村有餅餌正可不賫糧

又

地曠風號木天高日脫雲村名步頭換縣界驛前分

蒿艾春侵路雞豚莫識羣敲門就炊爨一飯敢忘君

出行湖山間雜賦

老入新年健春逢小雨晴偶因尋酒去又作繞村行

塘水蒼鵝戲郊原黃犢鳴閑身有樂事倚杖看農耕

又

新釀學鵝黃幽花作蜜香客邀閑卽去病起醉何傷野寺無晨粥村伶有夜場吾心靜如水隨事答年光

又

徑繞茶岡北橋連芡浦東蟲鏤烏桕葉露溼豨薟叢燒地春蕪綠漁扉夕照紅君恩那可報惟是祝年豐

又

魚市樵風口（樵風溪港名）茶村穀雨前柳邊煙掩苒堤上艸芊眠墓掃鴉銜肉人歸鷺導船東風吹短髮得句爲誰妍

上巳

殘年登八十佳日遇重三簾幙低新燕房櫳起晚蠶名花紅滿舫美醖綠盈甌春事還如昨衰懷自不堪

筍絕句

列仙閱世獨清癯雪谷冰谿老不枯輸與錦棚孩子輩千金一束入天厨

贈蘇召叟

蘇子出傳輩翩如天際鴻才華刮眼膜文字愈頭風
豈止千人見真當四海空老夫雖耄矣此論不妨公

贈趙去華

趙子毫端萬斛珠眼前百輩不枝梧盛名豈待它年
見公論何曾一日無我老杜門惟足睡君豪折簡固
難呼此詩强欲相題目堪笑衰翁膽滿軀

道室述懷

養心功用在還嬰肯使秋毫有妄情二寸藤冠狂道
士一編蠹簡老書生狐妖從汝作人立金價在吾如
土輕地胏終嫌近朝市明年泝峽上青城

春晚雨中作

冉冉流年不貸人東園青杏又嘗新方書無藥醫治
老風雨何心斷送春樂事久歸孤枕夢酒痕空伴素
衣塵畏途回首濤瀾惡賴有雲山著此身

晚行湖上

飽來捫腹繞村嬉北陌東阡信所之女手采餘桑欝

鬱煙蕪生遍冢纍纍高林日莫無鶯語深巷人歸有犬隨東走郡城逾十里好風勞送角聲悲

欲卜菴居未有勝地作詩識之

破裘百結鬢垂蓬旋過流年旋已空魔眷屬如雲盡散性光明似日方中極知萬事不勞問欲住一菴誰與同會向巢居明月夜五弦横膝寫松風

東窗遣興

東窗徙倚當閑遊水長池魚自滿溝花氣襲人渾欲醉鳥聲喚客又成愁百年光景輸欹枕萬里風煙入倚樓欲寫烏絲還懶去詩名老去判悠悠

獨酌

一榼芳醪手自斟從來户小怯杯深已於醉醒知狂聖又向淳漓見古今濡首固非吾輩事達生猶得昔人心酴醿欲過香差減且據胡牀坐綠陰

舟中作

誤長偃蓬不滿年恩容歸老白雲邊艸枯病馬停朝

秫 予已納祿

水冷鰷魚廢夜眠混俗豈須名赫赫耐嘲唯可腹便便柯橋梅市花俱好且典春衣醉放顛

衰疾

衰疾憐新鬼狂豪尚故吾棋常先客著行不許兒扶

示兒

硯潤閑蟾滴香殘冷鴨爐自憐風味在尚欲泛江湖

聞義貴能徙見賢思與齊食嘗甘脫粟起不待鳴雞蕭索園官菜酸寒太學齏時時語兒子未用厭鉏犂

野興

溪漲侵菴路山光壓釣磯荒畦荷鉏去小艇載犂歸世態那堪看吾言可自違從今謝人事終日掩荊扉

閑遊

遊徧名山日月長結廬歸占水雲鄉醉中卽是逃名地閑外應無度世方檜蜜滿脾餘小苦木苗浥露有奇香肺腸自與人間別堪笑醯缸與飯囊

又

高會揮金媿二疏食貧只似布衣初終年老健緣儲藥隨分窮忙爲著書弔古何時過梁宋題詩且欲徧衡廬不須更擬乘風去水有煙帆陸筍輿

又

過盡僧家到店家山形四合路三叉清明漿美村村賣穀雨茶香院院誇困臥幽窗身化蝶醉題素壁字棲鴉夕陽不盡青鞋興小立風前鬢腳斜

又

夙興蓐食戒山行策蹇迢迢過故城露葉未乾明曉日風蒲初勁借秋聲綠陰渡口孤鶯語白水陂頭兩犢耕遥望炊煙疑可憩試從行路問村名

炊米不繼戲作

敢羨晨興費萬錢口邊縱理信前緣高年雖獲殿諸老一飽常如登九天架上有書吾已矣甑中無飯亦陶然蓬門一閉還旬日實怕閑人攪晝眠

莫行

志士能輕萬戶封野人自愛一枝筇行窮綠岸呼船渡羅得黃粱就碓舂林外人家明遠火月邊僧閣下疎鐘江村不用愁孤絶小店茅簷儘見容

小雨

小雨過巖扃殘雲傍野亭花光相映發鶯語苦叮嚀舉酒和神氣彈琴悅性靈索居朋友絶得句遣誰聽

又

急雨方侵幔斜暉忽滿廊塵清添艸色衣潤省篝香婦織將收繭農功已下秧諸孫入家塾親爲授三蒼

送辛幼安殿撰造朝

稼軒落筆凌鮑謝退避聲名稱學稼十年高臥不出門參透南宗牧牛話功名固是券內事且葺園廬了婚嫁千篇昌谷詩滿囊萬卷鄴侯書插架忽然起冠東諸侯黃旗皂纛從天下聖朝仄席意未快尺一東來煩促駕大材小用古所歎管仲蕭何實流亞天山挂旆或少須先挽銀河洗嵩華中原麟鳳爭自奮殘

虜犬羊何足嚇但令小試出緒餘青史英豪可雄跨古來立事戒輕發往往讒夫出乘罅深仇積憤在逆胡不用追思灞亭夜

初夏

白白瓷餡美青青米果新 蜀人名粽爲瓷餡吳中名粔籹爲米果 衰遲重時節薄少遍鄉鄰梅市花成幄蘭亭艸作茵極知歡意盡强起伴遊人

自警

放翁原憒憒徂歲復駸駸社櫟終無用秋蟲漫苦吟拍蚊違殺戒引水動機心老耄誰規我忠言抵萬金

枕上

病叟少安枕驚禽無穩棲慵占賈誼鵩空感祖生雞野勢風號北窗痕月過西元非破賊手只合架牛犂 山中惟梟鳴終夜雞三鳴後聞架犂則旦矣

野步至近村

耳目康寧手足輕村墟艸市徧經行孝經章裏觀初

學麥飯香中喜太平婦女相呼同夜績比隣竭作事
春耕勿言野饁無鹽酪筍蕨何妨淡煑羹

書懷示子遹

平生山林幾緉屐何意隨人戴朝幘口言報國直妄
耳斷簡圍坐晨至夕道山堂東直廬冷手種踈篁半
窗碧但虞風波起平地豈有毫髮能補益成書朝奏
莫請老入耳幸免煩言嘖東望故山百餘里父老歡
忻來接跡白羊綠酒爭下擔長笛腰鼓紛如織迢迢
梅市過魯墟觀者所至空巷陌爾來呻吟又春盡周
視室中惟四壁但令糲飯饜撑拄猶勝朱門常蹴踖
小兒助我理孤學終歲伏几心如石問看飲酒詠離
騷何似焚香對周易

三月三十夜聞杜宇

斗轉春歸不自由韶華已逐水東流子規獨抱區區
意血淚交零曉未休

夜大雨連明晨起乃知之

黄紬被穩枕慵移夜雨淋浪了不知水長壞陂初復後鳩鳴去婦却還時芳蹊入夏多青子白髮今年有黑絲剩欲披衣湖上去滿村芳艸正離離

聞虜亂次前輩韻

中原昔喪亂豺虎厭人肉輦金輸虜庭耳目久習熟不知貪殘性搏噬何日足至今磊落人淚盡以血續後生志撫薄誰辦新亭哭藝祖有聖謨嗚呼寧忍讀

藝祖嘗爲大宋一統四字賜大臣今藏祕閣

壯士吟次唐人韻

士厭貧賤思起家富貴何在髮已華不如爲國戍萬里大寒破肉風卷沙誓捐一死報天子兜鍪如箕鎧如水男兒墮地射四方安能山棲效園綺塞雲漠漠黄河深涼州新城高十尋風飡露宿寧非苦且試平生鐵石心

衰疾

衰疾猶能飯一簞蕁絲菰首亦加餐舊叨刻印俄銷

印老媿彈冠亟挂冠自怪嵇康如許懶人憐范叔不
勝寒得錢剩買青芒屨采藥名山興未闌

書日用事

左右數書冊朝夕一艸堂家貧自能儉病愈不求方
盛饌豚肩美常庖筍茁香園丁報花坼亦復命壺觴

又

一裘良已暖半菽可無飢養氣戒多語端居如有思
私心須自勝己過遣誰知耄齒尤當勉常憂寸晷移

初夏出遊

去去衝朝霧行行弄夕霏移秧晴竭作坐社醉扶歸
細艸迷行徑殘花點釣磯牸牛將犢過雄雉挾雌飛
野寺煙鐘遠村墟績火微諸孫殊可念相喚候柴扉

初夏晝眠

好景逢初夏閑身得晝眠書橫竹架上冠墮素屏前
葱蒨小山桂潺湲幽竇泉危巢出乳燕高樹集新蟬
強健關天命逍遙近地仙晚窗思茗飲自取雪芽煎

農事稍閒有作

架犂架犂喚春農布穀布穀督歲功黃雲壓檐風日美綠針插水霧雨濛年豐遠近笑語樂浦漲縱橫舟楫通東家築室窗戶綠西舍迎婦花扇紅我方祭竈徹豚酒盤箸亦復呼隣翁客歸我起何所作孝經論語教兒童教兒童莫忽忽願汝日夜勤磨礱碧烏巾白紵待至公

夜雨

莫雨蕭蕭集瓦溝空階點滴送清愁何由乞得須臾睡直到窗明滴未休

朝晴

宿雨初收雲四歸小山艸木麗朝暉翩然雙鵲從簷下言語分明訴溼衣

北窗

簾影參差午漏前盆山綠潤雨餘天詩無傑句眞衰矣酒借朱顏却悵然海燕理巢知再乳吳蠶放食過

三眠名泉不負吾兒意一掬丁坑手自煎 子虡寄惠山泉丁坑蓋日鑄流亞也

遊山戲作

晚境頻辭祿窮居旋學耕量衰添酒敵才盡減詩名

風月成交友溪山管送迎登車雨先止天豈相吾行

遺與

聒聒鳴鳩莫笑渠百年我亦旋枝梧病知藥物難爲

驗老覺人間不足娛茆屋何妨度寒暑蔬餐且可遣

朝晡釣船一出無尋處千頃江邊雪色蘆

又

老荷君恩許醉眠散人名號媿妨賢久叨物外清閒

福纔識詩中造化權風月四時隨指顧乾坤一氣入

陶甄新秋更欲浮滄海臥看雲帆萬里天

細雨

細雨重雲漸入梅陰陰門巷長新槐壯心已與年俱

逝脫髮應無術可栽美睡常嫌鶯喚起清愁却要酒

闌回年來百事非平昔信手題詩嬾剪裁

初暑

槐陰清潤麥風涼一枕閑眠晝漏長山鵲喜晴當戶語海桐帶露入簾香酒緣久病常辭酌茶爲前銜偶得嘗雲北雲南動遊興速呼小豎治輕裝

夙興

夙興短蓬髮幽步豁煩襟翠碧停闌角黧黃語柳陰書殘頻補緝琴廢細追尋未是全無事猶堪養道心

新堂

湖上新堂氣疎豁三面嵐光翠如潑都門歸來病相屬鄰里怪我問何闊蓴絲作羹飯雕胡廚人斫鱠藝絕殊何由喚得左元放銀盤釣出松江鱸

即席

穉荷出水榴花開長笛圜聲送舉杯村鄰相樂君勿笑要是安健無凶災

又

醉中起舞遞相屬坐上戴花常作先要知吾輩不凡處一吸已乾雙玉船

又

長魚腹腴羊臂臑饞想久矣無秋毫今朝林下煨苦筍更覺此君風味高

又

小山榴花照眼明青梅自墮時有聲柳橋東岸倚笻立聊借水風吹宿酲

生涯

久矣冥行墮嶮巇樂哉偶得謝招麾放懷身世相忘地鳳鴛山林獨往時縱老豈容妨痛飲更慵亦未廢新詩超然自喜生涯別始歎龜堂見事遲

落花

桃李擅春事酴醾爲之殿豈不欲周旋過日如掣電大風連三月吹盡無餘片留之豈有策佇立情眷眷空令腸九回竟欠語一轉流年付芳草樽酒孤勝踐

鶯聲入碧雲簾影滿深院消搖綠陰間風流屬團扇

四月廿二日微雨中次前輩韻

語訛覺齒疎冠倒感髮稀屢爲曼容免遂賦淵明歸今日天氣佳雨絲弄斜暉起居惟所適單複時易衣出遊叩僧廬歸臥掩漁扉一笑顧兒子正爾良未非

夜雨

點滴茅檐雨長霄不肯晴殘釭待雞唱倦枕厭梟鳴已踐衰殘境況兼羈旅情晨興亦何事椎髻繞廊行

夏日

入戶桐陰漸覆牀乍敷笛簟北窗涼筇枝倚壁知身健衣焙殘香覺日長雨霽斷雲時聚散風來纖草久低昂蝶衣粉溼猶飛嬾小駐闌干就夕陽

久雨

梅子青青苦未黃經旬積雨欲頹牆蠹生書帙時須火潤入衣篝剩得香鄰舍相逢驚間闊通宵不寐聽淋浪定知又發韓公笑有底鳴蛙兩股長

又

梅天一日幾陰晴對酒無聊醉不成巧曆莫能知雨點孤桐那解寫溪聲林深鳥爵來無數艸茂鋤耰去即生明日雲開天萬里御風吾欲過青城

舟中

青楓湖上村綠蓑舟中客雲與山疊見海近地勢坼悠然滄洲趣宛與塵世隔雖云食不足麤免婚嫁責渥丹未辭鏡衰白幸滿幘明當鼓枻行放浪窮七澤

繫船

高樹滴殘雨叢蘆生夕風情遊貧有自老鈍學無功歲月詩編裏江湖旅色中煙村繫船處邂逅得漁翁

復雨

催喚兒童掃綠苔長歌清嘯興悠哉林間子墮知梅熟水面痕生驗雨來往事已成孤枕夢故人誰共一樽開自憐未負年華在素扇團團月樣裁

書適

清和巷陌單衣後綠潤軒窗午餉餘曲曲素屏圍倦枕斜斜筠架閣殘書松陰坐石閑看鶴山寺尋僧晚跨驢此段家風君試看京塵撲帽獨何歟

村社禱晴有應

叢祠牲酒走村村賴是龍歸爲解紛爽氣收回騎月雨俗謂二十四五閒有雨往往輒成霞潦謂之騎月雨快風散盡滿天雲數峯縹緲如屏面一浦漣漪作簟紋猶勝楚人簫鼓裏九歌哀怨下湘君

題北窗

束擔還山讀舊書斷編終日見唐虞千莖白髮年華速一點青燈夜漏徂厚價異時空市骨大呼從昔不成盧細思天賦原非薄跬步門前萬頃湖

又

不嗔人作腐儒看斷簡堆中興未闌更事愈懷憂國切苦心始覺箸書難流泉激激人聲遠修竹蕭蕭暑令寒四海諸公常共處北窗何地著身寬

書坐聞牆外人聲殊敗幽思戲作

老人氣衰凋髮齒歲月翩翩來有幾晨興食米不一溢日課讀書猶十紙雖云喧寂無二一觀終嫌蜩蚻喧吾耳亟起振衣欲出門赤日當空汗如洗撥灰未炷瓦爐香汲井先換銅匜水也勝太史落南時短檠夜對屠牛机黄魯直自言遷宜州時夜寓市中直屠牛之机用雞毛筆作字

晨起行園中

老病厭囂煩晨興步小園草深移舊路竹茂失頹垣未暇從魚樂惟思與石言人家尋每得拄杖印苔痕

葺舍

蟻知將雨先移穴燕護新雛迭守巢補漏支傾吾可笑呼奴乘屋更添茅

次韻林伯玉登臥龍

一紙臨門喜欲顛詞源滾滾瀉長川旗旄外閫新元帥風月名山古洞天自笑屏居依近郭每煩登望指

孤煙雄篇三復空興歎窮乃工詩似不然

道室雜詠

精神有限惟當嗇造化無心不汝私此事安須知決擇雞鳴勿後老人期

又

黄褐長條七尺身袖中一劍隱紅塵城門萬屨日來往衆裏安知無此人

又

冰霜難與夏蟲語晦朔豈容朝菌知忿慾至前能小忍人人券内有期頤

又

萬法元須一理通長生極治本同功廣成千歲無它術秖在唐虞二典中

又

莫緣侯印學陰謀生世惟須一釣舟輕用鏌鋣終折缺善刀何止解千牛

又

放翁耄齒猶朱顔一物不留方寸間已呑八九雲夢澤更著百億須彌山

湖塘夜歸

漁翁江上佩笭箵一卷新傳范蠡經鬱鬱林間桑椹紫芒芒水面稻苗青雲邊築舍分南北陌上逢人半醉醒莫恨西村歸路遠行前點點有飛螢

東軒

僻巷地無喧閑人慮不煩刺舟回北渚岸幘倚東軒乳鵲行苔徑馴麞觸笥藩作勞憐野老喚取倒清樽

夏日

例謝門前客深藏篋裏書衣穿但重補飯足不求餘山溜鳴庭際藤陰接屋除何勞厭三伏俯仰即秋初

斫膾

玉盤行膾簇青紅輸與山家淡煑菘要識坐堂哀觳觫試來臨水看噞喁

野飯

六十日白可續飯三千年清何與人堪笑此翁頑似鐵還山又食一番新

村酒

亂山落日漁歌長平疇遠風粳稻香酒旗搖搖截官道歸家未遲君試嘗

避雨

雲如壞山欲塞海樹似奇鬼將搏人急投民家雨隨至燎衣不覺雞唱晨

雨中短歌

昨夕雨大如車軸今日雨細如牛毛人言愈細愈澤物天公爲此非徒勞泥深入市路欲絕壞簷敗壁風蕭騷豈惟鼃黽矜得意坐覺藜莠無由薅婦剝牀供爨嗟婢子持傘上學憐兒曹村場酒貴賒不得且解布囊尋弊袍

散懷

少年已遂遯山林何況霜毛兩鬢侵習氣尚存詩入夢病根未去藥關心猿知秋近啼先苦鶴閱年多頂漸深不忍頓疎風月在麤能扶杖卽登臨

南堂

空堂寂寂暑氣清秖有燕雀無人聲雲頭忽移簾影失雨點亂集荷盤傾溝坑水溢魚鱉喜庭戶風送蛟龍腥衣巾汗垢爲一洗呼奴舉榻臨前楹取泉石井試日鑄吾詩邂逅亦已成何由探借中秋月與子同遊白玉京

門屋納涼

機裂齊紈如素月牀敷蘄簟起微瀾行人遠不分眉目過鳥高猶響羽翰新長庭槐夾門綠無窮陂稻際天寬今年項里楊梅熟火齊驪珠已滿盤

幽居

孤村野徑不曾鋤惡艸從來一寸無每爲遊魚疏港瀆更緣啼鳥植楸梧閑門猶有僧時到殘產渾無賦

未輸涙走人間真誤計莫年猶足補東隅

露坐

殘月久方上幽花時自零風枝驚宿鳥露草溼流螢浩氣吞雲夢危途塞井陘菱歌何處起及我醉初醒

暑中久不把酒盆池千葉白蓮忽開一枝欣然小酌因賦絶句

千葉芙蕖白玉膚一樽沆瀣碧琳腴極知俱出氛埃外我亦秋風山澤臞

又

我讀淵明止酒篇知渠未識玉池僊誰言見面無多子高壓天魔萬二千

劍南詩稿卷第五十七終

劍南詩稿目錄

卷第五十八

秋二首　憫俗　塊坐齋中有感　新涼示子
遹時子遹將有臨安之行　秋雨二首　講學
　野興四首　示元敏　八月四日夜夢中作
明日復理夢中意作　又明日復作長句自
規　示子孫　秋夕　徂歲　村居遣興三首
　甲子秋八月偶思出遊往往累日不能歸或
遠至傍縣凡得絕句十有二首雜錄入稿中亦
不復詮次也

劍南詩稿卷第五十八

宋　陸游　務觀

老馬

貧家畜老馬枯萁風雨嘶本非百金產安用三品料馬固忘華廄士亦安蓬藋兩窮適相遭萬事付一笑少游御款段作計無此妙可憐杜陵翁妄想追風驃

大熱

五月頗閔雨炎風吹旱塵氣羸不給喘流汗沾衣巾呼婢使具浴報以未買薪汝事雖不恪亦坐乃翁貧汲井掬寒泉自足忘我嗔譬如寓逆旅百事聽主人

大雨

今年景氣佳有禱神必答時時雖閔雨顧盼即霑洽縣地千里間四月秧盡插季夏雨三日淒爽欲忘箑瀦水如塞河決水如放閘几席亂鼃黽庭除泳鵝鴨

舍邊魚受釣戶外鷗可狎飛螢最得意終夕自開闔蕭蕭菰蒲聲恍若船入夾嗟予亦耐事堅坐書滿榻懸知穲稏收已足供伏臘會約張志和清風泛苕霅

午睡

梅黃雨足喜初晴投枕華胥夢已成帳底香雲凝未散手中書卷墮無聲簟紋似水飛蠅避鼻息如雷稚子驚癡腹便便竟何有已將嘲弄付諸生

書意

疎慵久已卧郊扉暫出人間輒免歸梵志放花常恨晚士師分鹿又成非平生舊學寧當負同志良箴亦重違說與吾兒勤念此負禾勿恨露沾衣

卜居三山已四十年矣暇日有感聊賦五字

薄宦非初志幽居不計年稚松成偃蓋小豎亦華顛生理憑耕稼光陰付醉眠從來慕園綺一著要爭先

又

泥古衰猶學開荒夜亦耕屋茨生艸蓋釜擷野蔬烹

白稻兩中熟黄鸖桑下鳴殘雲忽吐日喜對小窗明

北窗

北窗無俗物三伏有餘涼玉塵消長日風漪可一牀

盞分新作茗爐撥欲殘香却岸紗巾去翛然野水傍

睡起巳亭午終日涼甚有賦

飯罷頽然付一牀曠懷真足傲羲皇松棚盡日常如

莫荷沼無風亦自香倚杖月生人影瘦岸巾露透髮

根涼頗聞王旅徂征近數水條山興巳狂

殘兩

五更殘兩滴檐頭探借天公一月秋只道風吹雲散

盡數聲桑下又鳴鳩

溪上避暑

莫年事業轉悠悠盡日投竿杜若洲世上漫言天愛

酒古來寧有地埋憂全家只合雲山老萬事空驚歲

月遒褫帶脫冠猶病暍正平頗憶著岑牟

又

短髪颼颼徹頂涼悠哉隨處據胡牀但憐鵲影翻殘月不恨蟬聲送夕陽門巷陰陰桐葉暗汀洲漠漠藕花香寓形宇内終須促安得騎鯨下大荒

龜堂避暑

縹緲紗幮覆象牀蠻童擘粥進黄粱硯池湛湛一泓墨衣焙霏霏半篆香團扇題詩無滯思清泉灑地有餘涼更須風伯開雲陣準擬今宵月滿廊

旅舍偶題

野店山橋策蹇驢浩然聊喜遂吾初童顔幾歲已辭鏡胎髪今朝還入梳小瓮謾營秋社酒斷編閑理小年書白雲可笑猶多事常向人間耐卷舒

溪月

天風吹髪冷颼颼獨向沙邊上釣舟愁絶平羌江上月向人依舊半輪秋

砭愚

儲藥如丘壠人愚未易醫信書安用盡見事可憐遲

錯自彈冠日憂從識字時今朝北窗臥句句味陶詩

雜興

早遇齊侯遊柏寢晚從漢帝祀甘泉不須苦學飛騰術更看泥金檢玉年

又

南山手自斸蒼苔竹閣柴扉次第開二十里間雲不斷豈容一點市塵來

又

靈府寧容一物侵此身只合老山林何由挽得銀河水淨洗羣生忿慾心

又

赤米熟炊元自軟黃虀頻倒不多酸縱令酒負尋常債也勝人求本分官

又

冰壺冷浸玉芙蕖三伏炎蒸一點無淨洗硯池潴墨瀋乘涼要答故人書

又

硯傳百歲璽觿角筆擅一時錐出囊予所用硯百年前物一角徽觿筆姑蘇能憲作頗佳紙欲窮時瘦蛟舉已看雷雨跨蒼茫

又

扁舟夜載石帆月雙屧曉穿天柱雲八十老翁能辦此不須身將渡遼軍謂李勣

又

犀象本安山海遠楩楠豈願棟梁材伏波病困壺頭日應有嚴光入夢來

又

粟無人餽方差快門有僧敲未絕幽豈是耄荒深絕物從來不慣惹閑愁

又

瞿聃楊墨寧非學治獄行兵亦有師惟是儒生知擇術百年窮達守書詩

病瘧兩作而愈

久出天魔境胡爲瘧鬼來亦知無妄疾畢竟不爲災引睡須書卷支羸賴粥杯微風起秋色樽酒亦時開

露坐

略彴方塘北篔簹小塹東荷盤傾夕露芡觜坼秋風磔磔禽移樹芒芒月墮空詩材隨處足盡付苦吟中

戲詠

歲曆還逾半人生但可悲此身猶老健隨處且兒嬉累瓦初成塔埋盆又作池惟應上庭樹不及髫髦時

初秋書感

流年冉冉不容追餘息厭厭只自知馬革裹尸違壯志鹿門采藥卜幽期林蟬委蜕仙何遠巢燕成雛去已遲觸事爾來多感概北窗閑賦早秋詩

湖上

石帆山下舊苔磯囘首平生念念非秋早明河低接地夜深白露冷侵衣風生古戍笳爭發月過横塘鵲

獨飛却看宦途傾奪地怳然敗將脫重圍

枕上

紗幮竹簟不勝清臥看殘虹翳復明兩樹梧桐鳴急雨一林鸜鵒噪疎更靜無狂蝶妨幽夢嬾有羣鷗責舊盟待旦欲尋梅市路小舟先向步頭橫

書懷

無事自能心太平有爲終蔽性光明皮膚脫盡見真理粱肉掃空甘菜羹處處浮家成野宿時時策蹇作山行平生常笑羊裘老史冊猶存後世名

游昭牛圖

游昭木石師李唐畫牛乃自其所長出欄初聽一聲笛意氣已無千頃荒客居京口老益困衣不揜脛鬢眉蒼時時弄筆眼力健蹏角毛骨分毫芒我無沙隄金絡馬拂拭此幅喜欲狂乞骸幸蒙優詔許置身忽在煙林傍日落飲牛水滿塘夜半飯牛天雨霜俚醫灌藥美水艸老巫訶禁祓不祥願我孫子勤農桑願

汝生犢筋脈强硉聲驚破五更夢歲負玉粒輸官倉

唐希雅雪鵲

烈風大雪吞江湖巨木摧折竹葦枯鳥鳶瑟縮墮地死豈復能顧卵與雛棘枝拔出亂石罅凜凜生氣獨有餘耐寒兩鵲亦異禀羽族有此山澤癯神凝氣勁中自足不待晴日相鳴呼深知畫手亦怪偉用意直刮造化爐毦毛雖細爪翮健落筆豈獨今所無我評此畫如奇書顏筋柳骨追歐虞

菖蒲

雁山菖蒲崑山石陳叟持來慰幽寂寸根蹙密九節瘦一一拳突兀千金直清泉碧缶相發揮高僧野人動顏色盆山蒼然日在眼此物一來俱掃迹根蟠葉茂看愈好向來恨不相從早所嗟我亦飽風霜養氣無功日衰槁

感而有作

吾廬東北皆修竹茂木羽族來棲者不可數計

遶舍皆茂林萬數栖烏雀詰旦輒爭鳴未暝紛已泊清陰交欲暗丹實熟可啄吾廬少人迹婏爾肯見託雖無惠養德亦免彈射虐結巢俯可窺淳風今豈薄

秋夜聞蘭亭天章寺鐘

絕湖上蘭亭不過一炊頃湖廢繚隄行往返常畢晷猶有古寺鐘迢迢下重嶺煙雲含莽蒼風露共淒冷蕭然艸堂臥度此清夜永百念一洗空於焉發深省

閔雨

歲秋固多雨每恨不及時黃塵蔽赤日苗槁已不遲踏車聲如雷力盡真何爲天豈不念民雲族風散之窮民守稼泣便恐化棘茨妻子不望活所懼尊老飢我願上天仁顧哀民語悲鞭龍起風霆尚繼豐年詩

徒行短歌次前輩韻

風吹短衣雙鬢白老人徒步歸鄉國數樹丹楓野店西一川紅蓼溪橋北芒鞵有賣百無憂過盡青山到渡頭更求款段真多事堪笑當年馬少游

江樓次前輩韻

一日千回上庭樹城南尚記嬉遊處俯仰人間八十年鏡中未許朱顏去甲第侵雲多貴人朝回撲帽軟紅塵江樓月夜吹長笛誰似儂家不負身

七月四日夜賦

樓角西南月一鉤晚瓜落刃酒新篘仙家又愴銀河別太史新班玉曆秋衰病歲時良冉冉窮愁身世轉悠悠莫因乞巧嘲兒女我亦飄然水上浮

出近村歸偶作

朝騎小蹇涉煙村擁路爭看八十身似我猶爲一好漢問君曾見幾閑人楊梅線紫開園晚蓴菜絲長入市新莫笑堅頑推不倒天教日日享常珍

送子修入閩

士生萬里合鵬摶憔悴青衫且自寬薄祿及親雖共喜遠途將父亦誠難關山可厭風塵惡蓬華應思菽水歡只道耄年心似鐵詩成也作鼻辛酸

書志

飲水蕭然臥曲肱桑村麥野醉騰騰老身長子知無憾泛宅浮家苦未能南畝服勞勝乞食腐儒垂死恥依僧柴荆常閉斜陽裏剝啄雖聞亦懶譍

秋雨

雨聲疎復密窗影暗還明赤米香炊飯青蔬淡鬻羹閑中長棋格病後減詩情惟有桑麻事鄰翁與細評

雨後涼甚

竝海寬閑野清秋搖落天微涼供美睡穩字入新聯陋屋蕭蕭雨修篙細細泉晚窗生酒興洗酌一陶然

屏迹

屏迹亂山中觀身槁木同桑麻安舊業薪水付村童不散嬰兒樸常存太古風一錢無用處那復討囊空

又

飯熟起開鉢困來徐倒牀無狂安取聖有短始知長養道褐懷玉露才錐出囊聊須喚兒稚細細話耕桑

書事

聞道輿圖次第還黃河依舊抱潼關會當小駐平戎帳饒益南亭看華山 饒益寺南亭盡得太華之勝

又

關中父老望王師想見壺漿滿路時寂寞西溪衰艸裏斷碑猶有少陵詩 華州西溪卽老杜所謂鄭縣亭子者

又

鴨綠桑乾盡漢天傳烽自合過祁連功名在子何殊我惟恨無人快著鞭

又

九天清蹕響春雷百萬貔貅扈駕回不獨雨師先灑道汴流袞袞入淮來

雨後

雨後涼生病體輕閑拖拄杖出門行槐花落盡桐陰薄時有殘蟬一兩聲

幽居

早歲猶奇怪中年痛掃除華堂棋陸廢名馬宴遊疎
散帙身忘倦畦蔬手自鉏寥寥千載後誰此訪幽居

書事

北征談笑取關河盟府何人策戰多掃盡煙塵歸鐵
馬剪空荊棘出銅駝史臣歷紀平戎策壯士遙傳入
塞歌自笑書生無寸效十年枉是枕琱戈

秋夜感遇十首以孤村一犬吠殘月幾人行爲
韻

月生東山口宿鳥驚相呼我起立蒼茫怳在白玉壺
飢鶻掠危巢大魚躍平湖作意賦新詩佳夕不可孤

又

今日天氣佳駕言適山村種枳作短籬疊石成高垣
牲酒賽秋社簫鼓迎新婚所願在仕者努力蘇元元

又

長康有三絕吾獨得其一寓世八十年一癡萬事畢
世間所謂黠正類褌中蝨熚湯會有時爲計誰得失

又

我夢遊異境烏帽跨小蹇桑麻夾阡陌山川曠何遠俗有太古風蕭散到雞犬鐘鳴忽驚覺所造恨猶淺

又

竭作朝築陂獨勞莫鉏菜艸煙欄犢臥船響籬犬吠殘年迫耄及農事不敢廢兒曹強學餘努力事舂磑

又

頒曆如昨日俯仰芳歲殘蜩蛰方鳴秋碪杵已戒寒書生賦予薄何適不艱難粱肉固所美食淡心始安

又

前年蒙趣召渡江當六月顧慚衰病軀觸熱朝行闕君恩雖屢下恐懼乞骸骨飄然返柴荊所愧已黔突

又

畏首復畏尾吾身其餘幾雖云食不足健決豈不偉蓬窗對親舊情話來亹亹何以永今朝沽酒剌圈豨

又

昔遇高皇帝同朝多偉人哀哉逝不留焄蒿返蒼旻
存者纔一二相望不得親秋風聞雁過老淚霑衣巾

又

唐虞治巍巍洙泗道益明豈知秦漢後佛老起縱橫
詩書雖僅存韶頀無遺聲書生幸有聞未死猶力行

艸書歌

吾廬宛在水中沚車馬喧囂那到耳一堂翛然臥虛
曠蟬聲未斷蟲聲起有時寓意筆硯間跌宕犇騰作
詼詭徂徠松盡玉池墨雲夢澤乾蟾滴水心空萬象
提寸毫睥睨醉僧窺長史聯翩昏鴟斜著壁鬱屈瘦
蛟蟠入紙神馳意造起雷雨坐覺乾坤真一洗小兒
勸我當自珍勿爲門生書棐几

自儆

牛解謹藏刀羊亡密補牢達人憂祿厚奇禍出名高
所要懷全璧寧當恥緼袍世間俱齏粖何事苦爬搔
新秋

遠浦平郊弄夕霏曲籬幽徑鎖秋暉馴麞巧占蒼苔臥驚鵲斜穿密篠飛浴罷小軒成美睡雨餘老火歛餘威未言風月供詩思汗幘塵衣且解圍

又

蟬聲滿院送流年又見秋風到海邊舊友死來頻入夢新詩愁絕少成篇步頭野水雙飛鷺林外人家一點煙顧影自驚如許瘦囊空無藥起沉綿

憫俗

蚩蚩之氓不自覺顧笑吾曹安淡薄攜女數千行問法腰錢鉅萬仍騎鶴豈知此事不兩得芻豢何可參毒藥野狐出林作百態擊下髑髏渠自怍老氏五千本清靜楊雄太玄惟寂寞但能於此尊所聞萬卷丹經盡糟粕

塊坐齋中有感

敗席凝塵嬾拂除況能作意去庭蕪讀書眼力衰難强對酒心情薄欲無野寺鐘魚思下擔山郵鞍馱憶

登途頹然坐睡誰驚覺寂寞西窗日又晡

新涼示子適時子適將有臨安之行

竹簟紗幮事已非秋清初換熟縑衣鵲驚山月栖還起螢避溪風墮又飛老眼漸昏書懶讀壯心雖在事多違夜窗剩欲挑燈語日倚柴門望汝歸

秋雨

毒熱秋未衰吾廬況淺迫雖云日一浴流汗沾衣幘蕭蕭三日雨出此炮烙厄瀟湘應更佳恨我無六翮

又

吾廬多美蔭最茂楸與梧百鳥集其間下上更鳴呼秋風忽動地搖落日日疎何如澗底松終歲無榮枯

講學

遷善以美身講學以盡性能爲可行爾用舍固有命天方斲斯文魯叟虛歷聘黎元則可哀窮死吾何病

野興

來日無多去日遒朱顏那肯爲人留簷聲點滴無時

雨野氣蒼茫極目秋朝出釣魚來北渚夜耕驅犢上西疇此心所要常無媿寂寞衡門死即休

又

江湖蕭散葛天民赦放還山一幅巾老去飢羸惟恃粥病來舉動每須人道窮舉世知心少學進吾兒著語親更有一端差自慰短檠不作白頭新

又

早見高皇宇宙新耄年猶作太平民虛名僅可欺橫目戇論曾經犯逆鱗原野莫雲低欲雨陂湖秋水浩無津蕭條生計君無笑一鉢藜羹敵八珍

又

飽見人間行路難暫陪鵷鷺意先闌集仙院裏三題石神武門前兩挂冠飢臥了無千里志倦飛元怯九霄寒客來莫笑蓬窗陋若比巢居已太寬

示元敏

學問參千古工夫始一經寧論綬若若且喜佩青青

汝業方當進吾言要細聽仍須知稼穡勉爲國添丁

八月四日夜夢中作

太華巉巉敷水長白驢依舊繫斜陽山深乳洞藥爐冷花發雲房醅甕香鄰叟一樽迎谷口蠻童三髻拜溪傍中原俯仰成今古物外自閑人自忙

明日復理夢中意作

白盡髭鬚兩頰紅頹然自以放名翁客從謝事歸時散詩到無人愛處工高挂蒲帆上黃鶴獨吹銅笛過垂虹閑人浪迹由來事那計猿驚蕙帳空

又明日復作長句自規

大學淵源不易窮古人立志自童蒙醉猶温克方成德夢亦齋莊始見功痛哭孰能悲陷溺力行猶足變雕蟲太空雲翳終當散吾道常如日正中

示子孫

累葉爲儒業不隳定知賢傑有生時學須造次常於是道豈須臾或可離我老已無明日計心存猶惜寸

陰移巍巍夫子雖天縱禮樂官名盡有師

秋夕

承學雖云淺初心敢自輕飄零爲祿仕蹭蹬得詩名
撫事悲長劍懷人感短檠不堪秋雨夕鼓角下高城

徂歲

徂歲風煙慘幽居市井遙甑香炊薏米泉潔煮芎苗
野廟迎神晚村船過埭囂西窗一樽酒亦足慰無聊

村居遣興

追數交朋略散亡臂孱足蹇固其常一年又見秋風
至孤夢潛隨夜漏長不辦誦書如倚相頗能噉飯勝
張蒼回看薄宦成何味只借朝衫作戲場

又

萬里征途興已闌三間破屋住猶寬山薑著雨房重
斂南燭先霜實半丹野市秋陰更蕭瑟書生老瘦轉
酸寒掩關也有消愁處一卷騷經醉後看

又

野堂疎豁近江皐喜見南山秋氣高野外漸寒羣木脫艸根薄莫百蟲號築陂濬甽更相勉伐荻剝桑敢愛勞亦念耄荒當自佚欲將世業付兒曹

甲子秋八月偶思出遊往往累日不能歸或遠至傍縣凡得絶句十有二首雜錄入稿中亦不復詮次也

齧雪猶能活窖中儈牛亦可隱牆東來歸里社當知幸萬卷書邊一老翁

又

小兒緣天摘列宿老子含飴弄穉孫郊居得此豈不樂無奈催租人打門

又

早攜書劍三隨計晩辱弓旌四造朝心媿石帆山下叟一生不識浙江潮

又

筋骸未廢寧爲老煙火猶通豈是貧時跨一驢山縣

去國丁野老盡相親

又

著囊藥笈每隨身問病求占日日新向道不能渠豈信隨宜酬荅免違人

又

藥囊野老偏稱効詩淺山僧妄謂工懷麨裹茶來問訊不妨一笑寂寥中

又

家居愈老厭拘纏旅舍僧房意自便乞菜作羹殊有味借牀小憩卽成眠

又

鄉閭敬老意常勤一味甘鮮必見分大胾在前無箸食始知富貴本浮雲

又

市樓嘈囋知豐歲驛樹輪囷傲早霜六十年間凡幾到剩沽新酒對斜陽

又

燂湯具浴僧窗暖春黍供炊旅甑香自笑平生為客

熟關山千里一衣囊

又

胡麻刈罷下麵初引水家家灌晚蔬但有茅簷隨處

好淵明可獨愛吾廬

又

秋風敗葉委蒼苔小蹇閑遊始此回溪上風煙爭晚

渡縣前燈火賣新醅

劍南詩稿卷第五十八終

劍南詩稿目錄

卷第五十九

久不得寐復披衣起呼燈作草書數紙乃復酣枕明日作此詩記之　孤雲　自閔　贈雞子遹爲其長兄置酒予亦與焉作五字示之　太息三首　代鄰家子作　山行　行過西山至柳姑廟晚歸　月夕幽居有感　寒夜將旦作　舍北獨步　山村道中思蜀　不如茅屋底四首　菜羹　十月晦甚人多疾十六日風雨作寒氣候方少正作短歌以記之　冬夜題齋壁　自遣　蕩蕩　晨起

劍南詩稿卷第五十九

宋 陸游 務觀

遊山

四序雖悉佳莫若新秋時已脫烹煑厄未與搖落悲鷺集水落渚鶻爭風墮枝煙村烏桕丹晚日望最奇豈無一舴艋往赴幽人期婆娑下堂迎壞衲顛倒披

對酒

丹果垂中庭碧花蔓疎籬秋高財一來怪我今年衰

天上何曾許寄愁酒中正自可忘憂不能上樹作巢飲尚辦滿船供拍浮神仙可學君豈信衣食裁足吾何求但憶人如王粲輩相攜一笑賦登樓

遣舟迎子遹因寄古風十四韻

今日坼汝書一讀眼爲明知汝即日歸明當遣舟迎想汝片帆東翩若飛鴻征薄莫過梅市咿嘔雙櫓聲

到家亦尚早城樓初發更艸艸一尊酒爲汝手自傾
夜分不能寐頓忘衰病嬰豈惟病良已白頭黑絲生
暫別亦不惡益重父子情自今日相守北窗同短檠
六經熖久伏百氏方縱横世俗擯孤學未易口舌爭
此責在學者艸艸勿自輕汝壯父未死相勉在力行

重寄子遹

秋風日日望歸裝忽報來期喜欲狂衰病無因檝迎
汝夢隨殘月過浮梁

飯後偶題

環堵蕭然百慮忘天教得飯飫枯腸長橋鮓美桃花
嫩北苑茶新帶胯方漠漠寒花欹晚照翩翩孤蝶弄
秋光解衣捫腹西窗下賴有新詩破日長

秋興

流光冉冉迫崦嵫常抱秋風宋玉悲才盡已無楓落
句身存又見雁來時自憐閉戸龐眉叟初對還家大
耳兒 子遹方自行在歸 一盞青燈照寒影不妨細舉別

來詩

又

世事元看等一毫紛紛寵辱陋兒曹雁行橫野月初上桐葉滿庭霜未高細考蟲魚箋爾雅廣收艸木續離騷更餘一事君知否臥聽牀頭滴小槽

舍北行飯

飯飽逍遙信所之芡塘蔬圃遍遊嬉梧楸凋落風高後瓜瓠輪囷雨足時犬喜人歸迎野路鵲營巢穩占低枝晚來嬾復呼童子自掩柴門上扊扅

舍南野步

枯蔓絡荊籬幽花映荻扉馴麞驚不起歸鶴倦猶飛野色連收網邊愁入擣衣壯圖空自笑事事與心違

感昔

行年三十憶南遊穩駕滄溟萬斛舟常記早秋雷雨霽柁師指點說流求

又

馬瘦行遲自一奇溪山佳處看無遺酒壚强挽人同
醉散去何曾識是誰

又

負琴腰劍成三友出蜀歸吳歷百城最是客途愁絶
處巫山廟下聽猿聲

又

岳陽三伏正炎蒸爽氣凄風見未曾白浪蹴天樓欲
動當時恨不到黄陵

又

行遍天涯只漫勞歸來登覽興方豪雲生神禹千年
穴雪捲靈胥八月濤

病齒

似病非病臂已瘳當墮未墮齒難留一杯藜粥吾所
美幸可自辦不待求既無齧骨犯曲禮亦免祝鯁煩
成周形骸外物付悠悠那將老境供閑愁
揮手

揮手羣玉府說駕石帆山偶與片雲出却隨孤鶴還松風莫蕭瑟石溜夜淙潺阿敏讀書處更添茆一間

過鄰家

初寒偏著苦吟身情話時時過近鄰嘉穟連雲無水旱齊民轉壑自酸辛室廬封鐍多逋戶市邑蕭條少醉人甑未生塵羹有糝吾曹切勿怨常貧

甲子秋八月丙辰雞初鳴時夢劉韶美示詩八篇高古可愛明日作此詩志之

韶美仙去三十年一念及之常悵然秋窗忽夢接顏色萬里老鶴歸遼天贈詩溫其似玉瓚我亦麤識闚雖亂建安黃初不足言筆端直覺無秦漢

山居

客至何曾共劇談行藏獨有老農諳覓官肯信山居樂食淡方知飯味甘一脈泉通澆藥圃萬重雲鎖釣魚菴好奇自笑心無厭行遍江南憶劍南

歸老

兩脚走萬里歸老樵風溪雖遠京維塵壓窮巷還多泥
纍纍喪家狗喔喔失旦雞幸非徙比景何恨棲會稽
今年更可笑傴僂自灌畦榮雖不滿眼悔亦免噬臍
萬事付一尊師友阮與嵇

送子坦赴鹽官縣市征

父子團欒笑語譁豈知雲散各天涯長亭結束秋將
晚別酒淒涼日易斜我坐耄年艱就養汝非仰祿肯
離家遊山尚有平生意試爲閑尋一鹿車臘中欲作一小肩輿輕駃堅實兩夫可舉者以備山行

寄子坦

目斷西陵細靄中津亭想汝繫孤篷頗憂昨莫雲吞
日俗以黑雲接落日爲風雨之候猶幸今朝雨壓風就食
亦知難戀戀挂帆終恨太忽忽寒沙不是無來雁頻
寄書歸問老翁

書感

老荷寬恩許退耕絲毫無報亦何情民貧樂歲尚艱

食道喪異端方肆行黨禍本從名輩出弊端常向盛時生古人骨冷青松下誰起英魂與細評

自扁門歸

橘柚纍纍未著霜陂塘渺渺度秋光長橋虹臥當官道重閣翬飛出女牆煙際遠舟俄已隱天邊驚雁不成行歸來有底誇兒輩笑指奚奴古錦囊

遣興

兔徑遊觀足蝸廬臥起寬垂名千古易無愧寸心難燈火娛清夜風霜變早寒一經家世事吾與未應闌

詩酒

詩酒平生樂無如老病侵才衰愁韻險量退怯杯深宿露滋金蘤微霜點纈林呼鷹五陵路惆悵少年心

晚秋野興

病骨支離不耐秋今年九月卽輕裘細書燈下幸能讀舊友夢中時與遊 連夕夢紹興間同朝諸公 官賦畢輸無吠犬農功已息有閑牛不知冠蓋朝天客也得心

安似我不

又

徹底無能徹骨貧自憐虛作六朝民學因病廢捐長
日志與年衰媿古人露溼亂螢飛暗廡霜清飢雀噪
空囷一生眼境常如此艸賦憑誰問大鈞

舟中口占

養生妙理本平平未可常談笑老生業力頓消知學
進人情愈薄喜身輕鶴雛日長丹砂頂巖溜時聞玉
珮聲最是扁舟暮歸處一川風月遠相迎

閉門

閉門何所樂聊息此生勞霜薄殘蕪綠風酣萬木號
研朱點周易飲酒讀離騷斷盡功名念非關快剪刀

莫秋

多雨今秋水渺然溝溪無處不通船山回忽得煙村
路始信桃源是地仙

又

閑傾清聖濁賢酒穩泛朝南莫北風射的山前雲幾片一秋不散伴漁翁

又

百年大耋龍鍾日九月初寒慘淡天嶺谷高低明野火村墟遠近起炊煙

又

舍前舍後養魚塘溪北溪南打稻場喜事一雙黃蛺蝶隨人來往弄秋光

又

九月山村已驟寒看雲殊怯倚闌干一杯濁酒栽培睡不覺春雷起鼻端

又

清秋又是一年新滿眼丹楓映白蘋海內故人書斷絕汀洲鷗鷺却心親

農舍

三農雖隙亦怱忙穡事何曾一夕忘欲曬胡麻愁屢

雨未收蕎麥怯新霜

又

神農之學未爲非日夜勤勞備歲饑雨畏禾頭蒸耳出潤憂麥粒化蛾飛

又

萬錢近縣買黃犢襏襫行當東作時堪笑江東王謝輩唾壺麈尾事兒嬉

又

杜門雖與世相違未許人嘲作計非長綆雲邊牽犢過小舟月下載犂歸

九月十日夜獨坐

蓬窗燈火耿疏籬正是寒沙雁到時頭少二毛真篤老口無纖理亦長飢朝聞夕死固當勉幼學壯行嗟已遲小豎夜闌私怪我儼然危坐若深思

述意

憂患無窮生有涯惟須百事屏紛華人誰敢侮修身

土天不能窮力穡家頻喚老僧同夜粥間從隣叟試秋茶結茅林下從來事瓦屋三間已太奢 陸士衡兄弟共居瓦屋三間

小疾自警

老來士弗強舉箸輒作病造物葢警之何啻三下令而我不自珍若與疾鬭競豈惟昧攝養實亦闕忠敬顛躋乃自詒何用死不瞑自今師古訓念念貴清靜羔豚昔所美放斥如遠佞淖糜煑石泉香飯炊瓦甑采蔬擷藥苗巾冪相照映膨脝亦宜戒僅飽勿憚剩隱書有至理要使氣常勝因之戒友朋苦語君試聽

白龍

九月癸酉莫白龍見西方是時久晴明日落天正蒼玉宇無纖雲凌空獨高翔蜿蜒久乃隱父老歎未嘗清臺占五行此事實殊常我非劉子政聊記以短章

學易

卒歲勿多求壺飧與褐裘心安由自足身貴爲無求

易化千年鶴難馴萬里鷗閑門方學易未暇揖浮丘

又

學古志衰疾齋心洗昨非拳拳奉天理坦坦息心機改過先幽隱收功在細微耄期猶自警俯仰惜餘暉

閑中作

呼童按摩罷倚壁欠伸餘棋局可忘老鳥聲能起予掃簷憐罥蝶投餌出潛魚向晚明窗下還來讀舊書

枕上

嗈嗈初聽雁南征喔喔俄聞雞一鳴夢境往來雙隻堠官途興廢短長檠何由生計裁能足不願人間過取名飯輭茶甘吾事了但愁無酒酌公榮 家貧不能釀酒而官壺多酸

出遊

一樽隨處可開顏此事深疑造物慳地可登臨多恨遠身常强健又須閑山圍小市煙初斂霜著橫林葉半殷徙倚闌干君勿厭日斜猶及棹舟還

又

漁村酒市本無期小蹇扁舟信所之丹葉滿林霜落後紫萍黏塊水枯時山林閑寂歸雖早齒髮衰殘病已遲努力及時謀自適錦囊多貯莫秋詩

又

山有籃輿步有舟放翁身健得閑遊羊牛點點日將夕蒲柳蕭蕭天正秋細徑僧歸雲外寺疎燈人語酒家樓歸途更愛湖橋月獨倚闌干爲小留

又

霜氣蕭條木葉黃佳時病起意差强雲煙古寺聞僧梵燈火長橋見戲場一枕清風幽夢斷數匙旅飯野蔬香道邊莫笑衰殘甚獨往山林與未央

又

禹穴胥濤中路分畫橈衝破一川雲柯橋僧閣凌空起梅市漁歌帶月聞蟹束寒蒲大盈尺鱸穿細柳重兼斤酒家報我新醅熟且撥閒愁寄一欣

家居

清世念遺民常情重老人饋漿煩郡府分胙媿鄉鄰

穫稻黃雲卷舂粳玉粒新膨脝自摩腹一笑欲忘貧

又

老眊詩名減登臨笑口開釀泉爲酒熟倩鶴附書回

紗帽方簪菊笻枝又探梅清狂君勿笑曾是薄蓬萊

又

蒲葦村深地風霜歲晚天溪柴勝熾炭小束柴自若耶溪出名溪柴黎布敵純綿客有遺黎布者甚輕暖有客問奇字無人嘲晝眠誰言此翁老懷抱尚超然

贈隱者

疇昔從君處玄都太古壇月高旛影直霜重珮聲寒

鶴駕三山近壺天萬里寬相逢初未省但認切雲冠

又

力量超終古光明破積昏獨行寧有待妙用本忘言

神定嬰兒戲丹靈豎子奔緒餘應不斬小出濟元元

貧中自戲

種枳爲籬艸結廬人間知足更誰如澗深松老忘榮謝天闊雲閑任卷舒門冷併無殘客跡家貧常讀絕編書有金可散還關念多事從來笑漢疏

風雨夜坐

寒風淒緊雨空濛舍北新丹數樹楓欹枕舊遊來眼底掩書餘味在胷中松明對影談玄客篠火圍爐采藥翁君看龜堂新境界固應難與俗人同

示村醫

玉函肘後了無功每寓奇方嘯傲中衫袖翫橙清鼻觀枕囊貯菊愈頭風新詩吟罷愁如洗好景逢來病欲空却羨龍鍾布裘客埭西賣藥到村東

秋雨

一秋風雨蔽白日積水鬼神愁太陰寒螿悲鳴艸根溼水鳥暝哭菰叢深殘年不覺日月逝病骨惟愁霜露侵常有淳糜支日莫一毫寧復少年心

雜興

散步持書卷閑眠枕藥囊剔麞隨几杖癡蝶入衣裳
病起年光速身閑日景長爲憐紅樹好久立向西廂

又

客問維摩疾人哀范叔寒詩囊負童背藥笈挂驢鞍
野果攢眉澀村醪捩齒酸老雞殊可念旦旦報平安

又

愛物停垂釣劬身自荷鋤時從鄰父飲日授稚孫書
尚棄登山屐寧須下澤車平生雙不借投老伴歸歟

又

平生獨何幸命若與人謀疲懦逃深責空疎得早休
位卑輕得喪迹遠少恩讎莫怪歸耕樂文園久倦遊

又

倒橐得千錢從人買釣船秋風宿村步莫雪醉江天
得意鷗波外忘歸雁浦邊平生笑嚴子猶有姓名傳

又

澤居憂下溼老病覺中乾違俗恐不免倚天聊自寬受規如獲藥喜退甚彈冠不是憎勳業心知骨相寒

江亭

野市逢虛日江亭候莫潮蟲號霜後艸人立雨中橋病骨羸將折殘魂黯欲消無心作村醉酒旆苦相招

晚歸

梅市橋邊弄夕霏菱歌聲裏棹船歸白鷗去盡還堪恨不爲幽人暖釣磯

懷昔

奮迹窮閻本甚微剌天何敢慕羣飛業文僅與驢書券學射纔因鼠發機罟擭縱横真脫命風波澒洞尚餘威朝冠挂了方無事却愛山僧百衲衣

初寒示鄰曲

村北村南數十家陂池重複谷谽谺荻叢缺處見漁火蓬戶閑時聞紡車淺瀨水清雙立鷺横林葉盡萬棲鴉是中佳與無窮極嬾著青鞵上若耶

夢中作并序

甲子十月二日夜雞初鳴夢宴客大樓上山河奇麗東南隅有古關尤壯酒半樂闋索筆賦詩終篇而覺不遺一字遂錄之亦不復加竄定也

富貴誇人死卽休每輕庸子覓封侯讀書歷見古人面好義常先天下憂獨往何妨刀買犢大烹却要鼎函牛坐皆豪傑真成快不負凌雲百尺樓

初寒

老遇初寒候貧當絕祿時衣裘俱在笥薪炭不愆期鶉滿羣童網魚浮百石陂比隣每分餉捫腹可無飢

又

重簾禦晚吹密瓦護晨霜小室今年冬初增瓦三百箇三面窗皆設紙簾熠熠甎爐火霏霏石鼎香行遲依木杖坐久穴藜牀晝亦無聊甚胡爲厭夜長

鉏菜

江湖霜雪薄終歲富嘉蔬菘韭常相續蒿蔓亦有餘
家貧闕粱肉身病忌鼃魚幸有荒畦在何妨日荷鋤

對酒

賦性雖耽酒其如老病身氣衰成小戶醅濁號賢人
疏廣矜君賜劉伶畏婦嗔蘭亭獨超絕千載擅清真

夜臥久不得寐復披衣起呼燈作艸書數紙乃
復酣枕明日作此詩記之

才下多阸窮地偏罕人客半生走四海竟無第一策
莫年忽大悟惟有緊閉門朝作一池墨弄筆招羈魂
初若犇騄驥忽如掣蛟鯨鬼神森出沒雷雨更晦明
飛揚興已極投筆徑就牀酣酣一枕睡不覺幽夢長
手攜避秦人行上腰帶嶺下視河流黃仰看天宇青
大呼自驚覺夜半燈欲死茆簷雨點滴身乃在萬里
挑燈影突兀顧問汝是誰留侯雖强食輕舉亦何疑

孤雲

四十年來住此山入朝無補又東還倚闌莫怪多時

立爲愛孤雲盡日閑

自閔

破帽羸驂厭垢氛挂冠歸伴故溪雲年光疾病占强半日景睡眠居七分盧冢蕭條頻霣涕交朋零落久離羣殘年豈復行孤學自閔猶尊昔所聞

贈雞

青銅三百買烏雞鬭地牆東爲擇棲更聘一雌全物性莫辭風雨五更啼

子適爲其長兄置酒予亦與焉作五字示之

烏衣兄弟集我亦據胡牀晚菊數枝在小園幽興長霜清桑落熟湯嫩雨前香艸艸雖堪笑他年未易忘

太息

太息貧家似破船不容一夕得安眠春憂水潦秋防旱左右枝梧且過年

又

禱廟祈神望歲穰今年中熟更堪傷百錢斗米無人

要貫朽何時發積藏

又

北陌東阡有故墟辛勤見汝昔營居豪吞暗蝕皆逃去窺戶無人艸滿廬

代鄰家子作

社日淋漓酒滿衣黃雞正嫩白鵝肥弟兄相顧無涯喜扶得吾翁爛醉歸

山行

山光秀可餐溪水清可啜白雲映空碧突起若積雪我行溪山間靈府爲澄澈崚嶒崖角立蟠屈路九折黃楊與冬青鬱鬱自成列其根貫石罅橫逸相糾結上捫鶻鶻巢下歷貙虎穴流泉不可見鏘然響環玦出山日已莫林火遠明滅小憩得樵家題詩記幽絕

行過西山至柳姑廟晚歸

倚杖西山麓褰衣古廟壖斷雲依釣浦細雨壓炊煙廢學慚詩退安貧覺氣全霜天日易晚鐘鼓隔城傳

月夕幽居有感

五嶽名山采藥身可憐騎馬踏京塵浮名本是挻災物謝事寧非得道因出岫每招雲結伴巢松仍與鶴爲鄰劍南舊隱雖乖隔依舊柴門月色新

寒夜將旦作

白髮垂肩無二毛胷中消盡少年豪河傾月沒夜將旦木落艸枯秋已高窗下燈殘候蟲語牆隅棲冷老雞號曲肱不復更成寐起視寒空如斷鼇

舍北獨步

霜露霑衣迫歲徂天公欲爲老人娛斷雲新月供詩句蒼檜丹楓列畫圖風葉蕭蕭歸獨鶴煙波渺渺濛雙鳧孤村薄莫誰從我惟是詩囊與酒壺

山村道中思蜀

當年萬里客西南藥市題詩倚半酣偶爲三遊羣玉府遂妨重到百花潭剡溪謾說思安道函谷誰能識老聃空乞丹青作橫幅半堤寒日策羸驂

不如茅屋底

鑄印大如斗佩劍長拄頤不如茅屋底睡到日高時

又

南伐踰銅柱西征出玉關不如茅屋底高枕看青山

又

火齊堆盤起珊瑚列庫藏不如茅屋底父子事耕桑

又

列鼎賓筵盛籠坊從騎都不如茅屋底醉倒喚兒扶

菜羹

青菘綠韭古嘉蔬蓴絲菰白名三吳臺心短黃奉天廚熊蹯駝峯美不如老農手自斸幽圃土如膏肪水如乳供家賴此不外取襏襫寧辭走煙雨雞豚下箸不可常況復妄想太官羊地爐篝火煮菜香舌端未享鼻先嘗

十月暄甚人多疾十六日風雨作寒氣候方少正作短歌以記之

昔我從行臺宿師南山旁仲秋已戒寒九月常霣霜
入冬卽大雪人馬有仆僵士牀熾薪炭旃毳如胡羌
果蔬悉已冰孰視不得嘗獵騎荷戈歸爭獻狐與狼
是時意氣快豈復思江鄉邇來四十載餘景迫耄荒
結茅鏡湖曲氣候歲靡常殘暑排不去單衣作重陽
霜晚木未丹地燠艸不黃玄冥失號令瘧鬼意頡頏
忽焉風雨惡縱擊勢莫當頗疑地撼軸又恐河決防
和泥補竅穴乞火燎衣裳霰雪雖未作疾癘幸退藏
風爐𤇆糝羹瓦甑粳飯香比隣共安健相與歌虞唐

冬夜題齋壁

髮不能勝二寸冠天教送老向江干倚牆笻杖伴人
瘦縞瓦清霜爭月寒壯志追思良可悔危途遍歷始
知難一身著了餘何事茅屋三間已太寬

自遣

蔬食任無魚山行可借驢指攣猶把釣眼澀未捐書
客少勝紛若家貧亦晏如時時顧影歎頑似十年初

蕩蕩

蕩蕩唐虞去日遒孔林千載亦荒丘六經殘缺幸可
攷百氏縱横誰復憂釋書恐非易論語王迹其在詩
春秋君臣父子未嘗泯吾道尚傳君但求

晨起

曉枕初興白髮翁弊裘百衲對爐紅獨居漫受書狐
媚滯思難矜筆陣雄舊學蟲魚箋爾雅晚知稼穡講
豳風一身自喜無餘事且度殘年風雪中

劍南詩稿卷第五十九終

劍南詩稿目錄

卷第六十

拜敍間闊老人亦酬接甚至云　過鄰家　村飲　市飲　社飲　舟中作　風雲晝晦夜遂大雪　大雪　雪夜　雪霽　雪後　夜寒與客燒乾柴取煖戲作　排悶　席上有舉呂居仁詩者因次其韻示坐客　予使江西時以詩投政府丐湖湘一麾會召還不果偶讀舊稿有感　柳橋　鷗鷺　感物　甲子歲莫　出遊至僧舍及逆旅戲贈絕句二首　歲莫出遊出遊所至皆欣然相迎口占示之　題旅舍壁　野人舍小飲　自近村歸　夢華山　歲莫與鄰曲飲酒用前輩獨酌韻　山中飲酒客亭　除夜

劍南詩稿卷第六十

宋 陸游 務觀

述感

斷簡承孤學窮閻負壯心方憂一齒落時一齒方搖動何止二毛侵買地開幽圃招僧理廢琴浮生祇如此感慨不須深

甲子歲十月二十四日夜半夢遇故人於山水間飲酒賦詩既覺僅能記一二乃追補之

拂衣金馬門稅駕石帆村喚起華山夢招回湘水魂心親頻握手目擊欲忘言最喜藤陰下翛然共一樽

又

小山緣曲澗路斷得藤陰忽遇平生友重論一片心興闌棋局散意豁酒杯深雞唱俄驚覺悽然淚滿襟

舟中夜賦

千里風塵季子裘五湖煙浪志和舟燈殘復吐惱孤夢雨落還收生旅愁城上霜笳入霄漢煙中漁火耿汀洲牧之未極詩人趣但謂能輕萬戶侯

舟中曉賦

木落霜清水鳥呼扁舟夜泊古城隅吹殘畫角鐘初動低盡寒空斗欲無浪迹已同鷗境界遠遊方羨雁程途高檣健席從今始遍歷三湘與五湖

漁家

江上漁家水蘸扉閑雲片片傍苔磯釣收鷺下虛舟立橋斷僧尋別徑歸海近岡巒多迤邐天寒霧雨正霏微羊裘老作桐江叟點檢初心幸未違

遠遊

少年遊宦日骯髒恥沉浮見虎猶攘臂逢狐肯叩頭力行雖自許早退豈人謀 予年六十餘即退閑故山 小艇煙波上飄然得遠遊

與兒孫小飲

歲莫寒多雨村深早閉門荒園摘葵芥近市買雞豚短褐聯三世幽窗共一樽吾曹常得此餘事不須論

遂初

狂本類三閭歸仍慕二疏何由滿人笑但可遂吾初奕奕沙堤馬栖栖下澤車細看俱外物俛首老犂鋤

與村鄰聚飲

冬日鄉閭集珍烹得徧嘗蟹供牢九美聞人懋德言麪賦中所謂牢九今包子是魚煮膾殘香雞跖宜菰白豚肩雜韭黃一歡君勿惜豐歉歲何常

又

交好貧尤篤鄉情老更親蒸香紅糝熟炙美綠椒新俗似山川古人如酒醴醇一杯相屬罷吾亦愛吾鄰

夜坐示子虡

裘薄知霜重燈殘覺夜闌爲農宜廢學謝事等無官疎懶貧難醒沉綿死有端大兒千里至聊復爲加餐

行飯莫歸

甃置觀書不耐閑飄然梅塢竹籬間霜風盡脫千林葉雲氣平沉一面山笑喚筇枝扶蹇步聊憑村酒借朱顏廟壖牆下歸來晚宿鳥紛紛已漸還

寒雨中夜坐

江村風雨晚冥冥閉戶添衣愴客情爐爇松肪如蠟爨鼎煎茶浪起灘聲團欒賴有兒同話剝啄應無客可迎聊舉一杯生耳熱頹然酣枕到窗明

枕上

世間命薄有誰如偃臥空山夢亦孤三尺窗前燈半死萬重雲外雁相呼久貧僅守殘書笈未死猶須幾酒壺趣辦一棺那得緩古人四十揣頭顱

即事

心與巖泉靜形如野鶴臞朝餐羹藜藿夜學講唐虞婢老無釵澤僮寒闕袴襦所欣惟一事無吏督殘租

又

穄飯流匙滑葵羹出鬴香有時留野客亦復餉鄰牆

老圖傳占法行僧遺藥方未爲全絕物終勝利名場

雜感

買馬當可乘築舍當可居快馬多覆敗傑屋鬼所狙
徒行與露坐安穩無後虞所以古達人秋風憶蓴鱸

又

士生誦二典恍若生唐虞陛降奉玉帛可否聞吁俞
闕里得其傳功與造化俱孰知千載後乃尊重譯書

又

擁裘南窗下堅坐試定力爐香亦不散伴我到曛黑
絕交近爲我遊世易顛躋默默何所爲且復自休息

又

上硤聞竹枝入秦聞烏烏奏曲未及終涕淚凄已濡
還山風月夕菱唱起鏡湖雖無遠遊感白首亦窮途

又

吾聞之古方有病當鮮食如其不能爾金丹亦無益
我老更事多此語知造極子房從赤松千載推達識

又

夢育小兒女便有無窮愛謁醫問疾恙恚對客誇謦欬
晨雞忽喚覺此愛復安在人生困糾纏一笑脫囚械

閑中自嘲

鏡湖西畔有漁扉竊比玄英似庶幾風月定交殊耐
久煙波得意可忘歸曾行萬里求微祿亦伴諸公踐
駭機試問即今成底事晨飧依舊北山薇

暇日坐山麓松石間作

偶曳枯笻出槿籬松間盤石坐移時飢鼯齧艸無餘
綠乳鵲營巢有墮枝幽事類分皆可譜高情辭達自
成詩莫嗟寂寂終吾世正是他年一段奇

得子虡臨安舟中書因寄

□水悠悠雙鯉魚眼明初坼入關書殘年已覺□如
客一念還成淚濺裾春近預憂歸夢短潮回莫遣寄
聲疏何時可棄微官縛五畝荒畦共荷鋤

書喜

寵辱元知不足驚退居兀兀餞餘生氷魚可釣蓴材足霜稻方登糴價平鄰媪已安諸子養 閔氏媪以貧甚棄諸子而去今始得復歸 園丁初葺數椽成 韓氏得屋湖上以種蔬爲業鄉閭喜事吾曹共一醉寧辭洗破觥

又

十月東吴艸未枯村村耕牧可成圖歲收儉薄雖中熟民得蠲除已小蘇家塾競延師教子里門罕見吏徵租老昏不記唐年事試問元和有此無

老學菴夜與

冷臥空齋枕曲肱飢鷹驚起髮鬅鬙煙霞華嶽逃名客風雪廬山入定僧槲葉蔽身勝衣帛金丹照室不燃燈禿翁自笑無名字聊向江湖襲舊稱 取江湖散人之意

感昔

百丈庚寅上峽時至今猶健豈前期家人暗換吾何歎鏡裏衰翁復是誰 上峽骨肉在者四子爾今皆出仕

又

神女祠前猿夜鳴相公溪上艸初生重遊惟有西窗夢一點燈青夢不成

又

白帝城邊鶯亂啼憶騎瘦馬踏春泥老來感舊多悽愴孤夢時時到瀼西

又

小益晨裝雨作泥南沮涉水馬長嘶山腰細棧移新路驛壁流塵闇舊題

又

曾從征西十萬師白頭回顧只成悲雲深駱谷傳烽處雪密嶓山校獵時

又

老君洞外小朱扉雲壓寒空雪欲飛結陣弓刀邊壘去挂鞍狐兔獵場歸

又

少時失腳利名間寸步何曾不險艱造物恐人渾忘却夢中憂患尚如山

孤村

少年誤計落人間晚臥孤村日掩關小室易溫爐火省幽窗常暗架書閑梅横籬落春初動雲鬧川原雪尚慳欲喚一藤同勝踐恨無傑句壓溪山

村舍書事

紙窗百衲地爐紅圍坐牛醫卜肆翁時節杯盤來往熟朝晡鹽酪有無通男丁共結春耕耦婦女相呼夜績同老子頹然最無事客歸自策讀書功

小葺居舍

野水楓林下殘年亦自存刈茅支漏屋插棘補頹垣把釣襟靈爽爭棋笑語喧晚窗幽興極共酌黍醅渾

冬至

老遇陽生海上村川雲漠漠雨昏昏鄰家祭徹初分胙賀客泥深不到門萬卷縱横忘歲月百年行止付

乾坤明朝晴霽猶堪出南陌東阡共一樽

夜坐示子遹兼示元敏

微霰不成雪大風俄散雲孤燈翳還吐斷雁遠猶聞冉冉新春動遙遙清夜分兒孫未須睡吾與汝論文

客懷

客懷病思兩悽悽瘦馬長韉濺雪泥道左忽逢曾宿驛壁間閑看舊留題村醅酸薄陳山果旅飯蕭條嚼凍虀何處人間非夢境怳然重到劍關西

雜書幽居事

抱甕窮園叟還山老布衣死邊常得活鬧處偶容歸釣恐魚吞餌棋憂客墮機此心君會否洗盡百年非

又

淡薄齊榮辱恢疎略怨恩爐常養丹母手自斲桐孫炎火下照海黃河高泝源道翁來不速一笑倒吾樽

又

庭曠多延月齋空半貯雲松聲行路共泉脈近鄰分

采藥九蒸曝朝真三沐熏林間有叢杞繞屋夜狺狺

又

貧困雖終老胷中尚浩然直令頭搶地未害鼻撩天
種菜慳三畝苫茅僅數椽布衾常不暖夜夜亦安眠

又

卜築南湖上梅花幾度春身緣作詩瘦家爲買山貧
野步維漁艇江樓岸醉巾誰知會稽叟不媿葛天民

題齋壁

門前枯葉滿荒街堂下殘蕪擁土階蓬蓽蕭條如旅
店豆蔬淡薄學僧齋書存真火温樗腹夜挽黄流灌
病骸喚取鄰翁同結社它年仙去與君偕

探梅

歲月相尋豈有窮早梅喚醒醉眠翁坐中酒量人人
別花底春風處處同白帝城邊微雪過青衣江上夕
陽紅錦囊空復殘詩在分付悲歡一夢中

新移竹栽喜於得雨而池中鸂鶒乃以水溢而

去戲以長句記之
霧雨三日天沉陰西溪水長二尺深土濡新竹有生
意池滿文禽無住心竹根蘇活賴此雨禽亦歸飛戲
煙浦去留雖異各欣然抽萌哺子全其天
讀宛陵先生詩
李杜不復作梅公真壯哉豈惟凡骨換要是頂門開
鍛鍊無遺力淵源有自來平生解牛手餘刃獨恢恢
勉學
學力艱危見精誠夢寐知衆人雖莫察吾道豈容欺
雷雨含元氣蓍龜決大疑爲儒能體此端不負先師
道室試筆
浮雲萬事不到眼千歲人間心尚孩屏風疊下看花
落扇子峽中聞雪來
又
兜羅緜雲常滿谷勃落葉衣無四時中原百戰血塗
野此老醉眠初不知

又

事來得失若山重放下始知前日狂一枝藜杖一壺
酒何處人間無醉鄉

又

吾家學道今四世世世佩施真三住銘一窗蘿月照孤
詠萬壑松風吹半醒

又

死來尚戀遊金谷病廢猶難放柳枝等是胷中不浩
浩樂天莫笑季倫癡

又

明明行路有神仙世世士求仙却不然貪冒苦多廉讓
少恐君未得盡天年

治心

治心無他法要使百念空秋毫作其間有若海颶風
颶風孰能止三日力自窮我徐躡其後杲杲日出東
向來一噫者畢竟誰爲雄萬里靜海氛一望開天容

會從安期生高會蓬萊宮

夜夢遇老人於松石間若舊嘗從其遊者再拜敘問闊老人亦酬接甚至云

遼海曾從化鶴丁百年塵土汚巾瓶萬山深處遇行李再拜起時如醉醒綠樹巖前開藥笈白驢背上指丹經雲霄平步尋常事不用求方更解形

過鄰家

病去詩情動寒深酒戒開兒孫扶每出鄰里喚還來雲重時飛雪春遲未見梅山園多芋栗夜話且燔煨

村飲

舊隱青山在衰顏白髮新推移忝前輩疎懶似高人擊鼓驅殤鬼吹簫樂社神家家皆有酒莫吐相君茵

市飲

學道無多事消陰服衆魔春雷驚蟄戶海日浴鯨波大勇收全勝靈襟襲太和何妨會稽市取酒獨酣歌

社飲

東作初占嗣歲宜蠶官又近乞靈時傾家釀酒無遺力倒社迎神盡及期先醉後醒驚老憊路長足蹇歎歸遲西村漸過新塘近宿鳥歸飛已滿枝

舟中作

一葉輕舟一破裘飄然江海送悠悠閑知睡味甜如蜜老覺羈懷淡似秋失侶雲間孤雁下耐寒波面兩鳧浮年逾八十眞當去似爲雲山尚小留

風雲晝晦夜遂大雪

大風從北來洶洶十萬軍屮木盡偃仆道路暝不分山澤氣上騰天受之爲雲山雲如馬牛水雲如魚黿朝闇翳白日莫重壓厚坤高城岌欲動我屋何足掀兒怖牀下伏婢恐堅閉門老翁兩耳聵無地著戚欣夜艾不知雪但覺手足皸布衾冷似鐵燒糠作微温豈不思一飲流塵暗空樽已矣可奈何凍死向孤村

大雪

海天黯黯萬重雲欲到前村路不分烈風吹雪深一

丈大布縫衫重七斤

雪夜

病臥湖邊五畝園雪風一夜坼蘆藩燎爐薪炭衣篝暖圍坐兒孫笑語温菜乞鄰家作菹美酒賒近市帶醅渾平居自是無來客明日衝泥誰叩門

雪霽

米盡囊空莫問渠天公自解養迂疎雪泥塞路斷來客朝日滿窗宜讀書漸暖橫林聞語鳥乍晴幽圃富嘉蔬東家小蹇那須借早晚吾兒送鹿車 子坦欲作一小轎子來

雪後

雨解平簷雪風收際海雲根蘇萱出土冰斷水生紋遊舫家家葺行歌巷巷聞太平元有象端爲謝東君

夜寒與客燒乾柴取暖戲作

槁竹乾薪隔歲求正虞雪夜客相投如傾瀲瀲蒲萄酒似擁重重貂鼠裘一睡策勳殊可喜千金論價恐

難酬他時鐵馬榆關外憶此猶當笑不休

排悶

殘雪融成雨寒燈結作花睡稀聽鼯鼠坐久送棲鴉
食似開僧鉢居如寓店家餘年不須問即此是生涯

席上有舉呂居仁詩者因次其韻示坐客

是身如鼠穴太倉七十始辦求深藏扶衰復拜求舊
詔入對講殿瞻顒昂期年蒙恩許謝病家居更辱鄉
黨敬今夕不醉無庸歸此老餘年君所知

予使江西時以詩投政府丐湖湘一麾會召還
不果偶讀舊稿有感

文字塵埃我自知向來諸老誤相期揮毫當得江山
助不到瀟湘豈有詩

柳橋

村路初晴雪作泥經旬不到小橋西出門頓覺春來
早柳染輕黃已蘸溪

鷗

海上輕鷗何處尋煙波萬里信浮沉今朝忽向船頭見消盡平生得喪心

鷺

雪霽春回亦樂哉棋軒正對小灘開翩翩飛鷺真吾友肯爲幽人一再來

感物

日落烏將數子歸風和雉挾兩雌飛不如村舍安孤寂父子飄然兩褐衣予齋居已久又諸子皆出仕獨與予適相對如世外人

甲子歲莫

世間巧拙亦何施萬事難禁歲月移遲死幾時天有意要令自悟不須師

出遊至僧舍及逆旅戲贈絕句

山僧邂逅即情親野叟留連語更真淡淡論交端有味一彈指頃百年身

又

飯炊適熟如延客犬喜來迎似到家雨滴茅簷艸煙溼不妨笑語暫諠譁

歲莫出遊

殘曆消磨無半紙一年光景又成非瓦溝雪水滴欲盡江路梅花開尚稀竹院篝燈留度宿旗亭誇酒勸無歸此身自笑知何似萬里遼天一鶴飛

出遊所至皆欣然相迎口占示之

寓館兼山澤行裝半雨晴隨宜分藥物投老惜人情邂逅成新識慇懃講舊盟農家尤可念迎勞輟春耕

題旅舍壁

老子殘年未易量出門隨處得彷徉窗櫺日淡僧房暖竈突煙青旅甑香濁酒可求敲野店舊題猶在拂頹牆閑來又取丹經讀夜就松明解布囊

野人舍小飲

梅市波光遠柯橋柳色新百年情分熟數酌笑言親沙上人爭渡街頭婦賣薪鼕鼕隔林鼓歲莫賽江神

自近村歸

雪晴村路尚殘泥茅屋清寒正要低野渡船虛飛鳥集煙村路近蹇驢嘶堅頑那復愁空橐老健猶能伴架犂蹴榻不僵君會否更須百甕享黃齏

夢華山

古松偃蹇谷谽谺太華峯前野老家久客未歸丹竈冷碧桃八十一番花

歲莫與鄰曲飲酒用前輩獨酌韻

出會稽南門九里有聚落雖非衣冠區農圃可共酌野實雜甘酸艸具無厚薄小童能擊筑一笑相與樂徒手出叢花空中取丸藥主禮雖可笑衆客亦起酢聊持綴宿好未用嘲淡泊窮達則不同亦踐真率約予年過八十故物但城郭 避御名從省文 作詩記清歡未媿華表鶴

山中飲酒

百屋堆金錢萬戶封公侯富貴人所羨孰計終繆悠

有酒君但飲有山君但遊雖云亦夢事要是勝一籌獨醉新豐市遺魂招馬周清歗蘇門山曠度交公休爛爛目如電凜凜氣愈遒騎鯨歸東海已矣吾何求

客亭

荻浦煙汀竝海涯一枝柔艣語咿啞久從野老非生客慣寓僧廬勝在家乘興村村俱有酒逢春處處可尋花朝來雪霽梅初動又向郵亭閱歲華

除夜

野水楓林屋數椽寒爐無火坐無氈殘燈耿耿愁孤影小雪霏霏送舊年椒酒辟瘟傾瀲灩藍袍俘鬼舞跰蹮從今供養惟春薺莫羨愚公日萬錢

劍南詩稿卷第六十終

劍南詩稿目錄

卷第六十一

聞山步有虎　久雨初霽　初夏幽居雜賦七首　雨　自閔　蔬食　讀阮籍傳　杜宇行　捕虎行　遣興　三齒墮歌　龜堂初暑衰歎　初夏閒步村落間　夜興

劍南詩稿卷第六十一

宋　陸　游　務觀

乙丑元日

好在屠蘇酒扶衰把一巵家貧爲壽略曆閏換年遲薦廟須扶拜題門强綴詩惟思買春困熟睡過花時俗有賣春困者予老憊思睡故欲買之

元日讀易

伏羲三十餘萬歲傳者太山一毫芒春秋雖自魯麟絕禮樂蓋先秦火亡孟軻財能道封建孔子已不言鴻荒於虖易學幸未泯安得名山處處藏

自開歲陰雨連日未止

江雲漠漠雨昏昏歸老山陰學灌園十里羊腸僅通路三家鑷脚自成村應時餺飥聊從俗耐久鍾馗儼在門近縣傳聞頗多盜呼兒插棘補頹垣俗有年餺飥

之語予貧甚今歲遂不能易鍾馗

枯菊

翠羽金錢夢已闌空餘殘蘂抱枝乾紛紛輕薄隨流水黃與姚花一樣看

又

積雪嚴霜轉眼空春回無處不春風欲知造物無窮妙但看萱根與菊叢

村舍雜興

冉冉年華速昏昏睡思濃廢書心自愧謝病客能容雨急鐘微度溪湍碓自春可憐燈下影隨處伴衰慵

又

堅臥非由病端居不是齋世情元自薄人事固多乖晨飯炊稊米宵行點豆藷昔人言可用第一忌安排

徐仲車有請問于安定先生先生曰莫安排

又

白首返吾鄉功名罷激昂掃除魔眷屬砭熨病膏肓

老圃勤供菜蠻童解炷香黃昏那用問且喜日舒長

又

粥罷重投枕晨起粥後再睡最佳燈殘起讀書閉門常自得作計更誰如箭茁白於玉櫻花長比魚盤飧有此味勿怪食無餘

又

遊宦風波惡還家日月長厭煩思病忘避俗欲陽狂絕意功名會收身翰墨場著書吾豈敢尚可述農桑

夜興

窮巷行人絕高城漏鼓稀劇談頻翦燭久坐旋更衣飢鼠銜人過啼鴉冒夜飛客歸吾未睡孤影自相依

示鄰曲

北陌東阡好弟兄耄年幸復主齊盟同嘗春韭秋菘味共聽朝猿夜鶴聲百世不忘耕稼業一壺時敘里閭情諸孫識字吾真足安用鵬摶九萬程

夢中作

華山敷水本閑人一念無端墮世塵八十餘年多少事藥爐丹竈尚如新

春雨

倚闌正爾受斜陽細雨霏霏渡野塘本爲柳枝留淺色却教梅蘂洗幽香小霑蝶粉初何惜暫溼鶯聲亦未妨造物無心寧徧物憑誰閑與問東皇

艸堂

幸有湖邊舊艸堂敢煩地主築林塘辛幼安每欲爲築舍予辭之遂止漉殘醅瓮葛巾溼插遍野梅紗帽香風緊春寒那可敵身閑晝漏不勝長浩歌陌上君無怪世譜推原自楚狂陸氏舊譜云本出接輿後

道室

簭遇風山第六爻翛然盡謝俗間交謀生舊買雲二頃託宿新分鶴半巢露下丹芽生藥壠月明金粉落松梢眉間喜動君知否借得丹經手自抄

旅次有贈

黃鶴樓前逢劍客青衣江口見詩人天涯莫起漂零感物外終爲自在身賣馬求船雖少日阻風中酒動兼旬中原早晚胡塵靜緱月嵩雲要卜鄰

雜感五首以不愛入州府爲韻

莘渭二老人耕釣俱白首功烈在人間如天有北斗方其未遇時自處固不苟夫豈邀虛名欲眩千載後降及秦漢王望古猶培塿猶能守所聞外物不得誘君看魯二生亦豈聖人偶凜然諸儒間人可我獨不

又

山棲天與癖酒復甚所愛雖云慚黃綺亦慕稽阮輩失腳落人間二事略皆廢晚歸臥雲壑謂此在券內如何疾屢作大與初意背好山雖在眼動步輒有礙

又

酒戒復堅持如隄憂蟻潰何以遣餘年閉戶淡煮菜鸞鳩搶榆枋枯魚過河泣鵬鯤九萬里此豈汝所及丈夫志古人絕世而獨立遠遊馬蹏穿高臥劍鋒澀

其初所抱負固自高業岌安能與兒曹俛首就維縶
君看折腰趨執若舉手揖芝老尚可餐修門戒輕入

又

洚水初平時艸木充九州禽獸孳育繁與人爲敵讎
于時聖人作日夜爲民憂思有以勝之食肉而服裘
然後人奠居禾黍歲有秋豈知千載後戕殺無時休
一食刀机赤百味供膳羞豪侈方相誇哀哉非始謀

又

我年甫三十出身事明主狂愚斥不用晚辟征西府
蹭蹬過錦城邂逅客嚴武十年醉郫筒陽狂頗自許
青城訪隱翁西市買幽圃如何復不遂歸聽鏡湖雨
結廬三間茅泛宅一枝艣天真儻可全吾其老煙浦

自詠絕句

雙鬢蕭條失故青躬耕猶得養餘齡明時恩大無由
報欲爲鄉鄰講孝經

又

深村人有結繩風晚歲身爲帶索翁毀粥茹蔬茅屋底誰知也過百年中

又

不淪鬼錄不登仙遊戲杯觴近百年小市跨驢寒日裏任教人作畫圖傳

又

逆旅門前撥不開先生醉策蹇驢來未言乞得囊中藥一見童顏且壓災

又

遠遊索手不賫糧薪米臨時取道傍今日晴明行亦好經旬風雨住何妨

又

一條紙被平生足半盌藜羹百味全放下元來總無事雞鳴犬吠送殘年

又

平生寧獨愛吾廬何處茅簷不可居晝闞僮奴停接

客夜無膏火罷觀書

又

睡著何曾厭夜長老人少睡坐何傷無燈無火春寒惡破絮麤氈即道場

風月吟

去日如馳衰有驗萬事惟當就收斂可憐未與酒相忘風月婆娑猶不厭有時清夜行中庭幅巾藜杖影竛竮松風十里吹殘夢蘿月三更照半醒河傾雞唱吟未已爽透髮根清入齒晨光底事不貸人轆轤汲水啼鵶起

年光

無賴年光逐水流人間隨處送悠悠千帆落浦湘天晚孤笛吟風鄂縣秋小市鶯花時痛飲故宮禾黍亦閑愁久留只恐驚凡目又向西涼上酒樓

龜堂

莫笑龜堂陋生涯實有餘春寒擁重褐晨飯富藏蔬

薄技雕蟲爾虛名畫餅如兒時論語在敢負此心初

春晴

春如人易老愁與漏俱長酒著多思睡花熏直欲狂
新晴乾蝶翅微暖滑鶯吭誰見龜堂叟攜藤送夕陽

閉門

殘髮凋零不滿巾閉門聊得養天真恐傷藥艸停除
地爲惜松槎禁伐薪獨木架成新略彴一峯買得小
嶙峋蕭然便覺渾無事談笑時時過近鄰

又

衰疾厭厭不易醫閉門惟與睡相宜狂曾忤物慵迎
客瘦不勝衣悔作詩數簡隱書忘世味半甌春茗過
花時寂寥終歲君無誚正是幽居一段奇

有所感

世事真成風馬牛細思愈覺此生浮舊交散後知心
少行路難來出戶愁氣節陵夷誰獨立文章衰壞正
橫流魯中狂士今安有淚盡朱雲艸滿丘

八十一吟

八十古云耄吾今不啻過山程兩芒屩水宿一漁蓑雞唱劉琨舞牛疲甯戚歌春寒欺短褐將奈此翁何高吟

食少支撐惟恃粥力衰舉動輒須人誰知造物猶遺漏擁鼻高吟又一春

湖上作

耳目聰明手足輕應酬幽事未忘情百年日向漁樵過千里雲從几席生樽酒每招鄰父共圖書時與小兒評但餘煙水無儔侶堪笑沙鷗欲抗衡

賞花

湖上花光何處尋朱朱白白自成林衰翁何預傷春事閑客猶懷愛物心欲墮每愁風驟起正開却要日微陰蘭亭禹廟平生事一榼芳醪莫厭深

園廬

天假殘年使荷鉏白頭父子守園廬四朝曾遇千齡

會七世相傳一束書物理從來多倚伏人情莫遣得
親疎功名自有英雄了吾輩惟當憶遂初

乍晴行西村

堤樹叢祠北煙村古埭南買魚論木盎挑薺滿荊籃
積潦經旬月晴光見二三農功殊可念保麥復祈蠶

書歎

塵甑炊畬粟羸僮策蹇驢自從行卷日直至挂冠餘
揣分元知止求官實抱虛園蔬幸無恙父子日攜鋤

新製小冠

淺醉微吟獨倚闌輕雲淡月不多寒悠然顧影成清
歎新製栟櫚二寸冠

又

栟櫚冠子輕宜髮練布單衣爽辟塵縱不能詩亦堪
畫年餘八十水雲身

書逆旅壁

市遠過三里店孤無四鄰窄纔容一客久或住經旬

病嫗求風藥樵兒餽爨薪人情愈諳熟來往不辭頻

倚樓

曲曲闌干縹緲間哦詩本欲破除閑無端又起天涯感淡淡墨生綃數點山

又

樓上憑闌小立時淡煙漠漠雨絲絲年光日日有佳處不解春寒偏入詩

小雨

小雨明復闇餘寒去又來新苔緣砌上殘杏過籬開垂老身餘幾幾逢春心尚孩江天近寒食林外過輕雷

書歎

無能自號癡頑老尚健人驚矍鑠翁未向松根藏病骨尚尋花底醉春風翩翩孤影如歸鶴冉冉流年付斷蓬曾謁高皇識隆準傷心無復一人同紹興朝士旨周丞相下世獨予尚在爾

還雞柵歌

烏雞買來逾歲年庭中赤幘何昂然吾孫初生畏晨唱家人共議欲汝捐烏窮必啄奴豈憚雞賣將烹吾所憐貴人賤畜雖古訓物理寧不思兩全舊棲況亦苦沮洳新柵幸可圖完堅東園稍去房奧遠挾雛將雛從此遷竹簞朝莫有餘粒瓦缶亦自盛清泉喈喈風雨守汝職膈膊勿恤驚吾眠

春興

暖靄催桑眼晴光長艸心沙平看臥犢密葉聽鳴禽買酒貧爲祟登山病不禁終年惟一褐捫蝨又春深

小園

蕭散遺塵事栽培得小園土鬆花意活林暖鳥言繁飧酪供晨鉢葅芹薦晚樽餘年君莫問送老向孤村

二月晦日夜夢欲卜居近邑道遇老父告以不利欣然從之

夢中行卜居道遇白鬚叟一面出苦言戒我棄勿取人之生實難失腳墮虎口我深感其言解衣奉杯酒

豈知立談間得此直諒友起坐心茫然天闊樓挂斗

新晴

苦雨幾終月新晴喜夕陽扶行呼稚子隨意下茅堂艸茂知麏健巢新覺燕忙與闌歸亦好袖手獨焚香

病中作

苦雨侵衰骨餘寒著弊裘病多辭社飲貧甚輟春遊日日親蔬圃時時弄釣舟回頭語造物與子兩無求

示子遹

敢恨吾生後聖賢六經雖缺尚成編本來堯舜身親見孰謂丘軻道不傳妙理豈求逢掖外淳風寧在結繩前此身未死還堪勉更伴吾兒學數年

窮居

羸病無時已窮居只自悲巾偏非雨墊衣弊豈塵緇米盡時炊稗樽空慣啜漓逐貧雖有賦乞食未成詩

春晚自近村歸

山陰道上柳如絲策蹇悠悠信所之曲水已過修禊

集餘寒不減試燈時貧猶自力常謀醉病不能閑日賦詩誰道茅簷苦幽獨一鉤新月是相知

開孫滿月

夜夢奇童拜且言今乃幸得生高門夢後一日得開孫虎兒墮地百獸奔未論頭角與眉宇但聽啼聲誰敢侮就令長大未必奇亦作人間孔文舉

小築

西郊小築臨煙汀南山秀色入窗櫺朝鐘莫鼓在何許乃是會稽山陰之蘭亭堂中老人白鬚鬢手扶藤杖垂九齡客來不語坐至夕往者絕物今忘形牆隅老雞新樹柵長號催上東方星老人亦起穿兩屐巖泉漱齒讀黃庭

春晚歎

一風已快晴微雲復成雨盛麗女郎花坐看委泥土蜂房蜜已熟科斗生兩股堂堂一年春結束聽杜宇老夫久臥疾乃復健如許便當裹米栅爛醉作端午

鴟鴉

翩然一鴉升倏爾一鴟下非惟飽殘餘亦可免彈射
巡簷攫脯脩入舍掠膾炙嗟汝無盈厭坐是取驅嚇
物情貴能改一眚亦可貰併語黃雀羣勿輕敗吾稼

舍東四詠

疎籬

數掩圍柴荊王維畫不成尤憐月中影特地起詩情

松棚

松棚尋丈地客至共開顏堪笑杜陵老坐思千萬間

盆池

寒溜初通後新荷未長時誰持大圓鏡爲我照鬚眉

小徑

環遶無十步捷行財半之安西九千里自有著鞭時

示元敏

學貴身行道儒當世守經心心慕繩檢字字講聲形
吾已鬢眉白汝方衿佩青良時不可失苦語直須聽

莫春

掠面微風吹宿酲送春空有不勝情風煙老盡王孫
艸時聽桑間小婦聲

又

辛夷海棠俱作塵鸎魚蓴菜亦嘗新一聲布穀便無
說紅藥雖開不屬春

又

市橋岸下泛湖舟雕檻疎簾半上鈎春事幾何君惜
醉明明朝赤幟插譙樓 遊湖至立夏止

又

袯除已過莫春初綵舫相銜十里餘浮蟻喜嘗新店
酒流塵閑拂壞垣書

書感

楚些難招去幹魂正令舌在向誰論中分白日歸欹
枕全付青春與杜門凜凜吁人愁履虎區區染指畏
嘗黿殘年誓報嗟何有虛負明時養老恩

晨起出南堂

曉枕華胥誰喚回下堂拽杖一悠哉啼鵶已逐晨光起飛鷺初衝宿靄來石路少行生蔓艸柴扉多閉長莓苔身閑亦未全無事檢技幽花幾樹開

春晩小飮

病臥虛齋一味慵今年春事又成空籜龍奮迅風雷際木筆凋零霧雨中平野艸深黃犢健斷溪水長畫船通小兒偶得官樓酒甕醞鰌乾一醉同

殘春

江薫堆盤粔籹香山家節物亦窮忙桑間甚紫蠶齊老水面秧青麥半黃語燕似催春事去遊絲不似客愁長鄉村年少那知此處處喧呼蹴鞠塲

又

過了清明日愈遲年華不復在辛夷誰知綠葉陰成處正是青天露坐時茂艸滿庭喧鼓吹嫩湯出鼎試槍旗衰翁敢作明年計剩與東君惜語離

聞山步有虎

茆屋穿漏雨送春村路斷絶虎唖人采桑鋤麥皆結伴兒童出門翁媪嗔

久雨初霽

雨月涔涔雨不休今年春盡尚重裘水深艸茂羣鼃怒日出風和宿麥秋陂壞隄防誰與築市遙鹽酪絶難求農家辛苦尋常事賣劍方當更買牛

初夏幽居雜賦

雨霽逢初夏胡牀蔭綠槐半酣方嵬峩假寐忽咍臺小穗閑簪麥微酸細嚼梅衰翁不禁老更著物華催

又

過盡一春雨園林氣少和偶然扶楖栗復爾坐盤陀小艸數行字殘花一曲歌公卿非傲汝無奈愛閑何

又

水際閑將鶴林間獨擁琴披叢采香艸映樹看珍禽正使居無屋猶勝突不黔過春差覺健處處得幽尋

又

籬落魚池北房櫳道院東水紋藤坐榻山字素屏風

又

采藥松岡近投竿荻浦通悠然搔短髮心事寄冥鴻

又

曲曲羊腸徑疎疎麂眼籬渴蜂窺硯水狂蝶入書帷

一枕輕安夢數聯蕭散詩餘生已過足不必到期頤

又

闢地翦蓬蒿何曾歎作勞藥名尋本艸蘭族驗離騷

又

北澗穿籬過南山出屋高回頭看富貴何啻一秋毫

修名寧復冀餘日苦無多已歎堂堂去將如寂寂何

編籬護香艸埋盎貯清波兒戲君無笑相從且浩歌

雨

家近蓬萊白玉京艸堂登望不勝清初驚野色昏昏

至已見波紋細細生殘醉頓消迎亂點微吟漸苦入

寒聲只愁今夕虛簷滴又對清燈夢不成

自閔

主人元是客儒士却成僧垂老貧如昔經春醉未曾褰衣身傴僂顧影髮鬅鬙忽憶東岡路捫蘿試一登

蔬食

牆陰春薺老筍蕨正登盤野饁元無婦村醅不屬官何由取熊掌幸免買豬肝猶勝煩秦相綈袍閔一寒

讀阮籍傳

天生父子立君臣萬世寧容亂大倫籍輩可誅無復議禮非爲我爲何人

杜宇行 鄉中以杜宇早鳴爲蠶麥不登之候

去年杜宇號阡陌家家聚首憂蠶麥豈惟比屋衣食憂縣家亦負催科責今年略不聞杜宇蠶收麥熟人歌舞豈惟襦新湯餅寬隣里相約先輸官

捕虎行 自故歲有三虎出上皐天衣山谷近者尤爲人害捕之未獲

山村牧童遭虎噬血肉俱盡餘雙髻家人行哭覓遺

骨道路聞之俱掩涕州家督尉宿山中已淬藥箭攢
長弓明朝得虎徽檻穽纆絲擣𤔡歌年豐

遣興

前歲峩冠領石渠即今山市醉騎驢目衰書卷研求
嬾心弱詩章鍛鍊疎風雨吾廬嗟獨破齏鹽每食歎
無餘燈前却有欣然處稚子談經屢起予

三齒墮歌

一葉落知天下秋三齒墮矣吾生休詩人未脫紈袴
態尚樂華屋悲山丘蓼花荻葉可以解我憂鸕鷀白
鷺可以從我遊君看貂蟬與兜鍪等爲岑岑壓我頭
豈知石闌干下買篛笠一棹飄然煙雨舟不須强顏
家國憂亦莫妄陳帷幄籌功名富貴兩悠悠惟有杜
宇可與謀

龜堂初暑

淪漪一曲遶茅堂葛帔紗巾喜日長多事林鳩管晴
雨依人海燕度炎涼深枝著子纍纍熟幽艸開花冉

冉香安得此時江海上與君袖手看人忙

衰歎

十年三墮齒久矣歎吾衰亹亹循天理兢兢到死時窮空顏子巷勤苦董生帷道遠餘生趣常憂日影移

初夏閑步村落間

薄雲韜日不成晴野水通池漸欲平綠葉忽低知鳥立青萍微動覺魚行醉遊放蕩初何適睡起逍遙未易名忽遇湖邊隱君子相攜一笑慰餘生

夜與

鬢毛飽受雪霜侵一褐蕭條寄故林簷雨滴回羈枕夢城笳喚起塞垣心平生恥露囊中穎垂老甘同爨下琴燈燼欲殘看瘦影不妨袖手坐愔愔

劍南詩稿卷第六十一終

劍南詩稿目錄

卷第六十二

賦二首　殘年　記夢　村飲　老鰥　對食作
七月十九日大風雨雷電　湖上　欲雨
秋懷四首　食新　予初仕爲寧德縣主簿而
朱孝聞景參作尉情好甚篤後十餘年景參下
世今又幾四十年忽夢見之若平生覺而感歎
不已　讀書　諭鄰人三首　示小廝二首

劍南詩稿卷第六十二

宋 陸游 務觀

寄十二姪

庚寅吾入蜀西過齊安城雪堂拜老仙眉宇寒崢嶸微泉尚如昔激激琴筑聲龍蛇入筆力斷石臥縱橫戊戌奉詔追觸熱萬里程歸途抵齊安歲月浩可驚三日乃東下鼓角遙送迎安國有老僧元祐初載生蟬聯說舊事耳目猶聰明徒行就艇別耿耿惻愴情豈知二紀後汝乃爲此行追懷昔遊地未語涕已傾念汝雖竝塞殘虜方守盟職雖在警盜枹鼓寂不鳴惟當奉法令日夜撫孤惸官卑俸入薄切勿厭藜羹勇如赤壁戰節若江水清人誰不汝知況事賢公卿三山與七家相望兩柴荊歸來講學暇襏襫同春耕

出塞四首借用秦少游韻

北伐下遼碣西征取伊涼壯士凱歌歸豈復賦國殤
連頸俘女真貸死遣牧羊犬豕何足讎汝自承餘殃

又

煌煌藝祖業土宇盡九州當時王會圖豈數汝黃頭所謂黃頭女真今茲縛纛下狀若觳觫牛萬里獻太社
裨將皆通侯

又

符離既班師北討意頗闌志士雖有懷開說常苦艱
諸將初北首易水秋風寒黃旗馳捷奏雪夜奪榆關

又

小醜盜中原異事古未有爾來閭左起似是天假手
頭顱滿沙場餘胾飼豬狗天網本不疏貸汝亦已久

命駕

命駕清晨出射堂筇枝羽扇受微涼鵶將數子窺苔
井桐引新枝出粉牆岸幘影邊茶正熟投壺聲裏日
初長輿闌却蹋湖隄去十里山花滿袖香

遊山遇雨

千秋觀前雨溼衣石帆山下叩漁扉鷓鴣苦道行不得杜鵑更勸不如歸

東籬雜題

終日在東籬清和適此時鷽聲如妬夢花氣欲撩詩愛客茶新碾留僧飯別炊流年隨手過不覺近期頤

又

深居遠悔吝簡事養精神曳杖一蕭散待茶時欠伸風生叢竹嘯露坼野花新自作東籬後經旬不過鄰

又

昨日一花坼今朝一艸生深林鳩婦聒高棟燕巢成熟果檐間墮殘書枕畔橫菴居澹無事作意領新晴

又

南陌歸雖久東籬興又新無求覺身貴好儉失家貧引水常終日栽花又過春桃源不須覓已是葛天民

又

溝聲流瀲瀲籬影立踈踈平日來澆藥臨昏尚看魚
比鄰恠踈索風月伴躊躇安得王摩詰憑渠畫草盧

書事

本來只道千鈞重看破元無一羽輕日月光明天廣
大不妨歗傲過平生

又

燕雛學母飛初熟梅子園枝亦半黃麈尾唾壺俱屏
去尚存餘習炷爐香

乙丑重五

盤中共解青菰粽衰甚猶簪艾一枝叔莫廢詩仍止
酒今年真負此佳時

又

飛棹中流救屈平俚歌寧復楚遺聲危冠更在門楣
上但覺蕭敷與艾榮

夏夜枕上

卧聽殘更下麗譙雖非遙夜亦迢迢正令展轉無安

枕猶勝龍鍾趁早朝

石帆夏日

石帆山下雨冥冥閑岸紗巾憩草亭單複箨衣時脫著甜酸園果半黃青鰥魚無隊依蒲藻病鶴長鳴鎩翅翎自笑若爲消永日異書新錄相牛經

又

短棹飄然信所之茶園漁市到無時風從蘋末蕭蕭起月過花陰故故遲蓴菜煮羹吳舊俗竹枝度曲楚遺辭頻聞項里楊梅熟鄰曲相招莫後期

仲夏風雨不已

南陌東阡自在身一年節物幾番新鰣魚出後鶯花鬧梅子熟時風雨頻冠蓋敢同修禊客桑麻不減避秦人夕陽更有蕭然處照影清溪整葛巾

幽居

旌節庭下葵鼓吹池中蛙坐令灌園公忽作富貴家浮生均一鬨事過但與嗟蚩蚩彼何人欲摘空中花

牆隅蔬可挽巷口酒可賒疎嬾遂吾性不賣東陵瓜

齒落

昔聞少陵翁皓首惜墮齒退之更可憐至謂豁可恥放翁獨不然頑頓世無比齒搖忽脫去取視乃大喜譬如大木拔豈有再安理咀嚼浩無妨更覺彘肩美

雨中排悶

殷殷雷繞村淅淅雨鳴砌禽魚各自適草木亦得意顧此菴中人老病獨顑頷飯遲每嬾索兀兀方坐睡平生飽憂患性命已屢試但得過今朝明日可徐議

逆境

步步常由逆境行極知造物欲其成磨礱久已盡芒角烹煮豈容重發生死到面前猶覺小事於身外孰非輕出門不必名山去但見風煙已眼明

夜與

脫冠殘髮冷颼飀北斗闌干河漢秋木末有風栖鵲起亭皐無月亂螢流酒慳僅得時時醉詩退難禁夜

夜愁欲睡不妨還小立一聲菱唱起滄洲

寄題李季章侍郎石林堂

林慮靈壁名宇宙震澤春陵稍居後翟公黃鶴得數峯對客掀髯詫奇秀我行新灘見益奇千巖萬寶雷雨垂古來豈無好事者根株盤踞不可移侍郎築堂聚衆石坐卧對之旰忘食千金博取直易爾要是尤物歸精識君不見牛奇章與李衛公一生冰炭不相容門前冠蓋各分黨惟有愛石心則同崎嶇宦路多危機凜然石友人間稀它時檥棹華亭岸更看全家買鶴歸

流年

冉冉流年迫耄期心情漸減舊兒嬉唾壺塵尾已從省茶竈筆床猶自隨昨日客招東浦釣今朝僧約北軒棋敢將輕健誇鄰里一笑元知要及時

雨中鋤藥

庭中正苦日卓午水面忽看雲過西老子不辭衝急

雨小鋤香帶藥畦泥

自嘲

壯歲耽書廢夜眠窗明猶在短檠前如今自笑摧頽甚臥看兒曹理斷編

世事

世事如今盡伏輸面能乾唾況其餘詩才退後愁强韻眼力衰來怯細書斂迹已思焚筆硯作勞敢避把犂鉏晴空萬里寬多少一片閑雲足卷舒

悲齒落自解

年運而往君自寬此生畢竟有衰殘語訛嚼廢尋常事只作兒童礪齒看

送十五郎適臨安

求祿亦常事出門寧自由苦留雖惜别細話却生愁雨急投村市鐘殘過寺樓秖應今夕夢先汝到江頭

幽居夏日

茅舍參差煙靄中超然高興與誰同形骸已與流年

老詩句猶爭造物功子母瓜新間尊俎公孫竹長映簾櫳日長愈覺閑無事隱具成書又一通

又

內史蘭亭晚卜鄰永和風月凜如新功名不入閑人夢詩酒猶關老子身簷淺時時聞霣籜池清一一見潛鱗正令未逐飛仙去要是巢居太古民

大雨

北窗欲化莊生蝶睡思濛濛栖倦睫川雲忽帶急雨來萬點縱橫打荷葉坐收爽氣入詩律更借涼颸吹醉頰壞簷腐瓦凜欲墮積潦中庭深可涉兒愁漏溼廢夜課婦畏泥塗停早饁老翁自笑獨爾頑更喜煙波搖短檝

思雲門

一身膏脂略瘦盡萬卷簡編如隔生祇欲移家若耶去亂雲深處聽灘聲

夏夜

散髮荒池上秋聲滿綠蒲𤉓飛乘月暗梟語似人呼
學問無新得功名負壯圖拾薪炊麥飯隨事且枝梧

觀身

欲去浮華累先觀老病身濁醪何負汝淡飯最宜人
意氣隨年往工夫媿日新祇將閑送老虛作太平民

養氣

學道先養氣吾聞三住章屏除金鼎藥糠粃玉函方
凜凜春冰履兢兢拱璧藏高談忘力守此病最膏肓

日用

日用無淵奧其中妙理存但能明物性不必學玄門
盡力扶元氣精思去病根昔人由此道推己及元元

村市醉歸

伏櫪元知免駭機翦翎豈復慕羣飛坐中客滿知心
少囊裏詩多得意稀小市雨餘尋酒去野橋日落策
驢歸不辭十里行空翠終勝京塵化客衣

夏日感舊

北窗枕簟臥陶翁樹樹鳴蟬葉葉風睡覺殘書棲嬾架浴回細葛覆熏籠一藤未遂名山去半卷還驚舊歷空妄想金丹君莫笑清班曾是長仙蓬

又

五侍仙祠兩挂冠此生略有半生閑嘯歌兩笠煙蓑底來往山村縣郭間一粒何當換凡骨數盃且復駐頹顏胡塵掃盡知何日不隱箕山即華山予仕宦屢歷宮祠崇道玉局武夷佑神太平凡五任

又

吳人那慣粟撥酸茶盌聊霑舌本乾身病不堪閑客攪日長惟憶異書看流年冉冉誰能駐長夏迢迢亦已殘步有新舩君賀我西風先夢上嚴灘近修小舟訖事村鄰多來賀

又

獨居無復客嘲邊終日頹然飽即眠護硯小屏山縹緲搖風團扇月嬋娟桐陰忽見翻雙鵲石鏬時聞落

細泉避暑不須河朔飲轉頭卽見早秋天

雨後

甘澍慰羣望浮雲還故墟新涼生枕簟餘潤入犂鋤簾上翩翩鷰蒲新鱍鱍魚素秋猶半月團扇意先疎

東軒

榴花零落滿蒼苔薝蔔忘憂亦已開湖海片帆先已具少安無躁待秋來

寄子虡子遹

大兒再度吳門秋小兒錢塘逾月留恨身不能插兩翅與汝相守寬百憂聞鐘時宿雲外寺待月亦上湖邊樓但常保此豈不樂路難悠悠非善謀

寄張季長

髮不勝簪短褐寬每因臨鏡歎衰殘未嘗三日不服藥雖滿百年終闔棺舊友豈知常阻闊一尊那得敘悲歡錦官花重應如昔直欲凌風借羽翰

夏夜

鳴蜩斷復續宿鳥久始安觸熱汗沾衣莫夜猶未乾
梧桐獨知秋一葉墮井闌行矣戒碪杵四序環無端

又

落月不滿窗驚鵲屢移樹況憂少睡眠亦以衰疾故
五更忽作夢立馬青衣渡白首厭山村郵亭憶征步

讀趙昌甫詩卷

蝸廬溽暑不可過把卷一讀趙子詩如遊麻源第三
谷忽見梅花開一枝寄書問訊不可得握臂晤語應
無期惟當飲水絶火食海山忽有相逢時

海氣

浴罷來水滸適有漁舟横浩然縱棹去漫漫菰蒲聲
海祲乃爾奇萬象空際生驂驔牧龍馬夭矯騰蛟鯨
或如搴大旗或如執長兵我欲記其變忽已天宇清
成壞須臾間使我歎且驚世事正如此何者非强名

村居

舍後盤高岡舍前面平野防盜枳作藩蔽雨篠代瓦

村人以篠覆屋如茅　數家相依倚百事容乞假薄莫耕樵歸共話衡門下

戒殺

郊居去市遠豬羊稀入饌既畜雞鶩羣復利魚蟹賤暴殄非所安擊鮮況親見那得屠殺業爲客美殽膳餘年尚有幾過日如露電豈無園中蔬敬奉君子宴

庭中夜賦

流汗沾衣不自支庭中散髮立多時烏鳥晝角凌風起淡淡銀河拂地垂浮玉閑遊元自樂浣花小築亦何疑東歸萬里君知否要了滄洲一段奇

秋近

石榴萱草併成空又見牆陰莧葉紅荼䕷頗妨千里夢簟涼初怯五更風新瓜落刃冰盤裏晚燕添巢畫閣中身健流年俱可樂故人自欠一尊同

歎老

齒墮因廢談髮短不入把餘年似殘尊欲盡不禁瀉

出門見鄉曲每恨識面寡往昔同戲兒纍纍塚盈野

殘暑得小雨頗涼

午暑不可觸忽驚如許涼軒窗雲作暝草木雨生香
蒲葉先秋霣蟬聲入夜長自欣無一事岸幘倚胡床

乙丑夏秋之交小舟早夜往來湖中戲成絶句

横林渺渺夜生煙野水茫茫遠拍天菱唱一聲驚夢
斷始知身在釣魚船

又

河漢横斜斗柄低啼鴉掠水未成栖怪生凄爽侵肌
骨船繫秦皇酒瓮西

又

譙門鼓角寺樓鐘一一風傳到短篷喚得放翁殘酒
醒錦囊詩草不教空

又

小市易散無人行茫茫湖橋惟月明老夫解酲不用
酒自有千頃菰蒲聲

又

雞頭纍纍如大珠紅草綠荷風味殊天與楊梅成二絕吾鄉獨有異鄉無

又

城南天鏡三百里繚以重重翡翠屏最好長橋明月夜寄船策蹇上蘭亭

又

酒旆搖搖出竹籬扁舟遠赴野人期一天風雨晚來惡落盡白蓮渾不知

又

七月湖中風露新臨流閑照白綸巾荷花折盡渾閑事老却蓴絲最惱人

又

恰聽殘蟬禹寺門又看新月石帆村後來復有龜堂老千載猶應此意存

又

娥江道上欲三更垣屋參差閑月明倚棹賦詩無傑
思斷腸分付棹歌聲

又

秋來湖闊渺無津旋結漁舟作四鄰滿眼是詩渠不
領可憐虛作水雲身

又

夢筆橋東夜繫舡殘燈耿耿不成眠千年未息靈胥
怒卷地潮聲到枕邊

初秋

生世元浮脆人言七十稀耄期今已及氣力固應微
食冷常憂過追涼每念歸入秋纔幾日卷簟換縑衣

又

藉草沾衣露沿溪掠面風桐凋無茂綠蓮老有疏紅
小彴敧危度鄰園曲折通新秋得強健一笑莫匆匆

又

初夜月猶淡入秋風已清螢孤無遠照蟬斷有遺聲

命薄慚勛業才踈負聖明青鞵若耶路亦足慰平生

又

兀兀終年醉空空四壁窮那知雙雪鬢又度幾秋風
高枕三峯老深衣獨樂翁騎驢向何許揞筆有蠻童

秋陰出遊

遮日雲生忽復收黃鵶鳴喚伴林鳩也知雨意逢秋
作未害山翁竟日遊陌上驛亭雙堠煙中漁釣兩
三舟歸遲不是尋詩料秣蹇民家偶小留

杜宇

杜宇雖微禽用意舉世稀念昔春盛時天地皆芳菲
杜宇默無聲不畏百鳥譏東君將促駕乃獨號鳴悲
日夜不肯休流血沾其衣念言身尚存乃使春獨歸
飲啄雖如昔此身當疇依月明抱樹枝敢忘此䖏欷
雖無精衛勞區區亦庶幾寄言天壤閒勿謂斯禽微

養生

衰病猶弱國地與齊楚隣朝憂羽書來莫畏戎車塵

奔命不敢辭所所懼殘吾民羸老正類此日夜憂其身
起居飲食間恐懼自貴珍一念少放逸禍敗生逡巡
所以古達者訓戒常諄諄不死正爾得成眞非有神

初秋夜賦

北斗垂欲盡明河淡不流低回半枕夢蕭瑟一窗秋
老益尊儒術閑仍爲國憂孰云生死大刼已付悠悠

又

炎熇猶未伏清絕忽新秋露氣房櫳冷砧聲歲月遒
悲蛩草根語孤燐竹間流聞道河南北飛蝗暗百州

殘年

殘年垂八十高臥豈逃名泥巷多牛迹茅簷有碓聲
炊菰觴父老煑棗哺雛嬰遣戍雖傳說何時復兩京

記夢

環立江頭千萬峯夢中於此倚枯笻靑冥誰見欹巾
角碧瀣閑將洗筆鋒一卷素書雲笈貯數升松麪水
機舂正呼鶴駕凌風去驚覺西山煙外鐘

村飲

白稻登場喜食新太倉月廩厭陳陳叢祠懷肉有歸遺官道橫眠多醉人小市孤村真送老浩歌起舞最關身鹽醯乞貸尋常事惱亂比隣莫媿頻

老鰥

水際山前有老鰥終年無事亦非閑淵源師友簡編上土木形骸魚鳥間零落斷雲依釣瀨連涓新月照柴關葵羹稗飯悠然過一飽元非造物慳

對食作

賤士窮愁殆萬端幸隨所遇即能安乞漿得酒豈嫌薄賣馬僦舩常覺寬少壯已辜三釜養飄零敢道一袍單飯餘捫腹吾真足苜蓿何妨日滿盤

七月十九日大風雨雷電

雷車動地電火明急雨遂作盆盎傾强弩夾射馬陵道屋瓦大震昆陽城豈獨魚蝦空際落真成蓋屐舍中行明朝雨止尋幽夢尚聽飛濤濺瀑聲

湖上

三伏無多暑漸微登臨清曉試絺衣風高病木初凋葉潦退流萍尚半扉白首重來空感昔清尊相屬欲忘歸猶憐不負湖山處好在平生舊釣磯

欲雨

正苦中天赫日流房櫳忽復變飀飀雲生江浦初成暝葉下亭皐剩作秋移穴族行憐垤蟻爭巢婦去歎林鳩人間寒暑何窮已碪杵行聞治褐裘

秋懷

少年萬里度關河老遇秋風感慨多草聖詩情元未減若無明鏡奈君何

又

園丁傍架摘黄瓜村女沿籬采碧花城市尚餘三伏熱秋光先到野人家

又

迢迢枕上望明河帳薄簾疎奈冷何不惜衣篝重換

火却緣微潤得香多

又

詩如水淡功差進身似雲孤累轉輕落葉擁籬門巷晚一枝藤杖且閑行

食新

龍鍾好在夢中身剩喜今年又食新不用更煩人祝餺輪囷瓜瓠是常珍

予初仕爲寧德縣主簿而朱孝聞景參作尉情好甚篤後十餘年景參下世今又幾四十年忽夢見之若平生覺而感歎不已

白鶴峯前試吏時尉曹詩酒樂新知傷心忽入西窗夢同在峬村折荔支 峬音逋

讀書

憶昔年少時把卷惟引睡情遊過日月自咎輒涕泗老來百事廢却覺書多味豈惟時有得聖域可坐致譬如入武庫爣怳不暇視淺陋安能名出門但驚喟

天球及河圖千古所共祕幸今發其藏雖老敢自棄

諭鄰人

鄰曲有米當共舂何至一日不相容爲善何嘗分士農堯民皆當變時雍

又

相攻本出忿與疑能不終訟固已奇訟端可窒君試思歲時鄰里相諧嬉

又

世通婚姻對門扉禍福飢飽常相依忿爭得直義愈非不如一醉懷牒歸

示小廝

偷閑打睡汝何尤罵詈榜笞我所羞但搯一鞭隨小蹇不妨村路共閑遊

又

晨興略整案頭書十日庭中始掃除未免丁寧惟一事臨池莫釣放生魚

劍南詩稿卷第六十二終

劍南詩稿目錄

卷第六十三

劍南詩稿卷第六十三

宋　陸　游　務觀

秋雨

老火阻餘威賴此一雨洗一雨豈遽涼涼亦自此始陂湖菱芡熟小市新酒美行歌多醉人驩意溢閭里懸知妻豐年絲穀賤如水呼兒具筆牘作詩識吾喜

江村

江村一雨喜塵清隱隱雷車意未平莽蒼郊原來莫色颼颼林壑起秋聲書希簡古終難近詩慕雄渾苦未成白首愈悲知我少從今一技不須名

又

誤著儒冠不更論白頭且喜臥江村林深棲鳥逐更噪埭近過舟終夜喧病起日惟翻斷簡愁來時亦倒清尊自嫌未絕知聞處尚有僧敲月下門

山行

南出柴門即是山青鞵踏破白雲間旋償酒券何時足罷諾僧碑盡日閑三尺古琴餘爨迹一枝禪杖帶湘斑吾廬北望雲煙裏又伴紛紛宿鳥還

天王寺迪上人房五十年前友人王仲信同題名尚在

綠遶青圍古會稽城東河上古招提己公茅屋曾遊處渭北山人半醉題暫憩不妨停畫楫幽尋還得杖青藜舊人死盡惟殘屋竹密雲深步步迷

東窗偶書

東窗終日靜愔愔消盡平生幻妄心秋氣未催羣木脫老懷先感百蟲吟屏風疊疊思廬阜冠子峯高憶少林安得吾身且强健一藤隨處更幽尋

又

萬事何曾有速淹熊蹯魚腹自難兼山川置掌猶能取日月無膠可得黏稚子幸堪持几杖老生元自慣

齋臨淸晨臨鏡還三歎雪領今年無處添

乙丑七月二十九日夜分夢一士友風度甚高一見如宿昔出詩文數紙語皆簡淡可愛讀未終而覺作長句記之

客中得友絶淸眞蓋未傾時意已親枕冷不知淸夜夢眼明喜見老成人河傾斗落三傳漏霧散雲歸兩幻身心亦了然知是妄覺來未免一酸辛

示子遹

翁老兒窮不自支此心幸與古人期勞兼薪水奴初去典到琴書事可知藥杵無聲工忍病米囷可掃恥言飢餘年有幾須相守萬里煙霄付異時

小雨

赤日炎熇勢未回川雲忽起亦佳哉鴨銜細雨橋陰出蝶弄微風草際來欅柳不禁朝莫久芙蕖猶有二三開一年光景煩君看何怪昆池有刼灰

舟中作

蘧蒢作帆三版船漁燈夜泊閶門邊煙波四萬八千頃造物推排作水仙

又

山蔬藥苗滿箸香超然下視太官羊更憑語與劉文叔豆醬從來味最長

漁父

食簞雖薄尚羹藜且喜今朝酒價低一櫂每隨潮上下數家相望埭東西團團箬笠偏宜雨策策芒鞋不怕泥應笑漆園多事在本來無物更誰齊

又

數十年來一短蓑死期未到且婆娑敲門賒酒常酣醉舉網無魚亦浩歌片月又生紅蓼岸孤舟常占白鷗波人間各自生涯別文叔君房媿汝多

讀書示子遹 時子遹方敗舉

我生無它營半世隨宦牒讒波方稽天憂與愁相接中間稍自覺萬事付馬曹告歸幸見聽泊與淡相遭

日晏突無煙垢面有爪痕讀書則未豈可笑習氣存
造物哀其窮畀之大耳兒兒亦好古學乃不售有司
謂當爲瑟縮乃如鶴昂藏父子共薄飯忍飢講虞唐
豐凶有常數穮蔉當自力古言不吾欺歲晚於汝食

秋夕

西山樵路隔重雲溪水微風起縠紋暑退忽驚秋漸
晚夜長已與晝中分菰蔣入饌渾家喜碪杵催寒並
舍聞新作篝燈學僧樣與兒同策讀書勳

醉中錄近詩因題卷後

鵝兒色淺酒醺人雞距鋒圓筆絕倫滿引一盃書數
紙要知林下有閑身

貧甚戲作絕句

俸祿無餘退即眈市人指笑太清生從今惜取青鞵
底祇向雲邊水際行

又

處窮上策更誰如日晏猶眠爲腹虛飢則臥不起貧者之

常也 尚闕鄰僧分供米敢煩地主送園蔬

又

貸米東村待不囘缽盂過午未曾開飢腸雷動尋常事但誤生臺兩鵲來

又

北齋孤坐破三更庭戶無人有月明數種袴襦秋未贖羨他鄰巷搗衣聲

又

竈突無煙甑有塵頹垣破屋越溪濱老鰥狂怪誰嗔責日日行歌獨賣薪

又

行徧天涯等斷蓬作詩博得一生窮可憐老境蕭蕭夢常在荒山破驛中

又

讀書但覺慚輪扁補吏非能去箭張白髮歸爲林下叟固應飢不饜糟糠

又

糴米歸遲午未炊家人竊閔乃翁飢不知弄筆東窗下正和淵明乞食詩

自儆

出仕每辭榮歸休但力耕儉勤貧亦足戒懼禍終輕學自不欺始智由無事行書紳及銘座勉勉盡吾生

又

經術吾家事躬行更不疑仁常爲己任清每畏人知古訓必三復危途仍十思兢兢死方已寧論迫期頤

雨後極涼

金徵未壯長火老尚餘爐可憐茅舍翁瞑目困藉蹦蕭蕭得一雨天氣頗清潤豈惟爽襟靈亦足袪疾疢浮生日月駛老死纔一瞬聖賢邈不嗣利欲以身徇孰能痛澡雪此道庶少進閉門君但學妙理天豈吝

醉題

來往人間今幾時悠悠日月獨心知尋僧共理清宵

話掃壁閑尋往歲詩疋馬秋風入條華孤舟莫雪釣
湘漓只愁又踏關河路荆棘銅駞使我悲

秋感

畏塗歷盡百年中老臥窮閻一禿翁衣杵淒凉常帶
月井桐零落不禁風空文久悔雕蟲技大學方施習
射功 佛書云如人習射久久方中 萬一死前能少進九原
猶可見先公

鼠敗書

雲歸雨亦止鵶起窗既白秋宵未爲永不寐如歲隔
平明亟下榻亦未暇冠幘檢校案上書狼藉鼠齧迹
食簞與果籩攘取初不責後然敢四出乃至暴方冊
坐令漢箧士不滅秦火厄向能畜一猫狡穴詎弗獲
緘縢又蕩然追咎亦何益惰偷當自戒鼠輩安足磔

秋望

千里郊原俯莽蒼三江煙水接微茫橫林蟲鏤無全
葉新雁風驚有斷行神禹祠庭遺劍珮先秦金石古

文章一尊莫恨盤飧薄終勝登樓憶故鄉

秋夕

浴罷紗巾出草堂一枝瘦杖倚桄榔蟬吟古柳聲相

續月入幽扉影正方頻約僧棋秋漸健稍增書課夜

初長亦知桑落宜篘酒太息何時辦一觴

出遊

八月石帆秋聊爲汗漫遊本因尋友去却爲看山留

小艸題僧壁長吟上驛樓月能從劇飲天可寄閑愁

高下評泉品縱横記酒籌花開遇門入水長信船流

骯髒人雖棄胎韋我自羞此心君不信試往問沙鷗

病中戲詠

八十行加二清秋住故山新涼足眠睡舊疾害躋攀

雪白紛殘鬢梔黃染病顏疲牛臥斜日羸馬嘷枯萱

貧廢兒孫學慈生僕妾頑贖衣時已迫貸米歲方艱

齋鉢僧嘲薄盤飧客笑慳從今謝還往惟有掩柴關

書喜

欹斜古屋枕江干恩賜殘骸許挂冠杵白有聲聊足食羊牛識路自歸闌不求客恕陶潛醉肯受人憐范叔寒兒輩漸還家喫熱預知燈火話團欒 子龍初自江西歸子虡亦今冬當罷官矣

春畊

去蜀歸吳會真成萬里行窮通竟安在恩怨兩皆平文字妨求道盃觴害養生餘年猶有幾買犢事春畊

秋思絕句

煙草茫茫楚澤秋牧童吹笛喚歸牛九衢不是風塵少一點能來此地不

又

榮悴元知豈有常紛紛草木占年光霜風一掃知何在楚客從來枉斷腸

又

一片雲生便作陰東軒草樹共蕭森秋風豈必鬬人事自是衰翁感概深

又

枳棘編籬晝掩門桑麻遮路不知村平生詩句傳天下白首還家自灌園

又

胸次本來容具區自私盆盎一何愚片帆忽逐秋風起聊試人間萬里途

又

黃蛺蝶輕停曲檻紅蜻蜓小過橫塘老人未肯殺風景睡起熏籠重炷香

秋興

節物喜更新清秋最可人徐行曳藤杖小立岸紗巾煙雨迷衰草汀洲老白蘋鶴巢時託宿猿果每分珍羽客期燒藥毛人約卜鄰蘭亭故不遠千載見清真

寓歎

五畝煙蕪過半生還山自笑又躬耕舂炊不繼兒啼飯烹飪無方客絮羹遊宦人間身愈困讀書燈下目

幾盲退之已老當更事猶向時人說善鳴

北窗

垂老乞骸骨飄然辭聖朝竹頭那足用桐尾不禁焦
短褐縫練布晨飧采藥苗風霜征雁路燈火衲僧寮
隴客詢安否貍奴伴寂寥北窗鳴落葉愁絕夜迢迢

閑思

睡美精神足心空忿欲輕讀書無定課飲酒不成酲
日日東軒坐時時北渚行最奇烏桕下側帽聽秋鶯

秋光

小圃秋光潑眼來老人隱几與悠哉翩翩蝴蝶成雙
過兩兩蜀葵相背開兩足疎籬引荒蔓人稀幽徑長
新苔貧家竈冷炊煙晚待得鄰翁賣藥回

秋夜思南鄭軍中

五丈原頭刁斗聲秋風又到亞夫營昔如埋劍常思
出今作閑雲不計程盛事何由觀北伐後人誰可繼
西平眼昏不奈陳編得挑盡殘燈不肯明

飄然世外更何求終日橋邊弄釣舟回視老身猶長物縱無炊米莫閑愁煙生墟落垂垂晚雁下陂湖處處秋欲覓高人竟安在又聞長笛起滄洲　湖中有隱士月夜必吹笛人莫有見者

湖上

讀王摩詰詩愛其散髮晚未簪道書行尚把之句因用爲韻賦古風十首亦皆物外事也

我生本江湖歲月不可算采藥遊名山所歷頗蕭散一逢巢居翁見謂於我館酌泉噉松柏每得造膝款行道不自力殘髮日已短海山故不遠謫限何時滿

又

仕宦五十年所至不黔突取魚固捨熊挾兎那恨鶻退歸息厭厭誰敢書咄咄屋穿每茨草驢瘦可數骨秋風忽已厲落葉襯殘月脫巾坐中庭清冷入毛髮

又

我愛古竹枝每歌必三反孤舟上荆巫天末未覺遠

最奇扇子峽恨不遂高遯荆棘蜀故宫煙水楚廢苑
至今清夜夢百丈困牽挽人生如寄爾勿歎流年晚

又

往歲著朝衫晨起事如稟告歸臥孤村枯淡有餘味
閉門絶外慕自謂真富貴蕭然畢吾生地下亦增氣
里翁戀兒女小疾輒憂畏惟窮可賒死我在君亦未

又

萬金築華堂千金教新音不知憂患場著脚日愈深
今人喜議古後亦將議今使汝有子孫聞之亦何心
鄧通擅銅山死日無一簪未死汝勿喜五溪多毒淫

又

往者遊青城猶及二三老稽首出世師數語窮至道
妻子真弊屣棄去恨不早俯仰纔幾時殘骸日衰槁
吾兒有奇骨亦復至幽討金丹儻可成白髮何足掃

又

稚川師鄭君纔及一卷書書大僅如箸度世蓋有餘

想其所論說妙極軒昊初內篇今雖存亦復飽蠹魚
我欲探其原蹇步空趦趄安得插兩翅從公遊太虛

又

隱書有三景字字當力行寸地與尺宅可以久汝生
泝流歸崑虛堅守臨長城一旦告成功河塞黃金成
笙鶴適緱山貂蟬朝玉京即今修行地千古名還嬰

予道室以還嬰名之

又

行年過八十形悴神則旺往來江湖間垂老猶疎放
滄波浩無津天遺遂微尚剡溪挂風帆漁浦理煙榜
奇雲出深谷新月生疊嶂興懷晉諸賢誰能續遺唱

又

二十遊名場最號才智下蹭蹬六十年亦有茆一把
典衣租黃犢乘雨畊綠野西成得一飽敢討泥沒踝
住久鄰好深百事通乞假秋高小瓮香相喚注老瓦

夢行益昌道中有賦

朱棧青林小盌西早行遙聽隔村雞龍門閣畔千尋壁江月亭前十里堤酒舍胡姬歌折柳江津洮馬惜障泥倦遊重到曾來處自拂流塵覓舊題

自規

忿慾俱生一念中聖賢本亦與人同此心少忍便無事吾道力行方有功碎首寧聞怨飄瓦關弓固不慕冥鴻老翁已落江湖久分付餘年一短篷

幽興

蘭渚前頭湖水清了無俗事敗幽情雨淋茅屋隨時補日射油窗特地明庭樹晚鶯窺戶語鄰園秋筍過籬生芥菘漸美鹽醯足誰共貧家一釜羹

記前輩語

疇昔見諸老從容聞至言馬非求路寢木豈願犧尊臥起數椽屋嘯歌三畝園人生正應爾雲夢不須吞

貧居即事

笠易常逢坎推星但值箕老雖齊渭叟窮不減湘纍

巷月鳴衣杵庖煙爨豆萁秋深病良已且復强伸眉

又

地偏人罕到秋晚日猶長病去筇枝贅家貧菜粥香
流泉通藥壠積雨潤書囊欲譜幽居事疎慵久未遑

又

月黑梟鳴樹燈殘鼠穴牆床空圍紙被室靜爇楓香
不恨言傷直惟憂慾敗剛回頭顧名利百世永相忘

又

米竭炊煙靜村深客屨稀庭除荒宿莽籬落帶斜暉
風惡披書卷鷗馴傍釣磯鄰家殊耐久相伴荷鋤歸

又

意緒喪家狗形骸槁木枝曲肱雖自適縱理固當飢
買絮初寒後畦蔬小雨時窮途何用卜吾道卽著龜

又

守道常違俗存心不媿天終年飢過半動步謗居前
力倦少行立氣昏多睡眠今宵風月好扶杖到溪邊

自詠

素慕巢居穴處民久爲釣月臥雲身經行山市求靈藥物色旗亭訪異人高枕靜聽棋剝啄幽窗閑對石嶙峋吾廬已是桃源境不爲秦人更問津

枕上作

一室幽幽夢不成高城傳漏過三更孤燈無焰穴鼠出枯葉有聲鄰犬行壯日自期如孟博殘年但欲慕初平不然短楫棄家去萬頃松江看月明

秋曉聞禽聲五韻

秋曉風露佳天宇曠以清烏雀當此時意樂有和聲人獨不自喜乃欲鳴不平世事雖萬端但可笑絕纓君看郊與島徒自殘其生

對酒

素月度銀漢紅螺斟玉醪染丹梨半頰斫雪蟹雙螯詩就吟逾苦盃殘興尚豪閑愁翦不斷剩欲借并刀

又

密篠持苫屋寒蘆用織簾堯肩柴熟罨 東坡煑猪肉訣云淨洗鍋少著水柴頭罨煙焰不起 蓴菜豉初添黃甲如盤大紅丁似蜜甜街頭桑葉落相喚指青帘

示鄰里

古學陵夷失本原讀書萬卷誤元元從今相勉躬行處士庶人章數十言

重示

篤學仁何遠窮居道亦行能充氣剛大誰蔽性光明家世艱難業鄉閭宿昔情歲殘相勞苦惟是語春畊

雨夜起行室中

老疾逢秋體自輕披衣暫起繞床行隙風不斷燈將滅簷雨如傾階欲平鰥叟何嘗愁枕冷病夫未免待窗明拂書洗硯龜堂上幽事誰知日有程

閏月辛酉壬戌連日風雨癸亥早晴

殘雨在簷猶點滴斷雲銜日正蒼涼清愁偏向莫年覺少睡不禁秋夜長簾影漸生禽語樂杵聲初動藥

塵香諸兒作吏俱安否那得乘風至汝傍　予諸子伯叔季皆出仕

秋思

少日猖狂不自謀即今垂死更何求簡編不隔聖賢面夢寐時爲河嶽遊濁酒未傾心已醉長歌欲發涕先流石帆射的煙嵐晚過雁聲中又一秋

又

十日秋陰滿徑苔蓬門那有客敲推水邊丹葉已如許籬下黃花猶未開空見遊僧衡嶽去難逢新雁杜陵來溪雲一片閑舒卷戀著漁磯不肯回

閑遊

江邊小市舊經過歲月真如東逝波茶竈酒壚多識面少留賣藥買漁蓑

又

溪橋偶與僧遊話草市來尋逆旅炊自笑一生爲客慣捉驢小豎訴朝飢

又

祓除情累煙波上放蕩胸懷詩酒中禹會橋邊潮落處夕陽幾度繫孤篷

對鏡

面大如盤七尺身珥貂自合上麒麟詩家事業君休問不獨窮人亦瘦人

幽居書事

老人初起厭囂喧塵几從教鼠迹存赤脚平頭俱遣去倚牆危坐噉朝暾

又

買魚賒酒皆高興野店溪橋圖畫中從此衰翁自行耳不須多事喚蠻童

偶與客話峽中舊遊

我昔旅遊秋雨細建平城東門欲閉主人迎勞語蟬聯小婦春炊縞衣袂長年三老半醉醒蜀估峽商工算計須臾燈闇人欲眠泊船卸馱猶相繼山深水嶮

近蠻獠往往居民雜椎髻卽今屈指四十年懷抱悽涼真隔世

讀老子次前韻

平生好大忽瑣細焚香讀書戶常閉少年曾顧老聃役晚歲欲挹浮丘袂力探玄門窮衆妙肯學陰謀畫奇計言狂不獨人共排志大仍憂後難繼君看淡掃出蛾眉豈比一尺春風髻著書勿恤飽蠹魚會有子雲生後世

作籬

生世八十餘日夜迫衰老中年所築舍傾壞當官道每逢風雨夕性命凜莫保況此蘆竹藩何特不摧倒今朝手自葺不暇避塗潦雞豚有限隔門巷得鋤掃豈惟禦盜竊亦足慰懷抱陰雲忽四垂見事幸差早

寓歎

老生讀書百絕編日晏忘食夜廢眠孝經一生行不盡況有六籍陳吾前華軒玉食非素願廣廈高墉實

郵傳經營歸計笑時人我老但須書數卷

衡門感舊

蒼煙屯不散疋素橫郊原雨細不溼衣著水始見痕
躊躇意自佳未遽掩衡門一一送歸鴉楓林猶未昏
念昔壽州歸紹興初紀元闔門過百口一身今獨存
不死實有命送老三家村躬畊幸得食萬事不足論

客中作

江天雨霽秋光老野氣川雲淨如掃投空飛鳥雜落
葉極目斜陽襯衰草平沙爭渡人鵠立長亭下馬障
泥溼纍纍紅果絡青篋未霜先摘猶酸澀客中雖云
貪路程買薪糴米常留行茆檐獨坐待僮僕不聞人
聲聞碓聲

讀書示子遹

我性苦愛書未始去几案生雖後三代意尚卑兩漢
世衰道術裂年往朋友散澤居貧至骨霜冷衣露骭
猶能樂其樂肯發窮苦歎爾來更可笑身羅兒炊爨

一飽輒欣然弦誦等雝泮望古雖天淵視俗亦氷炭
阿適可憐生相守忘夜旦孤學當世傳歲月不可翫

老懷

老懷常易感秋雨苦難晴羈枕悲歡夢高城長短更
榮枯一蝸㘸成壞幾棋枰抱疾茅檐下行人肯寄聲

昨日得李孟達書

沉緜

沉緜久未平寂莫閉柴荊危葉先霜墜殘螢冒雨明
記書由默誦得食出躬耕此事吾親驗方當告後生

遊近村

行歷茶岡到藥園却從釣瀨入樵村半衰半健意蕭
散不雨不晴天晏溫薯蕷傍籬寒引蔓菖蒲絡石瘦
生根參差燈火茆檐晚童稚相呼正候門

又

被髮行歌雪滿膺夕陽顧影亂鬅鬙乞漿得酒人情
好賣劍買牛農事興社鼓賽秋聞坎坎塔燈照夜望

層層歸來閑指烏藤說箇是人間耐久朋

小亭

除地編茅作小亭一川風露對青冥殘螢欲盡猶穿戶落葉初飛已滿庭櫟老無心求匠石鬼靈有說拒奴星餘年默數能多少盡付黃庭兩卷經

記夢

少日飛揚翰墨場憶曾上疏動高皇寧知老作功名夢十萬全裝入晉陽

又

老來百事不關身北陌東阡一幅巾忽夢行軍太行路不惟無想亦無因

劍南詩稿卷第六十三終

劍南詩稿目錄

卷第六十四

寺　夢中作二首　舟行魯墟梅市之間偶賦
衰疾　憶昔　雨後寒甚　入冬病體差健
而貧彌甚戲作　蜀漢　新開小室　初冬絕
句二首　卽事六首　閒吟　自遣　記乙丑
十月一日夜夢二首　縱遊　村居書事六首
湖堤莫歸　題搨本姜楚公鷹二首　書巢
五詠　感遇六首　幽興　題詹仲信所藏米
元暉雲山小幅二首　詹仲信以山水二軸爲
壽固辭不可乃各作一絕句謝之二首　有所
懷　自嘲老態　十月十四夜夢與客分題得
早行　紹興中予初仕爲寧德主簿與同官飲
酒食蠣房甚樂後五十年有餉此味者感歎有
賦　酒海者大勸盃容一升當時所尚也　病中
雨夜　讀呂舍人詩追次其韻五首　菴中晚
思　枕上　冬夜　雜興二首

劍南詩稿卷第六十四

宋 陸游 務觀

養疾

齒耄嬰新疾才衰減舊名短筇扶蹇步小院愜幽情卜叟言災退醫翁賀脈平飯香炊穲稏羹美醃蕪菁菊穎寒猶小楓林曉漸赬清詩披客贄佳著指僧枰家塾燈前課村陂雨外畊從今尚何事賴此遣浮生

客從城中來

客從城中來相視慘不悅引盃撫長劍慨歎胡未滅我亦爲悲憤共論到明發向來酣鬭時人情願少歇及今數十秋復謂須歲月諸將爾何心安坐望旄節

莫秋中夜起坐次前韻

東吳秋令遲得雨亦良悅中庭有流螢烈風吹不滅披衣起坐久鼓角參差發西成雖作勞農事亦漸歇

老怯歲律殘俛仰忽九月蟋蟀鳴壁間𩙿汝知時節

閑遊

白石床平偶小留青芒屨穩復閑遊徼丹點破一林綠淡墨寫成千嶂秋竹院頻分齋鉢飯苔磯時把釣魚鉤要知此老神通否二十年來不識愁

自規

老疾今俱至艱難亦備更箇中無障蔽何處欠光明一日能用力三年亦有成脩身在我爾勉勉盡餘生

所謂三年有成者豈獨爲國哉

自笑

學道功賒歲月馳平居自笑著鞭遲安心未竟夜饒夢與世雖疎秋尚悲藥圃幽尋芒屨溼棋枰憨戰角巾欹只愁今夕西窗夢又買長筒到古郫

泛舟至鏡湖旁小市

久著朝衫負此湖扁舟剩喜補東隅市樓合樂酤新熟寺壁殘詩字欲無常日不堪愁宛轉此行猶得笑

須臾夕陽鷗鷺皆相識更覺人間是畏塗

懷舊

身是人間一斷蓬半生南北任秋風琴書昔作天涯客蓑笠今成澤畔翁夢破江亭山驛外詩成燈影雨聲中不須强覓前人比道似香山實不同

道院述懷

學道已非生死流極知心外更何求理窮性盡命亦至氣佳神全形自留大藥一爐真度世孤桐三尺可忘憂故人怪我歸來晚太華峯頭又素秋

又

八十年前一炷香依然餘習未全忘舊緣入靜多扃戶近爲精思別置床篝火古鐺煎檜蜜汲泉小瓮釀松肪老翁正似遼天鶴更覺人間歲月長

秋雨

雨滴何由止人眠不復成雲深無雁影村近有砧聲草草殘年夢寥寥後世名太山并螘垤俱向酒中平

又

秋晚兼旬雨雨晴當有霜頗思遊近縣亦已戒輕裝

珍叢披縣美寒醅撥雪香菊花常歲有所喜及重陽

聽雨

髮已成絲齒半搖燈殘香燼夜迢迢天河不洗胸中

恨却賴檐頭雨滴消

畏事

畏事偷安百不能飯蔬聊得曲吾肱舊交夢裏時時

見宿疾秋來日日增遣悶自鉏幽圃藥扶衰猶賴故

溪藤不因顧見鬅鬙影全是深山退院僧

刈穫後書事

鄰里西成例少蘇貧家生業得徐圖雖非五鼎豈無

食未辦複褌猶著襦牢豘漸肥堪奉祭耕牛已買不

求租却思流落天涯日要是家居勝道途

又

耄歲誰知困不蘇每虞黠鬼笑狂圖陶公老去但濁

酒管老歸來惟白襦不逐兒童覓兼味且隨鄰曲了殘租細思自有欣然處高謝人間九折途

秋夜五鼓初起坐堂上至旦

蒸鬱不可過開門星滿天身還倚藤杖手自酌巖泉雞唱猶相續鵶飛忽已翩事隨朝日出佳思復茫然

習懶自咎

習懶多遺事時能害睡眠貜驕殘竹筍鼠横齧床氈猧子巡籬落貍奴護箭編人間有俊物求買敢論錢

雨夜枕上作

雨點滴我心雨氣傷我魂但憂草廬破敢思布被温市壚酒如山不溼老瓦盆天其遂吾心窮死三家村

晚飯後步至門外並溪而歸

徐行摩腹出荆扉掠面風尖酒力微市步空舩迎荻去湖隄輕擔賣魚歸潺潺沙實鳴殘水莽莽平蕪襯落暉商略最關詩思處滿村砧杵搗秋衣

文章

文章如奕棋分量固有極學不盡其才識者爲太息
古來名世士亦或墮此域至今讀其文曷嘗不追惜
士生千載後夙慕當自力如其不能然歸哉事畊織

枕上口占

白首區區道未明故山悔不蚤歸畊勇如搏虎但堪
笑學似累棋那易成殘雨墮簷時一滴老雞棲樹已
三鳴村居孤寂知何憾雨耳猶勝聽市聲

乙丑九月三日晚久雨驟晴西南新月如玉鉤
重陽以八月置閏菊花粲然滿園喜甚作一絕
記之

初三新月見如期重九黃花又及時俱是人間稱心
事典衣一醉更何疑

寓歎

蕭疎殘髮數莖絲勝負渾如未算棋萬里旌旗無昨
夢一蓑煙雨有新詩潛消暗換人誰在小醉閑眠我
自奇二十四年能幾許汾陽回首亦成癡

村興

結宇楓林下久窮吾所安村深事自簡果少食差寬雨闇牛眠屋泥深鴨滿闌呼兒擣粉餌準擬賽鄰官

夜聞埭東賣酒鼓聲譁甚

烏桕森疏照溪赤寒鴉翩翻蔽天黑鮮鱸出網重兼斤新蟹登盤大盈尺年年此際清霜夜飯罷讀書聲滿舍豈惟父子講家學亦有朋儕結經社誰令屠沽聚里中鼓聲終夜聒老翁嗚呼安得寐無聰不但杜老左耳聾

燈下晚飱示子遹

家貧短衣不掩骭空庖淒淒竈不爨老翁八十忍飢熟兀坐空堂日常旰今年閏餘九月寒那敢遽議南山炭艱難幸復致一飱鋪歠燈前百憂散遹子挾冊于于來時與乃翁相論難但令歆向竟同歸門前籍湜何憂畔

秋晚書懷

七澤三巴日月長即今萬事付茫茫結廬窮僻新知少屬疾沉縣舊學荒中夜飯牛初上阪千年化鶴復還鄉自憐尚覺身爲累剩蓄荆薪待雪霜

又

頹然兀兀復騰騰萬事惟除死未曾無奈喜歡閑弄水不勝頑健遠尋僧喚船野岸橫斜渡問路雲山曲折登却笑吾兒多事在夜分未滅讀書燈

初寒

久雨重陽後清寒小雪前拾薪椎髻僕賣菜掘頭船薄米全家粥空牀故物氈身猶付一歃名字更須傳

掘頭船見張志和詩

黃昏小雨中氈𣮷蒼頭在傍云初未嘗得瞑予乃甚適若熟寐者作五字記之

人看初無寐形勞幸少休夢魂雖栩栩鼻息未齁齁輕若風中絮浮如水上漚死生君了否試向此中求

乾道之初卜居三山今四十年八十有一感事

抒懷

乾道之初結草廬三朝六見紀元初年光拋擲雖加倍生計蕭條愈不如目暗欲盲停夜課髮殘無幾怯晨梳市聲風便猶闢耳未死終當更徙居

視東皐歸小酌

築陂下麥晚歸來圍火烘衣始此回但得諸孫傳素業真無一事挂靈臺井桐葉落垂垂盡籬菊花殘續續開不負初寒蟹螯手床頭小瓮撥新醅

又

少年誤計慕浮名更事方知外物輕身誓生生辭祿食家當世世守農畊授時堯典先精讀陳業豳詩更力行最好水村風雪夜地爐煙暖歲豬鳴

梅市道中

去去浮官浦悠悠數客檣蓼花低蘸水楓樹老經霜簫鼓迎神鬧鉏耰下麥忙城西小市散歸艇滿斜陽

又

雨暗山陂路人喧古渡頭廟垣新畫馬村笛遠呼牛買飯諳爭席迎潮競解舟平生苦吟處又送一年秋

古寺

秋草荒無路來遊感廢興殘僧僅粥飯古像冷香燈扶病驚重到題名記昔曾自量難笑汝一歎倚枯藤

夢中作

繫馬朱橋上酒樓樓前數水拍堤流春風又作無情計滿路楊花輥雪毬

又

大慶橋頭春雨晴行人馬上聽鶯聲祥符西祀曾迎駕惆悵無人說太平

舟行魯墟梅市之間偶賦

短髮蕭蕭久挂冠江湖到處著身寬蓼花不逐蘋花老桐葉常先槲葉殘未卜柴荊臨峭絕且謀蓑笠釣荒寒閑人尚媿沙鷗在始信煙波得意難

衰疾

衰疾支離負聖時猶能采菊傍東籬捉衿見肘貧無敵聳膊成山瘦可知百歲光陰半歸酒一生事業略存詩不妨舉世無同志會有方來可與期

憶昔 偶見張安國周子充劉韶美王景文陳德召任元受遺集爲之感愴作長句紓悲不知涕泗之集也

憶昔高皇紐柄臣招徠賢雋聚朝紳寧知遺恨忽千載追數同時無一人薶骨九原應已朽殘書數帙尚如新此身露電那堪說也復燈前默愴神

雨後寒甚

陂澤連山腳風煙接海濱孤鴻悲遠客殘菊伴陳人酒盡瓶枵腹爐寒客曲身老翁殊耐事一笑自回春

入冬病體差健而貧彌甚戲作

乞骸自喜脫風塵北陌東阡負耒身夢裏相逢無豎子面間時出有真人閑憑曲几還終日不出衡門動過旬送老齏鹽君勿笑天教成就一生貧

蜀漢

憶昔遨遊蜀漢間騣騣五十尚朱顏呼鷹雪闇天回路采藥雲迷御愛山舊事已無人共說征途猶與夢相關夕陽不覺憑闌久待得林鴉接翅還

新開小室

竝檐開小室僅可容一几東為讀書窗初日滿窗紙衰眸頓清澈不畏字如蟣琅然絃誦聲和答有稚子餘年猶幾何此事殊可喜山童報炊熟束卷可以起

初冬絕句

鱸肥菰脆調羹美麰熟油新作餅香自古達人輕富貴倒緣鄉味憶還鄉

又

道途冬暝衣裘省村落年豐鼓吹喧下麥種麰無曠土壓桑接果有新園

即事

雲起山容改潮生浦面寬寒鴉先雁到烏柏後楓丹年邁狐裘帽時新豆搗糰非關嗜溫飽更事耐悲歡

又

遯居無外事白日不勝長詩爲窮差進琴雖老未忘映窗精試墨閉閤苦留香年少無相誚功名事更狂

又

日上小窗東禽鳴高樹中樂哉容膝地著此曲肱翁香進常遲散兒來亦旋通所慚貪坐睡鉛槧少新功

又

紙潔晴窗暖粳新午飯香嗜眠爲至樂省事是奇方孤蝶弄秋色亂鴉啼夕陽詩情隨處有信筆自成章

又

井稅無餘負川原已飽秋樵歌歸市步帆影過河堤野實丹兼漆村醪蜜與齏雖云有豐約不廢醉如泥

又

還鄉吳語熟伏枕越吟悲接客寒溫簡過鄰几杖隨獨嗟親舊少不覺歲時移陌上人爭看風欹白接䍦

閑吟

閑吟可是治愁藥一展吳牋萬事忘不惜莫年詶倡
絕猶能作意答秋光

自遣

衣冠尚作閑閑身祟粱肉終非退士宜惟有褐裘并豆
飯尚能相伴到期頤

記乙丑十月一日夜夢

夢裏江淮道上行解裝掃榻喜新晴店門邂逅綈袍
客共把茶甌說養生

又

旋糴街頭米數升黃昏看上店身燈明朝山路聞鐃
石買得烏騾喜不勝

縱遊

人事元知不可諧名山踏破幾青鞵百錢挂杖無時
醉一鍤隨身到處埋壁讀詩摩病眼僧窗看竹散
幽懷亦知詩料無窮盡燈火蕭疎過縣街

村居書事

過門車馬誰曾入塞路蓬蒿不復鉏雨漏日惟支敗屋鼠餘時自緝殘書

又

矮餅煑粥猶難繼小甑蒸餻豈解常偶得鹽虀便豪侈晨飧滿舍野蔬香

又

架橋築路村翁事裂網伸鉤老嫗心自笑年來足衰態軒昂故步懶重尋

又

書收鼠齧猶堪讀柿拾鴉殘亦自甜動念不如姑省事智謀老健恐難兼

又

修身世世詩書業營利明明市井人安得後生俱自好百年門戶本來貧

又

文辭苦思徒妨睡官職虛名不療飢垂老始知安樂

法紙爲竹馬伴兒嬉

湖堤莫歸

出郭岦湖無十里我歸蟹舍過魚梁川雲蒼白不成雨汀樹青紅初著霜俗孝家家供菽水農勤處處築陂塘樂哉追逐鄉三老半醉行歌詠歲穰

題搨本姜楚公鷹

憶昔呼鷹塞草枯妖狐狡兎笑談無明窗見畫空三歎恍若霜郊遇獵徒

又

弓面霜寒斗力增坐思鐵馬蹴河冰海東俊鶻何由得空看緜州舊畫鷹

書巢五詠

銅之在人間細大各有境散爲五銖貨聚作九牧鼎天祿與辟邪乃復參泓穎致用孰相須寒泉出金井

右硯滴

古者貝爲貨庶物賴以通後世貴銅臭退處書几中

楮生借光輝文字傳亡窮言利古所羞孰謂汝不逢

右砑蠹

時來偶見收過時自當退豈惟裁紙尾亦或用牘背
人情有貴賤志士感興廢庫中九萬張視我猶前輩

右故紙

鸞膠擣松煙成此金石姿雖以剛故折挺特終不移
微功在簡冊敢惜身蹈危雖非破硯文永世亦有辭

右折墨

銅壺受五升中貯太古醇相從亦已久一朝委流塵
我豈少恩哉白頭乃如新誰知矮道士亦作斥仙人

右空酒壺

感遇

仕宦五十年終不慕熱官年齡過八十久已辦一棺
結廬十餘間著身如海寬此外皆長物簡去心始安
稱意多怒嗔易可出艱難我無狐白裘短褐亦禦寒

又

士方貧賤時藜藿若不足一朝得富貴奴僕厭粱肉
大胾食亞夫空器餽荀彧何如茆檐下父子共饘粥
我生有至願世世謝寸祿有子復有孫無榮亦無辱

又

人之所甚患飢渴與寒暑粗免則已矣過計安用許
自奉非其分三彭將嫉汝寓形天壤間大抵皆逆旅
但能飽菜根何地不可處堂堂七尺軀切勿効兒女

又

我以善勉汝汝謂出訾毀置之不復言意又不能已
爲善如築臺成功由積累中休猶不可況本無基址
未言破萬卷日且讀十紙學雖在力行要是從此始

又

我初居三山同里數十人尊酒相勞苦言辭亦諄諄
去來四十年皆成塚中塵子孫雖或存敗屋賣作薪
此亦何罪哉不過坐一貧我幸未至此亦復拙謀身
無飯可哺汝觸目成悲辛

又

人與人爲徒事我葢有緣司晨與警夜異類亦可憐

䑛糠啄遺粒要使全其天人則當教誨見善或能遷

盛怒姑小忍雖蒲豈非鞭事過我亦喜陶然送流年

幽興

老向浮生意漸闌飄然俟死水雲閒龜支牀穩新寒

夜鶴附書歸舊隱山無意詩方近平淡絕交夢亦覺

清閑一端更出淵明上寂寂柴門本不關

題詹仲信所藏米元暉雲山小幅

俗韻凡情一點無開元以上立規模鏡湖老監空揮

淚想見楚江清曉圖 徽宗見元暉楚江清曉圖大加賞歎

又

一棹朝南莫北風奇峯倒影綠波中定知漸近三山

路認得漁翁是放翁

詹仲信以山水二軸爲壽固辭不可乃各作一

絕句謝之

策蹇渡橋春雨餘亂山缺處草亭孤不知何許丹青手畫我當年入蜀圖

右春山

雪崦梅村一徑斜茆檐煙火兩三家眼明見此幽棲地却恨吾廬已太奢

右雪山

有所懷

鏡裏形模日夜衰三峯師友久暌離芝房又失耘鋤候丹劑常思沐浴時雷雨未成龍起晚海天無際鶴歸遲午窗一鉢青精飯揀得香薪手自炊

自嘲老態

世念秋毫盡渾如學語兒得床眠易熟有飯食無時紗帽簪花舞盆池弄水嬉從今轉無事靜坐不吟詩

十月十四夜夢與客分題得早行

蓐食寒燈下脂車小市傍驛門猶淡月街樹正清霜觸目關河異興懷道路長丈夫當自力雙鬢易蒼蒼

紹興中予初仕爲寧德主簿與同官飲酒食蠣房甚樂後五十年有餉此味者感歎有賦酒海者大勸盃容一升當時所尚也

昔仕閩江日民淳簿領閑同寮飛酒海小吏擘蠔山夢境悠然逝羸軀獨爾頑所嗟晨鏡裏非復舊朱顔

病中雨夜

蹭蹬今如此沉縣不復支心隨形共顇年與智俱衰雨急孤燈暗雲深斷雁悲舊書空滿架惆悵負明時

讀呂舍人詩追次其韻

士生始從學取友實先務吾聞諸古人傾蓋有如故

又

漢宮長生藥至取雲表露治身當何如而受一塵汚有過當相規有善當相告豈惟定新交亦以篤舊好勢利古所羞置之勿復道霜霣萬木凋孰秉歲寒操

又

少壯如昨日忽已及耄期舊友散莫收亦復少新知

言歸鏡湖上日日醉東籬自笑如寒蝶裴回殘菊枝

東籬予小圃名

又

道士成金丹青雲可接翼小夫豈知此危坐學數息

如持一畚土自謂河可塞生不遇碩師幾何不自賊

又

三沐復三熏佩玉懷明珠何至不自珍欲效豕負塗

傳呼雖甚寵正可誇羣奴君看魏徵孫世世爲農夫

庵中晚思

小庵摩腹獨彷徉俗事紛紛有底忙雲影忽生鶉薇

日雨聲不斷葉飛霜經綸正復慚伊傅雜駁猶能陋

漢唐卷盡殘書窗已晚笑呼童子換爐香

枕上

熒熒地爐火煑藥土床前高帝老朝士長安舊少年

松高露時滴城遠鼓猶傳抛擲百年事且安殘夜眠

冬夜

杞菊家風有自來充飢藜糝不盈盃雲迷野渡一聲
鴈雪暗山村千樹梅宴坐何妨面菴壁長吟且復畫
爐灰歲殘尚恨新春遠欲挽天邊斗柄回

雜興

陋巷無心長草萊柴門偶自不曾開餘齡漸迫諸孫
長徂歲將窮積雪來旦欲燎衣無宿爐莫思賴頻但
空罍孰知自有忘憂處遶坐新書正作堆

又

此身漂蕩等流槎又向江村送歲華急雨遇寒凝作
雪明燈無炧結成花座懸鏡古森毛髮甌聚茶香爽
齒牙況是貧家多樂事阿開漸學手吒叉

劍南詩稿卷第六十四終

劍南詩稿目錄

卷第六十五

劍南詩稿卷第六十五

宋　陸游　務觀

稽山行

稽山何巍巍浙江水湯湯千里亘大野勾踐之所荒
春雨桑柘綠秋風秔稻香村村作蟹椵處處起魚梁
陂放萬頭鴨園覆千畦薑舂碓聲如雷私債逾官倉
禹廟爭奉牲蘭亭共流觴空巷看競渡倒社觀戲場
項里楊梅熟采摘日夜忙翠籃滿山路不數荔枝筐
星馳入侯家那惜黃金償湘湖蓴菜出賣者環三鄉
何以共烹煮鱸魚三尺長芳鮮初上市羊酪何足當
鏡湖滀衆水自漢無旱蝗重樓與曲檻瀲灩浮湖光
舟行以當車小繖遮新粧淺坊小陌間深夜理絲簧
我老述此詩妄繼古樂章恨無季札聽大國風泱泱

贈論命周雲秀才

周郎頎然市中隱精神卓犖秋天隼忽來過我論五
行袖出詩卷如束筍人生一息不自保況我耄期真
待盡君今盛爲談未來我亦聽之俱可驩雖然此心
猶未泯何至死去同蠢蠢地下不作修文郎天上亦
爲京兆尹

自嘲

受福元無一羽輕豈如造物假餘生抱痾不死躋高
壽遇亂能全見太平投諸斷鴻常自閔營巢倦鵲固
難成乘除亦有堪慚處記誦文辭誤得名

自寬

兀兀空齋靜掩扉篝爐香細著秋衣簷頭殘雨晴猶
滴欄角羈雲晚未歸支枕口和心共語挑燈形與影
相依卷書未覺唐虞遠知我何妨舉世稀

唐虞

唐虞雖遠愈巍巍孔氏如天孰得違大道豈容私學
裂專門常怪世儒非少林尚忌隨人轉老氏亦尊知

我稀能盡此心方有得勿持糟粕議精微

幽事絕句

死生歸有命榮悴出無心苔井閑磨劍松窗自斲琴

又

矮紙來吳下長毫出宛陵自書霜夜句持寄剡中僧

又

昨夕風掀屋今朝雨壞牆雖知炊米盡不廢野歌長

又

煙畦朝斸藥雪澗夜淘丹仄徑何曾嶮單袍不覺寒

又

新傳服氣訣舊喜步虛吟兒女不難棄雲山何處深

又

客生聞吠犬草茂有鳴蛙日昳方炊飯秋深始采茶

寄題廬陵王晉輔先輩桂堂

楚人託草木桂在椒蘭中我懷小山句妙絕窮化工唐人作山水亦以桂配松丹葩間綠葉錦繡相疊重

不知始何時巖桂開秋風楚人所稱者委棄等蒿蓬
嗚呼各有時士豈怨不逢我作桂堂詩廣子雲夢胸

寄題王晉輔專春堂 堂前皆種牡丹

三月風光不貸人千紅百紫已成塵牡丹底事開偏
晚本自無心獨占春

鼠屢敗吾書偶得貍奴捕殺無虛日羣鼠幾空
爲賦此詩

服役無人自炷香貍奴乃肯伴禪房晝眠共藉床敷
暖夜坐同聞漏鼓長賈勇遂能空鼠穴策勛何止履
胡腸魚飱雖薄真無媿不向花間捕蝶忙 道士李勝之
畫捕蝶獅猫以譏當世

讀唐書忠義傳

志士慕古人忠臣挺奇節就死有處所天日爲無色
大義孰不知臨難欠健決我思杲卿髮可配嵇紹血

病後作

骨相坐一寒仕宦經百謫晚入文昌省又坐煩言嘖

詔書復收召付以大典冊期年甫奏篇皇恐亟自劾歸來稽山下三食新穫麥草屨布帬襦徒步老阡陌今年疾屢作恍若將歸客道士言犯土拜章安舍宅巫言神去幹翦紙招魂魄把臂忽自悟此豈屋漏脈盡去囊中藥默觀鼻端白正氣徐自還鬼子何足磔

山中

草閣留雲宿溪橋引鶴行身閑詩曠逸心靜夢和平石乳無時滴松舫徹夜明山中足幽趣不是傲公卿

夜思

風掃浮雲作快晴窗聲終夜雜簾聲月明滿院鵲驚起霜冷壓栖雞嬾鳴名字虛稱舊朝士門庭元是老書生尚餘一事猶堪喜北陌東阡醉太平

晨起

晨起梳頭雪滿膺可憐衰與病相乘浮名何足欺橫目真樂聊須付曲肱仕有俸錢渠亦好退無耕壠我何憑具牛力盡殊堪閔買犢東村恨未能

老態

破榼愁春近空囷畏日長頭風便菊枕足痺倚藜床

又

冉冉殘年逼悠悠萬事忘有兒堪晤語無客亦何妨

寡欲貧何損無才老更宜挂牆多漢刻插架半唐詩

飯已頻摩腹兒來暫解頤尚悲吳蜀遠未免故人思

謂張季長

枕上

夜雨一再作燈前獨詠詩影看孤鶴瘦吟苦斷蛩悲

幽夢悠然覺清笳何足吹殘年猶幾日已矣媿明時

贈過門道人

朝行市塵中奔馬不可及莫涉清溪流芒屨了不溼

巖扉一丹竈山路兩書笈白驢可置掌童子亦絕粒

邂逅安期生電逝不暇揖太華獨嶷然萬仞道傍立

道院雜興

江上霜風吹角巾東歸不獨為吳蓴掃除長劍華纓

夢收拾孤颿短棹身勾漏丹砂開竈晚商顏芝草滿山春東封敢擬迎鑾仗且作行歌陌上人

又

征途暗盡舊貂裘歸臥林間喜自由體倦尚憑書引睡心安不假酒攻愁丹爐弄火經年熟竹院聽琴竟日留今旦理髯還一笑白間時有黑絲抽

又

早歲知聞久已空巋然猶有瀛城翁東樓誰記傾春碧（敘州蓋古戎州也有東樓厨醞本名重碧范至能易爲春碧）北嶺空思擘晚紅（北嶺在福州予少時與友人朱景參會嶺下僧舍時秋晚荔子獨晚紅在）冉冉流年霜鬢外纍纍荒塚綠蕪中琳房何日金丹熟老鶴猶堪萬里風

又

龜堂有叟富神通白髮何妨兩頰紅先取山川來掌上却移天地入壺中鸎花不老非塵世風月常新奪化工近作東籬君未見一尊少住莫悤悤

山村經行因施藥

閑行偶復到山村父老遮留共一尊曩日見公孫未晬如今已解牧雞豚

又

耕傭蠶婦共欣然得見先生定有年掃灑門庭拂床几瓦盆盛酒薦豚肩

又

兒扶一老候溪邊來告頭風久未痊不用更求芎芷輩吾詩讀罷自醒然

又

驢肩每帶藥囊行村巷歡欣夾道迎共說向來曾活我生兒多以陸爲名

又

逆旅人家近野橋偶因秣蹇暫消搖村翁不解讀本草爭就先生辨藥苗

歎老

身歷邅回事萬端天教林下養衰殘文編似是他人
作書卷如曾隔世觀久已悠悠置恩怨況能一一記
悲懽牀頭周易真良藥不是書生强自寬

即事

秃尾驢嘶小市門側蓬帆過古城村此生感慨知何
限斗酒新豐不足論

又

草衣木食更何求穴處巢居過即休尚恨未能全省
事一竿風月釣滄洲

自賀

胎髮茸茸綠映巾歸耕猶是太平民流觴內史招同
社扛鼎將軍與卜鄰弊居去蘭亭項里皆甚邇曾冠六鼇
非俗吏已開九秩是陳人一盃剩約梅花醉又見開
禧第二春

天氣作雪戲作

八十又過二與人風馬牛深知老當逸孰謂死方休

細衲兜羅襪奇温吉貝裘閉門薪炭足雪夜可無憂
家風

春耕秋釣舊家風門巷荒寒屋壁空四海交情殘夢
裏一生心事斷編中買魚日待攜籃女裹藥時從挾
篾翁　俗謂買藥爲裹藥　便廢閑吟亦未可吾徒豈獨坐
詩窮

十二月二日夜夢遊沈氏園亭
路近城南已怕行沈家園裏更傷情香穿客袖梅花
在綠蘸寺橋春水生

又
城南小陌又逢春只見梅花不見人玉骨久成泉下
土墨痕猶鏁壁間塵

江干
霜晴忽念到江干小蹇羸童路已乾骨相豈能當富
貴鬢毛聊喜耐悲歡客途冬暝衣裘薄村市年豐酒
酸寬殘臘即今無十日剩求芹蓼助春盤

獨行過柳橋而歸

寒雲覆江干慘慘雪欲作草枯狐兎見鷹隼方縱搏老翁卧蓬戶疾痛在腰腳忽覺意稍佳快若解束縛呼童扶下堂西出度略彴浮波見鳧雁決起驚烏鵲籬根犬迎吠碓下雞俛啄霜餘桑葉積春近柳枝弱徐行過傍舍醉笑盛醻酢歲莫農事休羨爾羣飲樂

戲遣老懷

平生碌碌本無奇況是年垂九十時阿囝略如郎罷老穉孫能伴太翁嬉花前騎竹强名馬階下埋盆便作池一笑不妨閑過日歎衰憂死却成癡

又

清羸正怯倚闌干紗帽還驚半指寬日漏雲端纔欲暝風催梅信又成寒尋僧竹院逢茶熟引鶴溪橋及雪殘只道捐書差似達庖丁數紙尚須看

又

兒時萬死避胡兵敢料時清畢此生已迫九齡身愈

健孰觀萬卷眼猶明深深小塢梅初動瀲瀲清溪水欲平安得飄然從此逝繞山風月聽吹笙

又

舊襲家風號散人晚承恩詔賜閑身放狂泥酒都忘老厚價收書不似貧霜曉方驚羣木脫春晴又喜一花新先生偶出人難遇陌上爭先看角巾

又

本意歸來老故丘閑門飯足尚何求閑雲一片自舒卷幽鳥數聲相應訓但得有書時到眼正令無酒亦忘憂東籬偪仄纔尋丈已敵征西萬戶侯

對鏡

歲月雖遄邁形容未苦癯髮如新沐潤顏似半酣朱書讀常終卷山行亦却扶悠悠隨日過不復歎頭顱

晨起

客枕長霜氣曉窗收月痕芸芸萬物作皎皎一心存老已忘開卷貧猶力灌園兒孫能繼此亦足報君恩

吾年過八十

吾年過八十久已棄朝簪化蝶有殘夢焦桐無賞音溪聲喧夜旦野色變晴陰欲講平生學茫然不可尋

又

八十又過二自言名放翁斧斤遺壽櫟雲海寄冥鴻酒挂驢鞍側詩投藥笈中灞城逢劇叟共語莫匆匆

述志

椎牛釃酒千人帳破浪凌風萬斛船常恨書生無此快一生低首短檠前

又

新豐買酒慰無聊衝雪騎驢上灞橋罷老尚堪吞貔子松風何至羨山苗

排悶

吹盡梅花了不知化工也誤老人期離離新草隨愁出漠漠餘寒與睡宜古錦一聯吟舊句文楸數著理殘棋波生澄澗君何怪禪榻從來映鬢絲

舟中作

林麓重重霧雨昏扁舟晚過郡南門鑄金越相遺祠古執玉塗山王氣存官道蒼茫多水驛客遊飄泊厭風飱剡中此去無多地會約支公聽斷猿

丙寅元日

縹緲初聞寺閣鐘霏微零雨兆年豐家家椒酒歡聲裏戸戸桃符霽色中春枕方濃從賣困社醅雖美倦治聾從今萬事俱拋擲且作人間百歲翁

新晴

夜雨空堦滴到明山雲忽斂作新晴門前月淡有檐影牆外泥乾無屐聲與世日疎愁易遣入春得暵疾差平便當剩作滄洲趣寄語沙鷗勿敗盟

新歲

改歲鍾馗在依然舊綠襦老庖供餺飥跣婢暵屠蘇載糗送窮鬼扶箕迎紫姑兒童欺老瞶明燭聚呼盧

簡邢德允

邢子襟靈舊絕塵爾來句法更清新淡交喜得山棲友傑作疑非火食人豈但僕奴看屈子直須塗改到生民與君兩世交情厚剩欲燈前對角巾

簡蘇邵叟

君家文獻歷十朝魏公㦸冕加金貂孫支得君愈雋發貴名突兀凌煙霄居吳入蜀三十載諸公熟能折簡招潤松意氣極磊砢天馬毛骨何超遙鼎來行卷十九首縹山明月聞吹簫沉香亭畔未須說想見風雪上灞橋老夫誦之羣玉府學士如堵不敢驕爾來一編愈妙絕粲若新霽瞻斗杓出爲龍首子何有老穿豹尾我亦聊湖邊酒樓無十步胸次瀟灑思同澆

東村

信脚村墟路歸來日未西波清魚隊密風小鵲巢低白水初平岸青蕪亦徧犂市壚多美酒飲具不須齎

新曆歎

新曆在手心怕開日月聯翩相續來黃金散盡自一

快白髮不貸真可哀無爲健羨廣成子千二百年終有死膠不可黏西去日刀何由翦東流水酒無醇醨但痛飲市醞上尊俱醉耳堂堂七尺死卽休不飽烏鳶飽螻蟻

雪中

忽忽悲悲窮處悠悠感感歲華莫雲如潑墨春雪不成花

又

眼澀燈生暈詩成字半斜殘尊已傾盡試起問東家

春晝雪如篩清羸病起時跡深驚虎過煙絕閔僧飢地凍萱芽短林寒鳥哢遲西窗斜日晚呵手斂殘棋

早春出遊

微雲薄靄新晴後小蓋輕輿古道遙林杪幽禽初學囀牆陰凍雪未全消酒壚日莫收青旆市步人歸擁畫橈欹帽捫鬚常半醉逢人誰與話無憀

又

人生何適不艱難賴是胸中萬斛寬尺宅常朱那待

酒上池頻飲自成丹楚祠花發呼舟去禹穴雲生倚杖看更有新春堪喜事一村簫鼓祭蠶官

東籬

東籬深僻嬾衣裳書卷縱橫雜藥囊無吏徵租終日睡得錢沽酒一春狂新營茅舍軒窗靜旋煑山蔬七筯香戲集句圖書素壁本來無事却成忙

又

漫道深居晝掩關東籬栽接不曾閑每因清夢遊敷水自覺前身隱華山花發時時攜綠酒客來往往羡朱顏藥爐安著猶無地擬展茅茨一兩間

又

東偏隙地作疏籬遇與無非一笑時陪客投壺新罰酒與兒鬬草又輸詩山桃溪杏栽俱活藥鑱漁竿動自隨家事猶令罷關白固應黜陟不曾知

村市醉歸

明時乞得水雲身白首扶衰又見春橫木門幽謝來

客獨轅車小避行人湘湖水長蒓絲滑蘭渚泥融筍茁新處處酒壚皆可醉不辭微雨墊吾巾

村夜

入春雨雪無休日雨止猶陰未快晴萬竅怒號風不定半輪斜照月微明百年辛苦農桑業五處睽離父子情但得平安已爲幸孤燈殘火過三更 時子虡調官行在子龍阻風西陵子修在閩子坦在海昌子與子布子遹守舍

旅思

百病集殘骸閑遊且散懷旅裝如遠役蔬食似長齋買藥停山步求醫過縣街春寒殊未已閉戶夜燃䕸

對酒作

憑閣風吹帽穿林雨墊巾相呼十日飲不負百年身陌上金羈馬墳前石琢麟於吾竟何有笑殺武陵人

遊東村

露草衡門曉風松一塢幽新春有佳日老子得閑遊鷗爲忘機下魚緣得計浮歸途無遠近一葉亂漁舟

晨起

老境真無事深居每畏人喔咿雞失旦啞咤烏鳴春過擔餦餭白擎盤粔籹新出門還可喜一笑語比鄰夢中作

世事何由可控摶故山歸臥有餘歡澗泉見底藥根瘦石室生雲丹竈寒人遠忽聞清歗起山開頻得異書看一朝出赴安期約萬里煙霄駕紫鸞

春雨

片片紅梅落纖纖綠草生無端夜來雨又礙出門行

又

春陰易成雨客病不禁寒又與梅花別無因一倚欄

又

胸懷阮步兵詩句謝宣城今夕俱參透焚香聽雨聲

又

疎點空堦雨長明古殿燈廬山岑寂夜我是定中僧

村店

水汎輕搖檝山行穩跨驢朝晡半晴雨閭里雜樵漁野鷺浮寒浦飢鴉集老欅店家看壞壁忽見昔年書

久雨薪炭食飲俱不繼戲作

澤國春饒雨書生老益貧固難誇練炭亦豈擇勞薪鹽盡纔供莫醯微尚惱鄰人嗤信書誤癡絕望常珍

溪上

偶就澄溪照幅巾蘭亭遺韻想清真功名不入山林夢詩酒猶關老病身萬事只增思魯歎百年常媿避秦人超然聊喜高情在手挈長條貫細鱗

謝君寄一犂春雨圖求詩爲作絕句

說著功名我自羞喜君解劍換吳牛莫將江上一犂雨輕博人間萬戶侯

又

老農雖瘠喜牛肥回首紅塵萬事非耕罷春蕪天欲莫小舟衝雨載犂歸

二月一日夜夢

夢裏遇奇士高樓酣且歌霸圖輕管樂王道探丘軻
大指如符券微瑕互琢磨相知殊恨晚所得不勝多
勝算觀天定精忠壓虜和眞當起莘渭何止復關河
陣法參奇正戎旃相盪摩覺來空雨泣壯志已蹉跎

新晴

寂寂房櫳鳥雀聲熏籠茶竈正施行繁花滿樹春纔
半斜日穿雲雨乍晴引睡書橫猶在架圍棋客散但
空枰病懷莫道傷幽獨小榼芳醪手自傾

又

挂冠湖上遂吾初捫腹消摇適有餘羹煑野蔬元足
味屋茨生草亦安居市壚分熟通賒酒鄰舍情深許
借驢更喜新晴滿窗日籤題重整一牀書

望永思陵

高帝中興萬物春青衫曾忝綴廷紳仕爲將相却常
事年及耄期能幾人早幸執殳觀北伐晚叨秉筆記
東巡歸畊況復蒼梧近鬱鬱葱葱佳氣新　紹興末駕幸

金陵游適在朝列淳熙末上命羣臣齊集文華閣修高宗實錄游首被
選

燈下小酌

江湖雙鬢禿宇宙一身窮酒湏搖輕碧燈花落碎紅
交情元易見春事半成空尚覬身強健煙畦擷芥菘

春遊

杏花天氣喜新晴白首書生樂太平小陌鞦韆雖隔
世名園祓禊尚關情山林自古流觴地絃管誰家送
酒聲蒓菜鮝魚初滿市莫將羊酪敵南烹

又

窮愁終日竟胡為老健人間自一奇每駕柴車遊古
寺間騎竹馬伴羣兒登臨蘭渚流觴地蘭亭本名蘭渚
蕭散狐泉冷螆時練布單衣白羽扇路傍人總道相
宜

春日雜賦

羈懷病思正厭厭詩卷漁竿信手拈老境何嘗忘一

笑春風也解到窮閻殘花滿地無餘蕚新筍掀泥已露尖轉老轉窮君勿笑熊蹯魚腹豈容兼

又

鬢毛八九已成霜此際逢春只自傷苦雨不容花抵敵餘寒猶賴酒禁當退紅衣焙熏香冷古錦詩囊覓句忙堪笑散人閑事業西窗容易又斜陽 唐樂府云床上小熏籠韶州新退紅

又

江湖放浪水雲人藥物枝梧夢幻身移竹南窗初試筍掃花北陌旋成塵窮忙自笑常終日老健猶能不負春未遂初心惟一事乞薪賒米惱吾鄰

又

乞得身歸剡曲邊衡門茅舍共蕭然向來誤討守書冊此日遣愁無酒錢俗客妬閑來衮衮流年欺老去翩翩梨花楊柳清明過且向江村剩放顛

又

人生覓飯元多術最下方爲祿代耕脫却朝衫猶老健快如苦雨得春晴鳥聲頻喚五更夢花氣頻醒三日酲最喜晨興聞剝啄吾兒書札到柴荊

悲歌行

讀書不能遂吾志屬文不能盡吾才遠遊方樂歸太早大藥未就老已催結廬城南十里近柴門正對湖山開有時野行桑下宿亦或慟哭中途回檀公畫計三十六不如一篇歸去來紫駝之峯玄熊掌不如飯豆羹芋魁腰間纍纍六相印不如高臥鼻息轟春雷安得寶瑟五十弦爲我寫盡無窮哀

梅市莫歸三山

日日蠻童佩一壺壺乾時亦復村酤橫林露塔遠猶見莫靄籠山淡欲無綠浦例憑菰作界畫橈常遣鷺前驅此身元是滄浪客敢學高人乞鏡湖

龜堂偶題

文章何物求渠力詩亦安能使汝窮春水一池花百

本此生未易報天公

又

細肋臥沙來左輔巨螯斫雪出東吳不知一飽摩便腹得似茅檐薺糝無

泛湖

白鷺雙飛導我前自疑身是水中仙放舟漢客樵風裏擲釣秦皇酒瓮邊山寺雲間傳講鼓漁家浦口起炊煙箇中得意君知否買盡煙波不用錢

劍南詩稿卷第六十五終

劍南詩稿目錄

卷第六十六

劍南詩稿卷第六十六

宋　陸　游　務觀

園中作

疎籬圍中庭野水赴方塘春雨路易乾徐步躡夕陽豔豔紅杏梢忽已占年光我老來日短乃復不自量接花待其成鄰里共笑狂萬事孰能料社櫟老不僵磊磊盤中果安知不獲嘗作詩遣閑愁一笑無留觴

寄題求志堂

古人不輕出出則堯舜其君民古人不輕隱隱則坐使風俗淳孰知後世乃不然唐虞日遠如飛煙異端欲出六籍上裔夷直居中夏先窮居求志達行道儻不塞責真負天士固不可苟富貴顧亦豈可徒貧賤如其一念有媿心寧不終身戴慚面老夫少年鐵鑄硯欲窺聖門終未見祝君勿恃來日長八九十年如

掣電

贈過門道人

賣藥人間兩屨輕飄然雲水不論程曉經浦口亂流渡夜宿山家乘月行

春晚

門巷蕭條老病侵春晴方快又春陰豕呑白笑如孤鶴導引何妨効五禽雨洗杏花紅欲盡日烘楊柳綠初深雛鸎寧有平生舊也傍茆檐送好音

又

村巷泥深晝掩門倚闌搔首一消魂花經風雨人方惜士在江湖道更尊擘浪忽看魚對躍入雲時見鶴孤騫向來莘渭今安在歎息誰能起九原

梨花

開向春殘不恨遲綠楊窣地最相宜征西幕府煎茶地一幅邊鸞畫折枝 宣司靜鎮堂屏上有邊鸞梨花

又

粉淡香清自一家未容桃李占年華常思南鄭清明路醉裹迎風雪一枝

又

嘉陵江色嫩如藍鳳集山光照馬銜楊柳梨花迎客處至今時夢到城南

農桑

農事初興未苦忙且支漏屋補頹牆山歌高下皆成調野水縱横自入塘

又

水長人家浸稻秧蠶生女手摘桑黄差科未起身無事鄰曲相過日正長

又

采桑蠶婦念蠶飢陌上忽忽負籠歸却羡鄰家下湖早畫舩青繖去如飛

又

蠶如黑蟻稻青鍼夫婦畊桑各苦心但得老親供養

足不羞布衭與蒿簪

自嘲

野叟身常雜傭保苐圃荒庭自鋤掃小兒畊養堇堇足大兒游宦垂垂老朝餐未破百瓮齏晚餉猶存兩囷棗舂粳但備翁作糜儲帛纔堪孫裂褓賢愚元自一王尊癡鈍寧論萬馮道可憐對客猶自矜談道能令君絶倒

春晚

寂寞又過桃李時東園微雨草離離破囷食外有餘粟殘髮白中生黑絲小疾已能忘藥石餘年寧復問著龜飾巾待盡從來事閉戶燒香更不疑

又

正見山陂草木芽狂風忽掃萬枝花病懷久已忘春事老眼猶能惜物華枕上有詩頻自改尊中無酒不妨賒昔人漫道傷幽獨野鶴分巢即是家

閉戶

乞身林下養衰殘閉戶寧容外物干正使有爲終淡
泊未能無疾已輕安寸陰息念如年永丈室端居抵
海寬老子爾來深達此却嫌兒女話團欒

晨起

初聽高枝鵯鵊鳴旋聞深井轆轤聲煙籠小閣猶疑
雨日射東窗頓作晴古洗注湯供頮濯春畦摘菜
炰烹老人頹惰雖堪笑終勝胷中懷不平

出遊

九日陰蘙一日晴此行處處是丹青斷雲零落江郊
路壽木輪囷古驛亭饁婦徽行望畊壠漁歌相和起
煙汀拔山意氣今何在猶有遺祠可乞靈 路過項羽廟

又

近過父老遠尋僧病起經行力漸增織室蹋機鳴軋
軋稻陂潴水築登登淺深村落時分徑高下川原自
作層薄莫到家還熟睡隔林鐘鼓報晨興

又

吳地清明未減寒梨花初動杏花殘平沙漫漫人爭
渡微雨蕭蕭客跨鞍野寺吹螺作春會山郵糴米具
朝餐已開九帙吾何覬時說金丹强自寬

又

東阡南陌適逢晴小蹇輕裝短作程白水滿陂秧馬
躍綠陰遶舍緯車鳴過村小婦憑牆看入寺高人攬
袂迎剩倩東風吹柳絮放翁詩到此時成

曳杖

曳杖寄彷徉徐行轉曲廊病知貪酒害老悔愛花狂
庭樹雲收影簾旌雨浥香悠然有佳處物我兩相忘

自詠

曾箸杞菊賦自名桑苧翁常開羅爵網不下釣魚筩
租稅先期畢陂塘與衆同士章八十字世世寫屏風

予寫孝經士章八十四字爲屏風

雜興

謀生在衣食不仕當作農識字讀農書豈不賢雕蟲

婦當娶農家養蠶事炊舂晨耕候春扈夜織驚秋蛩

畦蔬勝肉羹社酒如粥醲毋爲慕朝憤諂笑求見容

又

家世本臞儒自奉至儉薄肉食固難期間亦闕鹽酪

賓朋飯芋豆時節羹藜藿偶然設鷄豚變色相與作

家居常守此自討豈不樂蔬園畏蹴蹋切勿思大嚼

又

家本徙壽春遭亂建炎初南來避狂寇乃復遇强胡

于時兇兩髦幾不保頭顱亂定不敢歸三載東陽居

人事固難料今乃八十餘努力未死間讀我先人書

又

讀詩讀七月治書治無逸王業與農功事異理則一

此外復何爲齊民有遺術一飽不啻足切勿爲利訹

大屋起道傍百鬼闞其室曷不觀陸翁食菜開九帙

又

三吳氣候異開歲固多雨今年已莫春霽日僅可數

寒氣薄腠理沉痛結心膂遣奴買藥物日夜事炮煮
端居情懷惡欲出泥淖阻安得平生歡駕言問良苦

雜感

病臥踐衰境躬畊歸故園怒蛙號廢沼妖鵩嘯荒村
里巷魚飱薄坊場黍酒渾相逢欲話舊意極轉忘言

又

道進身垂老方靈病已侵知難逃死籍猶得遂歸心
星斗開孤劍塵埃拂素琴妄庸常衮衮誰與論幽深

又

雨霽花無幾愁多酒不支淒涼數聲笛零亂一枰棋
蹈海言猶在移山志未衰何人知壯士擊筑有餘悲

又

草徑纔容步茅廬僅庇床原貧道尊顯回夭死芬芳
弦誦喧清曉鉏耰滿夕陽此風能不墜韋布亦何傷

又

早仕讒銷骨遲歸悔噬臍短衣猶掩脛窮巷固多泥

婢喜蠶三幼鄉中謂蠶眠爲幼 奴貪雨一犂衡茅明我眼刮膜謝金篦

又

春晚晴還雨村深醉復醒溪添半篙綠山可一窗青藥品隨長鑱花名記小屏閑身幸無事吟嘯送餘齡

雨䨓

吾園畜兩䨓皆驚未易馴及今纔幾時弭耳常依人飢食園中草渴飲溝澗濱時時輟餘糧亦未耗吾囷

書感

吏或無佳政盜賊起齊民孰能撫以德坐還三代醇疋馬曾爲塞上遊東歸幾見剡川秋故城廢市古今歎斷角殘鐘朝莫愁尺寸無功真碌碌耄期未死轉悠悠阿奴尚喜强人意三日於菟氣食牛開孫以二月二十日拏晬盤

書意

萬事馬牛風蕭然破屋中忍貧增力量耐辱見神通

道進天魔散心安客疾空微言施魚鳥一一脫池籠

讀唐書

力行可使金如土篤好能徠馬若龍斗米三錢本常事風雲千載自難逢

雜題

貧中得味如飧蔗語下明心似到鄉對客欲談渾忘却笑呼童子替燒香

又

半飽半飢窮境界知晴知雨病形骸軒昂似鶴那求料枯槁如僧不赴齋

又

傳家只要存書種學道當知養聖胎寧使終身還比景莫令一物汙靈臺

又

大兒都門久栖栖小兒調官今復西鄰家父子我所羨泥水沒膝扶畊犂

栽牡丹

攜鋤庭下斸蒼苔墨紫鞓紅手自栽老子龍鍾逾八十死前猶見幾回開

夜聞姑惡

學道當於萬事輕可憐力淺未忘情孤愁忽起不可耐風雨溪頭姑惡聲

哭開孫

學步漸扶床乘車已駕羊虛稱砌臺使不遇玉函方杳杳天難問茫茫夜正長寂寥誰伴汝蕭寺閉空房

晚春東園作

雨餘木葉綠成陰一日身閑直萬金習氣自嫌除未盡烏啼花落尚關心

又

女郎花開春事闌王孫草長思婦歎蜂釀蜜脾猶未熟雨催梅顆已微丹

禽聲

布穀布穀天未明架犁架犁人起畊宦途不似農家樂東作西成過此生

秦皇酒瓮下垂釣偶賦

酒瓮山邊古釣磯沙鷗與我共斜暉目前雖有小得喪天下豈無公是非滄海橫流何日定古人復起欲誰歸道邊醉倒君奚憾豈失風塵一布衣

出遊歸鞍上口占

渺渺煙波飛槳去迢迢桑野策驢還寄懷楚水吳山外得意唐詩晉帖間每惜好春如我老誰能長日伴人閑世間自是無兼得勛業元非造物慳

閑詠

本志常思退前緣剩得閑聽猿來剡縣采藥上稽山超絕風塵表瑩然氷雪顏向來香火地五綴羽衣班

雨

曉望橫斜映水亭莫看飄灑溼簾旌不嫌平野蒼茫色實厭空堦點滴聲上策莫如常熟睡少安毋躁會

當晴且將穡事傳童稚未插秧時正好晴

立夏

赤幟插城扉東君整駕歸泥新巢燕鬧花盡蜜蜂稀
槐柳陰初密簾櫳暑尚微日斜湯沐罷熟練試單衣

孤寂

晚境諸兒少在傍書堂孤寂似僧房家居不減旅懷
惡夏夜尙如寒漏長數筋筍蘿甘淡薄半盂麥飯喜
豐穰愚儒幸自元無事日課朱黃自作忙

明日觀孤寂詩不覺大笑作長句自解

獨處將如長夜何直將寂寞養天和愛身不惰如懷
璧守氣無虧似塞河塵箧空存獲麟筆煙陂嬾和飯
牛歌年來勛業君知否纛下新降百萬魔

初夏出遊

早緣疏拙遂歸畊晚爲沉緜得養生藥鑱釣竿緣已
熟海村山市眼偏明安西萬里人何在廣武千年恨
未平但使蓮峯歸路穩亦無閑手揖公卿

又

平生與世曠周旋惟有清遊意獨便小竈炊菰山市口束芻秣蹇海雲邊春融恨欠舒長日秋爽已悲搖落天首夏清和真妙語爲君誦此一欣然

又

泥靴襆䙝雨墊巾閑遊又送一年春長歌聊對聖賢酒羸病極知朝莫人廢堞荒郊閑吊古朱櫻青杏正嘗新桃源自愛山川美未必當時是避秦

自詠

龜屋裁小冠鹿皮製短裘陸駕少游車水泛淵明舟山澤與城市有路即可遊或時一飯去閒亦旬日留方見草木萌忽已天地秋淘丹雲澗冷采藥乳穴幽逢人亦欣然有問乃不訓摩挲金銅人千載寄悠悠

五更聞雨思季長

幽叢鳴姑惡高樹號杜宇驚回千里夢聽此五更雨展轉窗未明更覺心獨苦天涯懷故人安得插兩羽

醉中作

小市鐘聲斷高樓月色新醉眠當大路狂舞屬行人有客要元亮無妻諫伯倫山花信手插不復惜烏巾

溪園

跌宕欲忘形溪園半醉醒靜看猿哺果閑愛鶴梳翎矮榻水紋簟虛齋山字屏更須新月夜風露對青冥

初夏閑居

雲液初篘小瓮香風漪乍展北窗涼巢乾燕乳蟲供哺花過蜂閑蜜滿房閉戶不知春已去鈔書但覺日方長所嗟詩思年來減虛負奚奴古錦囊

又

川雲漠漠雨冥冥濁酒閑傾不滿瓶蠶簇尚寒憂繭薄稻陂初滿喜秧青王師護塞方屯甲親詔憂民已放丁病起自憐猶健在不須求應少微星

又

松棚黯黯接虛堂掃地燒香旋置床密葉留花供淺

酌斷雲障日作微涼高城薄莫聞吹角小市豐年有戲場白首史官閑盡歲秖將搜句答流光

又

城上朱旗夏令初溪頭綠水蘸菰蒲花貪結子無遺蕚燕接飛蟲正哺雛簫鼓賽蠶人盡醉陂塘移稻客相呼　鄉中謂傭𤱶者爲客　長安青蓋金羈馬也有農家此樂無

又

啜茗清風兩腋生西齋雅具愜幽情熏衣過後篝爐冷展卷終時懶架橫巢燕何曾擇貧富鳴鳩元不爲陰晴但能與物俱無著小草新詩取次成

又

野水楓林久寄家慣將枯淡作生涯小樓有月聽吹笛深院無風看碾茶靜岸葛巾穿薈蔚閑拖笻杖入谽谺平居每與兒孫說切勿人前一語誇

又

水邊茆屋兩三間野叟幽人日往還兩卷硬黃書老子數峯破墨畫廬山功名會上元須福生死津頭正要頑試說龜堂得力處向來何啻半生閑

又

煑酒青梅次第嘗啼鶯乳燕占年光蠶收戶戶繅絲白麥熟村村搗麨香民有袴襦知歲樂亭無桴鼓喜時康未嘗一事橫胸次但曲吾肱夢自長

子坦今秋鹽官市征當滿作絶句寄之

八十老翁頭似雪柯橋送汝淚頻揮殘年豈料猶強健却向柯橋接汝歸

子遹調官得永平錢監待次甚遠寄詩寬其意葢將與之偕行也

黃紙起家階仕籍青衫邈闕拜恩光署銜汝勿憎銅臭就養吾方喜飯香世事極知多倚伏人生正要小回翔但令父子常相守斂版扶犂味總長

送韓立道守池州

千里江山控上流省郎懷綬去爲州才華故在諸公右談笑遙分聖主憂月墮麗譙喧鼓角雨餘綠野徧鋤耰萬家歌舞春風裏秋浦如今不似秋

野興

寓館無常地輕裝不宿謀迷途問畊叟過渡上漁舟野飯香炊玉村醪滑瀉油還家亦無事隨處送悠悠

又

小雨迎藜杖微風入葛巾寧甘結襪系不作拜車塵施藥鄉鄰喜忘機鳥雀馴家山又初夏好在不貲身

又

山谿逢孤寺林窮渡小溝松聲亂僧梵雨點雜魚遊阜纛三軍帥金章萬戶侯人生各有願未肯換扁舟

又

去去歷山村行行並坦廟湍流鱠魚小仄徑鮮花繁白鷺飛如導青蘿險可捫歸途不寂寞迎笑有諸孫

吾廬雖甚陋窗扉亦疏明開卷冬日暖曲肱暑風清昨日一鳥鳴今日一木榮欣然與之接悲慨何由生

又

吾貧無時醒日月忽遄邁空林春采葚荒壠秋種稗孤學有自來飢死奚足怪著書充棟宇一字不肯賣

又

負負無可言上上不須說天壤大如許我獨身孑孑苟合不可爲萬事聽瓦裂年登麥飯足得酒且勤歠

又

有客可劇談有酒可盡醉老夫老更窮終日惟坐睡既無客款門酒亦未易致頹然北窗下兀兀有餘味

又

下帷聽雨聲開戶延月色霏霏半篆香湛湛一池墨徐行舒血脈危坐學踵息吾聞諸先賢養生莫如嗇

又

門低不通車室隘劣容膝掩脛無全衣作字用挫筆

親朋孰可望門內自相恤一笑語吾兒汝馭未須叱

又

區芋常願雨秧菜常願晴吾兒行渡江晨起愁風生
人生各徇私夫豈造物情孰能均此意萬里皆春畊

又

吾居魚鱉鄉戒食兼鮮薨雞鶩以御客乃者亦一掃
區區仁愛心殆可質蒼昊物情豈遠哉我亦吝肝腦

又

蓺花恨不茂薙草欲其盡心常墮貪愛否則近殘忍
蝶網猶翩翾蚓斷更菌蠢君其等觀之何者非可閔

又

藥與疾相當何恙不能已良醫善用藥疾去藥亦止

又

晨晡節飲食勞佚時臥起藉白米長生耄期直易爾

又

養生有妙理省事與寡言于此能力守衆說皆其藩
擾擾斲汝本譊譊傷汝魂要當俱置之息深踵自溫

又

學者學聖人斯須不容苟百年樂簞瓢千載仰山斗家庭盛弦誦父子相師友但令書種存勿媿畊壠畝

梅市

沙際人家半掩扉借炊小住不相違水生溪面大魚躍風定草頭雙蝶飛竹院遊僧聞鼓集煙畦老圃荷鋤歸浩然物外真堪樂回首浮生萬事非

初夏幽居

日長巷陌曬絲香雨霽郊原割麥忙小擔過門賣冷粉微風解籜看新篁傍籬鄰婦收魚笱叩戶村醫送藥方欲到湖邊還嬾動悠然扶杖立斜陽

又

虛堂一幅接䍦巾竹樹森疎夏令新瓶竭重招麴道士牀空新聘竹夫人寒龜不食猶能壽弊帚何施亦自珍枕簟北窗寧有厭小山終日對嶙峋

又

野草幽花無歇時一窗終日對東籬病猶獨醉雖堪笑老未全衰亦自奇古紙硬黄臨晉帖矮牋匀碧錄唐詩箇中疑是忘憂處問著山翁却不知

又

東園梅熟杏初丹老子披襟每不冠古硯坡陁磨煤綠小山蔥蒨石盆寒移床剩欲眠松塢鼓枻還思泊蓼灘未用絲毫辨差等黄塵終勝客長安

泛舟至近村茅徐兩舍勞以尊酒

小舸悠颺亦樂哉迢迢故取北村回山從樹外參差出水自城陰曲折來樂歲共忘東作苦殘租不待急符催舊鄰父老睽離久喚取開顔把一盃

再次前韻

少壯即今安在哉輕舟訪舊莫輕回兒童擁岸迎舟入婦女窺籬喜客來多難只成雙鬢改流年更著莫笳催放懷魚鳥平生事少住茅檐盡此盃

題陳伯予主簿所藏秦少游像

晚生常恨不從公忽拜英姿繪畫中妄欲步趨端有意我名公字正相同

入梅 并序

吳俗以芒種後得壬日爲入梅今年正以此日重雲蔽天比夜乃雨父老以爲有年之候賦詩以識之

今年入梅日雲腳垂到地芬香小麥麲展轉北窗睡甲夜聞雨聲起拜造物賜三登于此卜一飽可坐致語兒高爾囷戒婦豐爾饋擊壤歌太平門無督租吏

北窗雨中作

鬱蒸作不解風雨來有信豈惟窗戶清更喜草木潤簡編既陳前燈火亦可近跂予望聖賢傾河洗驕吝扶衰幸未死吾道其少進安得平生歡懷抱爲君盡

戲書觸目

貍奴閑占熏籠臥燕子橫穿翠徑飛我亦人間好事者憑闌小立試單衣

四月二十八日作

四月欲盡五月初九十未及八十餘開口何曾談世事收身且復愛吾廬

又

行徧人間病不禁鬢毛飽受雪霜侵茅檐一夜蕭蕭雨洗盡平生幻妄心

劍南詩稿卷第六十六終

西元二〇二二年一月一日重製一版

陸放翁全集　冊三（宋陸游撰）

平裝六冊基本定價伍仟元正
（郵運匯費另加）

發行人　張　敏　君
發行處　中　華　書　局
臺北市內湖區舊宗路二段一八一巷
八號五樓（5FL., No. 8, Lane 181,
JIOU-TZUNG Rd., Sec 2, NEI HU,
TAIPEI, 11494, TAIWAN）
客服電話：886-8797-8396
公司傳真：886-8797-8909
匯款帳戶：華南商業銀行西湖分行
179100026931
印　刷：維中科技有限公司
海瑞印刷品有限公司

No. N3076-3

國家圖書館出版品預行編目(CIP)資料

陸放翁全集/(宋)陸游撰. -- 重製一版. -- 臺北市 : 中華
書局, 2022.01
冊 ;　公分
ISBN 978-986-5512-68-2(全套 : 平裝)

845.23　　110021462